d

Dashiell Hammett

Detektiv bei Continental's

Der Geschichten zweite und letzte Folge
Mit einem Nachwort von Steven Marcus
Aus dem Amerikanischen von
Wulf Teichmann

Diogenes

Titel der Originalausgabe
›The Continental Op‹

150/78/E/1
ISBN 3 257 00973 9

Inhalt

Der zehnte Hinweis

»Mr. Leopold Gantvoort ist nicht da«, sagte der Hausdiener, der die Tür aufmachte; »aber sein Sohn ist zu Hause, Mr. Charles – wenn Sie den sprechen wollen.«

»Nein, ich war mit Mr. Leopold Gantvoort verabredet; um neun oder kurz nach neun. Es ist jetzt gerade neun. Er wird bestimmt gleich da sein. Ich warte solange.«

»Sehr wohl, Sir.«

Er machte einen Schritt zur Seite, um mich eintreten zu lassen, nahm mir Hut und Mantel ab, führte mich in ein Zimmer im ersten Stock – Gantvoorts Bibliothek – und verließ mich. Ich nahm mir von dem Stapel auf dem Tisch eine Zeitschrift, zog mir einen Aschenbecher heran und machte es mir bequem.

Es verging eine Stunde. Ich hörte auf zu lesen und fing an ungeduldig zu werden. Eine weitere Stunde verging – und unruhig rutschte ich in meinem Sessel herum.

Eine Uhr irgendwo im Erdgeschoß hatte begonnen elf zu schlagen, als ein junger Mann – fünf- oder sechsundzwanzig, groß und schlank, mit auffallend weißer Haut, sehr dunklem Haar, sehr dunklen Augen – ins Zimmer kam.

»Mein Vater ist immer noch nicht zurück«, sagte er. »Es wär doch zu dumm, daß Sie die ganze Zeit umsonst gewartet haben – gibt es nicht irgend etwas, was ich für Sie tun könnte? Ich bin Charles Gantvoort.«

»Nein, danke.« Ich verstand, daß ich höflich aufgefordert war zu gehen, und erhob mich aus meinem Sessel. »Ich werde mich morgen mit ihm in Verbindung setzen.«

»Es tut mir leid«, murmelte er, und zusammen gingen wir zur Tür.

Als wir die Halle erreichten, summte in einer Ecke des Zimmers, das wir gerade verließen, leise ein Nebenanschluß, und während Charles Gantvoort hinging, um den Hörer abzunehmen, blieb ich in der Tür stehen.

Sein Rücken war mir zugekehrt, als er in den Apparat sprach.

»Ja. Ja, ja!« – scharf – »*Was?* Ja« – sehr schwach – »Ja.«

Langsam drehte er sich um und sah mich an mit einem Gesicht, das grau war und gequält, mit großen erschrockenen Augen und offenem Mund – immer noch den Hörer in der Hand.

»Vater«, brachte er mühsam hervor, »ist tot – umgebracht!«

»Wo? Wie?«

»Ich weiß nicht. Das war die Polizei eben. Ich soll sofort hinkommen.«

Er gab sich einen Ruck, straffte die Schultern, nahm sich zusammen, legte den Hörer auf, und sein verzerrtes Gesicht glättete sich ein wenig.

»Sie werden verzeihen, daß ich ...«

»Mr. Gantvoort«, unterbrach ich seine Entschuldigung, »ich stehe im Dienst der Continental Detective Agency. Ihr Vater rief heute nachmittag bei uns an und bat darum, daß man ihm heute abend einen Detektiv schickt. Er sagte, sein Leben sei bedroht worden. Er hatte uns noch nicht definitiv engagiert, doch wenn Sie nichts dagegen haben, so ...«

»Selbstverständlich! Sie *haben* den Auftrag! Wenn die Polizei den Mörder nicht schon gefaßt hat, möchte ich, daß Sie alles daransetzen, ihn zu überführen.«

»In Ordnung! Fahren wir zum Präsidium.«

Unterwegs zum Justizpalast sprach keiner von uns ein Wort.

Gantvoort beugte sich über das Lenkrad seines Wagens und steuerte ihn mit Höllentempo durch die Straßen. Ich hätte ihm gern ein paar Fragen gestellt, doch wenn er die Geschwindigkeit, mit der er fuhr, beibehalten wollte, ohne uns in irgendwelche Blechknäuel zu verwickeln, durfte ich ihn nicht vom Fahren ablenken, und so hielt ich mich nur fest und blieb still.

Ein halbes Dutzend Zivilfahnder erwartete uns, als wir beim Kommissariat eintrafen. O'Gar – ein dickschädeliger Detektivsergeant, der sich anzieht wie der Dorfwachtmeister in einem Film (breitrandiger schwarzer Hut und so weiter), deswegen aber keinesfalls zu unterschätzen ist – war mit der Aufklärung der Sache betraut. Er und ich hatten früher bereits in zwei oder drei Fällen zusammengearbeitet und waren bestens klargekommen.

Er führte uns in eins der kleinen Amtszimmer hinter dem Versammlungsraum. Ausgebreitet auf einer Schreibtischplatte lagen ein Dutzend oder mehr Gegenstände.

»Ich möchte, daß Sie sich diese Dinge da sorgfältig ansehn«, sagte der Detektivsergeant zu Gantvoort, »und diejenigen raussuchen, die Ihrem Vater gehörten.«

»Aber wo ist er?«

»Machen Sie erstmal das hier«, beharrte O'Gar, »dann können Sie ihn sehn.«

Ich besah mir die Dinge auf dem Tisch, derweil Gantvoort seine Auswahl traf. Ein leerer Schmuckkasten; ein Notizbuch; drei an den Toten adressierte Briefe in geöffneten Umschlägen; einige andere Papiere; ein Schlüsselbund; ein Füllfederhalter; zwei weiße Leinentaschentücher; zwei Pistolenpatronen; eine goldene Taschenuhr mit Gold-und-Platinkette, an der außerdem ein goldenes Taschenmesser und ein goldener Drehbleistift befestigt waren; zwei Brieftaschen aus schwarzem Leder, die eine ganz neu, die andere abgenutzt; etwas Geld, ein paar Scheine und Silber; und eine kleine Reiseschreibmaschine, verbogen und verbeult, an der Blut und Haare klebten. Auch an einigen der anderen Dinge klebte Blut.

Gantvoort nahm die Uhr mit ihren Anhängseln heraus, die Schlüssel, den Füllfederhalter, das Notizbuch, die Taschentücher, die Briefe und die anderen Papiere und die ältere Brieftasche.

»Dies waren Vaters Sachen«, sagte er zu uns. »Das andere da hab ich vorher noch nie gesehn. Ich weiß natürlich nicht, wieviel Geld er heute abend bei sich hatte, also kann ich auch nicht sagen, wieviel davon seins ist.«

»Sie sind sicher, daß nichts von dem übrigen Zeug da ihm gehörte?« fragte O'Gar.

»Ich glaube, nichts, aber sicher bin ich mir da nicht. Whipple könnte Ihnen das sagen.« Er wandte sich mir zu. »Das ist der Mann, der Ihnen heute abend die Tür aufgemacht hat. Er kümmerte sich um Vater und würde genau wissen, ob irgendeins von den andern Dingen da Vater gehört hat oder nicht.«

Einer von den Polizeidetektiven ging ans Telefon, um Whipple zu sagen, er solle unverzüglich herkommen.

Ich setzte meine Befragung fort.

»Fehlt etwas von den Dingen, die Ihr Vater normalerweise bei sich hatte? Irgend etwas von Wert?«

»Nicht daß ich wüßte. Alle Sachen, die man bei ihm vermuten könnte, scheinen hier zu sein.«

»Um wieviel Uhr hat er heute abend das Haus verlassen?«

»Vor halb acht. Vielleicht schon so gegen sieben.«

»Sie wissen, wo er hin wollte?«

»Gesagt hat er's mir nicht, aber ich nahm an, daß er zu Miss Dexter wollte.«

Die Gesichter der Polizeidetektive hellten sich auf, und ihre Augen wurden scharf. Meine, glaube ich, auch. Morde werden sehr, sehr oft verübt, ohne daß auch nur am Rande eine Frau etwas damit zu tun hätte; bei offensichtlichem Totschlag jedoch ist dies nur sehr selten der Fall.

»Wer ist diese Miss Dexter?« nahm O'Gar das Verhör wieder auf.

»Sie ist – nun ...« Charles Gantvoort zögerte. »Also, Vater war mit ihr und ihrem Bruder sehr gut befreundet. Im allgemeinen stattete er ihnen – eigentlich wohl mehr ihr – mehrmals in der Woche einen Besuch ab. Ja, ich hatte ihn sogar im Verdacht, daß er vorhatte, sie zu heiraten.«

»Wer und was ist sie?«

»Vater hat die beiden vor sechs oder sieben Monaten kennengelernt. Ich bin ein paarmal mit ihnen zusammengekommen, weiß aber nicht sehr viel von ihnen. Miss Dexter – Creda ist ihr Vorname – ist vielleicht so dreiundzwanzig Jahre alt, würd ich sagen, und ihr Bruder ist vier oder fünf Jahre älter. Momentan ist er in New York oder unterwegs dorthin, um für Vater irgend etwas Geschäftliches zu erledigen.«

»Hat Ihr Vater Ihnen gesagt, daß er sie heiraten wollte?« schmiedete O'Gar weiter an dem Haken, der durch die Frau gegeben war.

»Nein; aber es war nicht zu übersehen, daß er ganz

schön – hm – daß sie ihm ganz schön den Kopf verdreht hatte. Vor ein paar Tagen – vorige Woche sind wir deswegen ein bißchen aneinandergeraten. Wir haben uns nicht gerade gestritten, verstehn Sie, nur ein kleiner Wortwechsel. Aber nach dem, was er sagte, mußte ich fürchten, daß er tatsächlich vorhatte, sie zu heiraten.«

»Wieso mußten Sie das ›fürchten‹?« nahm O'Gar ihn beim Wort.

Charles Gantvoorts blasses Gesicht rötete sich ein wenig, und verlegen räusperte er sich.

»Ich möchte die Dexters vor Ihnen nicht in ein schlechtes Licht rücken. Ich glaube nicht – ich bin sicher, daß sie nichts mit Vaters – mit dieser Sache zu tun haben. Aber ich hab mich nicht besonders um sie bemüht – ich mochte sie nicht. Ich hielt sie – na ja – für Erbschleicher vielleicht. Vater war nicht sagenhaft reich, hatte aber doch ein ganz ansehnliches Vermögen. Und wenn er auch noch nicht gebrechlich war, so war er immerhin schon über siebenundfünfzig; alt genug, um bei mir das Gefühl aufkommen zu lassen, daß Creda Dexter sich mehr für sein Geld als für ihn interessierte.«

»Was ist denn mit dem Testament Ihres Vaters?«

»Nach dem letzten, von dem ich weiß – es ist vor zwei oder drei Jahren aufgesetzt worden –, hat er alles meiner Frau und mir vermacht, gemeinsam. Vaters Anwalt, Mr. Murray Abernathy, könnte Ihnen sagen, ob es noch ein späteres Testament gibt, aber das glaub ich kaum.«

»Ihr Vater hatte sich aus dem Geschäftsleben zurückgezogen, nicht wahr?«

»Ja; vor ungefähr einem Jahr hat er sein Import-Export-Unternehmen mir in die Hände gegeben. Hier und da pflegte er wohl noch allerlei Geschäftsverbindungen, investierte auch noch, aber mit der Leitung hatte er aktiv eigentlich nicht mehr viel zu tun.«

O'Gar schob seinen Dorfwachtmeisterhut zurück und kratzte sich einen Moment nachdenklich seinen Dickschädel. Dann sah er mich an.

»Haben Sie noch irgendwelche Fragen?«

»Ja. Mr. Gantvoort, wissen Sie oder haben Sie mal gehört, daß Ihr Vater oder sonst jemand von einem Emil Bonfils sprach?«

»Nein.«

»Hat Ihr Vater Ihnen je davon erzählt, daß er einen Drohbrief erhalten hat? Oder daß auf der Straße auf ihn geschossen wurde?«

»Nein.«

»Ist Ihr Vater im Jahre 1902 in Paris gewesen?«

»Sehr wahrscheinlich. Bis zu dem Zeitpunkt, wo er sich vom Geschäft zurückzog, ist er jedes Jahr im Ausland gewesen.«

Gantvoort wollte seinen Vater noch einmal sehen, und so brachten O'Gar und ich ihn zur Leichenhalle. Der Tote war kein schöner Anblick, selbst für O'Gar und mich nicht, die wir ihn, außer vom Sehen, nicht gekannt hatten. In meiner Erinnerung war er ein kleiner, drahtiger Mann, immer in gutsitzenden Maßanzügen und mit einer für sein Alter erstaunlich jugendlichen Elastizität.

Jetzt lag er da, die Schädeldecke zu einem roten Brei geschlagen.

Wir ließen Gantvoort im Leichenschauhaus allein und machten uns zu Fuß auf den Rückweg zum Justizpalast.

»Was sind das für dunkle Andeutungen, die Sie da über einen Emil Bonfils und Paris im Jahre 1902 gemacht haben?« fragte der Detektivsergeant, sobald wir draußen auf der Straße waren.

»Ganz einfach: Der Tote rief heute nachmittag unsere Agentur an und sagte, er habe einen Drohbrief von einem Emil Bonfils bekommen, mit dem er 1902 in Paris Ärger gehabt habe. Außerdem hat er gesagt, daß Bonfils gestern abend auf ihn geschossen habe, auf der Straße. Er wollte, daß heute abend jemand bei ihm vorbeikommt wegen dieser Sache; und daß auf keinen Fall die Polizei eingeschaltet wird – lieber wollte er sich von Bonfils kriegen lassen als diese häßliche Geschichte publik zu machen. Mehr wollte er am Telefon nicht sagen. Und das ist der Grund, warum ich dabei war, als Charles Gantvoort vom Tod seines Vaters verständigt wurde.«

O'Gar blieb auf dem Bürgersteig stehen und gab einen leisen Pfiff von sich.

»Das ist ja 'n Ding!« rief er aus. »Na, warten Sie, bis wir zurück sind im Präsidium – da werd ich Ihnen was zeigen.«

Whipple wartete im Versammlungsraum, als wir im Hauptquartier eintrafen. Auf den ersten Blick war sein Gesicht so glatt und maskengleich wie etwas früher am Abend, als er mich in das Haus auf dem Russian Hill eingelassen hatte. Doch hinter seiner perfekten Hausdienerhaltung war er am Schlottern und Beben.

Wir führten ihn in das kleine Amtszimmer, in dem wir Charles Gantvoort verhört hatten.

Whipple bestätigte alles, was der Sohn des Toten uns erzählt hatte. Er wußte mit Sicherheit, daß weder die Schreibmaschine noch der Schmuckkasten, noch die zwei Patronen, noch die neuere Brieftasche Gantvoort gehört hatten.

Wir konnten ihn nicht dazu bringen, seine Meinung von den Dexters in Worte zu fassen, doch daß er sie ablehnte, war leicht zu sehen. Miss Dexter, sagte er, habe heute abend dreimal angerufen, einmal gegen acht, dann um neun, und um halb zehn. Jedesmal habe sie Mr. Leopold Gantvoort verlangt, jedoch keine Nachricht hinterlassen. Whipple meinte, sie habe Gantvoort erwartet, und er sei nicht angekommen.

Von Emil Bonfils oder irgendwelchen Drohbriefen wisse er nichts, sagte er. In der vergangenen Nacht sei Gantvoort von acht bis Mitternacht fortgewesen. Als er nach Hause kam, hatte Whipple ihn nicht genau genug angeschaut, um sagen zu können, ob er erregt gewirkt habe oder nicht. In der Regel habe Gantvoort immer etwa hundert Dollar bei sich gehabt.

»Würden Sie sagen, daß von den Dingen, die Gantvoort heute abend bei sich hatte, irgendwas auf dem Tisch da fehlt?« fragte O'Gar.

»Nein, Sir. Alles scheint da zu sein – Uhr und Kette, Geld, Notizbuch, Brieftasche, Schlüssel, Taschentücher, Füllfederhalter – das ist alles, soweit ich weiß.«

»Ist Charles Gantvoort heute abend weggewesen?«

»Nein, Sir. Er und Mrs. Gantvoort waren den ganzen Abend zu Hause.«

»Bestimmt?«

Whipple überlegte einen Moment.

»Ja, Sir, da bin ich ziemlich sicher. Mrs. Gantvoort war jedenfalls nicht weg, das weiß ich genau. Um die Wahrheit zu sagen, Mr. Charles hab ich eine Zeitlang nicht gesehn; und zwar zwischen ungefähr acht und elf Uhr, als er mit diesem Herrn« – er deutete auf mich – »die Treppe herunterkam. Aber ich bin ziemlich sicher, daß er den ganzen

Abend zu Hause war. Mrs. Gantvoort hat das gesagt, glaub ich.«

Dann stellte O'Gar eine weitere Frage – eine, die mich damals verwunderte.

»Was für Kragenknöpfe hatte Mr. Gantvoort in seinem Hemd?«

»Sie meinen Mr. Leopold?«

»Ja.«

»Einfache goldene, aus einem Stück gearbeitet. Sie hatten das Markenzeichen eines Londoner Goldschmieds.«

»Würden Sie sie erkennen, wenn Sie sie wiedersähen?«

»Ja, Sir.«

Wir ließen Whipple dann heimfahren.

»Finden Sie nicht«, schlug ich vor, als ich allein war mit O'Gar und diesem Tisch voller Indizien, die für mich noch ohne jede Bedeutung waren, »daß es Zeit wird, die Katze aus dem Sack zu lassen und mir zu erzählen, was eigentlich die Sache ist?«

»Ich denke schon – also hören Sie! Ein Mann namens Lagerquist, er hat ein kleines Lebensmittelgeschäft, ist heute abend durch den Golden Gate Park gefahren und an einem Auto vorbeigekommen, das mit ausgeschaltetem Licht auf einem dunklen Nebenweg stand. Die Art, wie der Mann darin am Steuer saß, ist ihm irgendwie komisch vorgekommen, und so hat er das dem ersten Streifenbeamten erzählt, den er traf. Der Beamte ist der Sache nachgegangen und hat Gantvoort hinter dem Steuer vorgefunden; tot. Der Schädel war ihm eingeschlagen, und dieses Dingsda« – er legte eine Hand auf die blutverschmierte Schreibmaschine – »lag auf dem Sitz neben ihm. Das war um viertel zehn. Der Arzt sagt, Gantvoort sei mit dieser Schreibmaschine umgebracht worden – Schädeldecke zertrümmert. Die Taschen des Toten waren, wie wir feststellten, sämtlich umgestülpt worden; und der ganze Kram da auf dem Tisch, mit Ausnahme dieser neuen Brieftasche, lag verstreut im Wagen herum – teils auf dem Boden, teils auf den Sitzen. Das Geld da ebenfalls – nicht ganz hundert Dollar. Unter den Papieren war dies.«

Er gab mir ein Blatt weißes Papier, auf das mit Maschine folgendes getippt worden war:

L. F. G. –
Ich will haben, was mir zusteht. 6000 Meilen und 21 Jahre reichen nicht aus, um Sie vor dem Opfer Ihres Verrats zu verbergen. Geben Sie heraus, was Sie gestohlen haben. *E. B.*

»L. F. G. könnte Leopold F. Gantvoort sein«, sagte ich. »Und E. B. könnte Emil Bonfils sein. Einundzwanzig Jahre, das ist die Zeit von 1902 bis 1923. Und 6000 Meilen, das ist, grob gerechnet, die Entfernung zwischen Paris und San Francisco.«

Ich legte den Brief hin und nahm den Schmuckkasten vom Tisch. Er war aus schwarzem Kunstleder, innen mit weißem Satin ausgeschlagen, und wies keinerlei Firmenprägung oder sonstige Markierung auf.

Dann untersuchte ich die Patronen; zwei an der Zahl, S. W. Kaliber 45, und in die weichen Nasen war je ein tiefes Kreuz geschnitten – ein alter Trick, durch den das Projektil, wenn es auftrifft, sich plattdrückt wie eine Untertasse.

»Waren die auch in dem Auto?«

»Ja. Und das hier.«

Aus einer Westentasche holte O'Gar ein Büschel kurzer blonder Haare – etwa fünf Zentimeter lang die kürzesten, zehn die längsten. Sie waren abgeschnitten, nicht mit den Wurzeln herausgerissen worden.

»Sonst noch was?«

Die Indizien schienen kein Ende zu nehmen.

Er nahm die neue Brieftasche vom Tisch – diejenige, die nach Aussagen von Whipple und Charles Gantvoort nicht dem Toten gehört hatte – und schubste sie mir hin.

»Die wurde auf dem Seitenweg gefunden, drei oder vier Fuß von dem Wagen entfernt.«

Sie war von billiger Qualität und wies weder den Namen des Herstellers noch die Initialen des Besitzers auf. Sie enthielt zwei Zehndollarscheine, drei kleine Zeitungsausschnitte und eine mit Schreibmaschine geschriebene Liste mit sechs Namen und Adressen, zuoberst Gantvoorts Adresse.

Die drei Zeitungsausschnitte waren offenbar aus den Spalten für Persönliches dreier verschiedener Zeitungen – die Schrifttypen waren nicht identisch –, und folgendes wurde auf ihnen mitgeteilt:

GEORGE – Alles klar. Warte nicht zu lange.
D. D. D.
R. H. T. – Man antwortet nicht. *FLO*
CAPPY – Punkt zwölf und Augen auf. *BINGO*

Die Namen und Adressen auf der getippten Liste – unter Gantvoorts Adresse – waren:

Quincey Heathcote, 1223 S. Jason Street, Denver; B. D. Thornton, 96 Hughes Circle, Dallas; Luther G. Randall, 615 Columbia Street, Portsmouth; J. H. Boyd Willis, 5444 Harvard Street, Boston; Hannah Hindmarsh, 218 E. 79th Street, Cleveland.

»Was noch?« fragte ich, als ich das studiert hatte.

Der Vorrat des Detektivsergeanten war noch nicht erschöpft.

»Die Kragenknöpfe des Toten sind herausgenommen worden, und zwar vorne wie hinten; dabei hatte er aber Kragen und Schlips noch um. Und sein linker Schuh war weg. Wir haben die ganze Gegend abgesucht, aber weder Schuh noch Kragenknöpfe gefunden.«

»Ist das alles?«

Mich konnte jetzt nichts mehr überraschen.

»Was zum Henker wollen Sie denn noch?« knurrte er. »Ist das denn nicht genug?«

»Was ist mit Fingerabdrücken?«

»Nichts Aufregendes! Was wir gefunden haben, waren Abdrücke des Toten.«

»Und was ist mit dem Wagen, in dem er gefunden wurde?«

»Ein Coupé, das einem Dr. Wallace Girargo gehört. Er hat um sechs heute abend angerufen und gesagt, der Wagen sei ihm unweit Ecke McAllister und Polk Street gestohlen worden. Wir sind noch dabei, den Mann durchzuprüfen, aber ich glaube, der ist rein.«

Die Dinge, die nach übereinstimmenden Aussagen von Whipple und Charles Gantvoort dem Toten gehört hatten, verrieten uns nichts. Wir nahmen sie noch einmal sorgfältig in Augenschein, doch das brachte uns nicht weiter. Das Notizbuch enthielt eine Menge Eintragungen, doch nicht eine einzige schien auch nur entfernt mit dem Mord etwas zu tun zu haben. Die Briefe waren ebenso wenig aufschlußreich.

Die Seriennummer der Schreibmaschine, mit der der

»Was noch?« fragte ich, als ich das studiert hatte.

vom Rahmen entfernt worden – wahrscheinlich mit einer Feile.

»Tja, was meinen Sie?« fragte O'Gar, als wir die Untersuchung unserer Indizien aufgegeben hatten und uns Tabak qualmend zurücklehnten.

»Ich meine, wir sollten Monsieur Emil Bonfils ausfindig machen.«

»Könnte nicht schaden«, brummte er. »Ich würde sagen, am besten fahren wir, wenn wir uns mal um diese fünf Leute auf der Liste kümmern, die von Gantvoort angeführt wird. Angenommen, das ist eine Liste künftiger Mordopfer? Angenommen, dieser Bonfils ist unterwegs, um die alle kaltzumachen?«

»Möglich. Wir werden sie jedenfalls ausfindig machen. Vielleicht werden wir feststellen, daß einige von ihnen bereits umgebracht worden sind. Aber ob sie nun umgebracht worden sind oder umgebracht werden sollen oder nicht, fest steht jedenfalls, daß sie irgendwas mit dieser Sache zu tun haben. Ich werde ein paar Telegramme an die Filialen der Agentur loslassen, damit sie sich mal drum kümmern, was es mit den Namen auf der Liste auf sich hat. Und wo die drei Zeitungsausschnitte herstammen, werd ich auch feststellen lassen; wenigstens können wir's versuchen.«

O'Gar blickte auf seine Uhr und gähnte.

»Es ist vier durch. Wie wär's, wenn wir erst mal abhaun und ein bißchen schlafen? Ich lasse eine Nachricht hier, damit unser Experte morgen gleich feststellt, ob dieser mit E. B. unterzeichnete Brief und die Liste auf der Maschine da geschrieben worden sind. Ich schätze, ja, aber wir müssen uns da vergewissern. Und sobald es hell genug ist, um was zu sehen, soll die Parkgegend, wo Gantvoort gefunden wurde, nochmal abgesucht werden. Vielleicht finden wir ja den fehlenden Schuh und die Kragenknöpfe. Und zwei Jungens werd ich dransetzen, die sämtliche Schreibmaschinenläden der Stadt anrufen; kann ja sein, daß wir was über unsere hier erfahren.«

Ich machte beim nächsten Telegraphenamt halt und schickte einen Stapel Telegramme in die Welt. Dann fuhr ich nach Hause und träumte etwas, was auch nicht im entferntesten mit Verbrechen oder mit Aufdeckung von Verbrechen zusammenhing.

Als ich mit fünf Stunden Schlaf unterm Hut am nächsten Vormittag um elf frisch und munter bei der Mordkommission eintraf, hing O'Gar vornübergebeugt an seinem Schreibtisch, ratlos auf einen schwarzen Schuh starrend, auf ein halbes Dutzend Kragenknöpfe, einen rostigen flachen Schlüssel und auf eine krumpelige Zeitung – all das lag aufgereiht vor ihm.

»Was ist das denn da alles? Andenken an Ihre Hochzeit?«

»Könnte man meinen, ja.« Es klang sehr angewidert. »Hören Sie sich das an: Einer von den Dienstmännern der Seamen's National Bank hat heute morgen, als er anfing sauberzumachen, in der Vorhalle ein Paket gefunden. Es war der Schuh da – Gantvoorts fehlender –, diese Kragenknöpfe und dieser alte Schlüssel, alles eingewickelt in das Zeitungsblatt eines fünf Tage alten *Philadelphia Record.* Der Absatz des Schuhs ist, wie Sie sehn, irgendwie abgestemmt worden und fehlt noch immer. Whipple hat den Schuh identifiziert, zwei von den Kragenknöpfen ebenfalls, aber den Schlüssel hat er noch nie gesehn. Die andern vier Kragenknöpfe da sind neu und gewöhnliche vergoldete. Der Schlüssel sieht nicht so aus, als wär er in letzter Zeit viel benutzt worden. Können Sie sich das irgendwie erklären?«

Ich konnte nicht.

»Wieso hat der Dienstmann das Zeug überhaupt hierhergebracht?«

»Oh, die ganze Geschichte hat in den Morgenzeitungen gestanden, alles über den fehlenden Schuh und die Kragenknöpfe und so weiter.«

»Was haben Sie über die Schreibmaschine rausgekriegt?« fragte ich.

»Wie vermutet, der Brief und die Liste sind damit geschrieben worden; aber wo sie herstammt, konnten wir noch nicht feststellen. Wir haben dem Doktor, dem das Coupé gehört, auf den Zahn gefühlt, und der ist raus aus der Sache. Es war nachprüfbar, was er gestern abend gemacht hat. Lagerquist, der Lebensmittelhändler, der Gantvoort gefunden hat, scheint ebenfalls 'ne reine Weste zu haben. Und was haben Sie gemacht?«

»Nun, Antworten auf die Telegramme, die ich gestern nacht aufgab, sind noch nicht da. Auf dem Weg hierher hab ich heute morgen in die Agentur reingeschaut und vier Detektive für die Hotels freigekriegt. Sie versuchen alle Leute aufzustöbern, die Bonfils heißen – im Adreßbuch stehen zwei oder drei Familien dieses Namens. Dann hab ich unserer New Yorker Filiale telegraphiert – sie sollen die Passagierlisten der Dampfer nachprüfen lassen, um festzustellen, ob in der letzten Zeit ein Emil Bonfils angekommen ist. Und unser Mann in Paris hat ein Kabel gekriegt – mal sehn, ob der da drüben irgendwas ausgraben kann.«

»Ich finde, bevor wir weitere Schritte unternehmen, sollten wir Gantvoorts Anwalt – Abernathy – aufsuchen; und diese Dexter«, sagte der Detektivsergeant.

»Find ich auch«, stimmte ich ihm zu. »Nehmen wir uns erst mal den Anwalt vor. Der ist am wichtigsten, wie die Dinge jetzt liegen.«

Murray Abernathy, Rechtsanwalt und Notar, war ein langer, sehniger, langsam sprechender alter Herr, der noch immer an gestärkter Hemdbrust festhielt. Er war so erfüllt von dem, was er für Berufsethos hielt, daß er uns längst nicht so nützlich war, wie wir gedacht hatten. Aber indem wir ihn reden ließen, ohne seine Weitschweifigkeiten zu unterbrechen, erfuhren wir doch so einiges von ihm. Was an Information für uns brauchbar war, lief auf folgendes hinaus:

Der Tote und Creda Dexter hatten vorgehabt, am kommenden Mittwoch zu heiraten. Sein Sohn und ihr Bruder hatten anscheinend beide etwas gegen die Heirat, und so hatten Gantvoort und die Frau geplant, heimlich in Oakland zu heiraten und noch am selben Nachmittag ein Schiff in Richtung Orient zu nehmen. Sie hatten sich gedacht, daß, wenn sie nach ausgedehnten Flitterwochen zurückkehrten, Sohn und Bruder sich mit der Ehe abgefunden hätten.

Ein neues Testament war aufgesetzt worden, demzufolge die eine Hälfte von Gantvoorts Vermögen an seine neue Frau, die andere Hälfte an seinen Sohn und dessen Frau fallen sollte. Aber das neue Testament war noch nicht unterschrieben worden, und Creda Dexter wußte das. Sie wußte – und dies war einer der wenigen Punkte, zu dem Abernathy sich definitiv äußern wollte –, daß nach dem alten Testament, das immer noch in Kraft war, alles an Charles Gantvoort und dessen Frau fiel.

Das Vermögen Gantvoorts belief sich, wie wir nach Abernathys unbestimmten Angaben und Andeutungen schätzten, auf rund anderthalb Millionen in Barwert. Von einem Emil Bonfils und irgendwelchen Drohungen oder gegen den Toten gerichteten Mordversuchen hatte der Anwalt, wie er sagte, nie etwas gehört. Er wußte nichts – oder wollte uns nichts erzählen –, was auf die Natur der Sache, die gestohlen zu haben der Tote in dem Drohbrief beschuldigt wurde, irgendein Licht geworfen hätte.

Von Abernathys Büro fuhren wir zu Creda Dexters Apartment in einem neuen und hocheleganten Haus, das vom Wohnsitz der Gantvoorts zu Fuß in wenigen Minuten zu erreichen war.

Creda Dexter war eine kleine Frau Anfang zwanzig. Das erste, was man an ihr bemerkte, waren die Augen. Sie waren groß und tief und bernsteinfarben, und keinen Augenblick kamen die Pupillen zur Ruhe. Dauernd veränderten sie die Größe, weiteten und verengten sich – manchmal langsam, dann wieder plötzlich –, unablässig variierend zwischen Stecknadelkopfgröße und einem Ausmaß, das die Bernsteine der Iris auszulöschen drohte.

Ausgehend von den Augen entdeckte man bald, daß sie im ganzen etwas ausgesprochen Katzenhaftes hatte. Jede ihrer Bewegungen war langsam, geschmeidig und sicher. Und die Züge ihres recht hübschen Gesichts, die Form des Mundes, die kleine Nase, der Schwung der Brauen – alles erinnerte an eine Katze. Verstärkt wurde dieser Eindruck durch die Art, wie sie ihr Haar trug, das dicht war und lohfarben.

»Mr. Gantvoort und ich«, erzählte sie uns, nachdem die einleitenden Erklärungen abgegeben worden waren, »hatten eigentlich vor, übermorgen zu heiraten. Sein Sohn und seine Schwiegertochter sind gegen diese Ehe gewesen; mein Bruder Madden übrigens auch. Anscheinend waren sie alle der Meinung, der Altersunterschied zwischen uns sei zu groß. Um Unannehmlichkeiten zu vermeiden, wollten wir in aller Stille heiraten und dann für ein Jahr oder mehr ins Ausland gehn, denn wir waren uns ziemlich sicher, wenn wir dann zurückkämen, würden sie alle miteinander ihren Groll vergessen haben. Das war auch der Grund, warum Mr. Gantvoort Madden überredet hat, nach New York zu fahren. Es gab da was Geschäftliches zu erledigen – ich glaube, er wollte seine Beteiligung an einem Stahlwerk annullieren –, und das hat er als Vorwand benutzt, um Madden erst mal aus dem Weg zu kriegen, bis wir unsere Hochzeitsreise angetreten hätten. Madden wohnte hier bei mir, und es wäre mir so gut wie unmöglich gewesen, irgendwelche Reisevorbereitungen zu treffen, ohne daß er etwas davon gemerkt hätte.«

»War Mr. Gantvoort gestern abend hier?« fragte ich sie.

»Nein, ich erwartete ihn – wir wollten ausgehn. Meistens kam er zu Fuß rüber – es sind ja nur ein paar Blocks. Als es acht wurde und er immer noch nicht da war, rief ich bei ihm zu Hause an, und da sagte mir Whipple, daß er schon seit fast einer Stunde weg sei. Danach rief ich nochmal an, zweimal sogar. Dann, heute morgen – die Zeitungen hatte ich noch nicht gelesen –, rief ich wieder an, und da hörte ich, daß er . . .«

Sie brach ab mit einem Stocken in der Stimme, dem einzigen Zeichen der Trauer, das sie während des ganzen Gesprächs zeigte. Nach dem, was Charles Gantvoort und Whipple uns von ihr erzählt hatten, waren wir bei ihr auf ein mehr oder weniger gekonntes Zurschaustellen tiefen Schmerzes gefaßt gewesen. Aber sie enttäuschte uns. Nichts war plump an der Art, wie sie sich gab, nicht einmal die Tränendrüsen aktivierte sie unseretwegen.

»War Mr. Gantvoort vorgestern abend hier?«

»Ja. Kurz nach acht kam er rüber und blieb bis kurz vor zwölf. Wir sind nicht ausgewesen.«

»Ist er zu Fuß hergekommen und wieder zurückgegangen?«

»Soweit ich weiß, ja.«

»Hat er Ihnen je davon erzählt, daß sein Leben bedroht worden ist?«

»Nein.«

Entschieden schüttelte sie den Kopf.

»Kennen Sie Emil Bonfils?«

»Nein.«

»Hat Mr. Gantvoort in Ihrer Gegenwart mal von ihm gesprochen?«

»Nein.«

»In welchem Hotel ist Ihr Bruder in New York abgestiegen?«

Die rastlosen schwarzen Pupillen weiteten sich abrupt, als wollten sie in das Weiß der Augen übergreifen. Das war das einzige deutliche Zeichen von Angst, das ich bei ihr gesehen hatte. Wären diese verräterischen Pupillen nicht gewesen, hätte nichts in ihrer Haltung von Unruhe gezeugt.

»Das weiß ich nicht.«

»Wann ist er aus San Francisco abgeflogen – oder gefahren?«

»Donnerstag – vor vier Tagen.«

Als wir Creda Dexters Apartment verlassen hatten, gingen O'Gar und ich erst einmal sechs oder sieben Blocks in nachdenklichem Schweigen, bevor wir sprachen.

»Ein glattes Kätzchen, diese Dame! Richtig gestreichelt, wird sie wohlig schnurren; falsch gestreichelt, und aufgepaßt vor den Krallen!«

»Was hat Ihnen das Aufblitzen der Augen gesagt, als ich sie nach ihrem Bruder fragte?« wollte ich wissen.

»Etwas schon – aber ich weiß nicht, was! Es wär kein Fehler, wenn wir feststellten, ob er wirklich in New York ist. Wenn er nämlich heute dort ist, kann er unmöglich gestern abend hier gewesen sein. Selbst die Postmaschinen brauchen sechsundzwanzig bis achtundzwanzig Stunden für die Strecke.«

»Das werden wir tun«, pflichtete ich ihm bei. »Es sieht mir nicht danach aus, als wär diese Creda Dexter fest davon überzeugt, daß ihr Bruder nichts mit dem Mord zu schaffen hat. Und nichts spricht dafür, daß Bonfils keinen Helfer gehabt hat. Allerdings kann ich mir nicht vorstellen, daß Creda da drinsteckt. Sie hat gewußt, daß das neue Testament noch nicht unterschrieben war. Es wär ja unsinnig, sich selber um diese Dreiviertelmillion Scheinchen zu bringen.«

Wir schickten ein längeres Telegramm an die New Yorker Filiale von Continental's und schauten dann bei der Agentur herein, um nachzusehen, ob irgendwelche Antworten auf die Telegramme eingetroffen wären, die ich in der vergangenen Nacht aufgegeben hatte.

Und es waren welche eingetroffen.

Nicht einer von den Leuten, deren Namen zusammen mit Gantvoorts Namen auf der getippten Liste aufgeführt waren, war gefunden worden; von keinem auch nur die geringste Spur. Zwei von den angegebenen Adressen waren Hirngespinste. Auf diesen Straßen gab es keine Häuser mit diesen Nummern – und hatte es auch nie gegeben.

Was vom Nachmittag noch blieb, verbrachten O'Gar und ich damit, daß wir die Wege abklapperten, die zwischen dem Wohnsitz der Gantvoorts auf dem Russian Hill und dem Haus lagen, in dem die Dexters wohnten. Wir fragten jeden aus, den wir finden konnten, Mann wie Frau oder Kind; jeden, der an den drei Straßen, die der Tote genommen haben konnte, wohnte, arbeitete oder spielte.

Wir fanden niemanden, der den Schuß gehört hatte, der in der Nacht vor dem Mord von Bonfils abgefeuert worden war. Wir fanden niemanden, der in der Mordnacht etwas Verdächtiges gesehen hatte. Niemanden, der sich erinnerte gesehen zu haben, daß Gantvoort von einem Coupé aufgelesen worden war.

Dann statteten wir dem Haus der Gantvoorts einen Besuch ab, vernahmen Charles Gantvoort noch einmal, seine Frau und das gesamte Dienstpersonal – und erfuhren nichts. Soweit sie wußten, fehlte nichts, was dem Toten gehört hatte; nichts, was so klein war, daß man es in einem Schuhabsatz hätte verstecken können.

Die Schuhe, die er in der Nacht, in der er getötet worden war, getragen hatte, waren eines von den drei Paaren, die vor zwei Monaten in New York für ihn angefertigt worden waren. Es war möglich, daß er den Absatz des linken Schuhs abmontiert, ihn soweit ausgehöhlt hatte, daß man einen kleinen Gegenstand darin verstecken konnte, und ihn dann wieder drangenagelt hatte. Whipple wies allerdings nachdrücklich darauf hin, daß er jede Spur irgendeiner Manipulation an dem Schuh bemerkt haben würde, es sei denn, sie wäre von einem geschickten Schuster vorgenommen worden.

Nachdem dieses Feld abgegrast war, kehrten wir zurück zur Agentur. Gerade war von der New Yorker Filiale ein

Telegramm gekommen, in dem es hieß, daß keine der Schifffahrtsgesellschaften die Ankunft eines Emil Bonfils aus England, Frankreich oder Deutschland während der letzten sechs Monate in ihren Listen verzeichnet habe.

Die Detektive, die die Stadt nach Bonfils abgesucht hatten, waren alle mit leeren Händen zurückgekehrt. Sie hatten in San Francisco, Oakland und Alameda elf Personen ausfindig gemacht und vernommen. Ihre Nachforschungen hatten eindeutig ergeben, daß alle elf mit der Sache nichts zu tun hatten. Keiner von diesen Bonfils kannte einen Emil Bonfils. Auch das Durchsehen der Hotellisten hatte nichts ergeben.

O'Gar und ich gingen zusammen essen – eine schweigsame, brummige Mahlzeit, während der keiner von uns mehr als sechs Worte sagte – und kehrten dann wieder zur Agentur zurück, wo inzwischen ein weiteres Kabel aus New York eingetroffen war.

Madden Dexter heute morgen im McAlpin Hotel abgestiegen. Hat Verhandlungsvollmacht für Verkauf von Gantvoort-Anteilen an der B. F. & F. Iron Corporation. Verneint, Emil Bonfils zu kennen oder von Mord zu wissen. Hat vor, Geschäftliches morgen zu erledigen und dann gleich nach San Francisco zurückzukehren.

Ich ließ das Stück Papier, auf dem ich das Telegramm entschlüsselt hatte, aus den Fingern gleiten, und abgestumpft saßen wir uns gegenüber, blickten uns über meinen Schreibtisch hinweg ausdruckslos an und horchten auf das Geklapper, das im Korridor die Putzfrauen mit ihren Eimern machten.

»Es ist ein Witz«, sagte O'Gar schließlich zu sich selber.

Ich nickte. Es war in der Tat reichlich komisch.

»Wir haben jetzt neun Hinweise«, sagte er weiter, »und keiner davon hat uns auch nur ein Fitzelchen weitergebracht. Nummer eins: Der Tote hat euch hier angerufen und euch erzählt, ein Emil Bonfils, mit dem er vor langer Zeit in Paris aneinandergeraten sei, habe ihn bedroht und auf ihn geschossen. Nummer zwei: Die Schreibmaschine, mit der er getötet wurde und auf der die Liste und der Brief geschrieben wurden. Wir versuchen noch rauszukriegen, wo die herkommt, bis jetzt ohne Ergebnis. Und überhaupt – wie kann man sowas als Waffe benutzen? Sieht aus, als hätte dieser Bonfils die Wut gekriegt und Gantvoort mit dem erstbesten Gegenstand erschlagen, den er zur Hand hatte. Aber was sollte die Schreibmaschine in einem gestohlenen Auto? Und warum war die Seriennummer weggefeilt?«

Ich schüttelte den Kopf, um anzudeuten, daß ich keine Antwort wußte, und O'Gar fuhr fort, unsere Hinweise aufzuzählen.

»Nummer drei: Der Drohbrief, der bestätigt, was Gantvoort an dem Nachmittag gesagt hatte. Nummer vier: Diese zwei Patronen mit dem Kreuz in der Schnauze. Nummer fünf: Das Schmuckkästchen. Nummer sechs: Dieses Büschel blonder Haare. Nummer sieben: Die Tatsache, daß dem Toten ein Schuh und die Kragenknöpfe abgenommen wurden. Nummer acht: Die auf dem Weg gefundene Brieftasche mit zwei Zehndollarscheinen, drei Zeitungsausschnitten und der Liste. Nummer neun: Daß der Schuh zusammen mit den fehlenden Kragenknöpfen, vier anderen Kragenknöpfen und einem rostigen Schlüssel gefunden wird, eingewickelt in eine fünf Tage alte Zeitung aus Philadelphia. Das wäre der Katalog. Wenn diese Dinge überhaupt was zu bedeuten haben, dann doch wohl dies: Emil Bonfils, wer immer das auch ist, ist 1902 in Paris von Gantvoort um irgendwas betrogen worden und ist gekommen, um sich das zurückzuholen. Er hat Gantvoort gestern abend in einem gestohlenen Wagen mitgenommen und hatte seine Schreibmaschine dabei – Gott weiß, warum! Gantvoort hat Streit angefangen, Bonfils hat ihm die Rübe mit der Schreibmaschine eingeschlagen, ihm dann die Taschen durchsucht, anscheinend ohne ihm was wegzunehmen. Er kam zu dem Schluß, daß das Gesuchte in Gantvoorts linkem Schuh sein müsse, und so hat er den Schuh mitgenommen. Und dann – aber was sollte der Quatsch mit den Kragenknöpfen oder mit der falschen Liste oder . . .«

»Aber nein, das ist kein Quatsch!« warf ich ein, mich aufsetzend und ganz wach jetzt. »Das ist unser zehnter Hinweis – der rote Faden, dem wir von jetzt ab folgen werden. Diese Liste war, abgesehn von Gantvoorts Namen und Adresse, falsch. Beruhte sie auf Wahrheit, hätten unsere Jungens zumindest eine der fünf aufgeführten Personen ausfindig gemacht. Aber von keiner haben sie auch nur die geringste Spur gefunden. Und zwei von den Adressen waren Hausnummern, die es gar nicht gibt! Diese Liste ist also ein Phantasieprodukt. Zusammen mit den Zeitungsausschnitten und den zwanzig Dollar ist sie in die Brieftasche gesteckt worden – um das Spiel echter erscheinen zu lassen –, und die hat man dann in der Nähe des Wagens auf den Weg geworfen, um uns irrezuführen. Und wenn das so ist, dann sind die übrigen Sachen hundert zu eins ebenfalls ein Täuschungsmanöver. Von jetzt an betrachte ich alle diese neun hübschen Hinweise als taube Nüsse. Als Fingerzeige sind sie völlig unbrauchbar, und ich werde genau in die entgegengesetzte Richtung gehn. Ich werde einen Mann suchen, der nicht Emil Bonfils heißt und dessen Initialen weder E noch B sind; der nicht Franzose ist und der 1902 nicht in Paris war; einen Mann, der kein helles Haar hat, keine 45er Pistole und kein Interesse an persönlichen Mitteilungen in Zeitungen; einen Mann, der Gantvoort nicht getötet hat, um an irgend etwas heranzukommen, was möglicherweise in einem Schuhabsatz oder an einem Kragenknopf versteckt gewesen ist. So sieht der Bursche aus, hinter dem ich jetzt her bin!«

Der Detektivsergeant blickte mit seinen kleinen grünen Augen langsam zu mir auf und kratzte sich nachdenklich den Kopf.

»Vielleicht gar nicht so dumm!« sagte er. »Sie könnten da durchaus richtig liegen. Nehmen wir das mal an – wie geht's dann weiter? Dieses Dexter-Kätzchen ist es nicht gewesen – es hätte sie 'ne Dreiviertelmillion gekostet. Ihr Bruder ist es nicht gewesen – der ist in New York. Und außerdem murkst man ja keinen ab, bloß weil man der Meinung ist, er sei zu alt, um die Schwester zu heiraten. Charles Gantvoort? Er und seine Frau sind die einzigen, für die finanziell was dabei rausgesprungen ist, daß der alte Herr gestorben ist, bevor das neue Testament unterschrieben war. Dafür, daß Charles an jenem Abend zu Hause war, sprechen nur ihre Aussagen. Das Dienstpersonal hat ihn zwischen acht und elf nicht gesehn. Sie waren da und haben ihn nicht vor elf gesehn. Aber beide glauben wir ihm, wenn er sagt, er *sei* den ganzen Abend zu Hause gewesen. Und keiner von uns glaubt, daß *er* den alten Herrn um die Ecke gebracht hat – obgleich er's natürlich getan haben könnte. Wer also dann?«

»Diese Creda Dexter«, schlug ich vor, »wollte Gantvoort doch wegen seines Geldes heiraten, nicht? Sie glauben bestimmt nicht, daß sie ihn liebte, oder?«

»Nein. Nach dem, was ich von ihr gesehn habe, könnte ich mir denken, daß sie die anderthalb Millionen liebte.«

»Schön«, fuhr ich fort. »Und den Eindruck, daß sie immer brav am Herd hockt, macht sie mir auch nicht grade – im Gegenteil. Meinen Sie, Gantvoort war der einzige Mann, der je in sie verknallt war?«

»Ich kapiere! Ich kapiere!« rief O'Gar aus. »Sie meinen, es könnte irgendein junger Bursche im Rennen gelegen haben, der keine anderthalb Millionen im Rücken hatte und der sich gar nicht darüber freute, von einem Reichen ausgestochen zu werden. Schon möglich – schon möglich.«

»Nun, wie wär's dann, wenn wir den ganzen Kram, an dem wir bis jetzt gehangen haben, begraben und es mal in dieser Richtung versuchen?«

»Einverstanden«, sagte er. »Fangen wir also morgen früh an, unsere Zeit damit zu verbringen, den Rivalen um das Tätzchen dieser Dexter-Katze aufzustöbern.«

Ob unsere Richtung nun stimmte oder nicht, aber das war es, was wir taten. Wir verstauten all diese hübschen Hinweise in einer Schublade, schlossen die Schublade ab und vergaßen den Kram. Dann machten wir uns auf die Suche nach Creda Dexters Männerbekanntschaften, um sie nach dem Mörder durchzusieben.

Aber das war nicht so einfach wie es klang.

So sehr wir uns auch in ihre Vergangenheit vergruben, nicht einen Mann förderten wir zu Tage, der als ihr Verehrer hätte gelten können. Sie und ihr Bruder lebten seit drei Jahren in San Francisco. Alle Wohnungen, die sie in dieser Zeit gehabt hatten, spürten wir auf. Jeden, der sie auch nur vom Sehen her kannte, vernahmen wir. Und niemand konnte uns etwas von einem alleinstehenden Mann erzählen, der – abgesehen von Gantvoort – Interesse an ihr gezeigt hatte. Außer mit Gantvoort oder ihrem Bruder war sie anscheinend nie mit einem Mann gesehen worden.

All das brachte uns zwar nicht weiter, bestärkte aber unsere Überzeugung, auf dem richtigen Weg zu sein. In diesen drei Jahren, so argumentierten wir, mußte es außer Gantvoort mindestens noch einen Mann in ihrem Leben gegeben haben. Wenn wir uns nicht fürchterlich irrten, war sie ganz und gar nicht die Frau, die das Interesse eines Mannes entmutigt hätte. Und ein solches Interesse mußte sie erregen, denn die Natur hatte sie durchaus nicht stiefmütterlich behandelt. Und wenn es einen anderen Mann gab, dann erhöhte gerade die Tatsache, daß er so sorgfältig versteckt gehalten wurde, die Wahrscheinlichkeit, daß er mit Gantvoorts Tod etwas zu tun hatte.

Es gelang uns nicht, in Erfahrung zu bringen, wo die Dexters gelebt hatten, bevor sie nach San Francisco gekommen waren, aber an ihrem früheren Leben waren wir auch nicht sonderlich interessiert. Es war natürlich möglich, daß irgendein Liebhaber von früher erneut auf den Plan getreten war, aber in diesem Fall wäre es einfacher gewesen, die neugeknüpfte Verbindung aufzuspüren als das alte Verhältnis.

Unsere Erkundungen erwiesen jedenfalls eindeutig, daß Gantvoorts Sohn recht hatte, wenn er die Dexters für Erbschleicher hielt. Darauf deuteten sämtliche ihrer Tätigkeiten hin, auch wenn es in ihrer Vergangenheit nichts kraß Kriminelles gegeben hatte.

Ich knöpfte mir nochmals Creda Dexter vor, verbrachte einen ganzen Nachmittag bei ihr in der Wohnung und ließ

Frage um Frage auf sie niederprasseln, alles mit Zielrichtung auf ihre früheren Liebesverhältnisse. Wem hatte sie wegen Gantvoort und seiner anderthalb Millionen den Laufpaß gegeben? Und immer war die Antwort *niemandem* – eine Antwort, der ich keinen Glauben schenken mochte.

Wir ließen Creda Dexter Tag und Nacht beschatten – und es brachte uns keinen Millimeter weiter. Vielleicht ahnte sie, daß sie beschattet wurde. Sie verließ ihre Wohnung jedenfalls selten, und wenn, dann nur, um ganz unschuldige Einkäufe zu machen. Wir ließen ihre Wohnung beobachten, ganz gleich, ob sie zu Hause war oder nicht. Niemand kam zu Besuch. Wir zapften ihr Telefon an – und unser ganzes Abhören brachte uns nichts ein als Stille. Wir ließen ihre Post überwachen – und sie bekam nicht einen einzigen Brief, nicht einmal eine Reklamesendung.

Inzwischen hatten wir herausgekriegt, wo die drei in der Brieftasche gefundenen Zeitungsausschnitte herstammten – aus den Spalten für Persönliches von in New York, Chicago und Portland erscheinenden Zeitungen. Der Ausschnitt aus der Zeitung aus Portland war zwei Tage vor dem Mord erschienen, der Chicagoer Ausschnitt vier Tage davor, der New Yorker Ausschnitt fünf Tage davor. Alle drei Zeitungen hatten sich am Tage des Mordes in den Zeitungsständen von San Francisco befunden – jeder, der Material brauchte, um Detektive an der Nase herumzuführen, hätte sie erstehen und etwas aus ihnen herausschneiden können.

Der Pariser Verbindungsmann der Agentur hatte nicht weniger als sechs Emil Bonfils ausfindig gemacht – alles Nieten, soweit unsere Sache in Betracht kam – und war drei weiteren auf der Spur

Aber O'Gar und ich machten uns über Emil Bonfils keine Gedanken mehr – dieser Köder zog nicht mehr. Wir bosselten an unserer neuen Aufgabe herum – den Rivalen Gantvoorts ausfindig zu machen.

So vergingen die Tage, und so stand die Sache, als Madden Dexter aus New York zurückerwartet wurde.

Unsere New Yorker Filiale hatte ihn im Auge behalten, bis er die Stadt verließ, und hatte uns seine Abreise avisiert, so daß ich wußte, mit welchem Zug er kommen würde. Ich wollte ihm ein paar Fragen stellen, bevor seine Schwester ihn gesprochen hätte. Er hätte mir erzählen können, was ich wissen wollte, und vielleicht war er bereit dazu, solange seine Schwester ihm den Mund noch nicht verboten hatte.

Wenn ich gewußt hätte, wie er aussieht, hätte ich an ihn herantreten können, wenn er in Oakland aus dem Zug gestiegen wäre, aber ich kannte ihn nicht. Und Charles Gantvoort oder sonst jemanden, der ihn für mich hätte erkennen können, wollte ich nicht mitnehmen.

Ich fuhr also an jenem Morgen nach Sacramento hoch und stieg dort in seinen Zug. Ich steckte meine Karte in einen Umschlag und gab ihn einem Dienstmann auf dem Bahnhof. Dann folgte ich dem Dienstmann durch den Zug, während er ausrief:

»Mr. Dexter! Mr. Dexter!«

Im letzten Wagen – dem Wagen des Aussichtsclubs – wandte sich ein schlanker, dunkelhaariger Mann in gutgeschneidertem Tweedanzug von dem Fenster ab, durch das er den Bahnsteig beobachtet hatte, und streckte dem Dienstmann die Hand hin.

Ich betrachtete ihn genau, während er nervös den Umschlag aufriß und meine Karte las. Sein Kinn zitterte in diesem Augenblick ein wenig, was die Kraftlosigkeit eines Gesichts, das auch in besseren Momenten kaum energisch wirken konnte, noch unterstrich. Ich schätzte ihn zwischen fünfundzwanzig und dreißig. Die Haare in der Mitte gescheitelt und glatt nach unten angeklatscht; große und allzu ausdrucksvolle braune Augen; kleine, gutgeformte Nase; gepflegtes braunes Schnauzbärtchen; sehr rote, weichliche Lippen – dieser Typ etwa.

Als er von der Karte aufblickte, ließ ich mich auf den freien Sitz neben ihm fallen.

»Sie sind Mr. Dexter?«

»Ja«, sagte er. »Sie wollen mich vermutlich wegen Mr. Gantvoorts Tod sprechen?«

»Ah-hm. Ich habe ein paar Fragen, und da ich zufällig in Sacramento war, dachte ich, ich könnte sie Ihnen im Zug stellen, während ich mit Ihnen zurückfahre, um Ihnen nicht allzu viel von Ihrer Zeit zu rauben.«

»Wenn es irgendwas gibt, was ich Ihnen erzählen kann, so soll mich das freuen«, versicherte er mir. »Aber ich habe den New Yorker Detektiven schon alles gesagt, was ich wußte, und sie schienen nicht besonders viel damit anfangen zu können.«

»Nun, seit Sie in New York abgereist sind, hat sich die Situation etwas verändert.« Ich beobachtete sein Gesicht genau, während ich sprach. »Was wir da noch für wertlos hielten, kann jetzt gerade das sein, was wir brauchen.«

Ich machte eine Pause, während der er sich die Lippen befeuchtete und meinem Blick auswich. Kann sein, daß er nichts weiß, dachte ich, aber nervös ist er jedenfalls ganz schön. Ich ließ ihn ein Weilchen schmoren und tat inzwischen so, als wäre ich tief in Gedanken versunken. Wenn ich ihn richtig anfaßte, dessen war ich mir sicher, würde ich sein Innerstes nach außen kehren können. Aus sehr hartem Holz schien er nicht geschnitzt.

Wir saßen mit den Köpfen dicht zusammen, die vier oder fünf anderen Fahrgäste im Wagen sollten nicht hören, was wir sagten: und das war von Vorteil für mich. Zu den Dingen, die jeder Detektiv weiß, gehört unter anderem, daß man einem schwächlichen Charakter eine Information – sogar ein Geständnis – oftmals mit Leichtigkeit dadurch entlocken kann, daß man einfach das Gesicht dicht an das seine heranbringt und mit lauter Stimme spricht. Laut konnte ich hier nicht sprechen, aber allein die Tatsache, daß unsere Gesichter nahe beieinander waren, war schon günstig.

»Welcher von den Männern, mit denen Ihre Schwester bekannt war«, rückte ich schließlich heraus, »hat sich – abgesehn von Mr. Gantvoort – am meisten um sie bemüht?«

Er schluckte hörbar, blickte aus dem Fenster, flüchtig auf mich, dann wieder aus dem Fenster.

»Wirklich, da bin ich überfragt.«

»Na schön. Dann gehn wir mal so an die Sache ran – sagen wir, wir gehn der Reihe nach alle Männer durch, die sich für sie interessierten und für die sie sich interessierte.«

Er starrte weiterhin aus dem Fenster.

»Wer kommt da als erster?« drängte ich ihn.

Sein Kopf kam herum, und eine Sekunde lang sah er mir mit unruhigem Blick in die Augen – als getraute er sich nicht recht, seine Verzweiflung zu zeigen.

»Ich weiß, es klingt blöd, aber nicht mal ich als ihr Bruder könnte Ihnen den Namen auch nur eines Mannes nennen, für den Creda sich interessierte, bevor sie Gantvoort kennenlernte. Bevor sie ihn kennenlernte, hat sie meines

Wissens auch nicht für einen einzigen Mann das geringste empfunden. Es ist freilich möglich, daß es da mal irgendwen gegeben hat, von dem ich nichts wußte, aber ...«

Das klang in der Tat blöd! Die Creda Dexter, mit der ich gesprochen hatte – ein glattes Kätzchen, wie O'Gar sich ausgedrückt hatte – war mir ganz und gar nicht wie jemand vorgekommen, der nicht sehr bald mindestens einen Mann im Schlepptau hat. Der hübsche kleine Bursche, den ich da vor mir hatte, log. Eine andere Erklärung konnte es nicht geben.

Ich nahm ihn in die Zange. Doch als wir früh an jenem Abend in Oakland ankamen, hielt er immer noch an seiner ersten Behauptung fest – daß Gantvoort der einzige Verehrer seiner Schwester sei, von dem er etwas wisse. Und ich wußte, daß ich meine Sache vermasselt hatte, Madden Dexter unterschätzt hatte; daß es falsch gewesen war, ihn zu schnell in die Knie zwingen zu wollen; daß ich ihn zu direkt an dem Punkt gepackt hatte, der mich interessierte. Entweder war er bedeutend stärker als ich vermutet hatte, oder sein Interesse, Gantvoorts Mörder zu decken, war wesentlich größer als ich gedacht hatte.

Doch fest stand jetzt immerhin dies: Wenn Dexter log – und daran konnte es keinen großen Zweifel geben –, dann *hatte* Gantvoort einen Rivalen gehabt, und Madden Dexter glaubte oder wußte, daß dieser Rivale Gantvoort getötet hatte.

Als wir in Oakland aus dem Zug stiegen, wußte ich, daß ich angeschmiert war, daß er mir nicht erzählen würde, was ich wissen wollte – jedenfalls nicht mehr an dem Abend. Aber ich hängte mich an ihn, wich ihm nicht von der Seite, als wir das Fährschiff nach San Francisco bestiegen, obwohl nicht zu übersehen war, daß er viel darum gegeben hätte, mich loszuwerden. Immer besteht die Möglichkeit, daß etwas geschieht, womit man nicht gerechnet hat; und so ließ ich nicht ab, ihn mit Fragen zu löchern, während unser Schiff von der Pier ablegte.

Es dauerte nicht lange, und ein Mann näherte sich der Stelle, wo wir saßen – ein großer, kräftiger Mann in hellem Mantel und mit einer schwarzen Tasche in der Hand.

»Hallo, Madden!« begrüßte er meinen Begleiter, mit ausgestreckter Hand auf ihn zuschreitend. »Bin grade zugestiegen und versuche dauernd, mich an deine Telefonnummer zu erinnern«, sagte er, seine Tasche hinstellend, derweil sie sich freundschaftlich die Hände drückten.

Madden Dexter wandte sich mir zu.

»Darf ich vorstellen – Mr. Smith«, sagte er zu mir und nannte dann dem großen Mann meinen Namen, indem er hinzufügte: »Er arbeitet hier bei der Continental Detective Agency.«

Diese Floskel – eindeutig ein warnender Kassiber für Smith – brachte mich auf die Beine, und ich war ganz Wachsamkeit. Aber das Fährschiff war voll von Menschen, mindestens hundert allein waren um uns herum zu sehen. Ich wurde entspannter, lächelte freundlich und schüttelte Smith die Hand. Wer immer dieser Smith sein mochte und was er mit dem Mord zu tun haben mochte oder auch nicht – warum hatte Dexter es so eilig gehabt, ihm die Art meiner Tätigkeit unter die Nase zu binden? –, er konnte hier doch sowieso nichts machen. Die Menschenmenge um uns garantierte meine Sicherheit.

Das war mein zweiter Fehler an diesem Tag.

Smiths linke Hand war in seiner Manteltasche verschwunden – oder vielmehr durch einen dieser vertikalen Schlitze, die gewisse Macharten von Mänteln haben, so daß man die Taschen darunter erreichen kann, ohne den Mantel aufzuknöpfen. Seine Hand war durch diesen Schlitz verschwunden, und der Mantel war vorne so weit aufgesprungen, daß ich die stupsnasige Automatic in seiner Hand sah, die auf meine Gürtellinie gerichtet war, und zwar so, daß es den Blicken anderer verborgen blieb.

»Gehn wir aufs Deck?« fragte Smith – und das war ein Befehl.

Ich zögerte. Es war mir gar nicht lieb, all diese Menschen zu verlassen, die so blind um uns herum standen und saßen. Aber Smiths Gesicht war nicht gerade das Gesicht eines sehr vorsichtigen Menschen. Er sah aus wie jemand, dem es nicht viel ausmachte, sich über die Anwesenheit von hundert Zeugen hinwegzusetzen.

Ich drehte mich um und ging durch die Menge. Seine rechte Hand lag vertraulich auf meiner Schulter, während er ein wenig hinter mir ging. Mit der linken Hand – unter dem Mantel – drückte er mir seine Kanone ins Kreuz.

Das Deck war leer. Ein dicker Nebel, naß wie Regen – der Nebel winterlicher Nächte auf der San Francisco Bay – lag über dem Schiff und dem Wasser und hatte alle nach drinnen getrieben. Schwer hing er um uns, dicht und undurchdringlich. Trotz der Lampen, die über uns hingen, konnte ich nicht bis zum Ende des Schiffes sehen.

Ich blieb stehen.

Smith stieß mich in den Rücken.

»Noch'n Stückchen weiter, wo wir reden können«, knurrte er mir ins Ohr.

Ich ging weiter, bis ich an die Reling kam.

Mein ganzer Hinterkopf brannte in plötzlichem Feuer ... winzige Lichtpunkte funkelten in der Schwärze vor mir ... wurden größer ... stürzten auf mich ein ...

Halb wieder bei Bewußtsein! Ich merkte, daß ich mich mechanisch irgendwie über Wasser hielt und versuchte, aus meinem Mantel herauszukommen. In meinem Hinterkopf pochte es teuflisch. Meine Augen brannten. Ich kam mir schwer vor und vollgelaufen, als hätte ich literweise Wasser geschluckt.

Der Nebel hing tief und dick auf dem Wasser – sonst war nirgendwo etwas zu sehen. Mittlerweile hatte ich mich von dem behindernden Mantel befreit und in meinem Kopf war es etwas klarer geworden, doch mit wiederkehrendem Bewußtsein nahm auch der Schmerz zu.

Zu meiner Linken schimmerte diesig ein Licht auf und verschwand dann. Aus der Nebeldecke heraus, aus jeder Richtung, in einem Dutzend verschiedenen Tonarten, von nah und fern blökten Nebelhörner. Ich hörte auf zu schwimmen, ließ mich auf dem Rücken treiben und versuchte auszumachen, wo ich mich befand.

Nach einer Weile hörte ich das Klagen der Alcatraz-Sirene heraus, Signale in gleichmäßigen Abständen, die mir aber nichts sagten. Ohne Richtung kamen sie aus dem Nebel zu mir – als würden sie direkt von oben auf mich eindringen.

Ich befand mich irgendwo in der San Francisco Bay, das war alles, was ich wußte, wenn ich auch den Verdacht hatte, daß die Strömung mich zum Golden Gate hinaustrieb.

Ein Weilchen verging, und mir wurde klar, daß ich die Fahrrinne der Oakland-Fähren verlassen hatte – schon seit einer ganzen Zeit war kein Schiff mehr in meiner Nähe vorbeigekommen. Ich war froh, aus dieser Rinne heraus zu sein. In diesem Nebel war es viel wahrscheinlicher, daß ein Schiff mich überfuhr als daß es mich aufgefischt hätte.

Das Wasser packte mich kalt an, und so drehte ich mich wieder um und begann zu schwimmen, gerade kräftig genug, um mein Blut am Kreisen zu halten, derweil ich meine Energie sparte, bis ein bestimmtes Ziel sich zeigen würde, das ich dann ansteuern wollte.

Langsam kam ein Horn mit sich wiederholendem Röhren näher und näher, und kurz darauf wurden die Lampen des dazugehörigen Schiffs sichtbar. Eine von den Sausalito-Fähren, dachte ich.

Sie kam ziemlich nahe an mich heran, und ich rief sie an, bis ich atemlos war und meine Kehle wund. Doch in dem Warngebrüll des Schiffs gingen meine Rufe unter.

Das Schiff zog vorbei, und hinter ihm schloß sich der Nebel.

Die Strömung war jetzt stärker, und die Versuche, die Aufmerksamkeit der Sausalito-Fähre auf mich zu ziehen, hatten mich geschwächt. Ich ließ mich treiben, ließ mich von dem Wasser tragen, wohin es wollte, und ruhte mich aus.

Plötzlich tauchte vor mir ein anderes Licht auf – hing dort kurz – war weg.

Ich fing an zu schreien, arbeitete wie verrückt mit Armen und Beinen und versuchte, mich bis zu der Stelle durchs Wasser zu wühlen, wo es gewesen war.

Ich habe es nie wieder gesehen.

Überdruß überkam mich und ein Gefühl der Vergeblichkeit. Das Wasser war nicht mehr kalt. Mir war warm und wohlig, eine tröstliche Benommenheit zog in mich ein. In meinem Kopf pochte es nicht mehr; es war überhaupt keine Empfindung mehr in ihm. Es gab keine Lichter mehr jetzt, nur noch das Tuten der Nebelhörner ... Nebelhörner ... Nebelhörner vor mir, hinter mir, zu beiden Seiten von mir, mich ärgernd, mich reizend.

Wären die klagenden Hörner nicht gewesen, ich hätte keinen Finger mehr krumm gemacht. Sie waren die einzige Kleinigkeit geworden, die mich in meiner Situation noch störte – das Wasser war angenehm, das Müdesein war angenehm. Aber die Hörner peinigten mich. Wütend verfluchte ich sie und beschloß zu schwimmen, bis ich sie nicht mehr würde hören können, und dann, in der Stille des freundlichen Nebels, wollte ich einschlafen ...

Hin und wieder döste ich ein, um vom Wimmern einer Sirene ins Wachsein zurückgerissen zu werden.

»Diese verdammten Tuten! Diese verdammten Tuten!« beschwerte ich mich laut, wieder und wieder.

Eins von den Nebelhörnern, merkte ich kurz darauf, drang von hinten auf mich ein, lauter und stärker werdend. Ich wandte mich zurück und wartete ab. Lichter, schwach im Gewaber, kamen in Sicht.

Mit übertriebener Vorsicht das leiseste Plantschen vermeidend, schwamm ich zur Seite, um Platz zu machen. Wenn dieses Ärgernis vorbei wäre, würde ich mich schlafen legen können. Leise kicherte ich in mich hinein, als die Lichter auf gleiche Höhe mit mir kamen und empfand einen albernen Triumph darüber, wie gerissen ich dem Schiff ausgewichen war. Diese verdammten Tuten ...

Leben – die Gier nach Leben – ganz plötzlich strömte sie wieder in mein Innerstes zurück.

Ich schrie zu dem vorbeifahrenden Schiff hinauf und kämpfte mich mit jedem Atom meines Seins durch das Wasser zu ihm hin. Zwischen den Schwimmstößen warf ich den Kopf hoch und schrie ...

Als ich an diesem Abend zum zweitenmal das Bewußtsein wiedererlangte, lag ich auf einem sich bewegenden Gepäckkarren. Ringsum drängten sich Männer und Frauen, gingen neben dem Karren her, starrten mich mit neugierigen Blikken an. Ich setzte mich auf.

»Wo sind wir?« fragte ich.

Ein kleiner rotgesichtiger Mann beantwortete meine Frage.

»Sind grade in Sausalito gelandet. Liegen Sie still. Wir bringen Sie ins Krankenhaus.«

Ich blickte mich um.

»Wie lange dauert es, bis dieses Schiff wieder nach San Francisco zurückfährt?«

»Es legt gleich ab.«

Ich glitt von dem Karren und machte kehrt, um wieder an Bord zu gehen.

»Ich fahr da mit«, sagte ich.

Eine halbe Stunde später stieg ich bibbernd und bebend in meinen nassen Sachen und mit zusammengebissenen Zähnen, um sie nicht klappern zu lassen wie ein Würfelspiel, am Fährenhaus in ein Taxi und fuhr zu meiner Wohnung.

Dort schluckte ich einen Viertelliter Whisky, rieb mich mit einem groben Handtuch ab, bis meine Haut brannte, und fühlte mich dann, abgesehen von enormer Müdigkeit und schlimmen Kopfschmerzen, fast wieder menschlich.

Ich erreichte O'Gar telefonisch, bat ihn, sofort in meine Wohnung zu kommen, und rief dann Charles Gantvoort an.

»Ist Madden Dexter schon bei Ihnen gewesen?« fragte ich ihn.

»Nein, aber wir haben telefoniert. Er rief gleich an, als er zurück war. Ich bat ihn, sich morgen früh in Mr. Abernathys Büro mit mir zu treffen, um diese geschäftliche

Transaktion durchzusprechen, die er für Vater getätigt hat.«

»Können Sie ihn jetzt anrufen und ihm sagen, Sie hätten grade einen Anruf aus der Stadt gekriegt – müßten morgen ganz früh weg – und ob Sie nicht zu ihm kommen und ihn heute abend noch sprechen könnten?«

»Aber ja, wenn Sie wollen.«

»Gut! Tun Sie das. Ich komme gleich bei Ihnen vorbei, und wir gehn dann zusammen zu ihm.«

»Was ist ...«

»Ich erzähl's Ihnen, wenn ich da bin«, unterbrach ich ihn.

Ich hatte mich gerade fertig angezogen, als O'Gar eintraf.

»Er hat Ihnen also was erzählt?« fragte er, denn er wußte, daß ich vorgehabt hatte, Dexter im Zug zu treffen und auszuhorchen.

»Ja«, sagte ich mit bitterem Sarkasmus, »aber fast wär's soweit gekommen, daß ich vergessen hätte, was es war. Ich hab ihm auf der ganzen Strecke von Sacramento bis Oakland hart zugesetzt, aber kein Ton war aus ihm rauszukriegen. Auf der Fähre hier rüber macht er mich dann mit einem Mann bekannt, den er Mr. Smith nennt, und erzählt diesem Mr. Smith, daß ich ein Schnüffler bin. Und das, stellen Sie sich vor, passiert alles mitten in der Menschenmenge auf der Fähre! Mr. Smith drückt mir eine Kanone in den Bauch, marschiert mit mir aufs Deck raus, knallt mir was auf den Hinterkopf und schmeißt mich in die Bucht.«

»Sie erleben immer ganz schön lustige Sachen, was?« O'Gar grinste und runzelte dann die Stirn. »Dann sieht das also ganz danach aus, daß Smith der Mann ist, den wir suchen – der Kamerad, der das Ding mit Gantvoort gedreht hat. Aber was zum Henker bringt ihn dazu, sich dadurch zu verraten, daß er Sie über Bord schmeißt?«

»Zu schwer für mich«, bekannte ich, während ich meine Hüte und Mützen probierte, um festzustellen, was davon am wenigsten schwer auf meinem angeschlagenen Schädel sitzen würde. »Dexter hat natürlich gewußt, daß ich hinter einem der früheren Liebhaber seiner Schwester her war. Und er muß sich gedacht haben, daß ich eine ganze Menge mehr weiß als ich tatsächlich weiß, sonst hätte er Smith nicht in meiner Gegenwart so plump mit der Nase auf meinen Job gestupst. Nachdem Dexter auf der Fähre diesen hirnlosen Mist gebaut hatte, hat Smith möglicherweise gedacht, ich würde ihn sehr bald, wenn nicht auf der Stelle, am Kragen haben. Deswegen der Desperado-Versuch, mich aus dem Weg zu räumen. Aber das werden wir bald alles geklärt haben«, sagte ich, als wir zu dem wartenden Taxi hinuntergingen, das uns zu Gantvoort bringen sollte.

»Sie rechnen doch nicht damit, daß Smith sich irgendwo blicken läßt, oder?« fragte der Detektivsergeant.

»Nein. Der hat sich erst mal irgendwo verkrochen, bis er klar sieht, wie die Dinge laufen. Aber Madden Dexter wird sich sehn lassen müssen, wenn er nicht verdächtigt werden will. Was den Mord als solchen betrifft, so hat er ein Alibi. Und da ich ja als tot gelte, ist er um so sicherer, je mehr er sich zeigt. Aber es steht fest, daß er weiß, was das alles soll, auch wenn er nicht unbedingt was damit zu tun haben muß. Soweit ich sehn konnte, ist er heute abend nicht mit Smith und mir aufs Deck rausgegangen. Jedenfalls ist er bestimmt zu Hause. Und diesmal wird er reden – er wird sein Geschichtchen erzählen!«

Charles Gantvoort stand auf der Treppe vor seinem

Haus, als wir bei ihm ankamen. Er stieg zu uns ins Taxi, und wir fuhren los zum Apartment der Dexters. Wir hatten keine Zeit, auch nur eine der Fragen zu beantworten, mit denen Gantvoort uns bei jeder Umdrehung der Räder zusetzte.

»Er ist zu Hause und erwartet uns?« fragte ich ihn.

»Ja.«

Dann stiegen wir aus dem Taxi und gingen in das Apartmenthaus.

»Melden Sie Mr. Dexter, ich sei hier – Gantvoort ist mein Name«, sagte Gantvoort zu dem philippinischen Boy am Schaltbrett.

Der Boy sprach ins Telefon.

»Gehn Sie nur hoch«, sagte er zu uns.

An der Tür der Dexters trat ich an Gantvoort vorbei und drückte auf die Klingel.

Creda Dexter machte auf. Ihre Bernsteinaugen weiteten sich, und ihr Lächeln erstarb, als ich an ihr vorbei in die Wohnung trat.

Rasch ging ich durch den kurzen Flur und bog in das erste Zimmer ein, hinter dessen offener Tür Licht brannte.

Und vor mir stand Smith!

Wir waren beide überrascht, doch er staunte noch viel mehr als ich. Keiner von uns beiden hatte damit gerechnet, den andern zu sehen; aber ich hatte gewußt, daß er noch am Leben war, während er allen Grund gehabt hatte zu denken, ich sei tief unten bei den Fischen der Bucht.

Ich nutzte den Vorteil seiner größeren Verwirrung so weit aus, daß ich zwei Schritte auf ihn zu machte, bevor er aktiv wurde.

Eine seiner Hände schoß nach unten.

Ich schickte die rechte Faust zu seinem Gesicht ab; jedes

Gramm meiner 180 Pfund legte ich in sie hinein, und verstärkt wurde die Wucht durch die Erinnerung an jede Sekunde, die ich im Wasser verbracht hatte, durch jedes Pochen in der Beule auf meinem Schädel.

Seine Hand, die schon nach seiner Pistole hinunterzuckte, kam zu spät wieder hoch, um meinen Punch zu kontern.

Etwas knackte in meiner Hand, als sie in sein Gesicht knallte, und ich merkte, wie meine Hand taub wurde.

Aber er ging zu Boden – und blieb liegen.

Ich sprang über ihn hinweg zu einer Tür auf der gegenüberliegenden Seite des Zimmers und zog dabei mit der Linken meine Pistole.

»Dexter ist hier irgendwo!« rief ich O'Gar über die Schulter zu, der gerade mit Gantvoort und Creda durch die Tür kam, durch die ich hereingekommen war. »Augen auf!«

Ich rannte durch die vier anderen Zimmer des Apartments, riß Schranktüren auf, sah überall nach – und fand niemanden.

Dann kehrte ich dorthin zurück, wo Creda mit O'Gars und Gantvoorts Hilfe versuchte, Smith wieder zum Leben zu erwecken.

Der Detektivsergeant sah mich über die Schulter an.

»Was meinen Sie, wer der Kerl hier ist?« fragte er.

»Mein Freund Mr. Smith.«

»Gantvoort sagt, er ist Madden Dexter.«

Ich sah Charles Gantvoort an, und der nickte.

»Das ist Madden Dexter«, sagte er.

Wir mußten Dexter fast zehn Minuten bearbeiten, bis er die Augen wieder aufmachte.

Sobald er sich aufgesetzt hatte, nahmen wir ihn mit Fragen und Anschuldigungen unter Beschuß, in der Hoffnung, ein Geständnis aus ihm herauszuholen, bevor er sich von seiner Schwäche erholte – aber so schwach war er gar nicht.

Alles, was wir aus ihm herauskriegen konnten, war dies:

»Nehmt mich doch fest, wenn ihr wollt. Wenn ich überhaupt was zu sagen habe, dann werd ich's meinem Anwalt sagen und sonst keinem.«

Creda Dexter, die, als ihr Bruder zu sich kam, zurückgetreten war und, uns beobachtend, etwas abseits stand, kam plötzlich vor und packte mich am Arm.

»Was haben Sie in der Hand gegen ihn?« herrschte sie mich an.

»Das will ich erst mal für mich behalten«, konterte ich, »aber so viel kann ich Ihnen sagen – wir werden ihm Gelegenheit geben, in einem sauberen, modernen Gerichtssaal zu beweisen, daß er Leopold Gantvoort nicht umgebracht hat.«

»Er war in New York!«

»War er nicht! Ein Freund von ihm ist als Madden Dexter nach New York gefahren und hat sich unter diesem Namen um Gantvoorts Geschäfte gekümmert. Aber wenn das hier der wirkliche Madden Dexter ist, dann ist er in Richtung New York nicht weiter gekommen als bis auf die Fähre, wo er seinen Freund traf, um von ihm die Papiere entgegenzunehmen, die mit der B. F. & F. Iron Corporation-Transaktion zusammenhängen. Und dabei hat er gemerkt, daß ich über den Wahrheitsgehalt seines Alibis gestolpert war – auch wenn ich das zu der Zeit selber noch nicht wußte.«

Sie fuhr herum und starrte auf ihren Bruder.

»Stimmt das?« fragte sie ihn.

Höhnisch grinste er sie an und befühlte weiter die Stelle an seinem Kinn, wo meine Faust gelandet war.

»Alles, was ich zu sagen habe, werde ich meinem Anwalt sagen«, wiederholte er.

»So, wirst du das?« schoß sie zurück. »Na, dann werde ich gleich jetzt sagen, was ich zu sagen habe!«

Sie fuhr wieder zu mir herum.

»Madden ist überhaupt nicht mein Bruder! Mein Name ist Ives. Ich lernte Madden in St. Louis kennen, vor ungefähr vier Jahren. Ein Jahr oder so sind wir zusammen rumgezogen und dann nach Frisco gekommen. Er war Zuchthäusler – und ist es noch. Mr. Gantvoorts Bekanntschaft hat er vor sechs oder sieben Monaten gemacht – er hat ihn riesig durch den Kakao gezogen – wollte ihm irgendeine Pseudo-Erfindung aufschwatzen. Ein paarmal hat er ihn mit hierhergebracht und mich als seine Schwester vorgestellt. Wir sind auch sonst meistens als Bruder und Schwester aufgetreten. Dann, als Mr. Gantvoort mehrmals hiergewesen war, hat Madden sich ein anderes Spiel ausgedacht. Er war der Meinung, Mr. Gantvoort hätte mich gern, und wir würden mehr Geld aus ihm rausholen können, wenn wir sowas wie 'ne Art Köderspiel mit ihm anfangen würden. Ich sollte den alten Herrn kirre machen, bis ich ihn fest um den Finger gewickelt hätte – bis wir ihn so fest am Haken gehabt hätten, daß er nicht mehr losgekommen wäre – bis wir was in der Hand gehabt hätten gegen ihn, was wirklich gezogen hätte. Dann wollten wir ihn ausnehmen, aber richtig. 'ne Weile ging alles prima. Er verknallte sich in mich – verknallte sich fürchterlich. Und schließlich bat er mich, ihn zu heiraten. Damit hatten wir nie gerechnet. Unser Spiel war Erpressung. Aber als er mir den Heiratsantrag gemacht hatte, versuchte ich Madden zurückzupfeifen. Ich gebe zu, das Geld des alten Herrn hatte was zu tun damit – hat mich beeinflußt –, aber inzwischen hatte ich ihn auch als Mensch ein bißchen liebgewonnen. In vieler Hinsicht war er ein riesig feiner Mann – netter als alle, die ich sonst gekannt hatte. Und das hab ich Madden alles erzählt und vorgeschlagen, daß wir den alten Plan fallenlassen und daß ich Gantvoort heirate. Ich versprach, daß Madden ausgesorgt haben würde – ich wußte, ich hätte von Mr. Gantvoort immer kriegen können, was ich gewollt hätte. Und ich war ehrlich und fair zu Madden. Ich mochte Mr. Gantvoort, aber Madden hatte ihn aufgetrieben und zu mir angeschleppt, und deswegen wollte ich Madden nicht sitzenlassen. Soweit ich konnte, wollte ich alles für ihn tun. Aber Madden wollte nichts davon hören. Auf die Dauer hätte er mehr Geld gekriegt, wenn er auf mich gehört hätte – aber er wollte sein Händchenvoll gleich haben. Und was ihn noch unvernünftiger macht, ist, daß er einen von seinen Eifersuchtsanfällen kriegte. Eines Abends hat er mich geschlagen! Damit war die Sache klar. Ich entschloß mich, ihn im Stich zu lassen. Ich erzählte Mr. Gantvoort, daß mein Bruder ein erbitterter Gegner unserer Heirat sei, und er konnte ja auch selber sehn, daß Madden Wut im Bauch hatte. Um ihn aus dem Weg zu haben, bis wir unsere Hochzeitsreise angetreten hätten, richtete er es also ein, Madden wegen dieses Stahlgeschäfts in den Osten zu schicken. Und wir dachten, wir hätten Madden gründlich getäuscht – aber ich hätte wissen müssen, daß er unsere Absicht durchschauen würde. Wir hatten vor, für etwa ein Jahr fort zu sein, und ich dachte, nach dieser Zeit würde Madden mich vergessen haben – oder ich wär fähig gewesen, mit ihm fertig zu werden, wenn er dann noch versucht hätte, irgendwelchen Ärger zu machen. Gleich als ich hörte, daß Mr. Gantvoort umgebracht worden war, ahnte ich, daß Madden es getan hatte. Aber dann schien es ja keinen Zweifel zu geben, daß er am nächsten Tag in New York war, und ich glaubte, ihm Unrecht getan zu haben. Und ich war froh, daß er aus der Sache raus war. Aber jetzt ...«

Sie wirbelte herum zu ihrem einstigen Verbündeten.

»Jetzt hoff ich, daß du baumelst, du Riesentrottel du!«

Mit einem Ruck fuhr sie wieder zu mir herum. Kein glattes Kätzchen mehr, sondern eine wütende, fauchende Katze mit Krallen und entblößten Zähnen.

»Wie hat der Kerl ausgesehn, der für ihn nach New York gefahren ist?«

Ich beschrieb den Mann, mit dem ich im Zug gesprochen hatte.

»Evan Felter«, sagte sie nach einem Moment des Nachdenkens. »Der hat früher schon mit Madden zusammengearbeitet. Wahrscheinlich finden Sie ihn in Los Angeles versteckt. Nehmen Sie ihn fest in die Zange, und er spuckt alles aus, was er weiß – er ist'n weiches Bübchen! Gut möglich, daß er Maddens Spiel gar nicht durchschaute, bevor es vorbei war.«

»Na, wie gefällt dir das?« zischte sie Madden Dexter an. »Wie gefällt dir das für'n Anfang? Gar nicht so schlecht für'n Kompagnon, was? Du hast mir meine kleine Party versaut, nicht? Na, und dafür werd ich von jetzt an, bis sie dich hochgehn lassen, jede Minute opfern, um ihnen zu helfen, dich hochgehn zu lassen!«

Und das tat sie auch – mit ihrer Hilfe war es keine Schwierigkeit mehr, den Rest der Beweise zusammenzukriegen, die wir brauchten, um ihn zu hängen. Und ich glaube nicht, daß ihre Freude an der Dreiviertelmillion Dollar im geringsten durch irgendwelche Gewissensbisse wegen dem getrübt wird, was sie Madden antat. Sie ist *jetzt* eine sehr achtbare Frau und froh, von dem Zuchthäusler losgekommen zu sein.

Das goldene Hufeisen

»Besonders aufregend ist es nicht, was ich Ihnen diesmal anzubieten habe«, sagte Vance Richmond, als wir uns die Hände schüttelten. »Ich möchte, daß Sie einen Mann für mich finden – einen Mann, der kein Krimineller ist.«

Das klang wie eine Entschuldigung. Die letzten zwei Jobs, die dieser hagere, graugesichtige Anwalt mir zugeschustert hatte, waren in Spielerei mit Kanonen und andere Rüpeleien ausgeartet, und wahrscheinlich dachte er, bei allem, was darunter wäre, würde ich einschlafen. Es hatte wohl mal eine Zeit gegeben, wo er damit vielleicht recht gehabt hätte – als ich ein junger Hüpfer von zwanzig oder so war und frisch bei der Continental Detektei angefangen hatte; aber die fünfzehn Jahre, die seitdem ins Land gegangen waren, hatten meinen Appetit auf Handgreiflichkeiten einigermaßen gedämpft.

»Der Mann, den Sie mir ausfindig machen sollen«, fuhr der Anwalt fort, als wir uns setzten, »ist ein englischer Architekt namens Norman Ashcraft. Er ist etwa siebenunddreißig, einsachtundsiebzig groß, gut gebaut, mit hellem Teint, blondem Haar und blauen Augen. Vor vier Jahren war er noch das typische Exemplar des schmucken blonden Briten. Jetzt ist er wohl nicht mehr so – diese vier Jahre sind nicht so ganz leicht für ihn gewesen, könnt ich mir vorstellen.

Hier die Story. Vor vier Jahren lebten die Ashcrafts zusammen in England, in Bristol. Es scheint, daß Mrs. Ashcraft stark zur Eifersucht neigt, und er war ziemlich reizbar. Hinzu kommt, daß er an Geld nur hatte, was er durch seinen Beruf verdiente, während sie ganz schön was von ihren Eltern geerbt hatte. Ashcraft war blödsinnig empfindlich in diesem Punkt – es fiel ihm schwer, mit einer wohlhabenden Frau verheiratet zu sein, und so überschritt er manchmal seine Grenzen, um ihr zu beweisen, daß er von ihrem Geld weder abhängig noch beeinflußbar war. Natürlich dumm von ihm, aber genau das Verhalten, das bezeichnend ist für einen Mann seines Temperaments. Eines Nachts macht sie ihm Vorhaltungen: Er habe einer anderen Frau allzu viel Aufmerksamkeit geschenkt. Es kommt zum Streit – er packt seine Koffer und verläßt sie.

Nach kaum einer Woche tut es ihr leid – um so mehr, da sie erfahren hat, daß ihr Verdacht, abgesehn von ihrer eigenen Eifersucht, völlig unbegründet war –, und sie fängt an, ihn zu suchen. Aber er bleibt verschwunden. Es gelingt ihr, seine Spur von Bristol nach New York zu verfolgen, dann bis Detroit, wo man ihn nach irgendeiner Kneipenkeilerei wegen Hausfriedensbruch verhaftet und zu einer Geldstrafe verurteilt hatte. Danach verliert sie ihn aus den Augen, bis er zehn Monate später in Seattle wieder auftaucht.«

Der Anwalt suchte zwischen den Papieren auf seinem Schreibtisch herum und fand ein Blatt mit Notizen.

»Am 23. Mai 1923 erschoß er in seinem Hotelzimmer dort einen Einbrecher. Der Polizei von Seattle scheint die Sache nicht ganz geheuer vorgekommen zu sein, aber sie hatte nichts gegen Ashcraft in der Hand. Es gab keinen Zweifel daran, daß der Mann, den er getötet hatte, ein Einbrecher war. Dann verschwand Ashcraft aufs neue, und nichts war von ihm zu hören – bis vor jetzt etwa einem

Jahr. Mrs. Ashcraft hatte in den Zeitungen der größeren amerikanischen Städte Suchanzeigen nach ihm aufgegeben.

Eines Tages erhielt sie einen Brief von ihm, aus San Francisco. Es war ein sehr förmlicher Brief, einfach nur mit der Bitte, mit den Suchanzeigen aufzuhören. Er sei zwar fertig mit dem Namen Norman Ashcraft, schrieb er, doch er sei es leid, ihn in jeder Zeitung, die er aufschlage, veröffentlicht zu sehen.

Sie schrieb ihm einen postlagernden Brief hierher und setzte ihn durch eine weitere Annonce davon in Kenntnis. Er beantwortete ihn, ziemlich scharf. Sie schrieb ihm wieder, mit der Bitte heimzukommen. Das lehnte er ab, wenngleich sein Ton ihr gegenüber weniger ätzend war. Sie wechselten noch einige Briefe, und sie erfuhr, daß er rauschgiftsüchtig geworden war – ein Rest von Stolz verbiete ihm, zu ihr zurückzukehren, bevor er nicht sein früheres Aussehen und wenigstens etwas von seinem alten Selbst wiedererlangt habe. Sie überredete ihn, ausreichend Geld von ihr anzunehmen, damit er sich wieder freischwimmen könne. Sie schickte ihm dieses Geld postlagernd hierher, jeden Monat.

In der Zwischenzeit brach sie in England ihre Zelte ab – enge Verwandte, die sie dort hätten halten können, hatte sie nicht – und kam nach San Francisco, um zur Stelle zu sein, wenn ihr Mann so weit wäre, zu ihr zurückzukehren. Ein Jahr ist seither vergangen. Sie schickt ihm immer noch jeden Monat Geld. Sie wartet immer noch darauf, daß er zu ihr zurückkehrt. Er hat es wiederholt von sich gewiesen, sich mit ihr zu treffen, und seine Briefe sind ausweichend und voll von Ausflüchten – wie er ständig gegen die Droge ankämpft, einen Monat lang einen Schritt vorankommt und im nächsten zwei Schritte zurückfällt.

Mittlerweile hat sie natürlich den Verdacht, daß er gar nicht daran denkt, jemals wieder zu ihr zurückzukehren; daß er gar nicht vorhat, die Droge aufzugeben; daß er sie einfach als Einkommensquelle benutzt. Ich habe ihr dringend nahegelegt, die monatlichen Zahlungen für eine Weile einzustellen. Aber das will sie nicht. Sie sehen, sie gibt sich selber die Schuld an seinem gegenwärtigen Zustand. Sie glaubt, ihr dummer Eifersuchtsanfall wäre die Ursache für seine mißliche Lage, und sie hat Angst, irgend etwas zu tun, was ihn verletzen oder ihn womöglich dazu bringen könnte, sich selber noch mehr zu ruinieren. In dieser Hinsicht läßt sie nicht mit sich reden. Sie möchte ihn zurück, möchte ihn geheilt zurück; will er jedoch nicht kommen, ist sie's zufrieden, ihm die Zahlungen für den Rest seines Lebens weiter zukommen zu lassen. Aber sie will wissen, wo sie dran ist. Sie will, daß diese furchtbare Ungewißheit aufhört, in der sie nun schon so lange lebt.

Was wir also von Ihnen wollen, ist, daß Sie Ashcraft finden. Wir wollen wissen, ob es noch im Bereich des Möglichen liegt, daß er wieder ein Mensch wird, oder ob er nicht mehr zu retten ist. Da haben Sie Ihre Aufgabe. Finden Sie ihn, bringen Sie in Erfahrung über ihn, was Sie können, und dann, wenn wir was wissen, werden wir entscheiden, ob es klüger ist, ein Gespräch zwischen ihnen zu erzwingen – in der Hoffnung, daß sie ihn wird beeinflussen können – oder nicht.«

»Ich werd's versuchen«, sagte ich. »Wann schickt Mrs. Ashcraft ihm immer seine Rente?«

»An jedem Monatsersten.«

»Heute ist der Achtundzwanzigste. Da hab ich noch drei Tage Zeit, um eine Sache abzuschließen, bei der mir noch ein paar Steinchen fehlen. Haben Sie ein Foto von ihm?«

»Nein, leider nicht. In ihrer Wut gleich nach ihrem Gekabbel hat Mrs. Ashcraft alles vernichtet, was sie an ihn erinnern könnte.«

Ich stand auf und griff nach meinem Hut.

»Ich komm so um den Zweiten des Monats wieder vorbei«, sagte ich, als ich das Büro verließ.

Am Nachmittag des Ersten ging ich hinunter zum Postamt und erwischte Lusk noch, den Inspektor, der zu der Zeit die Schalter unter sich hatte.

»Ich hab da einen Draht zu einem Blütendrucker oben aus dem Norden«, erzählte ich Lusk. »Er soll seine Briefe hier postlagernd kriegen. Können Sie's irgendwie so einrichten, daß ich den mal ins Visier kriege?«

Postinspektoren sind an Händen und Füßen durch Vorschriften und Dienstanweisungen gebunden, die ihnen verbieten, Privatdetektiven Hilfestellung zu leisten – es sei denn, es handelt sich um bestimmte Verbrechen. Aber ein freundlicher Inspektor treibt einen nicht unbedingt bis zum Äußersten. Man lügt ihm etwas vor – damit er ein Alibi hat, falls irgend etwas herauskommt –, und ob er einem nun glaubt oder ob er denkt, man belüge ihn, spielt keine Rolle.

Ich war also gleich wieder unten und lungerte in Sichtweite des Schalters für die Buchstaben A bis D herum, und der Beamte hinter der Scheibe war angewiesen, mir den Schalter zu überlassen, falls nach Ashcrafts Post gefragt werden sollte. Es war zwar noch keine Post für ihn da – Mrs. Ashcrafts Brief würde wohl auch kaum mehr an diesem Nachmittag in sein Fach wandern –, aber ich wollte nichts riskieren, und so blieb ich bis Schalterschluß auf dem Posten.

Wenige Minuten nach zehn am nächsten Vormittag konnte ich in Aktion treten. Einer der Schalterbeamten gab mir das Zeichen. Ein kleiner Mann in blauem Anzug und mit grauem Schlapphut entfernte sich mit einem Umschlag in der Hand von dem Schalter. Ein Mann von vielleicht vierzig Jahren, auch wenn er älter wirkte. Sein Gesicht war teigig, der Gang schleppend, und sein Anzug hatte Kleiderbürste und Bügeleisen dringend nötig.

Er steuerte direkt das Schreibpult an, vor dem ich stand und mit einigen Papieren herumfummelte. Er holte einen großen Briefumschlag aus der Tasche, und mein Blick fiel gerade lange genug auf dessen Vorderseite, um zu sehen, daß er bereits frankiert und adressiert war. Er hielt die Seite mit der Adresse gegen den Oberkörper, steckte den am Schalter abgeholten Brief in den Umschlag und beleckte die zurückgeschlagene Klappe so, daß unmöglich jemand die Vorderseite des Umschlags sehen konnte. Dann strich er die Klappe sorgfältig fest und wandte sich den Briefkastenschlitzen zu. Ich ging ihm nach. Mir blieb nichts übrig als das stets zuverlässige Stolpern.

Ich setzte zum Überholen an, und als ich dicht an ihm dran war, spielte ich einen Sturz auf den Marmorboden, ihn anrempelnd und ihn packend, als suchte ich Halt an ihm. Es war miserabel. Mitten in meiner Nummer rutschte ich wirklich aus, und wie zwei Ringer gingen wir beide zu Boden.

Ich rappelte mich auf, riß ihn hoch, murmelte eine Entschuldigung und mußte ihn fast beiseite stoßen, um vor ihm bei dem Umschlag zu sein, der mit der Vorderseite auf dem Boden lag. Als ich ihm den Umschlag reichte, mußte ich ihn umdrehen, um an die Adresse zu kommen:

Mr. Edward Bohannon,
Golden Horseshoe Café,
Tijuana, Baja California,
Mexico.

Ich hatte die Adresse, mich zugleich aber auch verraten. Es gab keine Möglichkeit auf Gottes Erdboden, diesem kleinen Mann in Blau nun noch einreden zu können, ich hätte es nicht auf die Adresse abgesehen gehabt.

Ich klopfte meine Sachen ab, während er seinen Umschlag in einen Schlitz schob. Er kam nicht zurück zu mir, wollte nichts mehr von mir, sondern wandte sich dem Ausgang zur Mission Street zu. Nach dem, was er wußte, konnte ich ihn nicht einfach so gehen lassen. Ich wollte nicht, daß Ashcraft einen Tip bekäme, bevor ich ihn gefunden hätte. Ich mußte es mit einem anderen Trick versuchen, der ebenso alt war wie der, den der glatte Fußboden mir vermasselt hatte.

Ich holte ihn ein, und im selben Augenblick wandte er den Kopf, um zu sehen, ob jemand ihm folge.

»Hallo, Micky!« grüßte ich ihn freudig. »Wie geht's denn so in Chi?«

»Sie müssen mich verwechseln.« Er sagte das aus dem Winkel seines graulippigen Mundes, ohne stehen zu bleiben. »Ich weiß nix von Chi.«

Seine Augen waren blaßblau mit Pupillen von Stecknadelkopfgröße – die Augen eines Heroin- oder Morphiumsüchtigen.

»Nu tu ma nich so«, sagte ich. »Du bist doch erst heute morgen aus'm Zug gefallen.«

Er blieb auf dem Gehsteig stehen und sah mich an.

»Ich? Für wen halten Sie mich eigentlich?«

»Du bist Micky Parker. Der Holländer hat uns geflüstert, daß du hierher unterwegs bist.«

»Sie spinnen«, grinste er mich hämisch an. »Ich hab keine Ahnung, wovon Sie überhaupt reden!«

Das machte nichts – ich hatte auch keine. Ich hob meine rechte Hand in der Manteltasche.

»Jetzt werd ich dir ma was erzählen«, knurrte ich.

Er zuckte vor meiner sich ausbeulenden Tasche zurück.

»Hey, hör zu, Bruder!« flehte er. »Du verwechselst mich – ehrlich. Ich heiße nicht Micky Parker, und ich lebe hier schon'n ganzes Jahr in Frisco.«

»Das mußte mir erst ma beweisen.«

»Kann ich machen«, rief er aus, ganz Eifer. »Ich schlepp dich ab zu mir und beweis es dir. Ich heiß Ryan und ich wohn hier um die Ecke auf der Sixth Street.«

»Ryan?« fragte ich.

»Ja – John Ryan.«

Das kreidete ich ihm an. Jeder dritte Ganove der alten Schule hat diesen Namen mindestens einmal benutzt; er ist der John Smith der Unterwelt.

Dieser spezielle John Ryan führte mich um den Block zu einem Haus auf der Sixth Street, wo die Wirtin – ein grobschlächtiges Weib von fünfzig Jahren mit Armen, die so behaart und muskulös waren wie die eines Dorfschmieds – mir versicherte, ihr Mieter lebe schon monatelang in San Francisco, das wisse sie ganz genau, und sie erinnere sich, ihn während der letzten zwei Wochen mindestens einmal täglich gesehen zu haben. Hätte ich wirklich den Verdacht gehabt, dieser Ryan sei mein fabulöser Micky Parker aus Chicago, ich würde der Frau kein Wort geglaubt haben; aber wie die Dinge lagen, tat ich so, als wäre ich überzeugt.

Das schien also geklappt zu haben. Mr. Ryan war genasführt, lebte in dem Glauben, ich hätte ihn mit einem anderen Gangster verwechselt und Ashcrafts Brief interessierte mich nicht. Es würde also nichts weiter passieren – oder nichts allzu Schlimmes –, wenn ich die Sache auf sich beruhen ließe. Aber unvernähte Fäden stören mich. Dieser Vogel war ein Fixer, und er hatte sich unter einem reichlich sonderbaren Namen vorgestellt, also ...

»Was machst'n so, um zu deinen Brötchen zu kommen?« fragte ich ihn.

»Och, hab gar nix gemacht die letzten zwei Monate«, quasselte er, »aber nächste Woche will ich mit 'nem Kumpel so'n kleinen Freßladen aufmachen.«

»Gehn wir hoch auf dein Zimmer«, schlug ich vor. »Ich will mit dir reden.«

Begeistert war er nicht, aber er ging mit mir hinauf. Er hatte zwei Zimmer und eine Küche im zweiten Stock – dreckige, übelriechende Zimmer.

»Wo's Ashcraft?« knallte ich ihm vor den Kopf.

»Ich weiß nicht, wovon du redest«, murmelte er.

»Da mußt du aber bald drauf kommen«, riet ich ihm, »sonst wartet nämlich 'ne Gummizelle auf dich, und da kriegst du dann das Zähneklappern.«

»Du hast nichts in der Hand gegen mich.«

»Von wegen! Wie würden dir dreißig oder sechzig Tage wegen Landstreicherei gefallen?«

»Landstreicherei, ha!« kleffte er. »Ich wohn hier und hab'n halben Riesen auf der Tasche.«

Ich grinste ihn an.

»Du weißt genau, was ich meine, Ryan. 'ne Tasche voll Geld nützt dir gar nix in Kalifornien. Du arbeitest nicht. Du kannst nicht nachweisen, wo du dein Geld her hast. Du bist wie geschaffen für das Landstreichergesetz.«

Ich stellte mir diesen Vogel als kleinen Rauschgifthändler vor. Wenn er das war – oder wenn er irgendwelchen anderen Dreck am Stecken hatte, der ans Licht kommen könnte, wenn man ihn in die Mangel der Justiz nähme –, so war nicht ausgeschlossen, daß er Ashcraft preisgeben würde, um die eigene Haut zu retten; zumal Ashcraft meines Wissens nicht auf der falschen Seite des Strafgesetzes stand.

»An deiner Stelle«, fuhr ich fort, während er auf den Boden starrte und überlegte, »würd ich ein lieber, braver Junge sein und machen, was ich dir sage. Du bist . . .«

Er drehte sich in seinem Schaukelstuhl ein wenig zur Seite, und eine Hand verschwand hinter ihm.

Ich trat ihn aus seinem Stuhl.

Der Tisch rutschte unter mir weg, sonst hätte ich ihn für eine Weile niedergestreckt. So traf ihn der aufs Kinn gezielte Tritt auf die Brust, so daß er rückwärts umkippte und der Schaukelstuhl auf ihm landete. Ich riß den Stuhl weg und nahm ihm die Kanone ab – eine billige, mit Nickel beschlagene 32er. Dann setzte ich mich wieder auf die Tischecke.

Mehr als dieses kurze Aufflackern von Kampfgeist hatte er nicht in sich. Weinerlich kam er hoch.

»Ich will Ihnen ja alles erzählen. Ich will keinen Ärger. Dieser Ashcraft hat zu mir gesagt, er würde seine Frau nur hinhalten. Jeden Monat, wenn ich ihm seinen Brief nach Tijuana nachschicke, krieg ich zehn Eier dafür. Ich hab ihn hier kennengelernt, und als er vor sechs Monaten in den Süden ging – er hat da unten ein Mädchen –, hab ich ihm versprochen, das für ihn zu erledigen. Ich hab wohl gewußt, daß es Geld ist – sein ›Kindergeld‹ wär es, hat er gesagt –, aber daß da irgendwas faul dran ist, hab ich nich gewußt.«

»Was für 'ne Art *hombre* ist denn dieser Ashcraft? Was hat der so für krumme Touren drauf?«

»Ich weiß nicht. Könnte 'n Schwindler sein – wirkt ganz flott so nach außen. Er is Engländer und nennt sich meistens Ed Bohannon; und is scharf auf O. Ich selber brauch das Zeug ja nich« – der Witz war nicht schlecht – »aber Sie wissen ja, wie das is in so'ner Stadt – man lernt eben alle möglichen Typen kennen. Aber was dem so seine Spezialität is, weiß ich wirklich nich.«

Das war alles, was ich aus ihm herauskriegen konnte. Er konnte oder wollte mir nicht erzählen, wo Ashcraft in San Francisco gewohnt hatte oder in welchen Kreisen er verkehrt hatte.

Ryan schrie Zeter und Mordio, als ihm klar wurde, daß ich vorhatte, ihn einzubuchten.

»Sie haben gesagt, Sie lassen mich laufen, wenn ich rede«, winselte er.

»Hab ich nicht. Und selbst wenn – ich glaube, alle eventuell getroffenen Vereinbarungen werden ungültig, wenn einer seinen Ballermann auf mich richtet. Los, auf!«

Ich konnte es mir nicht leisten, ihn frei herumlaufen zu lassen, solange ich noch keine Verbindung mit Ashcraft hatte.

Er würde ein Telegramm aufgegeben haben, bevor ich drei Blocks weit weg gewesen wäre, und danach würde mein Informant auf Nimmerwiedersehen verschwunden sein.

Ich hatte einen guten Riecher bewiesen, Ryan hinter Riegel zu bringen. Als man ihm im Präsidium die Fingerabdrücke abgenommen hatte, entpuppte er sich als ein Fred Rooney, alias »Jamocha«, Kräuterhändler und Stärkungsmittelschmuggler, der aus dem Bundesgefängnis von Leavenworth ausgebrochen war, nachdem er von zehn Jahren erst zwei abgebrummt hatte.

»Können Sie ihn für zwei Tage erst mal zunähn?« fragte ich den Captain des Stadtgefängnisses. »Ich hab da 'ne Sache zu erledigen, die glatter läuft, wenn 'n Weilchen kein Wort von ihm nach draußen kommt.«

»Aber na sicher«, versprach der Captain. »Die Leute vom Bundesgefängnis holen ihn erst in zwei bis drei Tagen hier ab. Ich werd ihn luftdicht abschließen derweil.«

Vom Gefängnis fuhr ich hoch zu Vance Richmonds Büro und teilte ihm meine Neuigkeit mit.

»Ashcraft kriegt seine Post in Tijuana. Er lebt da unten unter dem Namen Ed Bohannon, möglicherweise mit einer Frau zusammen. Ich habe gerade einen von seinen Freunden ins Kühlfach verfrachtet; einen, der ihm die Post besorgt hat und vorher mal aus'm Gefängnis ausgebrochen war.«

Der Anwalt griff nach dem Telefon und wählte eine Nummer.

»Ist dort Mrs. Ashcraft? ... Hier ist Mr. Richmond ... Nein, direkt gefunden haben wir ihn noch nicht, aber ich glaube, wir wissen, wo er ist ... Ja ... In etwa fünfzehn Minuten.«

Er legte den Hörer auf und erhob sich.

»Wir fahren schnell mal zu Mrs. Ashcraft.«

Eine Viertelstunde später stiegen wir in der Jackson Street unweit der Gough Street aus Richmonds Wagen. Das Haus war ein dreigeschossiger weißer Steinbau, der – zurückgesetzt durch ein sorgfältig gepflegtes kleines Rasenstück – von der Straße durch ein Eisengeländer abgegrenzt war.

Mrs. Ashcraft empfing uns in einem Wohnzimmer des

ersten Stocks. Eine hochgewachsene Frau von noch nicht dreißig, schlank und schön in einem grauen Kleid. ›Klar‹ war das Wort, das am besten zu ihr paßte; es traf das Blau ihrer Augen, das rosige Weiß ihrer Haut, das Hellbraun ihres Haars.

Richmond stellte mich ihr vor und erzählte ihr dann, was ich in Erfahrung gebracht hatte, wobei er die Sache mit der Frau in Tijuana jedoch wegließ. Und ich verschwieg ihr meine Vermutung, daß ihr Mann mittlerweile auf krummen Pfaden wandelte.

»Mr. Ashcraft lebt in Tijuana, wie ich hörte. Er verließ San Francisco vor sechs Monaten. Seine Post wird ihm nachgeschickt, an die Adresse eines Cafés dort, und er empfängt sie unter dem Namen Edward Bohannon.«

Glücklich leuchteten ihre Augen auf, doch zu zappeln fing sie nicht an; von der Sorte war sie nicht. Zu dem Anwalt sagte sie: »Soll ich hinfahren? Oder wollen Sie?«

Richmond schüttelte den Kopf.

»Keiner von uns beiden. Sie schon gar nicht, und ich kann momentan nicht weg.« Er wandte sich an mich. »Sie werden fahren müssen. Bestimmt verstehn Sie sich auf sowas auch besser als ich. Sie werden wissen, was zu unternehmen ist und wie man sowas anfaßt. Mrs. Ashcraft möchte sich ihm nicht aufdrängen, will aber auch nichts unversucht lassen, was ihm helfen könnte.«

Mrs. Ashcraft reichte mir eine kräftige, schmale Hand.

»Tun Sie, was Sie für am klügsten halten.«

Das war teils eine Frage, teils ein Ausdruck des Vertrauens.

»Das werd ich«, versprach ich.

Sie gefiel mir, diese Mrs. Ashcraft.

Tijuana hatte sich während der zwei Jahre, die ich nicht

mehr dort gewesen war, kaum verändert. Noch immer dieselben zweihundert bis zweihundertfünfzig Meter staubiger, schmutzigbrauner Straße zwischen zwei Reihen von Saloon an Saloon und ein paar noch schmutzigerer Seitenstraßen, in denen die Spelunken Unterschlupf fanden, für die auf der Hauptstraße kein Platz mehr war.

Das Automobil, das mich von San Diego hergebracht hatte, lud mich früh am Nachmittag in der Stadtmitte ab, als das Tagesgetriebe langsam losging. Das heißt, zwischen den auf der Straße herumlungernden Hunden und Mexikanern wankten erst zwei oder drei Betrunkene herum, wenngleich bereits eine ganze Meute Angetrunkener von einem Saloon in den nächsten stürzte.

Auf der Hälfte des nächsten Blocks erblickte ich ein großes goldglänzendes Hufeisen. Ich ging die Straße weiter hinunter und dann hinein in den Saloon, der zu diesem Zeichen gehörte. Es war eine für den Ort recht typische Kneipe. Links, wenn man hineinkam, eine Bar, die halbe Tiefe des Baus einnehmend, mit drei Spielautomaten am Ende. Gegenüber der Bar, vor der rechten Wand, eine Tanzfläche, die von der Vorderwand bis zu einem Podium reichte, auf dem ein schmieriges Orchester sich gerade für die Arbeit rüstete. Hinter dem Orchester war eine Reihe niedriger Buchten oder Verschläge, nach vorn hin offen und mit je einem Tisch und zwei Bänken.

Es war noch früh am Tag, und erst wenige Gäste saßen herum. Ich fing den Blick des Barmanns auf. Es war ein bulliger, rotgesichtiger Ire mit rotbraunem Haar, das nach vorn in zwei Locken angeklatscht war, so daß das bißchen Stirn, das er hatte, auch noch verdeckt wurde.

»Ich möchte Ed Bohannon sprechen«, sagte ich in vertraulichem Ton zu ihm.

Er sah mich mit ausdruckslosen Augen an.

»Ich kenne keinen Ed Bohannon.«

Ich holte ein Stück Papier und einen Bleistift heraus, kritzelte *Jamocha ist geschnappt* darauf und schob es ihm hin.

»Wenn ein Mann kommt, der sagt, er sei Ed Bohannon, geben Sie ihm das dann?«

»Ich denke schon.«

»Gut«, sagte ich. »Ich bleib noch'n bißchen hier.«

Ich ging weiter in den Raum hinein und setzte mich an einen Tisch in einer der Nischen. Kaum hatte ich mich niedergelassen, machte sich ein schlaksiges Mädchen neben mir breit, das sein Haar durch irgendein Mittel blaurot gemacht hatte.

»Kaufst mir'n kleinen Drink?« fragte sie.

Das Gesicht, das sie machte, sollte wahrscheinlich ein Lächeln sein. Was es auch war, es gab mir jedenfalls einen Stich. Ich hatte Angst, sie würde es noch einmal machen, und so gab ich mich geschlagen.

»Ja«, sagte ich und bestellte mir bei dem Kellner, der bereits über meiner Schulter hing, eine Flasche Bier.

Die Purpurhaardame an meiner Seite kippte ihren Schuß Whisky und machte gerade den Mund auf, um vorzuschlagen, wir sollten uns noch einen Drink bestellen – die Flittchen da unten halten nicht viel von Zeitverschwendung –, als hinter mir eine Stimme laut wurde.

»Cora, Frank will was von dir.«

Cora blickte verärgert über meine Schulter.

Dann schnitt sie mir wieder dieses scheußliche Gesicht, wobei sie sagte: »Na schön, Püppi. Kümmerst du dich um meinen Freund hier?« – und mich verließ.

Püppi glitt auf den Platz neben mir. Sie war ein kleines

molliges Gör von vielleicht achtzehn – keinen Tag älter; ein Kind noch. Ihr kurzes Haar war braun und lockte sich um ein rundes, jungenhaftes Gesicht mit lachenden, frechen Augen.

Ich bestellte ihr einen Drink und mir noch eine Flasche Bier.

»Worauf bist du aus?« fragte ich.

»Auf Schnaps.« Sie grinste mich an – mit einem Grinsen, das ebenso jungenhaft war wie der gerade Blick aus ihren braunen Augen. »Literweise.«

»Und auf was sonst noch?«

Mir war klar, daß hinter diesem Austausch der Mädchen irgend etwas steckte.

»Na ja, wie ich höre, suchen Sie'n Freund von mir«, sagte Püppi.

»Schon möglich. Was hast du denn so für Freunde?«

»Na, da wär erst mal Ed Bohannon. Sie kennen Ed?«

»Nein – noch nicht.«

»Aber Sie suchen ihn?«

»Ah-hm.«

»Worum geht's denn? Vielleicht könnt ich ihm 'ne Nachricht zukommen lassen.«

»Ach, laß man«, bluffte ich. »Wenn dein Ed auf so'nem hohen Roß sitzt ... Aber was soll's, ist ja nicht *mein* Bier. Ich kauf dir noch'n Drink und trabe weiter.«

Sie sprang auf.

»Aber so warten Sie doch mal! Ich seh zu, ob ich ihn kriegen kann. Wie ist Ihr Name?«

»Parker tut's genauso wie jeder andere«, sagte ich, ihr den Namen nennend, der mir bei Ryan zuerst in den Sinn gekommen war.

»Warten Sie da!« rief sie zurück, als sie auf die

Hintertür zuging. »Ich werd ihn schon irgendwo auftreiben.«

»Das wirst du bestimmt«, pflichtete ich ihr bei.

Zehn Minuten vergingen, und durch den Vordereingang des Etablissements näherte sich ein Mann meinem Tisch. Es war ein blonder Engländer, noch unter vierzig, bei dem alle Merkmale des Gentleman schäbig geworden waren. Ganz auf den Hund gekommen war er noch nicht, aber die Stumpfheit der blauen Augen, die Tränensäcke darunter, die verhuschten Linien um den Mund, die Schlaffheit des Mundes und sein grauer Teint ließen keinen Zweifel darüber, daß es steil bergab ging mit ihm. Trotzdem wirkte er noch einigermaßen attraktiv, was er einem Rest früherer Gesundheit zu verdanken hatte.

Er setzte sich mir gegenüber.

»Sie suchen mich?«

»Sie sind Ed Bohannon?«

Er nickte.

»Jamocha ist vor zwei Tagen aufgegriffen worden«, ließ ich ihn wissen. »Inzwischen dürfte er seinen Trip in den Großknast von Kansas angetreten haben. Er hat mir rausgeschmuggelt, ich soll Ihnen Bescheid sagen. Er wußte nämlich, daß ich in die Gegend hier runter wollte.«

Mit gerunzelten Brauen blickte er auf die Tischplatte. Dann sah er mich wieder scharf an.

»Hat er sonst noch was gesagt?«

»*Er* hat mir überhaupt nix gesagt. Ein Mittelsmann hat mir das geflüstert. Ihn selber hab ich gar nich gesehn.«

»Sie bleiben eine Weile hier?«

»Ja, zwei oder drei Tage«, sagte ich. »Ich hab hier was auf'm Feuer.«

Er lächelte und hielt mir seine Hand hin.

»Danke für den Tip, Parker«, sagte er. »Wenn Sie'n paar Schritte mitkommen wollen, geb ich Ihnen was Echtes zu trinken.«

Dagegen hatte ich nichts einzuwenden. Er führte mich hinaus aus dem Goldenen Hufeisen und eine Seitenstraße hinunter zu einem Haus aus Luftziegeln, das draußen am Rand der Stadt stand, wo sie in die Wüste hinein ausfranste. Er wies mir einen Stuhl im Vorderzimmer an und ging ins Nebenzimmer.

»Worauf haben Sie Lust?« rief er durch die Tür. »Korn, Gin, Scotch . . .«

»Der Letzte ist Sieger«, unterbrach ich seine Aufzählung.

Er brachte eine Flasche Black & White herein, einen Siphon und Gläser, und wir ließen uns zum Trinken nieder. Wir tranken und redeten, tranken und redeten, und beide stellten wir uns betrunkener als wir in Wirklichkeit waren – obgleich wir ziemlich bald beide voll waren wie die Raubritter.

Es war ein Wettsaufen, schlicht und einfach. Er wollte mich zum Schwachmann machen – einem Schwachmann, aus dem mit Leichtigkeit alle Geheimnisse herauszuholen wären –, und ich versuchte dasselbe Spiel mit ihm. Wir kamen dabei aber beide nicht weit.

»Wissen Se«, sagte er, als es langsam dunkel wurde, »ich bin'n Riesenarschloch gewesen. Ich hab 'ne Frau – die besse Frau inna Welt. Zurückkomm soll ich zu ihr – na ja unsoweita. Un was mach ich? Häng hier rum, supp das Seuch da – knall mir auch noch die Feife rein – un dabei könnich wer sein. Arch – Architekt, vaschtehn Se, unnochnichman schlechta. Bin aba ausm Takt gekomm – hab mich mit diesen Leuten einge – eingelassen. K-komm anscheind nich los davon. Aber ich wer gehn – kein

Qquatsch. Wer zurückgehn zu meim Frauchen – besse Frau inna Welt. Mach Schluß midda Feife unalm. Guck mich an. Seh ich aus wie'n Süchtjer? Kein bißchen! Waich mich be-beherrschn kann, darum. Wer ich da seign – un jetz rauch ich eine – daß ich's kann oda bleibm lassen kann.«

Benebelt rappelte er sich aus seinem Stuhl hoch, wankte in das Nebenzimmer und kam kurz darauf zurückgetorkelt – auf einem Silbertablett ein feinstes Opiumbesteck balancierend, alles in Silber und Elfenbein.

Er stellte es auf den Tisch und offerierte mir mit großer Geste eine Pfeife.

»Nimm kleines Ende von mir, Parker.«

Ich sagte ihm, ich würde beim Scotch bleiben.

»Dann geb ich dir'n Schuß C, wenne das lieba wist«, lud er mich ein.

Ich lehnte das Cocain ab, und so fläzte er sich neben den Tisch bequem auf den Fußboden, rollte sich ein Kügelchen, verbriet es, und unsere Party ging weiter – er bediente seine O-Pfeife, ich schlug mich mit dem Scotch herum, und beide redeten wir weiter zum Vorteil des anderen und dachten dabei nur an den eigenen Vorteil.

Als um Mitternacht Püppi hereinkam, hatte ich so schwer geladen, daß ich mich kaum noch halten konnte.

»Na, ihr scheint euch ja zu amüsieren«, sagte sie lachend und beugte sich herab, um dem Engländer einen Kuß auf sein zerzaustes Haar zu geben.

Sie hockte sich an den Tisch und griff nach der Whiskyflasche.

»Alles ist herrlich«, versicherte ich ihr, wenn mir das wahrscheinlich auch nicht so klar über die Lippen kam.

»Sie sollten immer unter Strom stehn, Kurzer; das macht Sie 'ne Nummer größer.«

Ich weiß nicht mehr, ob ich darauf antwortete oder nicht. Jedenfalls legte ich mich kurz darauf neben den Engländer auf den Fußboden und schlief ein.

Die nächsten zwei Tage liefen ziemlich genauso ab wie der erste. Ashcraft und ich waren rund um die Uhr zusammen, das Mädchen meistens bei uns, und die einzige Zeit, in der wir nicht tranken, war, wenn wir unseren Rausch ausschliefen. Den größten Teil dieser drei Tage verbrachten wir entweder in dem Haus aus Luftziegeln oder im Goldenen Hufeisen, doch wir fanden immer noch Zeit für kürzere Besuche in so gut wie allen anderen Kneipen der Stadt. Was um mich herum vorging, kriegte ich nur verschwommen mit, aber ich glaube nicht, daß ich etwas ganz verpaßte.

Ashcraft und ich waren die dicksten Freunde, nach außen hin, aber keiner von uns gab sein Mißtrauen gegenüber dem anderen auf, egal wie betrunken wir wurden – und das wurden wir ganz schön. Er machte sich regelmäßig über seinen Rotzkocher her. Ich glaube nicht, daß das Mädchen geraucht hat, aber harte Drinks handhabte sie recht ordentlich.

Drei solche Tage, und dann, langsam nüchtern werdend, fuhr ich zurück nach San Francisco und stellte mir unterwegs eine Liste über das zusammen, was ich über Norman Ashcraft, alias Ed Bohannon, wußte und vermutete.

Die Liste ging ungefähr so:

1.) Er ahnte oder war sich dessen sogar sicher, daß ich auf Betreiben seiner Frau gekommen war – er war zu glatt gewesen und hatte mich zu gut unterhalten; deswegen stand das fest für mich. 2.) Allem Anschein nach hatte er den Vorsatz, zu seiner Frau zurückzukehren, wenn es auch keine Garantie dafür gab, daß er es tatsächlich tun würde. 3.) Er war kein unheilbar Rauschgiftsüchtiger. 4.) Es war nicht ausgeschlossen, daß er sich unter dem Einfluß seiner Frau zusammennehmen würde, aber es war unwahrscheinlich – er war wohl körperlich noch nicht ganz unten, aber er hatte einmal die Gosse geschmeckt und schien Geschmack daran gefunden zu haben. 5.) Das Mädchen Püppi liebte ihn wahnsinnig, während er sie gernhatte, sich innerlich aber von ihr zurückzog.

Nach einem guten Schlaf im Nachtzug zwischen Los Angeles und San Francisco landete ich auf der Bahnstation an der Third und Townsend Street mit fast normalem Kopf und Magen und nicht allzu vielen Knoten in den Nerven. Ich verdrückte ein Frühstück, das reichhaltiger war als alles, was ich seit drei Tagen gegessen hatte, und fuhr hinauf zu Vance Richmonds Büro.

»Mr. Richmond ist in Eureka«, sagte mir seine Stenotypistin.

»Können Sie ihn mir ans Telefon holen?«

Sie konnte und tat es.

Ohne irgendwelche Namen zu nennen, erzählte ich dem Anwalt, was ich wußte und vermutete.

»Ja, verstehe«, sagte er. »Wie wär's,wenn Sie zu Mrs. A. rausfahren und ihr sagen, daß ich ihr heute abend noch schreibe und wahrscheinlich übermorgen wieder zurück bin. Ich finde, wir können warten bis dahin, ehe wir was unternehmen.«

Ich erwischte eine Straßenbahn, stieg an der Van Ness Avenue um und ging hinaus zu Mrs. Ashcrafts Haus. Ich klingelte, aber es rührte sich nichts. Erst als ich noch ein paarmal geklingelt hatte, fiel mir auf, daß unter dem Vordach zwei Morgenzeitungen lagen. Ich sah mir die Daten an – von heute und gestern morgen.

Ein Mann in verblichenem Overall sprengte den Rasen nebenan.

»Können Sie mir sagen, ob die Leute von hier weggefahren sind?« rief ich.

»Kann ich mir nicht denken. Die Hintertür steht auf, hab ich heut morgen gesehn.«

Er hörte auf, sich das Kinn zu kratzen.

»Na, vielleicht sind sie doch weggefahren«, sagte er langsam. »Wenn ich's recht bedenke, hab ich sie gar nicht mehr gesehn – seit – ja, seit gestern – keinen mehr.«

Ich trat von der Haustreppe herunter, ging ums Haus, stieg hinten über den niedrigen Zaun und ging die rückwärtigen Stufen hinauf. Die Küchentür stand etwa zwei Fuß breit offen. Zu sehen war niemand in der Küche, aber ich hörte Wasser laufen.

Ich klopfte mit den Knöcheln der Faust an die Tür, laut. Es kam keinerlei Antwort. Ich stieß die Tür auf und ging hinein. Über dem Spülbecken lief der Wasserhahn. Ich blickte ins Spülbecken.

Unter dem schwach laufenden Wasser lag ein Tranchiermesser. Die Klinge maß knapp einen Fuß; sie sah scharf aus. Das Messer war sauber, aber der hintere Teil des Beckens – wo nur kleine Wassertropfen hingespritzt waren – war mit rotbraunen Pünktchen gesprenkelt. An einem davon kratzte ich mit dem Fingernagel – getrocknetes Blut.

Abgesehen von dem Spülbecken war in der Küche alles sauber und ordentlich. Ich machte die Tür zur Speisekammer auf. Alles an seinem Platz, wie es schien. Auf der gegenüberliegenden Seite der Küche führte eine weitere

Tür ins Vordere des Hauses. Ich öffnete die Tür und trat in einen Gang. Das Licht aus der Küche erhellte den Gang nicht ausreichend. Ich tastete im Dämmerlicht nach dem Lichtschalter, der irgendwo dort sein mußte. Ich trat auf etwas Weiches.

Den Fuß zurückziehend, suchte ich in meiner Tasche nach Streichhölzern und entzündete eins. Vor mir – Kopf und Schultern auf dem Fußboden, Becken und Beine auf den unteren Stufen einer Treppe – lag in Unterkleidung der Filipino-Boy.

Er war tot. Ein Auge war aufgeritzt, und die Kehle war knapp unter dem Kinn glatt durchtrennt. Ich sah die Szene vor mir, ohne die Augen schließen zu müssen. Oben auf der Treppe – die Linke des Killers fährt dem Filipino ins Gesicht – der Daumennagel reißt die Hornhaut des Auges auf – das braune Gesicht wird zurückgebogen – der braune Hals spannt sich für die Schneide der Klinge – der Schnitt – und der Stoß die Stufen hinunter.

Das Licht von meinem zweiten Streichholz zeigte mir den Schalter. Glühbirnen leuchteten auf, ich knöpfte mir den Mantel zu und ging die Treppe hinauf. Auf den Stufen hier und da dunkle Stellen von getrocknetem Blut, und beim Treppenabsatz im ersten Stock ein großer Fleck an der Tapete. Am oberen Ende der Treppe fand ich einen weiteren Schalter und machte Licht.

Ich folgte dem Flur, steckte den Kopf in zwei Zimmer, die in Ordnung zu sein schienen, und bog dann um eine Ecke – und zuckte zurück, mit knapper Not noch verhindernd, daß ich über eine Frau stolperte, die dort lag.

Zusammengekrümmt lag sie auf dem Fußboden, das Gesicht nach unten, die Knie angezogen, beide Hände an den Bauch gepreßt. Sie hatte ein Nachthemd an, und das Haar lag in einem Zopf über ihrem Rücken.

Ich legte einen Finger auf ihren Nacken. Steinkalt.

Ich kniete mich hin – um sie nicht umdrehen zu müssen – und sah nach dem Gesicht. Es war das Dienstmädchen, das mich und Richmond vor vier Tagen ins Haus gelassen hatte.

Ich stand wieder auf und blickte mich um. Der Kopf des Dienstmädchens lag dicht an einer geschlossenen Tür. Ich ging um sie herum und stieß die Tür auf. Ein Schlafzimmer, aber nicht das des Dienstmädchens. Es war ein delikat luxuriöses Schlafgemach in Creme und Grau, mit französischen Drucken an den Wänden. Nichts im Zimmer war durcheinander gebracht außer dem Bett. Das Bettzeug war zerwühlt und zerrauft, ein wüster Haufen in der Mitte des Bettes – ein Haufen, der zu groß war . . .

Mich über das Bett beugend, fing ich an, das Bettzeug herunterzuziehen. Das zweite Stück hatte Blutflecken. Ich riß den Rest herunter.

Mrs. Ashcraft – tot.

Ihr Körper war ein kleines Bündel, an dem sonderbar verdreht der Kopf lag – an einem Hals hängend, der glatt bis auf den Knochen durchgeschnitten war. Das Gesicht wies von der Schläfe bis zum Kinn vier tiefe Kratzer auf. Ein Ärmel der blauseidenen Schlafanzugjacke war abgerissen. Laken und Schlafanzug waren naß von Blut, das durch das darübergehäufte Deckenzeug noch nicht trocknen konnte.

Ich deckte sie wieder zu, drückte mich vorbei an der toten Frau im Flur und ging die Treppe nach vorn hinunter, wobei ich noch mehr Lichter anmachte und mich fieberhaft nach dem Telefon umsah. Unten an der Treppe fand ich es. Zuerst rief ich die Mordkommission an, dann Vance Richmonds Büro.

»Benachrichtigen Sie Mr. Richmond, daß Mrs. Ashcraft ermordet worden ist«, sagte ich seiner Stenotypistin. »Ich bin in ihrem Haus, er kann mich hier erreichen.«

Dann ging ich zur Haustür hinaus, setzte mich auf die oberste Stufe und wartete rauchend auf die Polizei.

Mir war hundeelend. Ich habe im Laufe der Jahre mehr Tote gesehen als zehn Gleichaltrige zusammen, aber meine Nerven waren von der dreitägigen Sauferei noch etwas mitgenommen, und so war mir diese Sache jetzt doch ein bißchen in die Knochen gegangen.

Der Polizeiwagen schwenkte um die Ecke und fing an, Männer auszuspucken, bevor ich meine erste Zigarette zu Ende geraucht hatte. O'Gar, der Detektivsergeant, dem das Morddezernat unterstellt war, stürmte als erster die Treppe herauf.

»Hallo«, grüßte er mich. »Was haben Sie denn diesmal auf Lager?«

»Ich hab hier drin drei Leichen gefunden, noch eh ich richtig hingeguckt hatte«, sagte ich zu ihm, als ich ihn ins Haus führte. »Vielleicht findet ja so'n amtlich bestallter Detektiv wie Sie noch mehr davon.«

»Och, Sie können doch zufrieden sein – als Lehrjunge«, sagte er.

Meine Flauheit war verflogen. Ich brannte auf Arbeit.

Zuerst zeigte ich O'Gar den Filipino, dann die zwei Frauen. Weitere Leichen fanden wir nicht. Die nächsten paar Stunden waren wir alle – O'Gar, die acht Männer unter ihm und ich – mit Kleinarbeit beschäftigt. Das Haus mußte vom Dachboden bis zum Keller abgegangen werden. Die Nachbarschaft mußte in die Zange genommen werden.

Die Vermittlungsagenturen, durch die das Dienstpersonal Anstellung gefunden hatte, mußten unter die Lupe genommen werden. Verwandte und Bekannte des Filipinos und des Dienstmädchens mußten aufgespürt und vernommen werden. Zeitungsjungen, Postboten, Lebensmittellieferanten, Wäschefahrer mußten gefunden, vernommen und überprüft werden.

Als die wichtigsten Berichte eingegangen waren, setzte sich O'Gar mit mir unauffällig von den anderen ab, und wir schlossen uns in der Bibliothek ein.

»Vorgestern nacht, hm? Mittwochnacht?« brummte O'Gar, als wir es uns in zwei Ledersesseln bequem gemacht hatten und Tabak qualmten.

Ich nickte. Der Bericht des Arztes, der die Leichen untersucht hatte, die zwei Zeitungen unter dem Vordach, die Tatsache, daß weder Nachbar noch Kaufmann noch Fleischer irgendwen von ihnen seit Mittwoch gesehen hatte – all das deutete auf Mittwochnacht – oder auf den frühen Donnerstagmorgen – als Tatzeit.

»Ich würde sagen, der Killer ist durch die Hintertür eingebrochen«, fuhr O'Gar fort, durch Rauch an die Decke starrend, »hat sich in der Küche das Tranchiermesser geschnappt und ist nach oben gegangen. Vielleicht ging er stracks zu Mrs. Ashcrafts Zimmer – vielleicht auch nicht. Aber er ist ziemlich bald da reingegangen. Der rausgerissene Ärmel und die Kratzer auf ihrem Gesicht deuten auf ein Handgemenge. Der Filipino und das Dienstmädchen hören den Krach – hören sie vielleicht schreien – und kommen angerannt, um zu sehn, was los ist. Das Dienstmädchen kommt höchstwahrscheinlich genau in dem Augenblick an die Tür, als der Killer aus dem Zimmer tritt – und sie kaltmacht. Ich schätze, da erblickt der Filipino ihn und rennt weg. Der Killer holt ihn oben auf der Treppe nach hinten ein – und murkst ihn ab. Dann geht er runter in die Küche, wäscht sich die Hände, läßt das Messer zurück und verduftet.«

»So weit, so gut«, stimmte ich zu; »aber mir fällt auf, daß Sie dabei gar nicht fragen, wer er war und warum er getötet hat.«

»Drängen Sie mich nicht«, knurrte er, »darauf komm ich schon noch. Es scheint bloß drei Möglichkeiten zu geben. Der Killer war entweder ein Geisteskranker, der die Sache aus Spaß an der Freude gemacht hat; ein Einbrecher, der entdeckt wurde und dann durchdrehte; oder jemand, der einen Grund dafür hatte, Mrs. Ashcraft um die Ecke zu bringen, und der dann die zwei Dienstboten töten mußte, als sie ihn entdeckten. Ich persönlich vermute, daß es jemand war, der Mrs. Ashcraft aus der Welt schaffen wollte.«

»Nicht so übel«, lobte ich. »Jetzt hören Sie folgendes: Mrs. Ashcraft hat einen Mann in Tijuana, der O raucht – aber nicht hoffnungslos süchtig ist – und ganz schön in der Ganovenszene drinsteckt. Sie versuchte ihn rumzukriegen, wieder zu ihr zurückzukommen. Er hat da unten ein Mädchen, sehr jung noch, irrwitzig in ihn verschossen, und sie kann sich schlecht verstellen – ein mörderisches kleines Luder. Er hatte vor, das Mädchen sitzenzulassen und zu seiner Frau heimzukommen.«

»Sooo?« sagte O'Gar leise.

»Aber«, fuhr ich fort, »ich war bei den beiden – in Tijuana – vorgestern nacht – als hier gemordet wurde.«

»Soo?«

Ein Klopfen an der Tür unterbrach unser Gespräch. Es war ein Polizist, der mich ans Telefon rief. Ich ging runter ins Erdgeschoß, und Vance Richmonds Stimme kam aus dem Hörer.

»Was ist denn jetzt los? Miss Henry hat mir Ihre Nachricht durchgegeben, konnte mir aber keine Einzelheiten sagen.«

Ich erzählte ihm die ganze Sache.

»Ich fahre heute abend in die Stadt zurück«, sagte er, als ich fertig war. »Tun Sie inzwischen, was Sie für richtig halten. Sie haben freie Hand.«

»Gut; muß ich auch haben«, erwiderte ich. »Wahrscheinlich bin ich nicht mehr in der Stadt, wenn Sie zurückkommen. Sie können mich über die Agentur erreichen. Ich werde Ashcraft telegrafieren, er soll herkommen – in Ihrem Namen.«

Als Richmond aufgelegt hatte, rief ich das Stadtgefängnis an und fragte den Captain dort, ob John Ryan, alias Fred Rooney, alias Jamocha, noch da sei.

»Nein. Die Beamten des Bundesgefängnisses sind gestern morgen mit ihm nach Leavenworth abgefahren.«

Wieder oben in der Bibliothek sagte ich O'Gar in aller Eile:

»Ich nehme den Abendzug nach Süden. Möchte wetten, daß die Sache in Tijuana ausgebrütet wurde. Ich drahte Ashcraft, er soll herkommen. Will ihn ein, zwei Tage aus der mexikanischen Stadt raushaben, und wenn er hier ist, können Sie ihn ja im Auge behalten. Ich gebe Ihnen eine Beschreibung von ihm, und Sie können ihn in Vance Richmonds Büro abholen.«

Eine halbe Stunde meiner knapp bemessenen Zeit verbrachte ich damit, drei Telegramme zu schreiben und aufzugeben. Das erste war an Ashcraft.

Edward Bohannon,
Golden Horseshoe Café,
Tijuana, Mexico.
Mrs. Ashcraft tot. Können Sie sofort kommen? Vance Richmond

Die zwei anderen waren verschlüsselt. Eins ging an die Filiale der Continental Detektei in Kansas City – einer unserer Detektive sollte nach Leavenworth geschickt werden, um Jamocha zu verhören. In dem anderen bat ich unsere Filiale in Los Angeles, mir für den nächsten Tag einen Mann nach San Diego zu schicken.

Dann sauste ich los zu meiner Wohnung, packte ein paar saubere Sachen in meine Reisetasche und richtete es mir dann im Zug nach Süden zum Schlafen ein.

Als ich am frühen nächsten Nachmittag in San Diego ankam, herrschte dort buntes Treiben – es war der erste Samstag der Rennsaison, und die Stadt wimmelte von Menschen, die deswegen über die Grenze gekommen waren. Filmvolk aus Los Angeles, Farmer aus dem Imperial Valley, Matrosen der Pazifik-Flotte, Spieler, Touristen, Rumtreiber, sogar ganz gewöhnliche Leute aus allen Ecken des Landes. Ich aß, suchte mir ein Hotel, ließ meine Reisetasche dort und ging zum U.S. Grant Hotel, um den Agenten aus Los Angeles aufzulesen, wegen dem ich telegrafiert hatte.

Ich fand ihn in der Halle – ein sommersprossiger Bursche von vielleicht zweiundzwanzig, dessen hellgraue Augen gerade das Rennprogramm überflogen, das er in einer Hand hielt, an der ein Finger mit Leukoplast verbunden war. Ich ging an ihm vorbei zum Zigarrenstand, wo ich mir ein Päckchen Zigaretten kaufte und eine imaginäre

Beule aus meinem Hut strich. Dann ging ich wieder hinaus auf die Straße. Der verbundene Finger und die Beschäftigung mit dem Hut waren unsere Erkennungszeichen. Irgendwer hat diese Tricks bereits vor dem Bürgerkrieg erfunden, da sie aber immer noch bestens funktionierten, war ihre Antiquiertheit kein Grund, sie abzuschaffen.

Ich schlenderte die Fourth Street entlang – vom Broadway, San Diegos Hauptader, mich entfernend –, und der Detektiv holte mich ein. Sein Name war Gorman, und ich machte ihn mit der Sachlage vertraut.

»Sie fahren runter nach Tijuana und hocken sich ins Goldene Hufeisen. Da verkehrt ein kleines molliges Mädchen, das Drinks schnorrt – ziemlich stämmig, braunes Lockenhaar; braune Augen; rundes Gesicht; großer roter Mund; kräftige Schultern. Sie können die gar nicht verfehlen; sieht ganz nett aus, die Kleine, ist aber erst achtzehn; wird Püppi genannt. Auf die müssen Sie Ihr Augenmerk richten. Aber Finger weg. Versuchen Sie nicht, mit ihr anzubändeln. Ich gebe Ihnen eine Stunde Vorsprung. Dann komm ich nach, weil ich mit ihr reden will. Was ich wissen will, ist, was sie gleich danach macht, wenn ich gegangen bin, und was sie dann in den nächsten paar Tagen macht. Erreichen können Sie mich jeden Abend im« – ich nannte ihm mein Hotel und meine Zimmernummer. »Und im übrigen nehmen Sie nicht die geringste Notiz von mir.«

Wir trennten uns, und ich ging hinunter zur Plaza und setzte mich für eine Stunde auf eine Bank. Dann ging ich hoch zu der Busstation an der Ecke und erkämpfte mir einen Platz nach Tijuana.

Nach fünfzehn oder mehr Meilen staubiger Fahrt – zu fünft auf Sitzbänke gequetscht, die für drei gedacht waren – und einem kurzen Aufenthalt an der Grenzstation stand der Bus vor dem Eingang zum Rennplatz, und ich stieg aus. Die Pferde liefen schon einige Zeit, aber noch immer spülten die Drehkreuze einen steten Strom von Zuschauern und Wettlustigen auf den Platz. Ich kehrte dem Tor den Rücken, ging hinüber zu der Reihe von Kleinbussen vor dem Monte Carlo – dem großen Holzbau des Spielcasinos – und fuhr in die Altstadt.

Die Altstadt machte einen verlassenen Eindruck. So gut wie jedermann war draußen und sah dem Treiben der Hunde zu. Als ich ins Goldene Hufeisen kam, hing Gormans Sommersprossengesicht über einem Glas Mescal. Ich wünschte ihm eine gute Konstitution. Er würde sie brauchen, wenn er bei seiner Schnüffelarbeit von destilliertem Kaktus leben wollte.

Das Hufeisenvolk begrüßte mich wie einen Heimgekehrten. Sogar der Barmann mit den angeklatschten Stirnlocken gönnte mir ein Grinsen.

»Wo's Püppi?« fragte ich.

»Du willst wohl Ed beerben, was?« sagte augenzwinkernd eine schwedische Riesendame. »Na, ich werd ma sehn, ob ich sie dir auftreiben kann.«

Aber da kam Püppi schon durch die Hintertür, flog auf mich zu, drückte mich, knutschte mich ab, rieb ihr Gesicht an meinem, und was sie sonst noch machte, weiß der Himmel. »Na, wieder da für 'ne neue Sause?«

»Nein«, sagte ich und führte sie nach hinten zu den Nischen. »Geschäftlich diesmal. Wo's Ed?«

»Rauf in'n Norden. Seine Frau is abgetreten, und er geht die Reste einsammeln.«

»Das macht dich traurig, was?«

»Und wie! Ich hab schwer dran zu knabbern, daß Papa plötzlich zu so'ner Masse Knete kommt.«

Ich sah sie von der Seite her an – mit einem Blick, der geheimes Verstehen signalisieren sollte.

»Und du glaubst, Ed kommt zurück und bringt dir den Zaster an?«

Aus ihren Augen traf mich ein dunkler Blitz.

»Was is'n mit *dir* los?« wollte sie wissen.

Ich lächelte vielsagend.

»Eins von zwei Dingen wird eintreffen«, sagte ich prophetisch. »Entweder Ed läßt dich im Stich – das hat er sowieso schon vorgehabt – oder er wird jeden Penny brauchen, den er zusammenkratzen kann, um seinen Kopf aus der . . .«

»Du gottsverdammter Lügner!«

Ihre rechte Schulter war mir zugewendet, berührte meine linke. Ihre linke Hand fuhr hinab unter ihren kurzen Rock. Ich stieß ihre Schulter nach vorn, so daß ihr Oberkörper mit halber Drehung von mir wegflog. Das Messer, das ihre Linke hochgerissen hatte, fuhr tief in die Unterseite des Tisches. Ein Wurfmesser mit starker Klinge.

Sie trat nach hinten aus, und einer von ihren spitzen Absätzen bohrte sich mir ins Fußgelenk. Ich schob meinen linken Arm hinter ihr herum und preßte ihren Ellbogen an ihren Körper, als sie eben das Messer aus dem Tisch gezogen hatte.

»Was soll'n der Quatsch hier, wa?«

Ich sah auf.

Auf der anderen Seite des Tisches stand ein Mann und starrte wütend auf mich herab – die Beine gespreizt, die Fäuste in den Hüften. Ein großer grobknochiger Kerl mit breiten Schultern, auf denen ein langer gelber Hals saß, der einen kleinen runden Kopf trug. Seine Augen waren schwarze Schuhknöpfe, die am oberen Ende einer kleinen zerknautschten Nase dicht beieinander standen.

»Wo hast'n deine Maniern her?« brüllte diese reizende Person mich an.

Er war ein bißchen zu grob, um sich mit ihm einzulassen.

»Wenn Sie'n Kellner sind«, sagte ich zu ihm, »dann bringen Sie mir 'ne Flasche Bier und irgendwas für die Kleine. Wenn Sie kein Kellner sind, verduften Sie.«

»Weißt du, was ich dir bringen werde? Einen ...«

Das Mädchen entwand sich meinen Händen und brachte ihn zum Schweigen.

»Für mich'n Schnaps – Scotch«, sagte sie in scharfem Ton.

Er knurrte, blickte zwischen uns beiden hin und her, zeigte mir noch einmal seine dunklen Zähne und schob ab.

»Wer ist denn dein Freund?«

»Laß den lieber in Ruhe«, riet sie mir, ohne meine Frage zu beantworten.

Dann schob sie ihr Messer wieder in das Versteck unter ihrem Rock und drehte sich zu mir, um mich anzusehen.

»Also was is jetz – in was für Schwierigkeiten soll Ed stecken?«

»Du hast von den Morden in der Zeitung gelesen?«

»Ja.«

»Dann brauchst du eigentlich nicht mehr lange zu überlegen«, sagte ich. »Ed ist bloß weg, um dir das anzuhängen. Aber ich weiß nicht, ob er das schafft. Wenn nicht, sitzt er in der Falle.«

»Du hast doch wo'n Knall!« rief sie aus. »Auch wenn du zehnmal besoffen warst – du weißt doch ganz genau, daß wir beide mit dir hier waren, als die Morde passierten.«

»Und wenn ich zehnmal 'n Knall habe – ich weiß ganz

genau, daß das noch lange nichts beweist«, berichtigte ich sie. »Und mit meinem Knall gedenke ich den Mörder an meinem Handgelenk mit nach San Francisco zu nehmen.«

Sie lachte mich aus. Ich lachte zurück und stand auf.

»Ich werd dich ja noch wiedersehn«, sagte ich und schlenderte zur Tür.

Ich fuhr zurück nach San Diego und forderte telegrafisch einen weiteren Detektiv aus Los Angeles an. Dann aß ich etwas und verbrachte den Abend auf Gorman wartend in meinem Hotelzimmer.

Es war spät, als er kam, und er roch von San Diego nach St. Louis und zurück nach Mescal, aber sein Kopf schien einigermaßen klar zu sein.

»Einen Moment dachte ich, ich müßte Sie aus dem Laden da freischießen«, grinste er.

»Das überlassen Sie mir«, befahl ich. »Ihre Aufgabe ist Beobachten, sonst nichts. Was haben Sie rausgebracht?«

»Als Sie abgehaun waren, haben das Mädchen und der große Kerl die Köpfe zusammengesteckt. Sie schienen mir irgendwie aufgeregt – ganz schön aus dem Häuschen, könnte man sagen. Er hat sich dann geschlichen, also hab ich das Mädchen fallengelassen und bin hinter ihm hergeschlichen. In der Stadt hat er ein Telegramm aufgegeben. Ich konnte nicht nah genug an ihn ran, um festzustellen, an wen es war. Dann ist er wieder in den Laden zurückgegangen.«

»Wer ist dieser Lulatsch denn?«

»Nicht grade 'n süßer Traum, nach dem, was ich höre. ›Gänsehals‹ Flinn nennen sie ihn. Er ist da Rausschmeißer und macht alles mögliche, was sonst in dem Laden noch anfällt.«

Dieser Gänsehalstyp war also der Kehrausmann vom

Goldenen Hufeisen und hatte sich während meiner dreitägigen Sauftour nicht ein einziges Mal blicken lassen? Ich konnte unmöglich so betrunken gewesen sein, daß ich seine Häßlichkeit vergessen hätte. Und an einem dieser drei Tage war Mrs. Ashcraft samt ihrem Dienstpersonal umgebracht worden.

»Ich hab Ihrer Agentur telegrafiert, sie sollen noch einen Detektiv schicken«, teilte ich Gorman mit. »Der soll sich mit Ihnen in Verbindung setzen. Übergeben Sie ihm das Mädchen, und Sie hängen sich Gänsehals an die Fersen. Ich glaube, der hat drei Morde an seinem schönen Hals, also 'n bißchen Vorsicht.«

»Aye, aye, Cap«, und damit ging er weg, um etwas zu schlafen.

Den folgenden Nachmittag verbrachte ich auf dem Rennplatz, die Zeit bis zum Abend mit den Pferden mir vertreibend.

Nach dem letzten Rennen aß ich etwas im Sunset Inn und bummelte dann herum zu dem großen Casino – am anderen Ende desselben Baus. Tausend oder mehr Menschen aller Schattierungen schubsten einander dort herum und kämpften mit dem Geld, das ihnen das Rennen gelassen oder geschenkt hatte, um einen Gewinn beim Pokern, beim Würfeln, an Glücksrädern, Roulettescheiben und Automaten. Ich hatte keinen Bock auf eins dieser Spiele. Ich war schon lange nicht mehr verspielt. Ich wanderte in der Menge herum und suchte mir meine Leute.

Da war der erste – ein sonnengebräunter, kräftiger Mann, der eindeutig ein Farmarbeiter in seinem Sonntagsanzug war. Er drückte sich in Richtung Tür durch das Gewimmel, und sein Gesicht drückte jene bestimmte Leere aus, die dem Spieler eigen ist, der vor Ende des Spiels

Bankrott gemacht hat. Es ist ein Ausdruck des Bedauerns weniger über den Verlust des Geldes als über die Notwendigkeit, aufhören zu müssen.

Ich fing den Farmarbeiter vor der Tür ab.

»Haben sie dich ausgenommen?« fragte ich mitfühlend.

Ein belämmertes Nicken.

»Wie wär's – hast du Lust, dir in zehn Minuten fünf Dollar zu verdienen?« führte ich ihn in Versuchung.

Er hatte Lust, aber worum drehte sich's dabei?

»Ich möchte, daß du mit mir in die Altstadt rüberkommst und dir da einen Mann ansiehst. Dann kriegst du dein Geld. Sind keine Fallstricke dabei.«

Damit war er zwar nicht ganz zufrieden, aber fünf Dollar sind fünf Dollar. Und er könne jederzeit aussteigen, wenn die Sache ihm nicht geheuer vorkäme. Er beschloß, es zu versuchen.

Ich ließ den Farmarbeiter an einer Tür warten und fischte mir den nächsten heraus – einen kleinen, dicken Mann mit runden, optimistischen Augen und schlaffen Lippen. Er willigte ein, sich die fünf Dollar auf die einfache und leichte Weise zu verdienen, die ich ihm geschildert hatte. Der nächste Mann, den ich anging, war ein bißchen zu ängstlich, um sich auf ein so undurchsichtiges Spiel einzulassen. Dann kam ich an einen Filipino – grandios, in hirschfarbenem Anzug; und schließlich kriegte ich noch einen stämmigen jungen Griechen, der wahrscheinlich Kellner war oder Frisör.

Vier Mann waren genug. Mein Quartett gefiel mir riesig. Für das, was ich vorhatte, sahen sie nicht zu intelligent aus, wirkten aber auch nicht gleich wie Ganoven oder Falschspieler. Ich setzte sie in einen Kleinbus und bugsierte sie hinüber in die Altstadt.

»Also die Sache ist die«, instruierte ich sie, als wir da waren – »ich geh ins Goldene Hufeisen, gleich um die Ecke. Ihr wartet zwei bis drei Minuten und kommt dann nach und bestellt euch was zu trinken.« Ich gab dem Farmarbeiter einen Fünfdollarschein. »Davon bezahlt ihr die Drinks – wird nicht abgezogen von euerm Lohn. In dem Laden ist ein großer, breitschultriger Mann mit einem langen gelben Hals und einem kleinen häßlichen Gesicht. Ihr könnt ihn gar nicht verfehlen. Ich möchte, daß ihr euch den alle gut anguckt, aber so, daß er nichts merkt. Wenn ihr sicher seid, daß ihr ihn überall wiedererkennen würdet, nickt ihr mir unauffällig zu, kommt wieder hierher, und dann kriegt ihr euer Geld. Paßt aber auf, wenn ihr mir zunickt. Niemand da drin darf auf den Gedanken kommen, daß ihr mich kennt.«

Das kam ihnen wohl reichlich sonderbar vor, aber da waren für jeden die fünf Dollar in Aussicht, und da waren die Spiele im Casino, wo man sich für fünf Dollar vielleicht eine Glückssträhne kaufen konnte, die – na, schreibt euch den Rest davon selber. Sie stellten Fragen, die ich mich weigerte zu beantworten, aber sie blieben bei der Stange.

Als ich das Lokal betrat, war Gänsehals hinter der Bar und half den Barmännern. Sie brauchten Hilfe. Der Laden brummte.

Gormans Sommersprossengesicht konnte ich nicht finden in dem Gewühl, aber ich entdeckte das scharfgeschnittene weiße Gesicht von Hooper. Er also war der Detektiv, den man mir auf mein zweites Telegramm hin aus Los Angeles geschickt hatte. Püppi war weiter unten an der Bar und trank mit einem kleinen Mann, dessen sanftmütiges Gesicht den Teufel-komm-raus-Ausdruck des mustergültigen Ehemanns angenommen hatte, der sich mal eine kleine Zecherei erlaubt. Sie nickte mir zu, ließ ihren Kunden aber nicht aus der Mache.

Gänsehals sah mich und die Flasche Bier, die ich bestellt hatte, finster an. Kurz darauf kam mein angeheuertes Quartett herein. Sie spielten ihre Rollen großartig!

Als erstes spähten sie mit zusammengekniffenen Augen durch den Rauch, von einem Gesicht ins andere blickend, hastig die Augen abwendend, wenn jemand sie ansah. Nachdem das eine Weile gutgegangen war, entdeckte einer von ihnen, der Filipino, den von mir beschriebenen Mann hinter der Bar. Vor Begeisterung darüber sprang er einen Fuß hoch und dann, als er merkte, daß Gänsehals ihn grimmig anfunkelte, kehrte er ihm den Rücken zu und trat von einem Fuß auf den andern. Auch die drei anderen orteten Gänsehals jetzt und schossen heimliche Blicke zu ihm hin, die so schreiend unauffällig waren wie ein angeklebter Backenbart. Gänsehals stierte sie bedrohlich an.

Der Filipino drehte sich um, guckte mich an, duckte ruckartig den Kopf und schoß hinaus auf die Straße. Die drei übrigen stürzten ihre Drinks hinunter und suchten meinen Blick. Ich las derweil ein Schild oben an der Wand hinter der Bar:

HIER WERDEN NUR ECHTE AMERIKANISCHE UND BRITISCHE VORKRIEGS-WHISKYS AUSGESCHENKT

Ich versuchte zu zählen, wieviel *Lügen* sich in diesen neun Worten verbargen, und war bis auf vier gekommen – mit Aussicht auf noch mehr –, als einer meiner Verbündeten, der Grieche, sich mit dem Fehlzündungsgeräusch eines Verbrennungsmotors räusperte. Gänsehals schob sich an der Bar entlang, in der einen Hand einen Spundschlegel, das Gesicht puterrot.

Ich sah meine Gehilfen an. Ihr Nicken wäre nicht so schlimm gewesen, wenn eines nach dem andern gekommen wäre; aber sie wollten es nicht riskieren, daß ich vielleicht wegsähe, bevor ihr Signal bei mir angekommen wäre, und so gingen die drei Köpfe synchron auf und ab – ein Zeichen, das im Umkreis von zehn Metern niemand übersehen konnte und auch niemand übersah –, und dann stürzten sie zur Tür hinaus, nur weg von dem Mann mit dem langen Hals und dem Spundschlegel.

Ich leerte mein Glas Bier und schlenderte aus dem Saloon und um die Ecke. Vereint standen sie an der Stelle, wo sie warten sollten.

»Den erkennen wir wieder! Den erkennen wir wieder!« kam es im Chor.

»Das ist ja prima«, lobte ich sie. »Das habt ihr großartig gemacht. Ich glaube, jeder von euch ist der geborene Privatdetektiv. Hier ist euer Geld. Aber an eurer Stelle würd ich nach dem jetzt den Laden erst mal 'ne Weile meiden. Er könnte sonst nämlich Verdacht schöpfen, obgleich ihr euch so hervorragend unauffällig gemacht habt – wirklich, das konnte sich sehn lassen! – aber's hat keinen Zweck, irgendwas zu riskieren.«

Sie krallten sich ihren Lohn und waren weg, bevor ich mit meiner Rede am Ende war.

Kurz vor zwei am nächsten Morgen kam Hooper in mein Zimmer in San Diego.

»Gleich nach Ihrem ersten Besuch ist Gänsehals verschwunden; Gorman hinter ihm her«, sagte er. »Danach ist das Mädchen zu einem Luftziegelhaus am Stadtrand gegangen, und da waren sie noch drin, als ich Schluß gemacht habe. Das Haus war dunkel.«

Gorman tauchte nicht auf.

Um zehn Uhr vormittags weckte mich ein Hotel-Boy mit einem Telegramm. Es kam aus Mexicali:

LETZTE NACHT HIERHERGEFAHREN
BEI FREUNDEN VERSTECKT
HAT ZWEI KABEL AUFGEGEBEN.

GORMAN

Das war eine gute Nachricht. Der Langhals war auf mein Spiel hereingefallen, hatte meine vier bankrotten Spieler für vier Zeugen gehalten, hatte sich durch ihr Nicken identifiziert gefühlt. Gänsehals war der Knabe, der die Morde begangen hatte, und Gänsehals war auf der Flucht.

Ich war aus dem Schlafanzug gestiegen und griff nach meinem Kombinationsanzug, als der Boy mit einem weiteren Telegramm hereinkam. Dieses kam von O'Gar, über die Agentur:

ASHCRAFT GESTERN VERSCHWUNDEN

Ich benutzte das Telefon, um Hooper aus dem Bett zu holen.

»Fahren Sie runter nach Tijuana«, sagte ich zu ihm. »Beobachten Sie das Haus, in dem das Mädchen letzte Nacht gewesen ist, es sei denn, Sie entdeckten sie schon im Goldenen Hufeisen. Bleiben Sie jedenfalls da, bis sie irgendwo auftaucht. Bleiben Sie an ihr, bis sie mit einem großen blonden Engländer Kontakt aufnimmt, dann halten Sie sich an den. Er ist unter vierzig, groß, mit blauen

Augen, Haare gelb. Lassen Sie sich nicht abschütteln von ihm – er ist auf dieser Party jetzt der Big Boy. Ich komm auch runter. Wenn der Engländer und ich zusammenbleiben und das Mädchen uns verläßt, heften Sie sich an sie, andernfalls behalten sie ihn im Auge.«

Ich zog mich an, verdrückte ein kleines Frühstück und nahm einen Bus in die mexikanische Stadt. Der Bursche, der den Bus fuhr, brauste ganz schön dahin, aber als uns in der Nähe von Palm City ein offener rotbrauner Sportzweisitzer überholte, hatte ich das Gefühl, auf der Stelle stehenzubleiben. Ashcraft steuerte den Zweisitzer.

Als ich das Luftziegelhaus wiedersah, stand der Zweisitzer davor, leer. Einen Block weiter spielte Hooper einen Betrunkenen. Er sprach mit zwei Indios, die die Uniform der Mexikanischen Armee trugen.

Ich klopfte an die Tür des Luftziegelhauses.

Püppis Stimme: »Wer's da?«

»Ich – Parker. Hörte grade, daß Ed zurück ist.«

»Oh!« rief sie aus. Eine Pause. »Komm rein.«

Ich drückte die Tür auf und ging hinein. Der Engländer saß zurückgelehnt in einem Stuhl, den rechten Ellbogen auf dem Tisch, die rechte Hand in seiner Jackentasche – wenn er eine Kanone in dieser Tasche hatte, so war sie auf mich gerichtet.

»Hallo«, sagte er. »Ich höre, du hast Vermutungen über mich angestellt?«

»Nenn's, wie du willst.« Ich schob einen Stuhl dicht an ihn heran und setzte mich. »Aber wir wollen uns nicht gegenseitig auf'n Arm nehmen. Du hast deine Frau durch Gänsehals um die Ecke bringen lassen, um dir unter den Nagel zu reißen, was sie hatte. Dein Fehler war nur, daß du dir dafür so einen Schwachkopf ausgesucht hast – einen

Schwachkopf, der erst ’ne Killerorgie veranstaltet und dann die Nerven verliert. Der erst anfängt zu kapieren, wenn drei oder vier Zeugen mit dem Finger auf ihn zeigen! Und der dann nicht weiter türmt als bis Mexicali! Da hat er sich wirklich ’n schönes Nest ausgesucht! Wahrscheinlich hat er so die Hose voll gehabt, daß ihm die Fünf- oder Sechsstundenfahrt über die Berge vorgekommen ist wie ’ne Reise ans Ende der Welt!«

Ich ratterte weiter.

»Du bist kein Schwachkopf, Ed, und ich auch nicht. Ich möchte mit dir in den Norden fahren, schön mit Armbändern an, aber ich hab keine Eile. Wenn ich dich heute nicht mitnehmen kann, wart ich gerne bis morgen. Am Ende krieg ich dich doch, es sei denn, irgendwer kommt mir zuvor – und das wird mir nicht das Herz brechen. Zwischen meiner Jacke und meinem Bauch steckt’n Ballermann. Wenn du Püppi sagst, sie soll den rausholen, wären wir soweit, daß wir uns mal in Ruhe unterhalten können.«

Er nickte langsam, ohne mich aus den Augen zu lassen. Das Mädchen trat hinter mich. Eine ihrer Hände ging über meine Schulter, schob sich in meine Jacke, und meine alte schwarze Kanone verließ mich. Bevor das Mädchen hinter mir zurückging, setzte sie mir kurz die Spitze ihres Messers in den Nacken – eine zarte Mahnung.

»Gut«, sagte ich, als sie dem Engländer meine Kanone gab, der sie mit der linken Hand einsteckte. »Hier also mein Vorschlag. Du fährst mit Püppi und mir über die Grenze – dann brauchen wir uns nicht mit Auslieferungspapieren rumzuschlagen –, und ich laß euch einsperren. Unsern Kampf können wir vor Gericht ausfechten. Ich bin mir nicht ganz sicher, ob ich einem von euch die Morde anhängen kann, jedenfalls seid ihr frei, wenn ich’s nicht schaffe. Wenn ich's allerdings schaffe – was ich hoffe –, baumelt ihr natürlich. Türmen ist doch sinnlos, oder? Wollt ihr den Rest eures Lebens vor den Bullen weglaufen? Bloß um am Ende doch geschnappt zu werden – oder bei einem Fluchtversuch abgeknallt zu werden? Deinen Hals kannst du vielleicht retten, Ed, aber was ist mit dem Geld, das deine Frau hinterlassen hat? Darum geht's dir doch – deswegen hast du doch deine Frau umbringen lassen. Stell dich dem Gericht, und du hast 'ne Chance da dranzukommen. Rennst du weg, ist es futsch.«

Mein Spiel in dem Augenblick bestand darin, Ed und sein Mädchen zum Türmen zu bewegen. Wenn sie mir erlaubten, sie festzusetzen, würde ich vielleicht einen von beiden verknacken lassen können, aber allzu groß waren meine Chancen da nicht. Es hing davon ab, wie die Dinge sich später entwickeln würden. Es hing davon ab, ob ich beweisen konnte, daß Gänsehals in der Nacht der Morde in San Francisco gewesen war, und mir war klar, daß er bestimmt alles mögliche auffahren würde, was das Gegenteil bewiese. Wir hatten keinen einzigen Fingerabdruck des Mörders in Mrs. Ashcrafts Haus finden können. Und wenn es mir *gelänge*, die Geschworenen davon zu überzeugen, daß er zu der Zeit in San Francisco gewesen war, würde ich immer noch zu beweisen haben, daß er die Morde tatsächlich begangen hatte. Das schwerste Stück Arbeit läge dann aber erst noch vor mir – nämlich zu beweisen, daß er die Morde für einen von diesen beiden begangen hatte und nicht auf eigene Rechnung.

Ich hatte es also darauf angelegt, daß dieses Pärchen verduftete. Wohin sie fuhren oder was sie machten, war mir egal, Hauptsache, sie verdünnisierten sich erst einmal. Mit Glück und Köpfchen würde ich auch aus ihrer Flucht noch etwas herausholen – ich versuchte immer noch, die Dinge aufzurühren. Der Engländer überlegte angestrengt. Ich wußte, daß ich ihm Kummer gemacht hatte, besonders durch das, was ich über Gänsehals Flinn gesagt hatte. Dann kicherte er.

»Du hast zwar 'ne weiche Birne, Schmerztöter«, sagte er, »aber du . . .«

Ich weiß nicht, was er noch sagen wollte – ob ich gewonnen oder verloren hätte.

Krachend flog die Haustür auf, und Gänsehals Flinn kam ins Zimmer.

Seine Sachen waren weiß von Staub. Den Kopf hielt er vorgestreckt, mit der ganzen Länge seines langen gelben Halses.

Seine Schuhknopfaugen hefteten sich auf mich. Seine Hände drehten sich um. Das war alles, was man sehen konnte. Sie drehten sich einfach um – und jede hielt einen schweren Revolver.

»Pfoten auf den Tisch, Ed«, knurrte er.

Wenn Ed eine Kanone in der Tasche hatte, so konnte er jetzt auf den Mann in der Tür nicht schießen, weil eine Tischkante dazwischen war. Er nahm die Hand aus der Tasche, leer, und legte beide Handflächen auf die Tischplatte.

»Bleib, wo du bist!« bellte Gänsehals das Mädchen an.

Gänsehals starrte fast eine volle Minute drohend auf mich.

Als er sprach, sprach er zu Ed und Püppi.

»Deswegen hast du mir also telegrafiert, ich soll zurückkommen, ha? 'ne Falle! Ich dein Sündenbock, was? Ich werd'n dir zeigen, den Sündenbock! Ich rede jetz, un dann verschwind ich hier, und wenn ich mich durch die ganze verdammte Mex-Armee durchballern muß! Ja, ich hab sie umgebracht, deine Frau – und ihre Dienstleute auch. Hab sie umgebracht für die tausend Eier . . .«

Das Mädchen machte einen Schritt vor und schrie:

»Halt's Maul, du Arsch!«

»Halt selber's Maul!« brüllte Gänsehals zurück, und sein Daumen spannte den Hahn des Revolvers, der auf sie gerichtet war. »*Ich* rede hier. Ich hab sie umgebracht für . . .«

Püppi bückte sich. Ihre linke Hand ging unter den Saum ihres Rocks. Die Hand kam hoch – leer. Das Mündungsfeuer aus der Kanone von Gänsehals blitzte auf einer fliegenden Stahlklinge.

Das Mädchen wirbelte rückwärts durchs Zimmer – zurückgehämmert von den Kugeln, die ihr in die Brust drangen. Sie schlug mit dem Rücken gegen die Wand. Sie kippte vornüber auf den Fußboden.

Gänsehals hörte auf zu schießen und versuchte zu sprechen. Der braune Griff vom Messer des Mädchens ragte aus seinem gelben Hals. Er konnte seine Worte nicht an der Klinge vorbeibringen. Er ließ einen Revolver fallen und versuchte, den herausragenden Messergriff zu fassen. Seine Hand kam bis zur Hälfte hoch und fiel dann herab. Langsam ging er zu Boden – auf die Knie – auf die Hände – kippte um – und lag still.

Ich sprang zu dem Engländer hin. Unter meinem Fuß drehte sich der Revolver, den Gänsehals fallengelassen hatte, so daß ich zur Seite wegrutschte. Meine Hand wischte über die Jacke des Engländers, aber mit einer Körperdrehung wich er mir aus und zog seine Kanonen.

Seine Augen waren hart und kalt, und seine Lippen waren aufeinandergepreßt, so daß kaum noch ein Schlitz zu sehen war. Langsam ging er rückwärts, während ich still liegen blieb, wo ich hingestürzt war. Er hielt keine Rede. Ein kurzes Zögern an der Tür. Die Tür flog auf und knallte zu. Weg war er.

Ich schnappte mir den Revolver, der mich umgeworfen hatte, sprang an die Seite von Gänsehals, riß ihm den andern Revolver aus der toten Hand und stürzte hinaus auf die Straße. Der rotbraune Zweisitzer zog in der Wüste eine Staubwolke hinter sich her. Zehn Meter weiter stand eine staubbedeckte schwarze Limousine, wahrscheinlich der Wagen, mit dem Gänsehals von Mexicali hergekommen war.

Ich rannte hin, sprang hinein, kriegte Leben in ihn und machte mich an die Verfolgung der Staubwolke.

Zu meiner Überraschung entdeckte ich, daß der Wagen, in dem ich saß, trotz seines stark mitgenommenen Äußeren eine hervorragende Maschine hatte – der Motor war so gut, daß ich nicht daran zweifelte, das Auto eines Grenzflüchtigen zu fahren. Ich hätschelte es vorwärts, ohne es zu fordern. Etwa eine halbe Stunde lang, vielleicht auch mehr, verringerte sich der Abstand zwischen mir und der Staubwolke vor mir nicht, dann merkte ich, daß ich aufholte.

Das Vorankommen wurde komplizierter. Jeder Weg, den wir anfangs vielleicht benutzt hatten, hatte sich im Gelände verlaufen. Ich drehte ein bißchen auf, obwohl mir das böse Stiche versetzte.

Ich wich einem Felsbrocken aus, der mich erledigt hätte – konnte gerade noch das Steuer herumreißen –, und als ich wieder weiter nach vorn blickte, sah ich, daß der rotbraune Zweisitzer keinen Dreck mehr aufwirbelte. Er war zum Stehen gekommen.

Der Zweisitzer war leer. Ich fuhr weiter.

Hinter dem Zweisitzer hervor peitschten Pistolenschüsse, drei. Man mußte schon verdammt gut schießen können, wenn man mich auf die Entfernung löchern wollte. Ich hopste auf meinem Sitz herum wie ein Quecksilberkügelchen auf einem nervösen Handteller.

Er feuerte noch einmal aus der Deckung seines Wagens und flitzte dann los zu einem schmalen ausgetrockneten Wasserlauf – einer scharfkantigen, drei Meter breiten Erdspalte – linker Hand. Oben an der Kante fuhr er noch einmal herum, verschwendete eine weitere Patrone auf mich und sprang dann aus meinem Sichtbereich.

Ich wirbelte das Rad in meinen Händen herum, latschte auf die Bremse und rutschte mit der schwarzen Limousine zu der Stelle, wo ich ihn zuletzt gesehen hatte.

Die obere Uferkante des trockenen Wasserlaufs bröckelte unter meinen Vorderrädern weg. Ich nahm den Fuß vom Bremspedal. Torkelte hinaus.

Der Wagen rutschte in die Rinne hinunter, ihm nach.

Flach auf dem Bauch, in jeder Hand eine der Kanonen von Gänsehals, schob ich vorsichtig den Kopf über den Rand. Auf allen Vieren krabbelte der Engländer dem Wagen aus dem Weg. Der Wagen war in Fetzen, kotzte aber immer noch. Eine Faust des Mannes war um eine Pistole geschlossen – um meine.

»Wirf sie weg und steh auf, Ed!« schrie ich.

Schnell wie eine Schlange warf er sich herum in eine sitzende Position im Bett der Rinne, schwenkte die Pistole hoch, und voll traf ich seinen Unterarm mit meinem zweiten Schuß.

Er hielt sich den verletzten Arm mit der linken Hand, als ich neben ihn gerutscht kam, die Pistole aufhob, die er fallengelassen hatte, und ihn filzte, um festzustellen, ob er noch mehr hatte. Dann drehte ich ein Taschentuch zu einer Art Abbindknebel zusammen und knotete es ihm um den verletzten Arm.

»Gehn wir nach oben und reden wir«, schlug ich vor und half ihm den steilen Hang der Rinne hinauf.

Wir stiegen in seinen Zweisitzer.

»Nu los, quatsch mich voll«, lud er mich ein, »aber glaub nur nicht, daß ich viel zur Unterhaltung beitragen werde. Du hast nichts in der Hand gegen mich. Du hast selber gesehn, wie Püppi Gänsehals kaltgemacht hat, damit er sie nicht verpfeift.«

»Also *so* hast du dir das gedacht?« fragte ich. »Das Mädchen hat Gänsehals angeheuert, damit er deine Frau umbringt – aus Eifersucht –, nachdem sie erfahren hatte, daß du sie abschieben und in deine eigenen Kreise zurückkehren wolltest?«

»Genau.«

»Nicht schlecht, Ed, aber das Garn hat 'ne dünne Stelle. Du bist gar nicht Ashcraft!«

Er fuhr auf; dann lachte er.

»Jetzt geht deine Begeisterung mit dir durch«, veralberte er mich. »Hätte ich die Frau eines andern betrügen können? Denkst du etwa, ich hätte mich nicht vor Richmond, ihrem Anwalt, ausweisen müssen?«

»Hör zu, Ed, du kannst mir glauben, daß ich'n bißchen schlauer bin als die beiden. Sagen wir mal, du hattest eine Menge Material, das Ashcraft gehört hat – Papiere, Briefe, Unterlagen in seiner Handschrift. Wenn du außerdem noch 'ne geschickte Hand beim Schreiben hast, wär's dir doch nicht schwergefallen, seine Frau an der Nase rumzuführen, oder? Und was den Anwalt angeht – deine Legitimation bei ihm –, so war das nur 'ne Formsache. Er ist nie auf den Gedanken gekommen, daß du *nicht* Ashcraft sein könntest. Anfangs bestand dein Spiel darin, Mrs. Ashcraft auszunehmen – die Entziehungskur. Als sie in England aber ihre Zelte abbrach und hier rüberkam, hast du beschlossen, sie um die Ecke zu bringen und dir alles zu nehmen. Du wußtest, daß sie eine Waise war und keine nahen Verwandten hatte, die dazwischenfunken würden. Du wußtest, daß es in Amerika wohl kaum viele Leute gibt, die behaupten könnten, du seist nicht Ashcraft.«

»Und was meinst du, wo Ashcraft gesteckt hätte in der ganzen Zeit, in der ich sein Geld verbrate?«

»Der ist ja tot«, sagte ich.

Das traf ihn, obwohl er nicht zu zappeln anfing. Aber hinter seinem Lächeln wurden seine Augen nachdenklich.

»Du könntest natürlich recht haben«, sagte er gedehnt. »Aber selbst wenn – ich sehe immer noch nicht, wie du mich an den Galgen bringen willst. Kannst du beweisen, daß Püppi mich nicht für Ashcraft gehalten hat? Kannst du beweisen, daß sie wußte, warum Mrs. Ashcraft mir Geld geschickt hat? Kannst du beweisen, daß sie irgendwas von meinem Spiel wußte? Ich glaube doch wohl nicht.«

»Vielleicht kommst du damit durch«, gab ich zu. »Geschworene sind manchmal komisch, und es macht mir nichts aus, dir zu sagen, daß mir wohler wäre, wenn ich ein paar Dinge über diese Morde wüßte, die ich nicht weiß. Macht's dir was aus, mir mal'n paar Einzelheiten darüber zu erzählen, wie du in Ashcrafts Haut geschlüpft bist?«

Er stülpte die Lippen vor und zuckte dann mit den Schultern. »Na schön, von mir aus. Spielt ja keine große Rolle. Für meine Maskerade komm ich sowieso dran, und da macht's auch nichts mehr aus, wenn ich noch'n paar Diebereien zugeben kann.«

Nach einer Pause fuhr der Engländer fort:

»Ich war auf Hoteldieb spezialisiert. In die Staaten bin ich gekommen, als England und der Kontinent ungemütlich wurden. Eines Abends bin ich in einem Hotel in Seattle also wieder mit dem Dietrich zugange und schleiche mich in ein Zimmer im vierten Stock. Kaum mach ich hinter mir die Tür zu, klappert ein anderer Schlüssel im Schloß. Das Zimmer war stockdunkel. Ich riskierte einen Strahl aus meiner Taschenlampe, suchte mir eine Schranktür und kroch da rein. Der Kleiderschrank war leer. Das war mein Glück – der Zimmerbewohner würde nämlich nicht kommen, um sich da irgendwas rauszuholen. Inzwischen hatte er – es war ein Mann – Licht gemacht. Er fing an, auf und ab zu rennen. Drei geschlagene Stunden ist er auf und ab gerannt – auf und ab, auf und ab –, und ich steh die ganze Zeit in dem Schrank und halte die Kanone in der Hand, für den Fall, daß er die Tür aufmacht. Drei volle Stunden ist der Kerl da auf und ab gerannt. Dann hat er sich hingesetzt, und ich hörte eine Schreibfeder über Papier kratzen. Das ging zehn Minuten so, und dann fing er wieder mit seinem Rumrennen an; aber diesmal hat er's nur'n paar Minuten durchgehalten. Ich hörte zwei Kofferverschlüsse schnappen. Und einen Schuß! Ich sprang raus aus meinem Versteck. Er lag auf dem Fußboden und hatte ein Loch im Kopf, an der Seite. Jetzt saß ich ganz schön fest, war ja klar! Im Korridor waren schon aufgeregte Stimmen zu hören. Ich geh hin zu dem toten Kameraden und finde den Brief, den er geschrieben hat, auf dem Schreibtisch. Er war an Mrs. Norman Ashcraft adressiert – irgendeine Nummer in der Wine Street in Bristol, England. Ich riß ihn auf. Er hatte ihr mitgeteilt, daß er sich umbringen würde, und unterschrieben war der Brief mit Norman. Da war mir wohler.

Einen Mord konnte man also daraus nicht machen. Trotzdem, ich war da in diesem Zimmer mit 'ner Taschenlampe, Dietrichen und 'ner Kanone – ganz zu schweigen von 'ner Handvoll Schmuck, den ich eine Etage höher mitgehn ließ. Da klopfte jemand an die Tür.

›Holen Sie die Polizei!‹ rief ich durch die Tür, um Zeit zu gewinnen.

Dann drehte ich mich um zu dem Mann, wegen dem ich diesen ganzen Schlamassel am Hals hatte. Ich wußte sofort, daß er'n Landsmann von mir war, selbst wenn ich die Adresse auf seinem Brief nicht gesehn hätte. Von unserm Schlag gibt's Tausende – blond, ziemlich groß, ganz gut gebaut. Ich nutzte die einzige Chance, die ich hatte. Sein Hut und Mantel lagen auf einem Stuhl, wo er sie hingeworfen hatte. Ich zog das an und ließ meinen Hut neben ihn fallen. Dann kniete ich mich hin, leerte seine Taschen und meine, steckte ihm mein ganzes Zeug rein und stopfte mich mit seinen Sachen voll. Schließlich vertauschte ich die Kanonen und machte die Tür auf.

Was ich mir überlegt hatte, war, daß die ersten, die ankommen würden, ihn vom Sehen vielleicht nicht kannten; oder nicht gut genug, um ihn sofort wiederzuerkennen. Das würde mir ein paar Sekunden verschaffen, in denen ich mein Verschwinden arrangieren könnte. Aber als ich die Tür aufmachte, merkte ich, daß mein Plan nicht funktionieren würde. Der Hausdetektiv stand da und ein Polizist, und ich wußte, daß ich in'n Arsch gekniffen war. Aber ich spielte meine Karten aus. Ich erzählte ihnen, ich wär hochgekommen in mein Zimmer und hätte diesen Kerl da erwischt, wie er meine Sachen durchwühlt hätte. Ich hätte ihn mir gepackt, und in dem Handgemenge sei der Schuß losgegangen.

Minuten vergingen wie Stunden, und niemand zeigte mich an. Die Leute sagten Mister Ashcraft zu mir. Meine Maskerade war ein Erfolg. Mir blieb fast die Luft weg, aber als ich mehr über Ashcraft erfahren hatte, war das gar nicht mehr so erstaunlich. Er war erst an dem Nachmittag in dem Hotel abgestiegen, und niemand hatte ihn anders gesehn als in Hut und Mantel – in dem Hut und Mantel, den ich trug. Wir hatten dieselbe Größe, waren derselbe Typ – typische blonde Engländer.

Dann kam die nächste Überraschung. Als der Detektiv die Kleidung des Toten untersuchte, stellte er fest, daß die Herstellerschildchen rausgetrennt waren. Als ich einen Blick in sein Tagebuch warf, später, fand ich die Erklärung dafür. Er hatte im Geist Münzewerfen mit sich gespielt, wobei er abwechselte zwischen dem Entschluß, sich umzubringen oder seinen Namen zu ändern und sich in der Welt einen neuen Platz zu erobern. Die Herstellerschildchen aus sämtlichen Kleidungsstücken hatte er entfernt, als er den zweiten Plan in Erwägung zog. Aber das wußte ich natürlich noch nicht, als ich da zwischen diesen Leuten stand. Ich wußte nur, daß es noch Wunder gab. In dem Augenblick mußte ich aber erst mal leise auftreten. Doch als ich die Sachen des Toten durchgesehn hatte, kannte ich ihn in- und auswendig, vor und zurück. Er hatte fast'n Kubikmeter Papiere und ein Tagebuch, in dem alles stand, was er je getan und gedacht hatte. Ich verbrachte die erste Nacht damit, diese Sachen zu studieren, sie mir einzupauken. Und seine Unterschrift hab ich geübt. Unter den andern Dingen, die ich ihm aus den Taschen gezogen hatte, waren fünfzehnhundert Dollar in Reiseschecks gewesen, die ich am nächsten Morgen einlösen wollte.

Drei Tage bin ich in Seattle geblieben – als Norman

Ashcraft. Ich war über einen Schatz gestolpert und hatte nicht vor, ihn wegzuwerfen. Wenn irgendwas schiefginge, würde der Brief an seine Frau mich vor einer Mordanklage bewahren, und ich wußte, es wäre sicherer, die Sache durchzustehn als wegzulaufen. Als der Wirbel sich gelegt hatte, packte ich meine Sachen und kam runter nach San Francisco, wo ich meinen eigenen Namen wieder annahm – Ed Bohannon. Aber die ganzen Sachen von Ashcraft nahm ich mit, denn ich hatte den Papieren entnommen, daß seine Frau Geld hatte, und ich wußte, daß ich mir was davon an Land ziehn konnte, wenn ich meine Karten richtig ausspielen würde. Sie nahm mir die Mühe ab. Ich kriegte eine von ihren Annoncen im *Examiner* zu Gesicht, antwortete darauf und – na, das wär's dann.«

»Aber Mrs. Ashcraft hast du nicht umbringen lassen?«

Er schüttelte den Kopf.

Ich holte ein Päckchen Zigaretten aus der Tasche und legte zwei davon zwischen uns auf den Sitz.

»Sagen wir mal, das wäre ein Spiel. Das ist jetzt bloß zu meiner eigenen Beruhigung. Es wird niemanden mit irgendwas belasten – wird nichts beweisen. Wenn du eine bestimmte Sache getan hast, nimm die Zigarette, die mir näher liegt. Wenn du's nicht getan hast, nimm die, die dir näher liegt. Spielst du mit?«

»Nein, das tu ich nicht!« sagte er mit Nachdruck. »Dein Spiel gefällt mir nicht. Aber 'ne Zigarette möcht ich trotzdem.«

Mit seinem unverletzten Arm nahm er die Zigarette, die *mir* näher lag.

»Danke, Ed«, sagte ich. »Es fällt mir schwer, aber ich muß dir sagen, daß ich dich an den Galgen bringen werde.«

»Du hast ja 'ne weiche Birne, mein Sohn.«

»Du denkst an die Sache in San Francisco, Ed«, erklärte ich ihm. »Ich rede aber von Seattle. Du, ein Hoteldieb, wurdest in einem Zimmer entdeckt, in dem gerade ein Mann mit einer Kugel im Kopf gestorben war. Was, glaubst du, werden die Geschworenen dazu sagen, Ed?«

Er lachte mich aus. Und dann verunglückte das Lachen. Es verebbte zu einem süßlichen Lächeln.

»Du hast es getan, Ed, ganz klar«, sagte ich. »Als du anfingst, dir zu überlegen, Mrs. Ashcrafts gesamtes Vermögen dadurch erben zu können, daß du sie umbringen läßt, war das erste, was du getan hast, diesen Selbstmordbrief ihres Mannes zu vernichten. So sorgfältig du ihn auch gehütet hättest, es hätte immer die Gefahr bestanden, daß irgendwer ihn zufällig gefunden hätte und dir einen Strich durch die Rechnung gemacht hätte. Er hatte seinen Zweck erfüllt – du brauchtest ihn nicht mehr. Es wäre dumm gewesen, das Risiko einzugehn, daß er irgendwo mal wieder auftaucht.

Für die Morde in San Francisco, die du eingefädelt hast, kann ich dir keinen Strick drehn; aber ich werde dir was verpassen mit dem Mord in Seattle, der nicht auf dein Konto geht – damit die Gerechtigkeit nicht zu kurz kommt. Du kommst mit mir nach Seattle, Ed, und da wirst du hängen für Ashcrafts Selbstmord.«

Und das tat er dann auch.

Das Haus in der Turk Street

Man hatte mir gesagt, daß der Mann, hinter dem ich her war, in einem bestimmten Abschnitt der Turk Street wohne, die Hausnummer hatte mein Informant mir allerdings nicht angeben können. So kam es, daß ich an einem späten regnerischen Nachmittag diesen bestimmten Abschnitt durchprüfte, indem ich auf jede Klingel drückte und meinen Vers aufsagte, der so ging:

»Ich komme vom Anwaltsbüro Wellington & Berkeley. Einer unserer Mandanten – eine ältere Dame – wurde vergangene Woche von der hinteren Plattform einer Straßenbahn gestoßen und schwer verletzt. Unter den Zeugen des Vorfalls war ein junger Mann, dessen Namen wir nicht kennen. Aber man hat uns gesagt, daß er in der Gegend hier wohnt.« Dann beschrieb ich den von mir Gesuchten und kam zum Schluß: »Kennen Sie irgendwen, der so aussieht?«

Überall auf der einen Seite des Blocks waren die Antworten: »Nein«, »Nein«, »Nein.«

Ich überquerte die Straße und begann mit der anderen Seite. Das erste Haus: »Nein.« Das zweite: »Nein.« Das dritte. Das vierte. Das fünfte ...

Auf mein erstes Klingeln rührte sich nichts. Nach einer Weile klingelte ich noch einmal. Ich sagte mir gerade, daß wohl niemand zu Hause sei, als sich langsam der Türgriff drehte und eine kleine alte Frau mir aufmachte. Es war eine sehr zierliche kleine alte Frau mit einem Stück grauem Strickzeug in der Hand und mit schwachgewordenen

Augen, die mich hinter einer Goldrandbrille freundlich anblinzelten. Über einem schwarzen Kleid trug sie eine bretthart gestärkte Schürze.

»Guten Abend«, sagte sie liebenswürdig mit dünnem Stimmchen. »Hoffentlich fiel es Ihnen nicht so schwer zu warten. Ich muß immer erst durchs Guckloch gucken, bevor ich aufmache – die Ängstlichkeit einer alten Frau.«

»Es tut mir leid, daß ich Sie störe«, entschuldigte ich mich, »aber ...«

»Wollen Sie nicht hereinkommen, bitte?«

»Nein – nur eine kleine Auskunft; es dauert nicht lange.«

»Ich finde, Sie sollten doch lieber hereinkommen«, sagte sie und fügte dann mit gespielter Strenge hinzu: »Bestimmt wird mein Tee schon kalt.«

Sie nahm mir den feuchten Hut und Mantel ab, und ich folgte ihr durch einen schmalen Flur zu einem düsteren Zimmer, in dem ein Mann sich erhob, als wir eintraten. Auch er war alt, aber beleibt, und hatte einen schütteren weißen Bart, der über eine weiße Weste fiel, die ebenso hart gestärkt war wie die Schürze der Frau.

»Thomas«, sagte die kleine zierliche Frau zu ihm, »dies ist Mr. –«

»Tracy«, sagte ich, denn das war der Name, mit dem ich mich bei den anderen Bewohnern des Straßenabschnitts vorgestellt hatte; doch als ich ihn nannte, wurde ich fast so rot wie schon fünfzehn Jahre nicht mehr. Diese Leutchen belog man einfach nicht.

Sie selber hießen Quarre, wie ich sogleich erfuhr; und sie waren ein verliebtes altes Pärchen. Jedesmal, wenn sie ihn ansprach, sagte sie »Thomas«, den Namen im Mund herumwälzend, als liebte sie dessen Geschmack. »Mein Lieber« sagte sie ebenso oft zu ihm, und er stand zweimal auf, um ihrem gebrechlichen Rücken ein Kissen bequemer zurechtzuschieben.

Ich mußte eine Tasse Tee mit ihnen trinken und ein paar würzige kleine Kekse essen, bevor ich auch nur eine Frage bei ihnen anbringen konnte. Dann, während ich von der alten Dame erzählte, die aus einer Straßenbahn gestoßen worden war, machte Mrs. Quarre kleine mitfühlende Klickgeräusche mit der Zunge und den Zähnen, derweil der alte Herr in seinen Bart brummte, daß es »eine Schande« sei, und mir eine dicke Zigarre reichte.

Endlich konnte ich von dem Vorfall zu der Beschreibung des Mannes übergehen, den ich suchte.

»Thomas«, sagte Mrs. Quarre, »ist das nicht der junge Mann, der in dem Haus mit dem Geländer wohnt und immer so bekümmert dreinschaut?«

Der alte Mann strich sich den schneeweißen Bart und grübelte ein Weilchen.

»Aber, meine Liebe«, brummte er endlich, »hat der nicht dunkles Haar?«

Strahlend blickte sie auf ihren Mann. »Thomas ist ein *so* genauer Beobachter«, sagte sie stolz. »Ich vergaß. Ja, der junge Mann, von dem ich sprach, hat tatsächlich dunkles Haar, also kann er nicht derjenige sein.«

Der alte Herr meinte dann, daß einer, der in dem Block nebenan wohne – die Straße weiter hinunter –, mein Mann sein könne. Ausführlich diskutierten sie das, um dann zu dem Schluß zu gelangen, daß der zu groß und zu alt sei. Mrs. Quarre zog einen weiteren in Erwägung. Er wurde diskutiert und einstimmig abgelehnt. Thomas brachte den nächsten Kandidaten in Vorschlag. Er wurde gewogen und für zu leicht befunden. Und so schwatzten sie und schwatzten sie.

Langsam wurde es dunkel. Der alte Herr machte eine Stehlampe an, die einen milden gelben Lichtkreis auf uns warf und das übrige Zimmer im Dämmer ließ. Es war ein großes Zimmer, das durch schwere Vorhänge, dicke Tapeten und gut dreißig Jahre alte massive und roßhaargepolsterte Möbel etwas Lastendes hatte – aber es war gemütlich, und die Zigarre war gut. Ich ließ mir Zeit damit – der Nieselregen draußen lief mir nicht weg.

Ich fühlte etwas Kaltes im Nacken.

»Aufstehn!«

Ich stand nicht auf – ich konnte nicht. Ich war wie gelähmt. Ich saß da und blinzelte die Quarres an.

Und wie ich sie so ansah, wußte ich, daß ich nichts Kaltes im Nacken haben *konnte*. Es *konnte* mir keine barsche Stimme befohlen haben aufzustehen. Das war nicht möglich!

Mrs. Quarre saß immer noch gerade und korrekt vor den Kissen, die ihr Mann ihrem Rücken zurechtgeschoben hatte. Ihre Augen zwinkerten immer noch vor Freundlichkeit hinter ihrer Brille. Der alte Herr strich sich immer noch den weißen Bart und ließ den Zigarrenrauch gemächlich seiner Nase entweichen.

Gleich würden sie weitersprechen über den jungen Mann in der Nachbarschaft, der womöglich der von mir Gesuchte war. Es war nichts – ich war nur eingedöst.

»Los, auf!« Das kalte Ding in meinem Nacken drückte sich mir tief ins Fleisch.

Ich stand auf. »Durchsuchen!« kam von hinten die barsche Stimme.

Behutsam legte der alte Herr seine Zigarre ab, kam zu mir, und seine Hände strichen über meinen Körper. Zufrieden, daß ich unbewaffnet war, leerte er meine Taschen und warf deren Inhalt auf den Stuhl, von dem ich gerade aufgestanden war. »Das ist alles«, sagte er zu dem Mann hinter mir und kehrte zurück zu seinem Stuhl.

»Sie! Umdrehn!« befahl die barsche Stimme.

Ich drehte mich um und sah mich einem großen, hageren, grobknochigen Mann gegenüber, der etwa so alt war wie ich selber, fünfunddreißig. Er hatte ein häßliches Gesicht – hohlwangig, knochig und von großen, blassen Sommersprossen gesprenkelt. Seine Augen waren wässerig blau, Nase und Kinn sprangen stark hervor. »Du kennst mich?« fragte er.

»Nein.«

»Lügner!«

Ich wollte mich um diesen Punkt nicht streiten – in einer großen sommersprossigen Hand hielt er eine Kanone.

»Du wirst mich schon noch kennenlernen, bevor wir miteinander fertig sind«, drohte mir dieser große häßliche Mann. »Du wirst ...«

»Haken!« Die Stimme kam durch eine von Portieren verhangene Tür – zweifellos die Tür, durch die der häßliche Mann sich hinter mich geschlichen hatte. »Haken, komm her!« Es war eine weibliche Stimme, jung, klar und melodisch.

»Was willst du?« rief der häßliche Mann über die Schulter zurück.

»*Er* is da.«

»Na gut!« Er wandte sich Thomas Quarre zu. »Paß auf den Komiker da auf.«

Irgendwo zwischen Bart, Jacke und seiner gestärkten Weste zog der alte Herr einen großen schwarzen Revolver hervor, der ihm recht vertraut in der Hand zu liegen schien.

Der häßliche Mann schnappte sich die Dinge, die meinen Taschen entnommen worden waren, und nahm sie mit sich durch die Portieren.

Mrs. Quarre sah lächelnd zu mir auf. »Setzen Sie sich doch, Mr. Tracy«, sagte sie.

Ich setzte mich.

Durch die Portieren kam aus dem Nebenzimmer eine neue Stimme – eine schleppende Baritonstimme, deren Akzent eindeutig britisch war; kultiviert britisch. »Was ist los, Haken?« fragte die Stimme.

Die barsche Stimme des häßlichen Mannes:

»'ne ganze Menge is los, kann ich Ihnen sagen! Sie haben uns auf'm Kieker. Vor 'ner Weile bin ich rausgegangen, und kaum bin ich auf der Straße, seh ich auf der andern Seite einen Mann, den ich kenne. Vor fünf, sechs Jahren hat mich in Philly jemand auf den aufmerksam gemacht. Wie er heißt, weiß ich nich, aber seine Visage kenn ich noch – er is einer von Continental's, der Detektivagentur. Ich bin sofort wieder zurück und hab ihn mit Elvira aus'm Fenster beobachtet. Jedes Haus auf der andern Seite hat er abgeklappert und Fragen gestellt oder was weiß ich. Dann is er hier rübergewechselt und hat unsere Seite aufs Korn genommen – und nach 'ner Weile klingelt's. Ich sag der Alten und ihrem Mann, sie sollen ihn reinholen und festhalten und hören, was er so zu sagen hat. Er quasselt was von einem Burschen daher, den er sucht und der gesehn haben soll, wie 'ne alte Frau von 'ner Straßenbahn überfahren worden ist – aber das is'ne Schote! In Wirklichkeit is er hinter uns her. Ich bin reingegangen und hab ihn eben erst mal die Hände hochheben lassen. Eigentlich wollt ich warten, bis Sie kommen, aber ich hatte Angst, er wird nervös und haut uns noch ab.«

Die britische Stimme: »Du hättest dich ihm nicht zeigen sollen. Die andern hätten sich um ihn kümmern können.«

Haken: »Was macht das schon? Möglich, daß er uns sowieso alle kennt. Und selbst, wenn nicht – was macht das schon?«

Die schleppende britische Stimme: »Das kann eine ganze Menge machen. Es war dumm.«

Haken, aufbrausend: »Dumm, ha? Ewig liegen Sie einem damit in den Ohren, daß andere Leute dumm sind. Sie können mich ma, sag ich! Wer macht denn die ganze Arbeit? Wer dreht denn die ganzen Dinger im Grunde? Ha? Wo ...«

Die junge weibliche Stimme: »Nu reicht's aber, Haken. Halt um Himmels willen nicht schon wieder diesen Vortrag. Ich kenn ihn jetzt schon bald auswendig!«

Papiergeraschel, dann die britische Stimme: »Also Haken, ich sage dir, du hast recht – er ist tatsächlich ein Detektiv. Hier ist ein Ausweis dabei.«

Die weibliche Stimme aus dem Nebenzimmer: »Also was machen wir jetzt? Wie verhalten wir uns?«

Haken: »Na das is doch kein Problem. Wir legen diesen Schnüffler um!«

Die weibliche Stimme: »Und stecken unsern Hals in die Schlinge?«

Haken, verächtlich: »Als ob er da nicht sowieso schon wäre! Ihr glaubt also nicht, daß dieser Bursche wegen der Sache in L. A. hinter uns her ist, was?«

Die britische Stimme: »Haken, du bist ein Trottel; und zwar ein hoffnungsloser. Angenommen, dieser Knabe interessiert sich für die Geschichte in Los Angeles, was ja wahrscheinlich ist – was dann? Er ist Detektiv bei Continental's. Ist es nicht naheliegend zu vermuten, daß seine Organisation weiß, wo er ist? Meinst du etwa, sie weiß nicht, daß er hierherkommt? Und ist nicht wahrscheinlich, daß sie genausoviel über uns weiß wie er? Es wäre also sinnlos, ihn zu töten. Das würde unsere Lage nur verschlechtern. Das Beste ist, wir fesseln ihn und lassen ihn hier. Vor morgen früh kommen seine Kollegen ihn bestimmt nicht suchen.«

Meine Dankbarkeit ging hinaus zu der britischen Stimme! Jemand war mir wohlgesonnen, wenigstens bis zu dem Grade, daß er mich leben lassen wollte. Mir war in diesen letzten Minuten nicht sehr wohl gewesen in meiner Haut. Die Tatsache, daß ich diese Leute, die darüber entschieden, ob ich leben oder sterben sollte, nicht sehen konnte, ließ meine ohnehin schon miserable Lage noch verzweifelter erscheinen. Jetzt war mir leichter zumute, obwohl ich noch lange nicht froh war. Aber ich setzte mein Vertrauen auf die schleppende britische Stimme; es war die Stimme eines Mannes, der es gewohnt ist, sein Vorhaben auszuführen.

Haken, brüllend: »Jetzt lassen Sie sich ma was sagen, Bruderherz – der Bursche hier wird umgelegt! Basta! Ich riskier doch nix. Von mir aus können Sie quatschen, was Sie wollen, aber um meinen Hals kümmer ich mich selber, und der is'ne Menge sicherer, wenn der Bursche hier da is, wo er nich mehr reden kann. Basta!«

Die weibliche Stimme, angewidert: »Och Haken, jetzt nimm aber Vernunft an!«

Die britische Stimme, immer noch gedehnt, aber eiskalt: »Es ist sinnlos, mit dir zu diskutieren, Haken, du hast die Instinkte und den Verstand eines Höhlenbewohners. Es gibt nur eine Sprache, die du verstehst; und in der werde ich jetzt mit dir reden, mein Sohn. Solltest du in Versuchung kommen, in der Zeit von jetzt bis zu unserm Aufbruch irgendeine Dummheit zu machen, dann sag dir im Geist nur dies vor – sag es dreimal: ›Wenn er stirbt, sterbe ich.‹ Sag es, als wäre es aus der Bibel – denn es ist genauso wahr.«

Es folgte ein langes Schweigen, das so gespannt war, daß mein nicht gerade empfindlicher Skalp zu prickeln begann.

Als endlich eine Stimme in das Schweigen schnitt, fuhr ich hoch, als wäre eine Kanone abgefeuert worden; dabei war die Stimme durchaus ruhig und gelassen.

Es war die britische Stimme, siegesgewiß, und ich atmete wieder.

»Zuerst schaffen wir die alten Leute weg«, sagte die Stimme. »Du kümmerst dich um unsern Gast, Haken. Du fesselst ihn, ich hole inzwischen die Wertpapiere, und in knapp einer halben Stunde sind wir weg.«

Die Portieren teilten sich, und Haken kam ins Zimmer – ein grimmiger Haken, dessen Sommersprossen auf dem fahlen Gelb seines Gesichts einen grünlichen Ton hatten. Er richtete seinen Revolver auf mich und sprach zu den Quarres, kurz und barsch:

»Er will euch.« Sie standen auf und gingen in das Nebenzimmer.

Haken war inzwischen an die Tür zurückgetreten, immer noch mit dem Revolver mich bedrohend, und löste die Plüschbänder, die an den schweren Portieren hingen. Dann kam er herum, hinter mich, und band mich fest an den hochlehnigen Stuhl; die Arme an die Stuhlarme, die Beine an die Stuhlbeine, meinen Körper an die Lehne und den Sitz des Stuhls; und er krönte sein Werk damit, daß er mich mit dem Zipfel eines Kissens knebelte, das zu fest gestopft war.

Als er mich kunstgerecht gefesselt hatte und zurücktrat,

um mich finster anzufunkeln, hörte ich leise die Haustür zugehen, und dann liefen oben leichte Schritte hin und her.

Haken blickte in die Richtung dieser Schritte, und in seine kleinen wässerig blauen Augen kam ein listiger Ausdruck. »Elvira!« rief er leise.

Die Portieren buchteten sich aus, als ob jemand sie berührte, und dann war dicht hinter ihnen die melodische weibliche Stimme zu hören. »Was?«

»Komm her.«

»Lieber nicht. Er würde das nicht ...«

»Zum Henker mit ihm!« Haken hatte Wut im Bauch. »Komm her!«

Sie kam ins Zimmer und in den Lichtkreis der Stehlampe; ein Mädchen wenig über zwanzig, schlank und rank, fertig für die Straße gekleidet, nur daß sie ihren Hut noch in der Hand hielt. Ein weißes Gesicht unter einer Masse kurzgehaltener flammend roter Locken. Rauchgraue Augen, die zu weit auseinander standen, um vertrauenerweckend zu sein – ohne jedoch unschön zu wirken –, lachten mich an; und ihr roter Mund lachte mich an, die Schneiden kleiner, scharfer Tierzähne entblößend. Sie war schön wie der Teufel und doppelt so gefährlich.

Sie lachte mich an – einen dicken, rundum mit rotem Plüschband eingewickelten Mann, der den Zipfel eines grünen Kissens zwischen den Zähnen hatte – und wandte sich dem häßlichen Mann zu. »Was willst du?«

Er sprach mit gedämpfter Stimme, verstohlen einen Blick zur Decke hinaufschickend, über der noch immer leise Schritte hin und her tapsten.

»Wie wär's, wenn wir'n abschütteln?«

Ihre rauchgrauen Augen verloren ihre Fröhlichkeit und wurden berechnend.

»Er hat einhunderttausend auf der Hand, mein Lieber – ein Drittel davon gehört mir. Du glaubst doch wohl nicht, daß ich das sausen lasse, oder?«

»'türlich nich! Und was ist, wenn wir die hundert Riesen kassieren?«

»Wie denn?«

»Das laß man meine Sorge sein, Kleines. Wenn ich das dreh, kommst du dann mit *mir*? Du weißt, daß ich gut sein werde zu dir.«

Ihr Lächeln kam mir verächtlich vor – aber ihm schien es zu gefallen.

»Ich glaub dir ja, daß du gut sein willst zu mir«, sagte sie. »Aber hör zu, Haken – wir würden nicht weit kommen; es sei denn, du machst ihn *fertig*. Ich kenn ihn! Ich laufe nicht mit irgendwas weg, was ihm gehört, solange er nicht so bedient ist, daß er nicht mehr hinterherkommen kann.«

Haken befeuchtete sich die Lippen und blickte im Zimmer umher, ohne etwas Bestimmtes anzusehen. Der Gedanke, mit dem Besitzer der langsamen britischen Stimme in die Wolle zu geraten, behagte ihm offenbar gar nicht. Aber sein Verlangen nach dem Mädchen war stärker als seine Angst.

»Ich mach's!« platzte er heraus. »Ich mach ihn fertig! Is es wirklich dein Ernst, Kleines? Du kommst mit mir, wenn ich ihn fertigmache?«

Sie reichte ihm die Hand. »Du kannst Gift drauf nehmen«, sagte sie, und er glaubte ihr.

Sein häßliches Gesicht wurde warm und rot und selig, und er schöpfte tief Luft und nahm die Schultern zurück. Vielleicht hätte ich ihr an seiner Stelle auch geglaubt – alle sind wir irgendwann schon mal auf sowas reingefallen –, da ich aber gefesselt auf dem Abstellgleis saß, wußte ich, daß er besser drangewesen wäre, wenn er mit einer Gallone Nitro gespielt hätte, statt mit diesem Baby. Sie war gefährlich! Harte Zeiten standen Haken bevor!

»Also das machen wir so...«, begann Haken – und verstummte.

Ein Schritt war nebenan zu hören gewesen.

Unmittelbar darauf drang die britische Stimme durch die Portieren, und zu dem schleppenden Tonfall kam jetzt Zorn hinzu:

»Das ist doch einfach nicht zu fassen! Kaum geh ich einen Moment aus dem Zimmer, und schon macht ihr alles falsch. Was ist denn jetzt bloß in dich gefahren, Elvira, daß du da hineingehn und dich unserm Detektiv zeigen mußt?«

Furcht flackerte auf in ihren Augen, war jedoch sofort wieder erloschen, und leichthin sagte sie: »Nun werd mal nicht gleich gelb vor Angst, dein kostbarer Hals wird schon noch 'ne Weile verschont bleiben, auch wenn ich mal nicht so vorsichtig bin.«

Die Portieren teilten sich, und ich drehte den Kopf so weit ich konnte, um zum erstenmal diesen Menschen zu sehen, dem ich verdankte, daß ich noch am Leben war. Ich erblickte einen kleinen, dicken Mann in Hut und Mantel, fertig für die Straße und mit einer hellbraunen Reisetasche in der Hand.

Dann kam sein Gesicht in den gelben Lichtkreis der Lampe, und ich sah, daß es ein chinesisches Gesicht war. Ein kleiner, dicker Chinese, dessen makellose Kleidung ebenso britisch war wie sein Akzent.

»Das ist keine Frage der Farbe«, belehrte er das Mädchen – und erst jetzt sah ich den ganzen Stachel ihres Spotts; »es ist einfach eine Frage ganz normaler Klugheit.«

Sein Gesicht war eine runde gelbe Maske, und seine Stimme war nach wie vor emotionslos und gedehnt, aber ich wußte, daß das Mädchen ihn ebenso fest in ihrer Gewalt hatte wie den häßlichen Mann – sonst hätte ihre spitze Bemerkung ihn nicht ins Zimmer locken können. Aber ich bezweifelte, ob sie diesen anglisierten Orientalen ebenso leicht würde handhaben können wie Haken.

»Es wäre nicht unbedingt nötig gewesen, daß der Knabe da« – es sprach immer noch der Chinese – »einen von uns zu Gesicht bekommt.« Er sah mich jetzt zum erstenmal an, mit kleinen, undurchsichtigen Augen, die wie zwei schwarze Körner waren. »Es ist durchaus möglich, daß er keinen von uns gekannt hat, nicht mal der Beschreibung nach. Daß wir uns ihm so zeigen, ist der kompletteste Unsinn, auf den man verfallen kann.«

»Ach, zum Henker, Tai!« brauste Haken auf. »Lieg einem doch nich dauernd damit in den Ohren, ja? Ich leg ihn um, was macht das schon? – und damit ist die Sache geregelt!«

Der Chinese stellte seine hellbraune Reisetasche hin und schüttelte den Kopf.

»Hier wird niemand umgebracht«, sagte er langsam, »oder es werden gleich mehrere umgebracht. Du verstehst doch, was ich sagen will, Haken, oder?«

Haken verstand. Sein Adamsapfel ging auf und ab, so angestrengt war er am Schlucken, und hinter dem Kissen, das mich würgte, dankte ich dem gelben Mann noch einmal.

Dann gab diese rothaarige Teuflin ihren Senf dazu.

»Haken bietet sich immer an, Dinge zu tun, die er eigentlich gar nicht tun möchte«, sagte sie zu dem Chinesen.

So daran erinnert zu werden, daß er versprochen hatte,

den Chinesen *fertigzumachen,* trieb Haken die Flammen ins Gesicht, und wieder schluckte er und blickte um sich, als wollte er sich am liebsten verkriechen. Aber das Mädchen hatte ihn; ihr Einfluß war stärker als seine Feigheit.

Plötzlich trat er dicht an den Chinesen heran und starrte aus der Höhe seiner überlegenen Größe finster auf ihn herab.

»Tai«, knurrte der häßliche Mann in das runde gelbe Gesicht; »du bist erledigt. Ich hab's satt, mich dauernd von dir gängeln zu lassen, als wärst du'n König oder sonstwas. Ich werde ...«

Er stockte und kam nicht weiter. Stille. Tai blickte zu ihm auf mit Augen, die so hart und schwarz und unmenschlich waren wie zwei Stücke Kohle. Hakens Lippen zuckten, und er wich ein wenig zurück.

Ich hörte auf zu schwitzen. Der gelbe Mann hatte erneut gewonnen. Aber ich hatte die rothaarige Teufelin vergessen. Sie lachte jetzt – ein höhnisches Lachen, das für den häßlichen Mann ein Messerstich gewesen sein muß.

Ein Schrei entrang sich seiner Brust, und in dem runden, ausdruckslosen Gesicht des gelben Mannes landete eine große Faust.

Der Punch traf Tai mit solcher Wucht, daß er quer durchs Zimmer flog und auf der Seite in einer Ecke landete.

Aber schon während er durchs Zimmer schoß, hatte er den Körper zu dem häßlichen Mann herumgerissen – eine Kanone war in seiner Hand, bevor er zu Boden ging – und er sprach bereits, als seine Beine noch nicht auf dem Teppich zur Ruhe gekommen waren – und sein Englisch war langsam und kultiviert.

»Wir werden«, sagte er, »diese Sache zwischen uns später

bereinigen. Jetzt läßt du erst einmal die Pistole fallen und rührst dich nicht vom Fleck, derweil ich aufstehe.«

Hakens Revolver – erst halb aus der Tasche, als der Orientale ihn bereits in Schach hielt – bumste auf den Teppich. Stockstarr stand er da, während Tai sich aufrappelte, und Hakens Atem ging schnaufend, und jede Sommersprosse hob sich gespenstisch ab vor dem schmutzigen Weiß seines angstverzerrten Gesichts.

Ich sah das Mädchen an. Es lag Verachtung in den Augen, mit denen sie Haken ansah, keine Überraschung oder Enttäuschung.

Dann machte ich eine Entdeckung: *Irgend etwas in ihrer Nähe hatte sich verändert im Zimmer!*

Ich schloß die Augen und versuchte mir vorzustellen, wie dieser Teil des Zimmers ausgesehen hatte, bevor die zwei Männer aneinandergeraten waren. Plötzlich, sie wieder aufreißend, hatte ich die Antwort.

Auf dem Tisch neben dem Mädchen hatten ein paar Zeitschriften und ein Buch gelegen. Beides war jetzt weg. Keinen halben Meter von dem Mädchen entfernt stand die hellbraune Tasche, die Tai mit ins Zimmer gebracht hatte. Angenommen, die Tasche hatte die Wertpapiere von dem in Los Angeles gedrehten Ding enthalten, das sie erwähnt hatten. Gut möglich. Was dann? Dann enthielt sie jetzt wahrscheinlich das Buch und die Zeitschriften, die auf dem Tisch gelegen hatten. Das Mädchen hatte den Krach zwischen den zwei Männern inszeniert, um sie abzulenken, während sie inzwischen einen schnellen Tausch vornahm. Wo aber sollte dann das Beutegut sein? Ich wußte es nicht, vermutete jedoch, daß es wahrscheinlich zu voluminös war, um unauffällig an der schlanken Figur des Mädchens untergebracht werden zu können.

Gleich hinter dem Tisch stand eine Couch mit einer breiten roten Überdecke, die bis auf den Boden hinunterreichte. Ich blickte von der Couch zu dem Mädchen. Sie beobachtete mich gerade, und freudig zwinkernd leuchteten ihre Augen auf, als sie meinem Blick begegneten, der sich von dem Sofa abwandte. Das Sofa war es!

Inzwischen hatte der Chinese Hakens Revolver eingesteckt und sprach zu ihm: »Wenn ich Mord nicht verabscheuen würde und wenn ich nicht der Ansicht wäre, daß du Elvira und mir bei der Flucht vielleicht nützen könntest, würde ich uns jetzt tatsächlich von dem Handicap deiner Dummheit befreien. Aber ich will dir noch eine Chance geben. Trotzdem möchte ich dir nahelegen, deine Gefühlsausbrüche in Zukunft etwas besser unter Kontrolle zu halten.« Er wandte sich an das Mädchen. »Hast du unserm Haken dumme Gedanken in den Kopf gesetzt?«

Sie lachte. »In *den* Kopf kann keiner irgendwelche Gedanken setzen.«

»Da magst du recht haben«, sagte er und kam dann herüber, um die Fesseln an meinen Armen und meinem Körper zu prüfen.

Er war zufrieden mit ihnen, hob die hellbraune Tasche auf und hielt dem häßlichen Mann die Kanone hin, die er ihm vor wenigen Minuten abgenommen hatte.

»Hier ist dein Revolver, Haken, versuch jetzt mal, vernünftig zu sein. Wir können jetzt beruhigt gehn. Der Alte und seine Frau tun, was sie tun sollen. Sie sind unterwegs zu einer Stadt, die wir vor unserm Freund hier nicht namentlich zu nennen brauchen, und warten da auf uns und ihren Anteil an den Wertpapieren. Daß sie lange warten können, versteht sich von selbst – sie sind jetzt nicht mehr im Spiel. Unter uns dreien darf es aber nun keinen

Verrat mehr geben. Wenn wir klarkommen wollen, müssen wir einander helfen.«

Nach strengen Gesetzen der Dramatik hätte dieses Pack mir eigentlich noch sarkastische Reden halten müssen, aber das taten sie nicht. Sie übergingen mich, ohne mir auch nur einen Abschiedsblick zurückzuwerfen, und entschwanden meinen Augen in der Dunkelheit des Flurs.

Plötzlich war der Chinese wieder im Zimmer, auf Zehenspitzen sich bewegend – in der einen Hand ein offenes Messer, in der andern eine Kanone. Das also war der Mann, dem ich für die Rettung meines Leben gedankt hatte! Er beuge sich über mich.

Das Messer näherte sich meiner rechten Seite, und das Plüschband, das meinen Arm festhielt, lockerte seinen Griff. Ich atmete wieder, und mein Herz schlug wieder weiter.

»Haken wird zurückkommen«, flüsterte Tai – und war weg.

Auf dem Teppich, einen Schritt vor mir, lag ein Revolver.

Die Haustür ging zu, und ich war eine Weile allein.

Man kann mir glauben, daß ich diese Weile damit verbrachte, gegen die roten Plüschbänder zu kämpfen, die mich banden. Tai hatte eine Windung durchgeschnitten, was meinen rechten Arm etwas lockerte und meinem Körper etwas mehr Spiel gab, aber ich war noch lange nicht frei. Und sein geflüstertes »Haken wird zurückkommen« war mir Ansporn genug, um mit aller Kraft gegen meine Fesseln anzugehen.

Ich begriff jetzt, warum der Chinese so fest darauf bestanden hatte, mein Leben zu schonen. *Ich war das Werkzeug, mit dem Haken beseitigt werden sollte!* Der Chinese hatte sich gedacht, daß Haken, sobald sie auf die

Straße gekommen wären, ins Haus zurückhuschen, mich umlegen und sich dann wieder zu seinen Verbündeten gesellen würde. Und wenn er nicht von selber darauf gekommen wäre, hätte der Chinese es ihm wahrscheinlich nahegelegt.

Deswegen hatte er mir eine Kanone in Reichweite gelegt und meine Fesseln nur so weit gelöst, daß ich mich nicht befreien konnte, bevor er selber abgehauen war.

Diese Gedanken liefen nebenher. Ich ließ mich durch sie in meinen Anstrengungen freizukommen nicht aufhalten. Das *Warum* war mir in dem Moment nicht wichtig – wichtig war, den Revolver in der Hand zu haben, wenn der häßliche Mann zurückkäme.

Gerade als die Haustür aufging, kriegte ich den rechten Arm restlos frei und riß mir das erstickende Kissen aus dem Mund. Mein übriger Körper wurde immer noch von den Bändern gehalten; locker zwar, aber gehalten.

Ich warf mich, samt Stuhl und allem, nach vorn, den Sturz mit dem freien Arm auffangend. Der Teppich war dick. Ich landete auf der Nase, mit dem schweren Stuhl auf mir, völlig hilflos, aber mein rechter Arm war frei von dem Geschling, und meine rechte Hand packte die Kanone. Das düstere Licht fiel auf einen Mann, der rasch ins Zimmer trat – in der Hand einen metallischen Schimmer.

Ich feuerte.

Er faßte sich mit beiden Händen an den Bauch, knickte zusammen und verendete auf dem Teppich.

Das war vorbei. Aber das war noch lange nicht alles. Ich zerrte an den Plüschbändern, die mich festhielten, und versuchte mir klar darüber zu werden, was weiter zu tun sei.

Das Mädchen hatte die Wertpapiere vertauscht, sie unter dem Sofa versteckt – das stand außer Frage. Sie hatte vorgehabt, sie abzuholen, bevor ich von meinem Stuhl freigekommen wäre. Aber nun war Haken schon dagewesen, und so mußte sie ihren Plan ändern. Was lag jetzt näher für sie, als dem Chinesen zu erzählen, Haken hätte die Vertauschung vorgenommen? Was dann? Es gab nur eine Antwort – Tai würde die Wertpapiere holen kommen; beide würden sie kommen. Tai wußte zwar, daß ich jetzt bewaffnet war, aber sie hatten gesagt, die Wertpapiere bedeuteten einhunderttausend Dollar. Das reichte, um sie zurückzubringen!

Ich strampelte das letzte Band weg und krabbelte zu dem Sofa. Die Wertpapiere lagen darunter – vier dicke Bündel, zusammengehalten von starken Gummibändern. Ich steckte sie unter den Arm und ging hinüber zu dem Mann, der in der Nähe der Tür starb. Seine Kanone lag unter einem seiner Beine. Ich zog sie hervor, trat über ihn hinweg und ging in den dunklen Flur. Dann blieb ich stehen und überlegte.

Das Mädchen und der Chinese würden sich beim Angriff teilen. Einer würde durch die Haustür vorne hereinkommen, der andere durch die Hintertür. Auf diese Weise würden sie am sichersten mit mir fertig werden. Ich hatte also nur hinter einer dieser Türen auf sie zu warten. Es wäre dumm von mir, das Haus zu verlassen – genau das würden sie zuerst erwarten; und mir in einem Hinterhalt auflauern.

Es war ganz klar, ich mußte mich in Sichtweite dieser Vordertür flachmachen und darauf warten, daß einer von ihnen durch sie hereinkäme – und einer würde bestimmt hereinkommen, wenn sie es leid geworden wären, draußen noch länger auf mich zu warten.

Zur Haustür hin war der Flur durch den schwachen

Lichtschein erhellt, der von den Straßenlaternen durch das Glas sickerte. Die Treppe, die in die erste Etage führte, warf einen dreieckigen Schatten über einen Teil des Flurs – einen Schatten, der für alle möglichen Vorhaben schwarz genug war. Ich hockte mich in dieses dreieckige Stück Nacht und wartete.

Ich hatte zwei Kanonen – die, die der Chinese mir gegeben hatte, und die, die ich Haken abgenommen hatte. Ich hatte einen Schuß abgefeuert; dann blieben mir noch elf zur Verfügung – es sei denn, eine der Waffen wäre, nachdem sie geladen worden war, von jemand anderem benutzt worden. Ich tastete die Rückseite der Trommel des Revolvers ab, den Tai mir gegeben hatte, und in der Dunkelheit fühlten meine Finger nur *eine* Hülse – unter dem Hahn. Tai war kein Risiko eingegangen; er hatte mir eine einzige Patrone gegeben – die, mit der ich Haken zu Fall gebracht hatte.

Ich legte diese Kanone auf den Boden und untersuchte die andere, die ich Haken abgenommen hatte. Sie war *leer*. Der Chinese war überhaupt kein Risiko eingegangen! Er hatte Hakens Kanone entladen, bevor er sie ihm nach ihrem Streit zurückgegeben hatte.

Ich saß in der Falle! Alleine, unbewaffnet, in einem fremden Haus, in das gleich zwei Menschen kommen würden, die hinter mir her waren – und daß einer davon eine Frau war, fand ich durchaus nicht beruhigend; sie war dadurch nicht weniger mörderisch.

Einen Moment war ich versucht, einen Ausbruch zu wagen. Der Gedanke, wieder draußen auf der Straße zu sein, war verlockend; aber ich schob ihn beiseite. Das wäre eine Dummheit; und zwar eine große. Dann fielen mir die Wertpapiere unter meinem Arm ein. Sie würden als meine

Waffe herhalten müssen. Und wenn sie mir nützen sollten, mußten sie versteckt werden.

Ich glitt aus meinem Schattendreieck und ging die Treppe hinauf. Dank der Straßenlaternen war es in den oberen Räumen hell genug, so daß ich mich bewegen konnte. Und wie ich mich bewegte! Hin und her lief ich durch die Räume, hin und her, auf der Suche nach einem Versteck für die Wertpapiere. Und als dann plötzlich ein Fenster rappelte, wie von Zugluft bewegt, weil irgendwo eine Tür nach außen aufgegangen war, hatte ich das Diebesgut immer noch in den Händen.

Es blieb mir nun nichts mehr übrig, als es aus einem Fenster zu schmeißen und auf mein Glück zu vertrauen. Ich schnappte mir von einem Bett ein Kissen, riß den weißen Bezug herunter und warf die Wertpapiere da hinein. Dann lehnte ich mich aus einem bereits offenen Fenster und sah hinunter in die Nacht, nach einer günstigen Stelle suchend, wo ich meinen Sack würde hinwerfen können – ich wollte nicht, daß die Wertpapiere irgendwo landeten, wo sie einen Auflauf verursachen würden.

Und wie ich so aus dem Fenster sah, fand ich ein besseres Versteck. Das Fenster ging auf einen schmalen Hof, auf dessen anderer Seite ein ebensolches Haus war wie das, in dem ich mich befand. Das Haus war genauso groß und hatte ein leicht zur anderen Seite hin abfallendes Blechdach. Das Dach war nicht weit von mir entfernt – nahe genug, um den Kissenbezug hinüberwerfen zu können. Ich warf. Er verschwand über dem vorderen Dachrand und landete mit leisem Plock auf dem Blech.

Dann machte ich Licht im Zimmer, zündete mir eine Zigarette an (wir alle posieren hin und wieder gern ein bißchen) und setzte mich auf das Bett, um meine Gefangennahme abzuwarten. Ich hätte mich durch das dunkle Haus an meine Feinde heranpirschen und sie vielleicht überwältigen können, aber damit hätte ich höchstwahrscheinlich nur erreicht, erschossen zu werden. Und ich lasse mich nicht gern erschießen.

Das Mädchen fand mich.

Sie kam durch den Flur geschlichen, in jeder Hand eine Automatic, zögerte kurz vor der Tür und war dann mit einem Satz im Zimmer. Als sie mich dann friedlich auf der Bettkante sitzen sah, funkelte sie mich voller Verachtung an, daß man hätte meinen können, ich hätte etwas besonders Niederträchtiges getan. Ich glaube, sie hatte von mir erwartet, ich würde ihr eine Gelegenheit zum Schießen geben.

»Ich hab ihn, Tai«, rief sie, und der Chinese kam zu uns.

»Was hat Haken mit den Wertpapieren gemacht?« fragte er, sofort zur Sache kommend und völlig ruhig.

Ich grinste ihm in das runde gelbe Gesicht und spielte meinen Trumpf aus.

»Warum fragen Sie nicht das Mädchen?«

Seine Miene verriet nichts, aber mir war, als versteifte sich sein Körper ein wenig in seiner tadellosen britischen Kleidung. Das ermutigte mich, mit meiner kleinen Lüge fortzufahren, die darauf angelegt war, die Dinge aufzurühren.

»Haben Sie denn nicht mitgekriegt, daß die vorhatten, Sie abzuhängen?«

»Sie dreckiger Lügner!« schrie das Mädchen und machte einen Schritt auf mich zu.

Mit energischer Geste gebot Tai ihr Einhalt. Mit seinen undurchsichtigen schwarzen Augen starrte er durch sie hindurch, und während er so starrte, wich das Blut aus seinem

Gesicht. Sie hatte diesen dicken gelben Mann an der Leine, das stand fest, aber ein harmloses Spielzeug war er nicht gerade.

»So also ist das«, sagte er, an niemanden speziell gerichtet. Dann zu mir: »Wo haben die beiden die Wertpapiere hingetan?«

Das Mädchen trat dicht an ihn heran, und ihre Worte überstürzten sich.

»Hier die Wahrheit, Tai, Gott steh mir bei! Ich hab das Zeug selber ausgetauscht. Haken hatte keine Ahnung davon. Ich wollte euch beiden weglaufen. Ich hab sie unten unter die Couch gesteckt, aber da sind sie jetzt nicht mehr. Das ist bei Gott die Wahrheit!«

Alles in ihm wollte ihr glauben, und ihre Worte klangen ja auch glaubwürdig. Und da ich wußte, daß er ihr – verliebt in sie, wie er war – den Verrat mit den Wertpapieren eher verziehen hätte als ihr Vorhaben, mit Haken davonzulaufen, beeilte ich mich, die Dinge weiter aufzurühren.

»Zum Teil ist das schon wahr«, sagte ich. »Sie hat die Wertpapiere unter der Couch versteckt – aber Haken wußte sehr wohl davon. Sie haben sich das ausgedacht, als Sie hier oben waren. Er sollte Streit mit Ihnen anfangen, und inzwischen wollte sie die Wertpapiere gegen was anderes vertauschen, und genau das haben sie dann auch gemacht.«

Ich hatte ihn! Als sie wie eine Furie zu mir herumfuhr, drückte er ihr die Schnauze seiner Automatic in die Seite – ein scharfer Stoß in ihre Rippen, der ihren wütenden Wortschwall versiegen ließ.

»Ich nehm dir die Kanonen ab, Elvira«, sagte er und tat es.

»Wo sind die Wertpapiere jetzt?« fragte er mich.

Ich grinste. »Ich bin nicht für Sie, Tai; ich bin gegen Sie.«

»Gewalttätigkeiten liegen mir nicht«, sagte er langsam, »und ich glaube, Sie sind ein vernünftiger Mensch. Schließen wir einen Handel ab, mein Freund.«

»Machen Sie einen Vorschlag«, sagte ich.

»Aber gern! Gehen wir davon aus, daß Sie die Wertpapiere versteckt haben, wo niemand sonst sie finden kann; und daß ich Sie völlig in meiner Gewalt habe – so wie es in Krimis immer beschrieben wird.«

»Soweit vernünftig«, sagte ich; »machen Sie weiter.«

»Wir haben also eine Situation, die man beim Spiel ein Unentschieden nennt. Keiner von uns beiden hat einen Vorteil. Als Detektiv wollen Sie uns haben, wir aber haben Sie. Als Diebe wollen wir die Wertpapiere haben, die aber haben Sie. Ich biete Ihnen dafür zum Tausch das Mädchen, und das scheint mir ein faires Angebot. Ich hätte dann die Wertpapiere und eine Chance, abzuhauen. Und Sie hätten als Detektiv durchaus nicht erfolglos gearbeitet. Haken ist tot, und Sie hätten das Mädchen. Es wäre dann nur noch nötig, mich und die Wertpapiere wieder aufzuspüren – durchaus keine aussichtslose Sache. Sie hätten damit eine Niederlage in einen halben Sieg verwandelt und hätten eine gute Chance, einen ganzen Sieg daraus zu machen.«

»Und woher weiß ich, daß Sie mir das Mädchen auch geben werden?«

Er zuckte die Achseln. »Dafür kann es natürlich keine Garantie geben. Da ich aber weiß, daß sie vorhatte, mich mit diesem Schwein zu verlassen, das jetzt tot da unten liegt, können Sie sich vorstellen, daß meine Gefühle für sie nicht die allerfreundlichsten sind. Im übrigen würde sie, wenn ich sie mitnähme, einen Beuteanteil haben wollen.«

Ich überlegte mir das Angebot.

»Nun, für mich sieht die Sache so aus«, sagte ich schließlich zu ihm. »Sie sind kein Killer. Ich komme lebendig hier raus, egal, was passiert. Warum soll ich mich also auf Tauschgeschäfte einlassen? Sie und das Mädchen werden leichter wiederzufinden sein als die Wertpapiere, und auf die kommt es ja vor allem an bei der Geschichte. Ich werde sie also nicht rausrücken und lieber versuchen, euch wiederzufinden. Ja, das dürfte wohl sicherer sein.«

»Nein, ein Killer bin ich nicht«, sagte er sehr leise; und zum erstenmal sah ich ein Lächeln auf seinem Gesicht. Es war kein freundliches Lächeln – es hatte etwas, was einen schaudern machen konnte. »Aber vielleicht bin ich etwas anderes; etwas, woran Sie noch nicht gedacht haben. Aber dieses Reden führt zu nichts. Elvira!«

Gehorsam trat das Mädchen vor.

»In der Kommode da findest du Bettlaken«, sagte er zu ihr. »Reiß eins oder zwei davon in Streifen, die stark genug sind, um unsern Freund hier zu fesseln.«

Das Mädchen ging zu der Kommode. Ich runzelte die Stirn und versuchte, eine nicht zu unangenehme Antwort auf die Frage zu finden, die sich mir stellte. Die Antwort, die zuerst auftauchte, war nicht schön: *Folter.*

Dann ließ ein leises Geräusch uns alle in gespannter Reglosigkeit erstarren.

Das Zimmer, in dem wir uns befanden, hatte zwei Türen – eine führte in den Flur, die andere in ein weiteres Schlafzimmer. Es war die Tür zum Flur, durch die das schwache Geräusch gekommen war – das Geräusch schleichender Füße.

Rasch und leise ging Tai rückwärts zu einer Stelle, von der aus er die Tür zum Flur beobachten konnte, ohne das Mädchen und mich aus den Augen lassen zu müssen – und die in seiner dicken Hand wie etwas Lebendiges aufgerichtete Kanone war uns Warnung genug, keinen Laut von uns zu geben.

Wieder das schwache Geräusch, unmittelbar vor der Tür.

Die Kanone in Tais Hand schien zu beben vor Gier.

Durch die andere Tür – die Tür zum Nebenzimmer – huschte Mrs. Quarre herein, einen riesigen gespannten Revolver in ihrem dünnen Händchen.

»Waffe weg, du widerlicher Heide«, kreischte sie.

Noch bevor er sich zu ihr umdrehte, ließ Tai die Pistole fallen und nahm die Hände hoch – und beides war sehr klug von ihm.

In dem Augenblick kam Thomas Quarre vom Flur herein, ebenfalls mit einem gespannten Revolver – dem Gegenstück zu dem seiner Frau – nur daß er vor seinem massigen Körper nicht so riesenhaft wirkte.

Ich blickte wieder zu der alten Frau hinüber und sah nur noch wenig von der freundlichen, zierlichen Dame, die Tee eingegossen und über die Nachbarn geplaudert hatte. Wenn es je eine Hexe gegeben hat, so war dies jetzt eine – eine Hexe der schwärzesten, boshaftesten Sorte. Ihre kleinen schwachen Augen blitzten vor Wildheit, ihre welken Lippen waren wölfisch gebleckt, und ihr dünner Leib zitterte vor Haß.

»Ich hab's gewußt!« keifte sie. »Sobald wir weit genug weg waren, um zu überlegen, hab ich's Tom gesagt. Ich wußte, daß das eine abgekartete Sache war! Ich wußte, daß dieser angebliche Detektiv einer von euch war! Ich wußte, daß das nichts anderes war als ein Plan, um Thomas und mich um unsere Anteile zu bringen! Na, ich werd's dir zeigen, du gelber Affe du! Wo sind diese Wertpapiere? Wo sind sie?«

Der Chinese hatte seine Fassung wiedergefunden – falls er sie überhaupt verloren gehabt hatte.

»Unser stämmiger Freund hier kann Ihnen das vielleicht bestätigen«, sagte er. »Ich war gerade dabei, ihm das aus der Nase zu ziehen, als Sie so – ah – dramatisch auftauchten.«

»Thomas, steh doch da um Himmelswillen nicht so verträumt herum«, meckerte sie ihren Mann an, der allem Anschein nach noch derselbe sanftmütige alte Herr war, der mir eine ausgezeichnete Zigarre geschenkt hatte. »Fessel den Chinesen da! Ich trau dem alles mögliche zu, und mir ist erst wohl, wenn er gefesselt ist.«

Ich stand von der Bettkante auf und bewegte mich vorsichtig zu einer Stelle, wo ich hoffte, aus der Schußlinie zu sein, wenn das einmal eintreten würde, was ich vermutete.

Tai hatte die Kanone in seiner Hand fallen gelassen, aber er war nicht durchsucht worden. Die Chinesen sind ein gründliches Volk; *wenn* einer von ihnen schon eine Kanone hat, dann hat er gewöhnlich gleich zwei oder drei oder noch mehr. Eine Kanone war Tai abgenommen worden, aber wenn sie versuchten, ihn zusammenzuschnüren, ohne ihn vorher zu filzen, würde es wahrscheinlich Feuerwerk geben; deswegen ging ich ein wenig beiseite.

Der dicke Thomas Quarre ging phlegmatisch zu dem Chinesen, um den Befehl seiner Frau auszuführen – und vermasselte die Sache gründlich.

Er brachte seine Körpermasse zwischen Tai und die Kanone der Alten.

Tais Hände bewegten sich. Schon hielt jede eine Automatic.

Noch einmal kam Tai in die beste Form seiner Rasse.

Wenn ein Chinese schießt, schießt er, bis seine Kanone leer ist.

Als ich Tai an seinem dicken Hals zurückriß und ihn auf den Boden schleuderte, waren seine Kanonen noch immer bellendes Metall; und sie klickten leer, als ich ein Knie auf einen seiner Arme kriegte. Ich wollte kein Risiko eingehen. Ich bearbeitete seinen Hals, bis mir seine Augen und seine Zunge sagten, daß er für eine Weile außer Gefecht gesetzt sein würde. Dann sah ich mich um.

Thomas Quarre lag gegen das Bett gelehnt, eindeutig tot, mit drei runden Löchern in seiner gestärkten weißen Weste.

Auf der anderen Seite des Zimmers lag Mrs. Quarre auf dem Rücken. Ihre Kleidung lag seltsam ordentlich um ihren zierlichen Leib, und noch einmal hatte der Tod ihr das sanfte, freundliche Aussehen verliehen, das sie gehabt hatte, als ich sie zum erstenmal erblickte.

Das rothaarige Mädchen Elvira war weg.

Schon regte Tai sich wieder, und als ich ihm eine weitere Kanone aus der Kleidung gezogen hatte, half ich ihm, sich aufzusetzen. Mit einer Hand rieb er sich die schmerzende Kehle und sah sich dabei kühl im Zimmer um.

»Wo's Elvira?« fragte er.

»Entkommen – erst mal.«

Er zuckte die Achseln. »Tja, das können Sie ja nun wirklich eine erfolgreiche Aktion nennen. Die Quarres tot; die Wertpapiere und ich in Ihren Händen.«

»Ja, nicht übel«, gab ich zu, »aber tun Sie mir mal einen Gefallen?«

»Wenn ich kann, gerne.«

»Dann sagen Sie mir, was zum Teufel das alles soll!«

»Was das *alles* soll?«

»Genau! Nach dem, was ich so mitkriegen konnte, habt

ihr in Los Angeles irgendeinen Coup gelandet, der euch hunderttausend Dollar in Wertpapieren eingebracht hat. Aber ich weiß gar nichts davon, daß da unten in letzter Zeit so'n schweres Ding gedreht wurde.«

»Aber das ist doch lächerlich!« sagte er mit einem für seine Begriffe fast irrwitzigen Staunen in den Augen. »Lächerlich! Sie wissen natürlich alles darüber!«

»Das tu ich nicht! Ich war auf der Suche nach einem jungen Burschen namens Fisher, der sein Zuhause in Tacoma im Zorn verlassen hat – vor ein bis zwei Wochen. Sein Vater möchte, daß ich unauffällig rauskriege, wo er sich aufhält, damit er herkommen und mit ihm reden kann. Er will versuchen, ob er ihn dazu bewegen kann, wieder heimzukommen. Man hat mir gesagt, daß ich Fisher eventuell in diesem Abschnitt der Turk Street finden könnte, und das hat mich hierhergeführt.«

Er glaubte mir nicht. Er glaubte mir nie. Als man ihn hängte, hielt er mich noch immer für einen Lügner.

Als ich wieder auf die Straße hinauskam (und die Turk Street war nach meinem Abend in diesem Haus ein herrliches Stückchen Erde!), kaufte ich mir eine Zeitung und entnahm ihr das meiste von dem, was ich wissen wollte.

Ein Zwanzigjähriger – ein Botenjunge für eine Maklerfirma in Los Angeles – war vor zwei Tagen auf dem Weg zur Bank mit einem Packen Wertpapieren verschwunden. Noch in derselben Nacht hatten sich dieser Junge und ein schlankes Mädchen mit kurzem rotem Lockenschopf in einem Hotel in Fresno als *J. M. Riordan und Frau* eingeschrieben. Am nächsten Morgen war der Junge in seinem Zimmer gefunden worden – ermordet. Das Mädchen war weg. Die Wertpapiere waren weg.

So weit hatte es in der Zeitung gestanden. Im Laufe der

nächsten paar Tage – hier ein bißchen ausgrabend und da ein bißchen aufschnappend – konnte ich mir die Geschichte in großen Zügen zusammenstückeln.

Der Chinese – mit vollem Namen hieß er Tai Tschun Tau – war der Kopf der Bande gewesen. Ihre Masche war eine Variation des stets funktionierenden Köderspiels gewesen. Tai machte irgendeinen jungen Burschen ausfindig, der für einen Bank- oder Börsenmann Laufjunge war beziehungsweise Botendienste machte – einen, der entweder Bargeld oder einlösbare Börsenpapiere zu transportieren hatte; in großen Mengen, versteht sich.

Dann oblag es Elvira, diesen Jungen *anzumachen*, ihm total den Kopf zu verdrehen – was ihr nicht sehr schwergefallen sein dürfte – und ihn dann zart dazu rumzukriegen, mit ihr und allem, was er an Scheinchen oder Papierchen seines Brotherrn würde grabschen können, durchzugehen.

Wo immer sie die erste Nacht ihrer Flucht verbrachten, tauchte dann Haken auf – blutrünstig und mit Schaum vorm Mund. Das Mädchen fing darauf an, zu flehen, sich die Haare zu raufen und so weiter, in dem Versuch, Haken – in seiner Rolle als wutschnaubender Ehemann – davon abzuhalten, den Jungen hinzuschlachten; was schließlich Erfolg hatte, und am Schluß stand der Junge dann ohne Mädchen da und ohne die Früchte seiner Dieberei.

Manchmal hatte er sich der Polizei gestellt. Zwei hatten, wie wir ermittelten, Selbstmord begangen. Der Junge aus Los Angeles war aus etwas festerem Holz geschnitzt gewesen. Er hatte den Kampf aufgenommen, und Haken hatte ihn umbringen müssen. Die Geschicklichkeit des Mädchens läßt sich an der Tatsache ermessen, daß, als das Spiel aus war, keiner der sechs reingelegten Jungen auch nur ein

Wort sagte, was sie in die Sache hineingezogen hätte; und einige von ihnen hatten sie bewußt raushalten wollen, was ihnen dann großen Ärger einbrachte.

Das Haus in der Turk Street war das Versteck der Bande gewesen, und um es nicht zu gefährden, hatten sie ihr Spiel nicht in San Francisco getrieben. Haken und das Mädchen wurden von den Nachbarn für Sohn und Tochter der Quarres gehalten – und Tai war der chinesische Koch. Das gutmütige und achtbare Erscheinungsbild der Quarres hatten für die Sicherheit der Bande ihr übriges getan.

Der Chinese wurde gehängt. Nach dem rothaarigen Mädchen warfen wir das größte und feinstmaschige Grundnetz aus; und brachten dutzendweise Mädchen mit kurzem rotem Lockenschopf nach oben. Aber das Mädchen Elvira war nicht dabei.

Ich schwor mir, daß ich eines Tages …

Das Mädchen mit den silbernen Augen

Ein Klingeln riß mich aus dem Schlaf. Ich wälzte mich an den Bettrand und griff nach dem Hörer. Die angenehme Stimme des Alten – des Leiters der Continental Detektei in San Francisco – drang an mein Ohr:

»Tut mir leid, daß ich Sie störe, aber Sie werden hochmüssen zu den Glenton-Apartments an der Leavenworth Street. Ein Mann namens Burke Pangburn rief mich eben an und bat darum, ihm sofort irgendwen vorbeizuschicken. Er kam mir ziemlich aufgeregt vor. Kümmern Sie sich da mal drum? Stellen Sie fest, was er will.« Ich sagte ja, würde ich tun, und gähnend, mich reckend und Pangburn verfluchend – wer immer das auch sein mochte –, schälte ich meinen dicken Körper aus dem Schlafanzug und stieg in Straßenkleidung.

Der Mann, der mich in meinem Sonntagvormittagsschlaf gestört hatte, war – wie ich sah, als ich in dem Glenton-Haus eintraf – eine schmächtige, bleichgesichtige Person von etwa fünfundzwanzig mit großen braunen Augen, die zu der Zeit rotgerändert waren, entweder durch Schlaflosigkeit oder weil er geweint hatte oder wegen beidem. Sein langes braunes Haar war ungekämmt, als er die Tür aufmachte, um mich hereinzulassen; und über einem weinroten Seidenschlafanzug trug er einen malvenfarbenen Morgenmantel mit großen jadegrünen Papageien darauf.

Der Raum, in den er mich führte, glich dem Etablissement eines Auktionators kurz vor Beginn einer Versteigerung – oder vielleicht auch einer von diesen Teestuben in

Seitengassen. Dickbauchige blaue Vasen, krumm sich windende rote Vasen, schlank sich streckende gelbe Vasen, Vasen der verschiedensten Formen und Farben; Laternen, Lampen und Kerzenständer; Marmorfiguren, Ebenholzfiguren, Figuren aus jedem Material; alle möglichen Möbel, die durchweg irgendwie sonderbar gestaltet waren; merkwürdige und reichlich eigenwillig gehängte Bilder. Ein Raum, in dem man sich schwerlich wohlfühlen konnte.

»Meine Verlobte«, begann er sofort mit hochgespannter Stimme, die in Hysterie überzuschnappen drohte, »ist verschwunden! Irgendwas ist ihr zugestoßen! Irgendeine furchtbar faule Geschichte! Ich möchte, daß Sie sie finden – damit dieses Entsetzliche nicht über sie hereinbricht, das ...«

So weit konnte ich ihm folgen, dann gab ich es auf. Ein Kuddelmuddel von Worten purzelte aus seinem Mund – »weggezaubert ... mysteriöses Etwas ... in eine Falle gelockt« –, aber die Worte waren so ohne Zusammenhang, daß ich nicht aus ihnen schlau wurde. Ich hörte also auf, ihn verstehen zu wollen, und ließ ihn sich einfach erst mal leerplappern.

Ich habe schon ganz vernünftige Männer erlebt, die, wenn sie unter Hochspannung standen, noch viel verrückter daherschwatzten als dieser wildäugige Junge; aber durch seine Kleidung – der Morgenmantel mit den Papageien, der knallige Schlafanzug – und durch seine Umgebung – dieser schwindelerregend eingerichtete Raum – wirkte er allzu theatralisch. Die Szenerie verlieh seinen Worten etwas durch und durch Unwirkliches.

Er selber war – wenn normal – bestimmt ein ganz passabel aussehender Junge. Seine Züge waren klar, Mund und Kinn allerdings etwas schwach ausgeprägt, dafür war die Stirn aber gut. Doch wie ich so da stand und auf die wenigen melodramatischen Satzfetzen hörte, die ich dem Wirrwarr der Laute, mit denen er mich überschüttete, entnehmen konnte, dachte ich, daß er statt der Papageien Meisen auf seiner Robe haben sollte.

Das war der Augenblick, wo die Worte ihm ausgingen und er seine langen, feinen Hände in flehender Gebärde zu mir hob und sagte:

»Tun Sie's?« – immer wieder – »Tun Sie's? Tun Sie's?«

Ich nickte beruhigend und sah, daß er Tränen auf seinen dünnen Backen hatte.

»Wie wär's denn, wenn wir mal mit dem Anfang anfangen?« schlug ich vor und setzte mich vorsichtig auf ein geschnitztes Bankdings, das nicht gerade sonderlich stabil aussah.

»Ja! Ja!« Mit gespreizten Beinen stand er vor mir und strich sich mit den Fingern durchs Haar. »Der Anfang. Jeden Tag bekam ich einen Brief von ihr, bis ...«

»Das ist nicht der Anfang«, warf ich ein. »Wer ist sie? Was ist sie?«

»Sie ist Jeanne Delano!« rief er aus, überrascht, daß ich so unwissend sein konnte. »Und sie ist meine Verlobte. Und jetzt ist sie weg, und ich weiß, daß ...«

Wieder fing er an, hysterisch Satzfetzen zu sprudeln – wie *»Opfer einer faulen Geschichte geworden«*, *»in eine Falle«* und so weiter.

Schließlich konnte ich ihn etwas beruhigen und, eingepackt in gelegentliche Gefühlsausbrüche, brachte ich eine Geschichte aus ihm heraus, aus der sich im wesentlichen dies ergab:

Er war Dichter, dieser Burke Pangburn. Vor etwa zwei

Monaten hatte er einen Brief bekommen – über die Adresse seines Verlags –, in dem eine Jeanne Delano ihn zu seinem letzten Versband beglückwünschte. Jeanne Delano lebte zufällig auch in San Francisco, ohne jedoch zu wissen, daß er ebenfalls dort wohnte. Er hatte ihren Brief beantwortet und einen weiteren bekommen. Nachdem dies ein Weilchen so gegangen war, trafen sie sich. Wenn sie wirklich so schön war, wie er behauptete, konnte man ihm nicht verübeln, daß er sich in sie verliebte. Aber ob sie nun wirklich schön war oder nicht, er hielt sie für schön und hatte sich schwer verknallt.

Dieses Delano-Mädchen lebte erst seit kurzem in San Francisco, und als der Dichter sie kennenlernte, bewohnte sie allein ein Apartment an der Ashbury Avenue. Er wußte weder, wo sie herkam noch sonst etwas über ihr früheres Leben. Unbestimmte Äußerungen und sonderbare Verhaltensweisen ihrerseits – er konnte das nicht näher präzisieren – hatten den Verdacht in ihm geweckt, daß irgendeine dunkle Wolke über dem Mädchen hänge; daß weder ihre Vergangenheit noch ihr jetziges Leben frei sei von Schwierigkeiten. Aber er hatte nicht die leiseste Ahnung, was für Schwierigkeiten das sein könnten. Es hatte ihn auch nicht weiter gekümmert. Er wußte absolut nichts über sie, nur daß sie schön sei, daß er sie liebte und daß sie versprochen hatte, ihn zu heiraten. Dann, am Dritten des Monats – genau einundzwanzig Tage vor diesem Sonntagmorgen – hatte das Mädchen San Francisco plötzlich verlassen. Er hatte einen Brief von ihr bekommen, durch einen Boten.

Dieser Brief, den er mir erst zeigte, nachdem ich eisern darauf bestanden hatte, lautete:

Burkelove,

habe eben ein Telegramm erhalten und muß mit dem nächsten Zug nach Osten. Habe es versucht, konnte Dich aber telefonisch nicht erreichen. Schreibe Dir, sobald ich meine neue Adresse kenne. Wenn irgend etwas [diese drei Worte waren mehrmals durchgestrichen und nur sehr schwer zu entziffern.] *Behalte mich lieb, bis ich für immer wieder bei Dir bin*

Deine JEANNE

Neun Tage später hatte er einen weiteren Brief von ihr bekommen, aus Baltimore, Maryland. Diesen in die Hand zu bekommen, kostete mich noch mehr Überredungskünste. Er lautete so:

Liebster Dichter,

es kommt mir vor wie zwei Jahre, seit ich Dich zuletzt sah, und ich fürchte, es wird noch ein bis zwei Monate dauern, bis ich Dich wiedersehen werde.

Ich kann Dir nicht erzählen, Liebster, warum ich hierher mußte. Es gibt Dinge, die man nicht schreiben kann. Aber sowie ich wieder bei Dir bin, werde ich Dir die ganze scheußliche Geschichte erzählen.

Wenn irgend etwas passieren sollte – ich meine, wenn mir etwas zustoßen sollte –, wirst Du mich immer lieb behalten, ja, Liebster? Aber das ist Unsinn, es wird schon nichts passieren. Ich komme gerade vom Zug und bin müde von der Fahrt.

Morgen schreibe ich Dir einen ganz langen Brief zum Ausgleich für diesen.

Meine Adresse hier ist 215 N. Stricker St. Bitte, mein Herr, jeden Tag mindestens einen Brief!

Die Deine, JEANNE

Neun Tage lang hatte er täglich einen Brief von ihr bekommen, am Montag zwei, um den fehlenden am Sonntag auszugleichen. Und dann waren keine Briefe mehr gekommen. Und die täglichen Briefe, die er ihr an die angegebene Adresse geschickt hatte – 215 N. Stricker Street –, waren zurückgeschickt worden mit dem Postvermerk »Empfänger unbekannt«. Er hatte telegrafiert, und die Telegrafengesellschaft hatte ihm mitgeteilt, daß das Amt in Baltimore nicht in der Lage gewesen sei, eine Jeanne Delano unter der Hausnummer 215 in der North Stricker Street ausfindig zu machen.

Drei Tage hatte er gewartet, stündlich damit rechnend, von dem Mädchen etwas zu hören, aber kein Wort war gekommen. Dann hatte er sich eine Fahrkarte nach Baltimore gekauft.

»Aber«, schloß er, »ich hatte Angst zu fahren. Ich weiß, daß sie in irgendwelchen Schwierigkeiten steckt – ich habe das im Gefühl –, aber ich bin nur ein dummer Poet. Mit derlei dunklen Geschichten komme ich nicht zurecht. Ich würde entweder überhaupt nichts finden oder, wenn ich zufällig doch auf die richtige Spur stieße, würde ich wahrscheinlich nur alles durcheinanderbringen, neue Komplikationen verursachen und ihr Leben womöglich noch mehr in Gefahr bringen. Ich kann nicht anfangen, da so herumzustümpern, ohne zu wissen, ob ich ihr nun helfe oder schade. Das ist eine Sache für einen Fachmann auf diesem Gebiet, und deswegen dachte ich an Ihre Agentur. Sie werden behutsam vorgehen, nicht wahr? Es kann sein – ich weiß es nicht –, daß sie gar keine Hilfe will. Vielleicht können Sie ihr ja helfen, ohne daß sie etwas davon merkt. Sie sind doch so Sachen gewöhnt, das können Sie doch, nicht?«

Ich überlegte hin und her, bevor ich ihm antwortete. Die

zwei großen Schreckgespenste einer angesehenen Detektiv-Agentur sind Leute, die mit einer krummen Sache oder einer Scheidungsschnüffelei ankommen, die sie fein säuberlich in ein legitimes Gewand verpackt haben; und solche Personen, die – ohne etwas dafür zu können – unter Wahnvorstellungen leiden und aus einem Traum aufwachen wollen.

Dieser Dichter, der da vor mir saß und nervös seine langen weißen Finger rang, war, wie mir schien, durchaus aufrichtig. Was aber seine geistige Gesundheit betraf, so waren mir leise Zweifel gekommen.

»Mr. Pangburn«, sagte ich nach einer Weile, »ich würde diese Sache ja ganz gern für Sie in die Hand nehmen, aber ich bin mir nicht sicher, ob ich das machen kann. Die Continental Detektei hat ziemlich strenge Grundsätze, und wenn ich auch glaube, daß diese Sache astrein ist, so bin ich schließlich doch nur ein Angestellter und muß mich nach diesen Grundsätzen richten. Wenn Sie uns also die Referenz oder Bürgschaft irgendeiner Firma oder angesehenen Person bringen könnten – eines bekannten Anwalts etwa oder einer beliebigen, juristisch integren Partei –, so würden wir uns gern an die Arbeit machen. Andernfalls, fürchte ich ...«

»Aber ich weiß, daß sie in Gefahr ist!« brach es aus ihm heraus. »Ich weiß es – und ich kann ihre mißliche Lage nicht an die große Glocke hängen, damit jeder weiß ...«

»Tut mir leid, aber wenn Sie eine solche Bürgschaft nicht beibringen können, sehe ich mich außerstande, die Sache in Angriff zu nehmen.« Ich erhob mich. »Aber Sie finden genügend Detektiv-Agenturen, die da etwas großzügiger sind.«

Sein Mund arbeitete wie der eines kleinen Jungen, und

er biß sich auf die Unterlippe. Einen Augenblick dachte ich, er würde in Tränen ausbrechen. Statt dessen sagte er langsam: »Wahrscheinlich haben Sie recht. Was wäre, wenn ich Sie auf meinen Schwager verwiese, Roy Axford? Würde sein Wort ausreichen?«

»Ja.«

Roy Axford – R. F. Axford – war ein Mann im Montangeschäft, der einen Finger in mindestens der Hälfte der großen Unternehmungen an der pazifischen Küste hatte, und sein Wort war im allgemeinen für alles und jeden eine hinreichende Gewähr.

»Wenn Sie gleich jetzt mit ihm in Verbindung treten«, sagte ich, »und für heute noch einen Besuch bei ihm arrangieren, würde ich ohne großen Zeitverlust anfangen können.«

Pangburn durchquerte das Zimmer und grub aus einem Haufen seiner Ziergegenstände ein Telefon aus. Innerhalb von ein bis zwei Minuten sprach er mit jemandem, den er »Rita« nannte.

»Ist Roy zu Hause? ... Wird er heute nachmittag da sein? ... Nein, aber du kannst ihm was ausrichten ... Sag ihm, daß ich ihm einen Herrn vorbeischicke, der ihn heute nachmittag in einer persönlichen Angelegenheit sprechen möchte – und zwar mich betreffend –, und daß ich ihm sehr dankbar wäre, wenn er tut, was ich möchte ... Ja ... Du erfährst es dann schon, Rita ... Ich möchte am Telefon nicht darüber sprechen ... Ja, danke!«

Er schob das Telefon wieder in sein Versteck zurück und wandte sich mir zu.

»Ab zwei ist er wieder zu Hause. Erzählen Sie ihm, was ich Ihnen erzählt habe, und wenn er irgendwelche Zweifel zu hegen scheint, soll er mich anrufen. Sie müssen ihm aber die ganze Geschichte erzählen, er weiß nämlich noch gar nichts von Miss Delano.«

»Schön. Doch bevor ich gehe, möchte ich eine Beschreibung von ihr.«

»Sie ist schön! Die schönste Frau der Welt!«

Das würde sich hübsch ausnehmen auf einem Fahndungsblatt.

»Das ist nicht gerade das, was ich brauche«, versuchte ich ihm klarzumachen. »Wie alt ist sie denn?«

»Zweiundzwanzig.«

»Größe?«

»Ungefähr eins-dreiundsiebzig, vielleicht ein bißchen mehr.«

»Schlank, normal oder mehr füllig?«

»Sie tendiert zur Schlankheit, aber sie ...«

Begeisterung kam auf in seiner Stimme, so daß ich fürchtete, er würde einen Vortrag halten, und so fiel ich ihm mit einer anderen Frage ins Wort.

»Was für eine Haarfarbe?«

»Braun – so dunkel, daß es fast schon schwarz ist – und es ist weich und dicht und ...«

»Ja, ja. Lang oder gestutzt?«

»Lang und dicht und ...«

»Welche Augenfarbe?«

»Sie haben schon Schatten auf poliertem Silber gesehen, wenn ...«

Ich schrieb hin *graue Augen* und setzte eilends die Befragung fort.

»Teint?«

»Vollkommen!«

»Ah-hm. Aber ist er hell oder dunkel, rosig oder blaß – oder wie?«

»Frisch.«

»Gesicht oval, viereckig, länglich und schmal – oder welche Form?«

»Oval.«

»Wie ist die Nase? Dick, schmal, stupsig . . .«

»Schmal und ebenmäßig!« Ein Unterton der Entrüstung war in seiner Stimme.

»Wie hat sie sich gekleidet? Modisch? Bevorzugte sie bunte Farben oder dezente?«

»Schö . . .« Und dann, als ich den Mund aufmachte, um ihn in eine andere Richtung zu lenken, kam er wieder auf den Teppich: »Sehr dezente – gewöhnlich dunkle Blaus und Brauns.«

»Was für Schmuck trug sie?«

»Ich habe nie irgendwelchen Schmuck an ihr gesehen.«

»Irgendwelche Narben oder Muttermale?« Der entsetzte Ausdruck seines weißen Gesichts drängte mich, ihm eine Breitseite zu verpassen. »Oder Warzen oder Verunstaltungen, die Sie kennen?«

Er war sprachlos, aber es gelang ihm, den Kopf zu schütteln.

»Haben Sie eine Fotografie von ihr?«

»Ja, ich zeig sie Ihnen.«

Er sprang auf, schlängelte sich durch den überladenen Raum und verschwand durch eine verhängte Tür. Sofort war er wieder da, in den Händen eine große Fotografie in einem geschnitzten Elfenbeinrahmen. Es war eine von diesen künstlerischen Aufnahmen – so ein Ding mit Schatten und unscharfen Konturen –, nicht sehr geeignet für Identifikationszwecke. Das Mädchen war schön, unbestreitbar, aber das hieß nicht viel; das ist ja die Absicht einer künstlerischen Aufnahme.

»Ist das die einzige, die Sie haben?«

»Ja.«

»Ich werde sie mir ausleihen müssen, aber Sie kriegen sie wieder, sowie ich meine Kopien davon habe.«

»Nein! Nein!« lehnte er sich dagegen auf, die Dame seines Herzens einer Meute von Spürhunden zu überlassen. »Das wäre furchtbar!«

Ich kriegte sie schließlich, aber es kostete mich mehr Worte als ich normalerweise für eine Nebensache zu verschwenden bereit bin.

»Ich möchte mir auch ein paar von ihren Briefen ausleihen oder irgend etwas in ihrer Handschrift«, sagte ich.

»Wozu?«

»Um Fotokopien davon machen zu lassen. Handschriftenproben sind recht nützlich – man hat damit etwas, was man mit Eintragungen in Hotelregistern vergleichen kann. Und dann machen sich die Leute – selbst wenn sie unter erfundenen Namen leben – ja hin und wieder Notizen oder schreiben sonst irgend etwas auf.«

Wir fochten einen weiteren Kampf aus, aus dem ich mit drei Briefumschlägen und zwei bedeutungslosen Blättern Papier als Sieger hervorging; alles mit der eckigen Handschrift des Mädchens.

»Hat sie viel Geld?« fragte ich, als ich die erstrittene Fotografie samt den Handschriftenproben sicher in der Tasche verstaut hatte.

»Ich weiß nicht. In so etwas steckt man seine Nase nicht gerne hinein. Arm war sie nicht; das heißt, sie brauchte nicht auf jeden Penny zu schauen. Aber ich habe nicht die geringste Idee, wie hoch ihr Einkommen ist oder woher sie es bezieht. Sie hatte ein Konto bei der Golden Gate Trust Company, doch über dessen Stand weiß ich natürlich nichts.«

»Viele Freunde hier?«

»Das ist wieder etwas, was ich nicht weiß. Ich denke schon, daß sie hier einen Bekanntenkreis hatte, aber wer das ist, weiß ich nicht. Sehn Sie, wenn wir zusammen waren, haben wir immer nur über uns gesprochen. Wir hatten nur für einander Interesse, für niemanden sonst. Wir waren einfach ...«

»Haben Sie denn keinerlei Vermutung, wo sie herkam, wer sie war?«

»Nein. Diese Dinge waren mir unwichtig. Sie war Jeanne Delano, und das war mir genug.«

»Hatten Sie und Miss Delano je irgendwelche gemeinsamen finanziellen Interessen?«

Was ich meinte, war natürlich, ob sie ihn angepumpt hatte, ihm etwas verkauft hatte oder sonst irgendwie Geld aus ihm herausgeholt hatte.

Er sprang auf, und sein Gesicht wurde aschfahl. Dann setzte er sich – ließ sich hinsacken – und wurde krebsrot.

»Verzeihen Sie«, sagte er mit belegter Stimme. »Sie kannten sie nicht und müssen die Sache natürlich von allen Seiten betrachten. Nein, es gab nichts dergleichen. Ich fürchte, Sie werden Zeit verschwenden, wenn Sie auf der Theorie aufbauen wollen, daß sie eine Abenteurerin war. Es gab nichts dergleichen! Sie war ein Mädchen, über dem etwas Schreckliches hing; etwas, was sie plötzlich nach Baltimore rief; etwas, was sie mir weggenommen hat. Geld? Was könnte Geld damit zu schaffen haben? Ich liebe sie!«

R. F. Axford empfing mich in einem büroartigen Raum in seiner Residenz auf dem Russian Hill. Ein großer blonder Mann, dessen achtundvierzig oder neunundvierzig Jahre seinem Athletenkörper nicht viel anzuhaben vermocht hatten. Ein großer, vollblütiger Mann mit dem Benehmen dessen, der viel Selbstvertrauen hat; und das nicht unbegründet. »Was hat unser Burke denn nun wieder angestellt?« fragte er amüsiert, als ich ihm sagte, wer ich sei. Seine Stimme war ein angenehm sonorer Baß.

Ich erzählte ihm nicht alles bis ins Kleinste.

»Er hatte vor, eine Jeanne Delano zu heiraten, die vor etwa drei Wochen nach Osten fuhr und dann plötzlich verschwunden war. Er weiß sehr wenig über sie; meint, daß ihr etwas zugestoßen ist; und will sie suchen lassen.«

»Schon wieder?« Seine klugen blauen Augen zwinkerten. »Und eine Jeanne sollte es sein diesmal! Meines Wissens ist sie die fünfte innerhalb eines Jahres, und bestimmt sind mir noch eine oder zwei entgangen, während ich auf Hawaii war. Aber wo komme ich da ins Spiel?«

»Ich bat ihn, mir einen möglichen Bürgen zu nennen, jemanden, der die Verantwortung noch mittragen könnte. Ich glaube wohl, daß er in Ordnung ist, aber strenggenommen ist er nicht gerade ein Mensch, der mir sehr verantwortungsbewußt zu sein scheint. Er verwies mich an Sie.«

»Sie haben recht damit, daß er – strenggenommen – kein sehr verantwortungsbewußter Mensch ist.« Nachdenklich schob der große Mann Augen und Mund einen Moment in die Höhe. Dann: »Meinen Sie, daß dem Mädchen wirklich etwas zugestoßen ist? Oder bildet Burke sich das nur ein?«

»Ich weiß nicht. Zuerst hielt ich es für ein Hirngespinst. Aber in einigen ihrer Briefe finden sich Hinweise darauf, daß irgend etwas nicht so ganz mit rechten Dingen zuging.«

»Dann könnten Sie doch anfangen mit Ihrer Suche«, sagte Axford. »Ich glaube nicht, daß irgendein Schaden daraus erwächst, wenn wir ihn seine Jeanne zurückhaben lassen. Wenigstens wird ihm das für eine Weile Stoff zum Nachdenken geben.«

»Ich habe also Ihr Wort, Mr. Axford, daß es im Zusammenhang mit dieser Sache zu keinem Skandal oder etwas dergleichen kommt?«

»Ja, ich verbürge mich dafür! Burke ist schon in Ordnung, wissen Sie. Er ist halt nur verwöhnt. Seit seiner Geburt ist er gesundheitlich sehr anfällig gewesen; und dann hat er ein Einkommen, das ihm erlaubt, anständig zu leben – ein bißchen mehr sogar noch, so daß er Versbändchen drucken lassen und sich Kinkerlitzchen für seine Wohnung anschaffen kann. Er nimmt sich selber ein bißchen zu wichtig – kehrt zu sehr den Poeten heraus –, aber im Grunde ist er gesund.«

»Dann fang ich also an«, sagte ich und stand auf. »Übrigens, das Mädchen hat ein Konto bei der Golden Gate Trust Company, und ich möchte soviel wie möglich darüber in Erfahrung bringen, vor allem, wo ihr Geld herkam. Clement, der Kassenführer, ist ein Muster an Zurückhaltung, wenn es um Auskünfte über Konteninhaber geht. Wenn Sie ein Wort für mich einlegen könnten, würde mir das den Weg ebnen.«

»Aber gern.«

Er schrieb ein paar Zeilen auf die Rückseite einer Visitenkarte und gab sie mir. Und indem ich versprach, mich an ihn zu wenden, falls ich weiterer Hilfe bedürfe, ging ich.

Ich verständigte Pangburn telefonisch, daß sein Schwager der Sache seine Zustimmung gegeben hatte. Unserer Zweigstelle in Baltimore gab ich telegrafisch die Informationen durch, die ich hatte. Dann fuhr ich hoch zur Ashbury

Avenue und fand das Apartmenthaus, in dem das Mädchen gewohnt hatte.

Die Hauswartsstelle hatte eine kolossale Mrs. Clute, die, wenn überhaupt, nur wenig mehr über das Mädchen wußte als Pangburn. Das Mädchen hatte zweieinhalb Monate dort gewohnt. Gelegentlich hatte sie Besuch gehabt, aber Pangburn war der einzige, den Mrs. Clute mir beschreiben konnte. Am Dritten des Monats hatte das Mädchen die Wohnung aufgegeben; mit der Begründung, sie müsse nach Osten. Sie hatte Mrs. Clute gebeten, ihr die Post aufzuheben und nachzuschicken, wenn sie ihre neue Adresse mitgeteilt habe. Zehn Tage später hatte Mrs. Clute von dem Mädchen eine Karte mit der neuen Adresse bekommen – 215 N. Stricker Street, Baltimore, Maryland. Es war keine Post nachzuschicken gewesen.

Wichtig von dem, was ich in dem Apartmenthaus erfuhr, war allein, daß die zwei Koffer des Mädchens von einem grünen Transporter abgeholt worden waren. Grün war die Farbe einer der größten Transportfirmen der Stadt.

Ich fuhr dann zu dem Büro dieser Transportfirma und traf dort auf einen befreundeten Angestellten. (Ein Detektiv, wenn er klug ist, scheut keine Mühe, unter Angestellten von Transport- und Speditionsfirmen sowie unter Eisenbahnern so viel Freundschaften wie möglich zu schließen und zu pflegen.) Als ich das Büro verließ, hatte ich die Kontrollnummern der Transportfirma notiert und wußte, in welchen Raum der Gepäckabfertigung auf dem Bahnhof die zwei Koffer gebracht worden waren.

Mit dieser Information konnte ich bei der Gepäckabfertigung nach wenigen Minuten erfahren, daß die Koffer nach Baltimore aufgegeben worden waren. Ich schickte ein zweites Telegramm an unsere Zweigstelle in Baltimore, in dem ich die Kontrollnummern des Bahntransports mitteilte.

Inzwischen war der Sonntag in die Nacht fortgeschritten, und so machte ich Schluß und fuhr heim.

Eine halbe Stunde, bevor die Golden Gate Trust Company am nächsten Morgen für den Kundenverkehr aufmachte, war ich schon drin und sprach mit Clement, dem Kassenführer. Die gesamte traditionelle Vorsicht und der Konservativismus aller Bankleute zusammengenommen waren ein Klacks im Vergleich zu dem, was dieser schwerfällige, weißhaarige alte Herr gewöhnlich an den Tag legte. Aber ein Blick auf Axfords Karte mit dem auf der Rückseite in Tinte geschriebenen Vermerk *»Bitte geben Sie dem Überbringer jede mögliche Unterstützung«* erweckte in Clement sogar Diensteifer.

»Sie haben oder hatten hier ein Konto auf den Namen Jeanne Delano«, sagte ich. »Darüber würde ich gern so viel wie möglich wissen – wem sie Schecks ausgestellt hat und in welchen Höhen; vor allem aber liegt mir daran zu erfahren, wo ihr Geld herkam.«

Mit einem rosigen Finger drückte er auf einen der Perlknöpfe auf seinem Tisch, und lautlos glitt ein Junge mit gewichstem Blondhaar in den Raum. Mit Bleistift kritzelte der Kassenführer etwas auf ein Stück Papier und gab es dem leisen Burschen, der verschwand. Gleich darauf war er wieder da und legte dem Kassenführer eine Handvoll Papiere auf den Tisch.

Clement sah die Papiere durch und blickte dann zu mir auf.

»Miss Delano wurde hier am Sechsten des vergangenen Monats durch Mr. Burke Pangburn eingeführt und eröffnete ein Konto mit achthundertfünfzig Dollar, die sie in bar einzahlte. Danach machte sie folgende Einzahlungen: vierhundert Dollar am Zehnten; zweihundertfünfzig Dollar am Einundzwanzigsten; dreihundert am Sechsundzwanzigsten; zweihundert am Dreißigsten; und zwanzigtausend Dollar am Zweiten dieses Monats. Alle diese Einlagen, bis auf die letzte, wurden bar eingezahlt. Die letzte war ein Scheck.«

Er reichte ihn mir – ein Scheck der Golden Gate Trust Company .

> *Zahlen Sie gegen diesen Scheck aus meinem Guthaben*
> *zwanzig Tausend Dollar*
> *an Jeanne Delano.*
> (Unterschrift) *BURKE PANGBURN*

Datiert war er vom Zweiten des Monats.

»Burke Pangburn!« rief ich aus, ein bißchen blöde. »Hat er öfter Schecks in solcher Höhe ausgestellt?«

»Ich glaube nicht. Aber wir werden sehn.«

Wieder drückte er auf den Perlknopf, ließ seinen Bleistift über ein anderes Stück Papier huschen, und der Bursche mit dem gewichsten Blondhaar machte erneut seinen lautlosen Auftritt, Abtritt, Auftritt und Abtritt.

Der Kassenführer sah den neuen Stoß Papiere durch, die ihm gebracht worden waren.

»Am Ersten des Monats zahlte Mr. Pangburn zwanzigtausend Dollar ein – einen Scheck zu Lasten von Mr. Axfords Konto bei uns.«

»Und wie sieht's jetzt aus mit den Abhebungen von Miss Delano?« fragte ich.

Er nahm wieder die Papiere zur Hand, die mit ihrem Konto zu tun hatten.

»Die Kontoauszüge und Scheckunterlagen vom letzten Monat sind ihr noch nicht zugegangen; alles ist hier. Ein Scheck über fünfundachtzig Dollar an H. K. Clute am Fünfzehnten vergangenen Monats. Ein Barscheck über dreihundert Dollar am Zwanzigsten; noch einer über hundert Dollar am Fünfundzwanzigsten. Diese Schecks hat sie offenbar beide hier eingelöst. Am Dritten dieses Monats löste sie ihr Konto auf, mit einem Scheck an sich selbst, und zwar über zwanzigtausend fünfhundertundfünfzehn Dollar.«

»Und dieser Scheck?«

»Wurde hier von ihr eingelöst.«

Ich zündete mir eine Zigarette an und ließ mir diese Zahlen durch den Kopf gehen. Keine davon erschien mir besonders wichtig – bis auf die, die an Pangburns und Axfords Unterschriften geknüpft waren. Der Scheck für Mrs. Clute – der einzige, den das Mädchen jemand anderem ausgestellt hatte – war so gut wie sicher die Begleichung der Miete gewesen.

»Die Sache sieht also so aus«, faßte ich laut zusammen. »Am Monatsersten reichte Pangburn Axfords Scheck über zwanzigtausend Dollar ein. Am nächsten Tag stellte er Miss Delano über diesen Betrag einen Scheck aus, den sie einreichte. Am folgenden Tag löste sie ihr Konto auf und hob eine Summe zwischen einundzwanzig- und zweiundzwanzigtausend Dollar in bar ab.«

»Genau«, sagte der Kassenführer.

Bevor ich zu den Glenton-Apartments hinauffuhr, um herauszufinden, warum Pangburn mir hinsichtlich der zwanzigtausend Dollar keinen reinen Wein eingeschüttet hatte, schaute ich in der Agentur vorbei, um nachzusehen, ob irgendeine Nachricht aus Baltimore gekommen wäre.

schlüsselt. Es lautete:
Einer der Angestellten hatte gerade ein Telegramm ent-

Gepäck am Achten Mt. Royal Station eingetroffen. Am selben Tag abgeholt. Spur verloren. 215 North Stricker Street ist Waisenhaus von Baltimore. Mädchen dort nicht bekannt. Setzen Suche nach ihr fort.

Als ich gerade wegging, kam der Alte vom Essen. Ich ging kurz mit ihm in sein Büro zurück.

»Haben Sie sich mit Pangburn getroffen?« fragte er.

»Ich bearbeite seine Sache jetzt – aber ich glaube, es wird 'ne Pleite.«

»Worum geht es?«

»Pangburn ist der Schwager von R. F. Axford. Vor zwei Monaten hat er ein Mädchen kennengelernt und sich in sie verknallt. Sie wächst sich zu 'ner ganz schön fleißigen Biene aus. Und er weiß nichts über sie. Am Ersten des Monats hat er von seinem Schwager zwanzigtausend Dollar gekriegt und sie dem Mädchen weitergegeben. Sie ist verduftet; hat ihm erzählt, sie sei nach Baltimore gerufen worden, und hat ihm 'ne falsche Adresse angegeben, die, wie sich jetzt herausstellt, der Sitz eines Waisenhauses ist. Sie hat ihre Koffer nach Baltimore aufgegeben und ihm von dort ein paar Briefe geschickt – aber um das Gepäck kann sich ein Freund gekümmert haben, der dort vielleicht auch ihre Briefe in den Kasten gesteckt hat. Sie würde natürlich eine Fahrkarte gebraucht haben, um an die Koffer zu kommen, aber bei einem Zwanzig-Tausend-Dollar-Spiel wär das ja keine große Ausgabe. Und Pangburn hat mir was verheimlicht; kein Wort von dem Geld. Ich schätze, er schämt sich, daß er so leicht einzuwickeln war. Ich werde da jetzt mal auf'n Busch klopfen bei ihm.«

Der Alte lächelte sein mildes Lächeln, das alles bedeuten konnte und nichts, und ich ging.

Zehn Minuten Klingeln an Pangburns Tür brachten keine Antwort. Der Fahrstuhlführer sagte mir, seiner Meinung nach sei Pangburn die Nacht über nicht zu Hause gewesen. Ich warf eine Nachricht in seinen Kasten und fuhr hinunter zur Bahnhofsverwaltung, wo ich arrangierte, daß man mich verständigte, falls eine unbenutzte Fahrkarte nach Baltimore zur Fahrgeldrückerstattung eingereicht würde.

Das getan, fuhr ich hoch zur Redaktion des *Chronicle*, prüfte im Archiv die Wetterberichte des vergangenen Monats durch und notierte mir vier Daten, an denen es Tag und Nacht ständig geregnet hatte. Mit diesen Daten in der Tasche begab ich mich zu den Büros der drei größten Taxi-Unternehmen.

Das war ein bewährter Trick von mir. Das Apartment des Mädchens lag ein ganzes Stück von der Straßenbahnlinie entfernt, und ich baute darauf, daß sie an einem dieser Regentage außer Hause gewesen war oder Besuch gehabt hatte. In jedem Fall war es sehr wahrscheinlich, daß sie – oder ihr Besuch – lieber ein Taxi genommen hatte, als durch den Regen zur Straßenbahn zu gehen. Und aus den Tagesberichten der Taxifirmen würde sich entnehmen lassen, ob von ihr aus angerufen worden war und welche Ziele etwaige Fahrgäste angegeben hatten.

Ideal wäre es natürlich gewesen, die Berichte für die gesamte Zeit durchprüfen zu lassen, die das Mädchen in dem Apartment bewohnt hatte; aber einen solchen Haufen Arbeit hätte eine Taxifirma sich nur aufhalsen lassen, wenn es um Leben oder Tod gegangen wäre. Es war schon schwer genug, sie zu überreden, mir für die vier Tage, die ich herausgesucht hatte, einen Angestellten freizugeben.

Als ich mit der letzten Taxifirma fertig war, rief ich noch einmal bei Pangburn an, aber er war noch immer nicht zu Hause. Ich telefonierte mit Axfords Wohnsitz, weil ich dachte, der Dichter habe die letzte Nacht vielleicht dort verbracht, aber wie ich hörte, hatte er das nicht getan.

Am Spätnachmittag bekam ich meine Kopien von dem Foto und den handschriftlichen Unterlagen des Mädchens und steckte davon je ein Exemplar in einen Umschlag nach Baltimore. Dann machte ich wieder die Runde bei den drei Taxifirmen und ließ mir berichten. Zwei von ihnen hatten nichts für mich. Die Berichte der dritten wiesen zwei Anrufe vom Apartment des Mädchens auf.

An einem regnerischen Nachmittag war ein Taxi gerufen worden, und ein Fahrgast war zu den Glenton-Apartments gebracht worden. Dieser Fahrgast mußte entweder das Mädchen gewesen sein oder Pangburn. Um halb eins eines Nachts war ein anderer Anruf gekommen, und dieser Fahrgast war zum Hotel Marquis gebracht worden.

Der Fahrer, der diesem zweiten Anruf gefolgt war, erinnerte sich undeutlich daran, als ich ihn befragte, aber er meinte, seine Fuhre sei ein Mann gewesen. Ich ließ die Sache erst einmal auf sich beruhen. Das Marquis ist für die Verhältnisse in San Francisco kein großes Hotel, aber es ist doch wieder zu groß dazu, es nach einem bestimmten Gast, den ich mir vorknöpfen wollte, durchzukämmen.

Den Abend über versuchte ich Pangburn zu erreichen – ohne Erfolg. Um elf rief ich Axford an und fragte ihn, ob er irgendeine Ahnung habe, wo ich seinen Schwager finden könnte.

»Habe ihn schon ein paar Tage nicht gesehn«, sagte der Millionär. »Er sollte gestern abend zu uns zum Essen kommen, hat sich aber nicht blicken lassen. Meine Frau hat heute ein paarmal versucht, ihn telefonisch zu erreichen, aber es war nichts zu machen.«

Am nächsten Morgen rief ich bei Pangburn zu Hause an, noch bevor ich aufgestanden war, und bekam keine Verbindung.

Dann rief ich Axford an und verabredete mich mit ihm um zehn in seinem Büro.

»Ich weiß nicht, wo er jetzt wieder hinterher ist«, sagte Axford gutgelaunt, als ich ihm erzählte, Pangburn sei offenbar seit Sonntag nicht zu Hause gewesen, »und ich schätze, die Chance, ihn aufzustöbern, ist ziemlich gering. Wenn unser Burke nicht herumsausen kann, ist er's nicht. Und wie kommen Sie voran bei Ihrer Suche nach der Jungfer in Trauer?«

»Bis jetzt weit genug, um überzeugt zu sein, daß sie sich die Trennung gar nicht so sehr zu Herzen nimmt. Einen Tag vor ihrem Verschwinden hat sie von Ihrem Schwager zwanzigtausend Dollar bekommen.«

»Zwanzigtausend Dollar von Burke? Sie muß wirklich ein phantastisches Mädchen sein! Möchte nur wissen, wo er so viel Geld hergekriegt hat.«

»Von Ihnen.«

Axfords muskulöser Körper straffte sich in seinem Sessel. »Von mir?«

»Ja – Ihr Scheck.«

»Nicht von mir.«

Seine Stimme hatte nichts Rechthaberisches; er stellte schlicht eine Tatsache fest.

»Sie haben ihm am Ersten keinen Scheck über zwanzigtausend Dollar ausgestellt?“

»Nein.«

»Dann«, schlug ich vor, »fahren wir besser mal schnell rüber zur Golden Gate Trust Company.«

Zehn Minuten später waren wir in Clements Büro.

»Ich möchte meine eingelösten Schecks sehen«, sagte Axford zu dem Kassenführer.

Der Bursche mit dem gewichsten Blondhaar brachte sie sogleich herein – ein dickes Bündel –, und Axford blätterte sie rasch durch, bis er auf den gesuchten stieß. Er betrachtete ihn lange und eingehend, und als er dann zu mir aufsah, schüttelte er langsam und entschieden den Kopf.

»Den habe ich vorher noch nie gesehn.«

Clement wischte sich mit einem weißen Taschentuch die Stirn und versuchte so zu tun, als würde er nicht vor Neugier vergehen und keine Angst haben, daß seine Bank reingelegt worden sein könnte.

Der Millionär drehte den Scheck um und blickte auf das Indossament.

»Von Burke eingereicht«, sagte er wie jemand, der an etwas ganz anderes denkt, »am Ersten.«

»Könnten wir mit dem Kassenbeamten sprechen, der den von Miss Delano eingereichten Zwanzigtausend-Dollar-Scheck angenommen hat?« fragte ich Clement.

Mit nervösem rosigen Finger drückte er auf einen der Perlknöpfe seines Tisches, und nach ein bis zwei Minuten kam ein kleiner bleicher Mann mit Kahlkopf herein.

»Erinnern Sie sich, vor ein paar Wochen von Miss Jeanne Delano einen Scheck über zwanzigtausend Dollar angenommen zu haben?« fragte ich ihn.

»Ja, Sir! Ja, Sir! Genau.«

»An was im einzelnen erinnern Sie sich da?«

»Nun, Sir, Miss Delano kam mit Mr. Burke Pangburn

an meinen Schalter. Es war ein Scheck von ihm. Mir schien, daß er da für seine Verhältnisse einen ziemlich hohen Betrag abheben wollte, aber die Kontoführung sagte, er habe genug Geld auf seinem Konto, so daß der Scheck gedeckt sei. Sie standen da – Miss Delano und Mr. Pangburn – und redeten und lachten, während ich die Summe in ihr Buch eintrug, und dann gingen sie, und das war alles.«

»Dieser Scheck«, sagte Axford langsam, als der Kassenbeamte wieder in seinen Verschlag gegangen war, »ist gefälscht. Aber ich komme dafür selbstverständlich auf. Damit ist die Sache erledigt, Mr. Clement, und es darf kein großes Getue mehr deswegen gemacht werden.«

»Gewiß, Mr. Axford. Gewiß.«

Clement war nur noch riesig erleichtertes Lächeln und eifriges Kopfnicken, so selig war er, die Zwanzigtausend-Dollar-Last von den Schultern seiner Bank zu haben.

Axford und ich verließen dann die Bank und stiegen in sein Coupé, in dem wir von seinem Büro hergekommen waren. Aber er startete den Motor nicht sofort. Eine Weile saß er da und starrte mit nichts sehenden Augen auf den Verkehr der Montgomery Street.

»Ich möchte, daß Sie Burke finden«, sagte er jetzt, und seine Baßstimme war ohne jede Emotion. »Ich möchte, daß Sie ihn finden, ohne auch nur einen Hauch von Skandal zu riskieren. Wenn meine Frau von all dem wüßte – das darf sie nicht. Sie hält ihren Bruder für einen auserwählten Leckerbissen. Ich möchte, daß Sie ihn mir ausfindig machen. Das Mädchen spielt keine Rolle mehr, aber wo Sie den einen finden, werden Sie wahrscheinlich auch den andern finden. Das Geld interessiert mich nicht, und Sie sollen auch keine besonderen Anstrengungen machen, es zurückzukriegen. Ich fürchte, das würde wohl auch kaum möglich sein, ohne Aufsehen zu erregen. Ich möchte, daß Sie Burke finden, bevor er noch was anderes anstellt.«

»Wenn Sie falsche Publicity vermeiden wollen«, sagte ich, »fahren Sie am besten, wenn Sie erst einmal für die richtige sorgen. Geben wir Vermißtenanzeigen auf, füllen wir die Zeitungen mit seinen Fotos und so weiter. Man wird ihn groß rausbringen. Er ist Ihr Schwager und er ist ein Dichter. Wir können sagen, daß er krank gewesen ist – Sie haben mir erzählt, er habe schon immer eine schwächliche Gesundheit gehabt –, und daß wir fürchten, er sei irgendwo tot umgefallen oder leide unter irgendeiner Art geistiger Verwirrung. Das Mädchen oder das Geld zu erwähnen, ist dabei gar nicht nötig, und unsere Erklärung kann die Leute – vor allem Ihre Frau – davon abhalten, auf die Wahrheit zu kommen, wenn die Tatsache, daß er vermißt wird, an die Öffentlichkeit durchsickert; und irgendwie muß das durchsickern.«

Zuerst gefiel ihm meine Idee nicht, aber schließlich kriegte ich ihn herum.

Dann fuhren wir hoch zu Pangburns Apartment, in das wir ohne Schwierigkeit Zutritt bekamen, nachdem Axford erklärt hatte, wir hätten eine Verabredung mit ihm und wollten dort auf ihn warten. Ich suchte die Zimmer Zoll für Zoll ab, spähte in jedes Loch, jede Ritze und Vertiefung; las alles, was ich an Geschriebenem fand, sogar seine Manuskripte; und fand nichts, was sein Verschwinden irgendwie erhellt hätte.

Ich bediente mich an Fotos von ihm – steckte mir von dem Dutzend oder mehr, die da waren, fünf ein. Axford meinte, aus dem Packraum scheine nichts von den Reisetaschen und Koffern des Dichters zu fehlen. Sein Sparbuch von der Golden Gate Trust Company konnte ich nicht finden.

Den Rest des Tages verbrachte ich damit, die Zeitungen mit dem zu füttern, was wir für sie vorgesehen hatten; und sie rollten meinem Ex-Klienten den roten Teppich aus: Schlagzeilen auf Titelseiten, Fotos, alle möglichen Versionen seines Ausbleibens. Jeder, der in San Francisco nicht wußte, daß Burke Pangburn – der Schwager von R. F. Axford und Autor von *Sandpatches and Other Verse* – vermißt wurde, konnte entweder nicht lesen oder wollte nicht.

Diese Reklame blieb nicht ohne Wirkung. Schon am nächsten Morgen fluteten aus allen Richtungen die Meldungen an – von Dutzenden von Leuten, die den vermißten Dichter an Dutzenden von Orten gesichtet hatten. Einige dieser Meldungen sahen ganz vielversprechend aus – oder wenigstens nicht unmöglich –, aber der größte Teil war schon bei oberflächlichem Hinsehen lächerlich.

Nachdem ich einem der Hinweise, der bis zum Schluß gut ausgesehen hatte, vergeblich nachgegangen war, kehrte ich zurück zur Agentur und fand dort die Nachricht vor, daß ich Axford anrufen solle.

»Können Sie gleich mal bei mir im Büro vorbeikommen?« fragte er, als ich ihn am Apparat hatte.

Ein Bursche von ein- oder zweiundzwanzig war bei Axford, als ich in sein Büro geführt wurde – der Typ des schmalbrüstigen, flotten Bürohopsers aus dem Modejournal.

»Das ist Mr. Fall, einer meiner Angestellten«, sagte Axford zu mir. »Er behauptet, Burke Sonntagabend gesehen zu haben.«

»Wo?« fragte ich Fall.

»Er ging gerade in ein Rasthaus in der Nähe der Half-moon Bay.«

»Sie sind sicher, daß er es war?«

»Absolut sicher! Ich habe ihn oft genug hier in Mr. Axfords Büro kommen sehen, um ihn zu kennen. Er war es ganz bestimmt.«

»Und wie kam es, daß Sie ihn gesehn haben?«

»Ich kam mit ein paar Freunden von weiter unten die Küste hoch, und wir machten halt an dem Rasthaus, um was zu essen. Als wir weggingen, fuhr ein Wagen vor, und Mr. Pangburn und ein Mädchen oder eine Frau – ich achtete nicht besonders auf sie – stiegen aus und gingen hinein. Ich habe mir nichts weiter dabei gedacht, bis ich gestern abend in der Zeitung las, daß man ihn seit Sonntag nicht mehr gesehen habe. Und da dachte ich mir, daß ...«

»Welches Rasthaus war das?« unterbrach ich ihn.

»Das White Shack.«

»Wann ungefähr?«

»Irgendwann zwischen halb zwölf und Mitternacht, glaub ich.«

»Hat er Sie gesehn?«

»Nein. Ich saß schon in unserm Wagen, als er vorfuhr.«

»Wie hat die Frau ausgesehen?«

»Ich weiß nicht. Ihr Gesicht hab ich nicht gesehn, und was sie anhatte oder auch nur, ob sie klein oder groß war, weiß ich nicht mehr.«

Das war alles, was Fall mir erzählen konnte. Wir komplimentierten ihn aus dem Büro, und ich benutzte Axfords Telefon, um »Wop« Healeys Kneipe in North Beach anzurufen und die Nachricht zu hinterlassen, wenn »Porky« Grout hereinkäme, solle er »Jack« anrufen. Das war eine stehende Abmachung, mittels derer ich Porky jederzeit wissen lassen konnte, daß ich ihn sprechen wollte, ohne daß jemand darauf kommen konnte, daß eine Verbindung zwischen uns bestand.

»Kennen Sie das White Shack?« fragte ich Axford, als ich fertig war.

»Ich weiß, wo es ist, aber sonst weiß ich nichts darüber.«

»Nun, es ist ein ziemlich heißes Loch. Inhaber ist ›Blechstern‹ Joplin, ein Ex-Ganove, der seine Gewinne in dem Laden investierte, seit die Prohibition die Rasthäuser zu einem einträglichen Geschäft macht. Der holt da jetzt mehr Geld raus, als er in seinen bescheidenen Geldschrankknakkertagen je zu Gesicht gekriegt hat. Der Schnapsausschank ist bei ihm nur ein Nebenverdienst. Seinen Hauptprofit macht er damit, daß er als Verteilerstation für den Schnaps fungiert, der über die Halfmoon Bay dann an andere Bestimmungspunkte weitergeht. Man munkelt, daß die Hälfte des gesamten Alkohols, den die pazifische Rumflotte an Land bringt, in der Halfmoon Bay abgesetzt wird. Das White Shack ist also ein heißes Loch und nicht der Ort, wo Ihr Schwager sich rumtreiben sollte. Ich kann da selber nicht hinkommen, ohne irgendwelche Dinge aufzurühren; Joplin und ich sind alte Bekannte. Aber ich habe einen Mann, den ich da ein paar Nächte reinstecken kann. Pangburn verkehrt da vielleicht regelmäßig, vielleicht hat er da sogar eine Bleibe. Er wäre nicht der erste, dem Joplin Unterschlupf gewährt. Ich werde meinen Mann jedenfalls mal 'ne Woche in dem Laden postieren und sehn, was der rauskriegen kann.«

»Die Sache liegt ganz in Ihren Händen«, sagte Axford.

Von Axfords Büro aus fuhr ich sofort zu mir, ließ die Wohnungstür unverschlossen und setzte mich hin, um auf Porky Grout zu warten. Nach anderthalb Stunden Warten drückte er die Tür auf und kam herein. »Hallo, wie steht's?« Großspurig schob er zu einem Sessel, lehnte sich darin zurück, legte die Füße auf den Tisch und griff nach einem Päckchen Zigaretten, das dort lag.

Das war Porky Grout. Ein teiggesichtiger Mann in den Dreißigern, weder groß noch klein, immer pompig gekleidet – wenn auch manchmal schmutzig – und stets bemüht, ein Hasenherz hinter breitem Auftreten, polternder Redeweise und übertriebenem Zurschaustellen von Selbstsicherheit zu verbergen.

Aber ich kannte ihn schon drei Jahre, und so ging ich jetzt durchs Zimmer und stieß seine Füße so grob vom Tisch, daß er fast hintenüber gekippt wäre.

»Was soll das denn?« Er kam auf die Füße, geduckt und knurrend. »Wo hast'n *die* Manieren her? Willste einen in die ...«

Ich machte einen Schritt auf ihn zu. Er sprang zurück, durchs halbe Zimmer.

»Och, ich hab's doch nich so gemeint. War ja nur Spaß!«

»Halt's Maul und setz dich«, riet ich ihm.

Ich kannte diesen Porky Grout seit drei Jahren, benutzte ihn schon fast ebenso lange und wußte nichts, aber auch nichts, was ich zu seinen Gunsten hätte sagen können. Er war ein Feigling. Er war ein Lügner. Er war ein Dieb und er war ein Rauschgiftsüchtiger. Er war ein Verräter an Leuten seines eigenen Schlages, und auch seine Auftraggeber täuschte er, wenn sie nicht aufpaßten. Ein schöner Vogel, von dem ich da was wollte! Aber das Aufdecken von Verbrechen ist ein schweres Geschäft, und man benutzt jedes Werkzeug, das man zur Hand hat. Dieser Porky war ein nützliches Werkzeug, wenn man ihn richtig anfaßte, das heißt, man durfte die Hand nicht von seiner Gurgel lassen und jede kleine Information, die er anbrachte, mußte überprüft werden.

Seine Feigheit war – für meinen Zweck – sein größtes Plus. Er war im gesamten kriminellen Lager berüchtigt dafür; und obgleich niemand – Gangster oder nicht – auf den Gedanken kam, er wäre ein Mensch, dem man trauen könne, mißtraute man ihm trotzdem eigentlich nicht. Die meisten seiner Kollegen hielten ihn für zu feige, um wirklich gefährlich sein zu können. Sie dachten, er habe zu große Angst, um sie zu verraten; Angst vor der geballten Rache, mit der die Unterwelt den heimsucht, der singt. Aber sie unterschätzten Porkys Gabe, sich selber einzureden, er sei ein Kerl mit einem Löwenherz – wenn keine Gefahr drohte. Und so konnte er sich nach Belieben frei bewegen und sich sehen lassen, wohin ich ihn schickte, und er brachte mir kleine Informationen, an die anders nicht heranzukommen war.

Fast drei Jahre hatte ich ihn mit beträchtlichem Erfolg benutzt, indem ich ihn gut bezahlte und unter meinem Absatz hielt. *Informant* war das höfliche Wort, mit dem ich ihn in meinen Berichten bezeichnete. Die Unterwelt hat für diese Sorte Menschen Namen, die nicht so liebreizend sind wie die bekannte *Locktaube*.

»Ich habe Arbeit für dich«, sagte ich zu ihm, als er wieder saß, jetzt mit den Füßen auf dem Boden. Sein schlaffer Mund wurde links nach oben gezogen und das Auge dort wissend zusammengekniffen. »Hab ich mir gedacht.« Einer seiner Standardsätze.

»Ich möchte, daß du runterfährst zur Halfmoon Bay und dich ein paar Abende in Blechstern-Joplins Kneipe umsiehst. Hier sind zwei Fotos.« Ich schob ihm eins von

Pangburn und eins von dem Mädchen über den Tisch. »Name und Personenbeschreibung findest du auf den Rückseiten. Ich möchte wissen, ob einer von den beiden da unten auftaucht, was sie machen und wo sie ihre Bleibe haben. Kann sein, daß Blechstern sie versteckt.«

Porky blickte wissend von einem Foto zum andern. »Ich glaube, ich kenne diesen Burschen«, sagte er aus *dem* Winkel seines Mundes, der nach oben zuckte. Das ist wieder so eine Sache bei Porky. Man kann keinen Namen nennen oder keine Beschreibung geben, ohne daß er diese Bemerkung von sich gibt; sie kommt immer, auch wenn Name und Beschreibung erfunden sind.

»Hier ist etwas Geld.« Ich schob ein paar Scheine über den Tisch. »Falls du mehr als zwei Abende da unten sein mußt, laß ich dir noch was mehr zukommen. Bleib in Verbindung mit mir, entweder über dieses Telefon oder über die Geheimnummer im Büro. Und – denk dran – laß die Finger vom Stoff! Wenn ich da runterkomme und dich eingeschneit finde, dann versprech ich dir, daß ich Joplin mit der Nase auf dich stupse.«

Inzwischen war er mit dem Zählen des Geldes fertig – es war nicht viel zu zählen – und warf es verächtlich auf den Tisch zurück.

»Damit können Sie sich 'ne Zeitung kaufen«, höhnte er. »Wo soll ich denn da hinkommen, wenn ich in dem Laden kein Geld ausgeben kann?«

»Das is'n ganzer Batzen für zwei Tage Spesen. Die Hälfte wirst du wahrscheinlich versaufen. Wenn du länger bleibst als zwei Tage, laß ich dir noch was zukommen. Und deinen Lohn kriegst du, wenn die Arbeit gemacht ist, nicht vorher.«

Er schüttelte den Kopf und stand auf. »Ich hab's satt,

wie Sie ewig mit mir rumknausern. Sie können Ihren Dreck alleine machen. Bei mir is der Ofen aus!«

»Wenn du heute abend nicht zur Halfmoon Bay runterkommst, dann *ist* der Ofen aus bei dir«, versicherte ich ihm und ließ ihn aus der Drohung schließen, was immer er wollte.

Kurz darauf steckte er das Geld natürlich ein und verschwand. Das Gekabbel um Spesengeld war einfach die Einleitung zu jeder Sache, auf die ich ihn ansetzte.

Als Porky verduftet war, lehnte ich mich in meinem Stuhl zurück und verqualmte grübelnd ein halbes Dutzend Fatimas. Erst war das Mädchen mit den zwanzigtausend Dollar verschwunden und dann war der Dichter verschwunden; und beide waren sie, ob nun für länger oder nicht, im White Shack verschwunden. Auf den ersten Blick schien die Sache klar zu sein. Das Mädchen hatte Pangburn insoweit die *Arbeit* zugeschoben, als sie ihn den Scheck fälschen ließ, mit dem das Konto seines Schwagers belastet wurde. Und dann, nach mehreren Ortswechseln, deren Bedeutung ich noch nicht bestimmen konnte, waren sie gemeinsam untergetaucht.

Zwei unvernähte Fäden gab es noch. Der eine – das Aufspüren des Verbündeten, der Pangburn die Briefe geschickt und sich um das Gepäck des Mädchens gekümmert hatte – lag in den Händen der Zweigstelle in Baltimore. Der andere war: Wer war mit dem Taxi befördert worden, dessen Fahrt von der Wohnung des Mädchens zum Hotel Marquis ich aufgespürt hatte?

Das hatte mit der Sache vielleicht nichts zu tun, vielleicht aber doch. Angenommen, ich könnte eine Verbindung zwischen dem Hotel Marquis und dem White Shack aufdecken. Das ergäbe dann schon eine ganz schöne Kette von Zusammenhängen. Ich suchte hinten im Telefonbuch und fand die Nummer des Rasthauses. Dann fuhr ich hoch zum Hotel Marquis. Mit dem Mädchen, das am Schaltbrett des Hotels Dienst hatte, als ich hinkam, hatte ich früher schon zusammengearbeitet. »Wer hat Halfmoon Bay-Nummern angerufen?« fragte ich sie.

»Lieber Gott!« Sie lehnte sich in ihrem Stuhl zurück und strich sich mit rosiger Hand zart über die vorderen Wellen ihres streng ondulierten roten Haars. »Ich hab wahrhaftig anderes zu tun, als mir jeden Anruf zu merken, den ich durchstelle. Das ist hier keine Pension. Wir haben mehr als ein Gespräch die Woche.«

»Aber zur Halfmoon Bay stellen Sie nicht viel durch«, beharrte ich, mit einem Ellbogen mich auf das Pult stützend und einen Fünfdollarschein zwischen den Fingern einer Hand herauslugen lassend. »Wenn Sie in letzter Zeit eins hatten, müßten Sie sich eigentlich daran erinnern.«

»Na, ich werd mal sehn«, seufzte sie, als habe sie sich breitschlagen lassen, ihr Bestes an eine hoffnungslose Sache zu verschwenden.

Sie blätterte ihre Zettel durch.

»Hier ist eins – von Zimmer 522, schon zwei Wochen her.«

»Was für eine Nummer wurde angerufen?«

»Halfmoon Bay 51.«

Das war die Nummer des Rasthauses. Ich gab die fünf Dollar weiter.

»Ist 522 ein Dauergast?«

»Ja. Mr. Kilcourse. Er wohnt seit drei oder vier Monaten hier.«

»Was ist er?«

»Ich weiß nicht. Ein vollendeter Gentleman, wenn Sie mich fragen.«

»Das ist ja schön. Und wie sieht er aus?«

»Er ist noch jung, kriegt aber schon langsam graue Haare. Ein dunkler Typ und recht fesch. Sieht aus wie ein Filmschauspieler.«

»Bull Montana?« fragte ich, während ich mich zum Empfangstisch schob.

Der Schlüssel zu 522 lag in seinem Fach. Ich suchte mir einen Platz, von wo aus ich ihn im Auge behalten konnte. Nach vielleicht einer Stunde nahm ein Angestellter ihn heraus und gab ihn einem Mann, der tatsächlich etwas wie ein Schauspieler aussah. Er war ungefähr dreißig, mit dunklem Teint, dunklem Haar, das an den Schläfen zu ergrauen begann. Mit gut einsdreiundachtzig schlanker Eleganz stellte er schon einiges vor.

Den Schlüssel in der Hand, stieg er in einen Fahrstuhl.

Daraufhin rief ich die Agentur an und bat den Alten, mir Dick Foley herüberzuschicken. Zehn Minuten später traf Dick ein. Er ist eine kleine Krabbe von einem Kanadier – kaum hundertzehn Pfund bringt er auf die Waage – und ist der gewiefteste Beschatter, den ich kenne; und ich kenne die meisten.

»Ich hab hier einen Braten, dem du auf die Schliche kommen sollst«, sagte ich zu Dick. »Er heißt Kilcourse und hat Zimmer 522. Halt dich draußen auf, und ich zeig ihn dir dann.« Ich ging zurück in die Halle und wartete wieder.

Um acht Uhr kam Kilcourse herunter und verließ das Hotel. Ich ging ihm einen halben Block nach – genug, um ihn Dick zu übergeben – und fuhr dann nach Hause, um erreichbar zu sein, falls Porky Grout mich anrufen sollte. Er ließ aber nichts von sich hören an jenem Abend.

Als ich am nächsten Morgen in die Agentur kam, wartete Dick bereits auf mich. »Glück gehabt?« fragte ich.

»Von wegen!« Der kleine Kanadier spricht Telegrammstil, wenn sein seelisches Gleichgewicht gestört ist, und jetzt war er entschieden gereizt. »Zwei Blocks. Mich dann abgeschüttelt. Sonst kein Taxi in Sicht.«

»Hat er was gemerkt?«

»Nein. Aber schlauer Kopf. Geht sicher.«

»Dann versuch's nochmal. Besser vielleicht mit 'nem Wagen, falls er den Trick nochmal versucht.«

Mein Telefon klingelte, als Dick hinausging. Es war Porky Grout, der eine Nummer der Agentur hatte, die nicht im Telefonbuch stand. »Irgendwas rausgekriegt?« fragte ich.

»Massig«, prahlte er.

»Gut! Bist du in der Stadt?«

»Ja.«

»Wir treffen uns in zwanzig Minuten bei mir«, sagte ich.

Mit stolzgeschwellter Brust marschierte der teiggesichtige Informant durch die Tür, die ich für ihn unverschlossen gelassen hatte. Sein Auftreten glich fast schon einem Balztanz; und der Mundwinkel, der bei ihm zuckt, war zu einem wissenden Seitenblick hochgezogen, der einem Salomon angestanden hätte.

»Ich hab die Sache geritzt für Sie, Jungchen«, gab er an. »Kleinigkeit – für mich! Ich bin da runtergefahrn und hab mit jedem geredet, der was weiß; mir alles angeguckt, was es da zu gucken gibt; und hab den ganzen Haufen da ma durchleuchtet. Ich hab 'ne . . .«

»Ah-hm«, unterbrach ich ihn; »meine Glückwünsche und so weiter. Aber was hast du denn nun rausgekriegt?«

»Na, lassen Sie mich doch erzählen.« Mit der Gebärde

eines Verkehrsdirigenten hob er eine schmutzige Hand. »Drängen Sie mich nicht. Ich verklicker Ihnen die Chose schon, vollständig, ausführlich und ungekürzt.«

»Sicher, klar«, sagte ich, »ich weiß. Du bist große Klasse, und ich kann froh sein, daß ich so einen habe wie dich, der die Sachen für mich ritzt und all das! Aber ist Pangburn nun da unten?«

»Darauf komm ich ja noch. Also, ich fahr da runter ...«

»Hast du Pangburn gesehn?«

»Wie gesagt also, ich fahr da runter und ...«

»Porky«, sagte ich, »mir ist völlig wurscht, was du gemacht hast! Hast du Pangburn gesehn?«

»Ja. Ich hab ihn gesehn.«

»Prima! So, und was hast du gesehn?«

»Er is da unten bei Blechstern erst ma abgestiegen. Er und die Schickse, von der Sie mir'n Bild gegeben haben, beide sind sie da unten. Sie kampiert da schon'n Monat. Gesehn hab ich sie nich, aber einer von den Kellnern hat's mir erzählt. Pangburn hab ich selber gesehn. Sie lassen sich nich viel blicken – bleiben hinten in Blechsterns Teil von dem Laden – da, wo er drin wohnt – fast die ganze Zeit. Pangburn ist erst seit Sonntag da. Ich bin da runtergefahren und ...«

»Rausgekriegt, wer das Mädchen ist? Oder irgend 'ne Andeutung von dem, was sie vorhaben?«

»Nein. Ich bin da runtergefahren und ...«

»Na schön! Dann bist du also heute abend *nochmal* da runtergefahren. Ruf mich an, sowie du mit Sicherheit weißt, daß Pangburn da ist – daß er nicht aus dem Haus gegangen ist. Mach mir da keine Fehler. Ich möchte nicht da runterkommen und die Brüder mit falschem Alarm aufschrecken. Wähl die Geheimnummer der Agentur und sag einfach – egal, wer abnimmt –, du würdest erst spät wieder in der Stadt sein. Das heißt dann, daß Pangburn da ist; und du kannst von Joplins Laden aus anrufen, ohne daß irgendwer hinter die Sache kommt.«

»Ich brauch aber noch was Knete«, sagte er, als er aufstand. »Das kostet ...«

»Ich werde deinen Antrag vorbringen«, versprach ich. »Und jetzt hau ab und laß von dir hören heute abend, sowie du sicher bist, daß Pangburn da ist.«

Dann fuhr ich hoch zu Axfords Büro. »Ich glaube, wir haben einen Draht zu ihm«, erzählte ich dem Millionär. »Ich hoffe, Sie werden ihn heute abend sprechen können. Mein Verbindungsmann sagt, daß er gestern abend in White Shack war und wahrscheinlich dort wohnt. Wenn er heute abend da ist, kann ich Sie runterbringen, wenn Sie wollen.«

»Warum können wir nicht gleich fahren?«

»Nein. Der Laden ist tagsüber so tot, daß mein Mann da nicht rumhängen kann, ohne aufzufallen, und ich möchte nicht riskieren, daß einer von uns beiden sich da zeigt, ehe wir nicht sicher sind, Pangburn auch wirklich dort gegenübertreten zu können.«

»Was soll ich also tun?«

»Besorgen Sie einen schnellen Wagen für heute abend und halten Sie sich bereit, damit Sie losfahren können, sowie ich Sie benachrichtige.«

»Gemacht. Ab halb sechs bin ich zu Hause. Rufen Sie mich an, wenn Sie soweit sind. Ich hole Sie dann ab.«

Um halb zehn an jenem Abend saß ich vorne neben Axford in einem starkmotorigen ausländischen Wagen, und wir brausten über eine Straße, die zur Halfmoon Bay führte. Porkys Anruf war gekommen.

Wir sprachen kaum während dieser Fahrt, und das importierte Monstrum unter uns verkürzte die Strecke zu einem Katzensprung. Axford saß bequem und entspannt am Steuer, doch zum erstenmal bemerkte ich, daß er ein ziemlich schweres Kinn hatte.

Das White Shack war ein großer Bau, klotzig aus Kunststeinen errichtet. Er steht ein Stück weg von der Straße, und man nähert sich ihm auf zwei Zufahrtskurven, die zusammen einen Halbkreis bilden, dessen Durchmesser die öffentliche Straße ist. Die Mitte dieses Halbkreises wird eingenommen von Schutzdächern, unter denen Joplins Stammgäste ihre Wagen abstellen, und hier und da um die Schutzdächer sind Blumenbeete und Gebüsche. Wir hatten immer noch einen ganz schönen Zahn drauf, als wir in ein Ende dieser halbkreisförmigen Zufahrt einbogen und –

Axford auf die Bremse latschte, so daß uns die schwere Karre an die Windschutzscheibe schleuderte, als sie mit einem Ruck zum Stehen kam – kaum noch rechtzeitig, um nicht in eine Gruppe von Menschen hineinzudonnern, die plötzlich aufgetaucht waren.

Im Licht unserer Scheinwerfer leuchteten hell Gesichter auf; weiße, entsetzte Gesichter, Gesichter, die sich zu verstecken suchten, Gesichter, die dumpfe Neugier zeigten. Unter den Gesichtern weiße Arme und Schultern, helle Kleider und glitzernder Schmuck vor dem dunkleren Hintergrund der Anzüge der Männer.

Das war mein erster Eindruck, und dann, als ich den Kopf von der Windschutzscheibe zurückgenommen hatte, nahm ich wahr, daß dieser Menschenhaufen einen Kern hatte, etwas, worum er sich zentrierte. Ich stand auf und wollte über die Köpfe der Menge hinwegsehen, aber ich konnte nichts sehen.

Ich sprang hinaus auf die Zufahrt und drängte mich durch die Menge.

Mit dem Gesicht zur Erde lag auf dem weißen Kies ein Mann hingestreckt – ein schmächtiger Mann in dunklem Anzug –, und direkt über seinem Kragen, wo Kopf und Hals zusammenkommen, war ein Loch. Ich kniete mich hin, um in sein Gesicht zu spähen. Dann drängte ich mich wieder durch die Menge, zurück dorthin, wo Axford gerade aus dem Wagen stieg, dessen Motor noch lief – »Pangburn ist tot – erschossen!«

Axford zog sich die Handschuhe aus, methodisch, legte sie zusammen und steckte sie in eine Tasche. Mit einem Nicken bedeutete er mir, daß er verstanden hatte, und ging dann langsam zu der Stelle, wo die Leute um den toten Dichter standen. Ich sah ihm nach, bis er in dem Gewühl verschwunden war. Dann, durch die Ränder des Gedränges mir einen Weg bahnend, machte ich mich auf die Suche nach Porky Grout.

Er stand auf der Veranda, an einen Pfeiler gelehnt. Ich ging so an ihm vorbei, daß er mich sehen mußte, und machte dann einen Bogen zu der Seite des Rasthauses, die am meisten Schatten bot. Porky gesellte sich zu mir in den Schatten. Es war keine kühle Nacht, aber er klapperte mit den Zähnen. »Wer hat ihn umgelegt?« wollte ich wissen.

»Ich weiß nicht«, wimmerte er, und zum erstenmal hörte ich aus seinem Mund das Eingeständnis, daß es etwas gab, was er nicht wußte. »Ich war drin, um die andern im Auge zu behalten.«

»Welche andern?«

»Blechstern und irgendein Kerl, den ich noch nie gesehn habe, und die Schickse. Ich dachte doch nich, daß der Kleine rausgeht. Er hat keinen Hut aufgehabt.«

»Und was *weißt* du von der Sache?«

»Kurz nachdem ich Sie anrief, sind das Mädchen und Pangburn rausgekommen – aus Joplins Teil des Ladens – und haben sich an einen Tisch gesetzt; da drüben auf der andern Seite der Veranda, um die Ecke, nach hinten, wo es ziemlich dunkel ist. Eine Weile haben sie da gegessen, und dann is dieser andere Typ gekommen und hat sich zu ihnen gesetzt. Ich weiß nicht, wie er heißt, aber ich glaube, ich hab ihn schon mal gesehn in der Stadt. Ein großer Bursche in schicken Klamotten.«

Das war bestimmt Kilcourse.

»Sie reden eine Weile, und dann kommt Joplin zu ihnen. Sie sitzen da um den Tisch und lachen und reden, vielleicht 'ne Viertelstunde lang. Dann steht Pangburn auf und geht ins Haus. Ich saß an einem Tisch, von wo aus ich sie beobachten konnte, und da der Laden voll ist, hab ich Angst, der Tisch geht mir verloren, wenn ich weggeh, und deswegen bin ich dem Jungen nich gefolgt. Er hat ja auch keinen Hut gehabt, also denk ich mir, der haut schon nich ab. Aber er muß durchs Haus gegangen sein und vorne raus, denn gleich danach gibt's'n Krach, daß ich dachte, es is 'ne Autofehlzündung, und dann das Geräusch von 'nem Wagen, der schnell wegfährt. Und dann schreit irgendwer, daß da draußen'n Toter liegt. Alle hier rennen raus, und es is Pangburn.«

»Bist du ganz sicher, daß Joplin, Kilcourse und das Mädchen alle an dem Tisch saßen, als Pangburn getötet wurde?«

»Ganz sicher«, sagte Porky, »wenn dieser dunkle Typ Kilcourse heißt.«

»Und wo sind sie jetzt?«

»Wieder in Joplins Wohnung. Da sind sie gleich hochgegangen, als sie mitgekriegt hatten, daß Pangburn umgelegt worden ist.«

Ich machte mir keine Illusionen über Porky. Ich traute ihm zu, daß er mich anschmierte, um dem Mörder des Dichters ein Alibi zu verschaffen. Wenn Joplin, Kilcourse oder das Mädchen den Mörder bestochen hatte – und meinen Informanten –, war es für mich aussichtslos, beweisen zu wollen, daß sie nicht auf der hinteren Veranda gewesen waren, als der Schuß abgegeben wurde. Joplin hatte einen Haufen von Anhängern, die alles schwören würden, ohne daß es ihn ein müdes Lächeln kostete. Für ihre Anwesenheit auf der hinteren Veranda würde es ein Dutzend falscher Zeugen geben.

Mir blieb also nichts übrig, als darauf zu bauen, daß Porky mir nichts vormachte. »Hast du Dick Foley gesehn?« fragte ich, da Dick Kilcourse beschattet hatte.

»Nein.«

»Dann guck dich mal um, ob du ihn entdecken kannst. Sag ihm, daß ich hochgegangen bin, um mit Joplin zu reden, und er soll auch hochkommen. Dann kannst du dich irgendwo in der Nähe aufhalten, wo ich dich finde, wenn ich dich brauche.«

Dann ging ich durch eine Fenstertür, überquerte eine leere Tanzfläche und ging die Treppe hinauf, die zu Blechstern Joplins Wohnräumen im hinteren Teil der ersten Etage führte. Ich kannte den Weg, denn ich war schon dort oben gewesen. Joplin und ich waren alte Bekannte.

Ich hatte vor, ihn und seine Freunde kräftig in die Zange zu nehmen, in der vagen Hoffnung, daß etwas Gutes dabei herauskommen würde, auch wenn ich nichts gegen auch nur einen von ihnen in der Hand hatte. Mir war natürlich klar, daß ich das Mädchen auf etwas hätte festnageln können, aber nicht, ohne die Tatsache an die große Glocke zu hängen, daß der tote Dichter die Unterschrift seines Schwagers auf einem Scheck gefälscht hatte. Und das ging nicht.

»Herein«, rief eine behäbige, vertraute Stimme, als ich an Joplins Wohnzimmertür pochte. Ich drückte die Tür auf und ging hinein.

Blechstern Joplin stand in der Mitte des Zimmers – ein massiger Ex-Ganove mit ungewöhnlich breiten Schultern und einem ausdruckslosen Pferdegesicht. Hinter ihm saß Kilcourse auf einer Tischkante, ließ ein Bein baumeln und kaschierte gespannte Wachsamkeit mit einem amüsierten schwachen Lächeln seines hübschen braunen Gesichts. Auf der anderen Seite des Zimmers saß ein Mädchen, das mir als Jeanne Delano bekannt war, auf der Armlehne eines schweren Ledersessels. Und der Dichter hatte nicht übertrieben, als er mir von ihrer Schönheit vorgeschwärmt hatte.

»Sie!« knurrte Joplin angewidert, als er mich erkannte. »Was, zum Teufel, wollen ausgerechnet *Sie*?«

»Was haben Sie denn?«

In Gedanken war ich jedoch nicht bei derlei Schlagfertigkeiten – was mich beschäftigte, war das Mädchen. Sie kam mir irgendwie bekannt vor – aber ich konnte sie nirgends unterbringen. Vielleicht hatte ich sie noch nie gesehen; vielleicht kam mein Gefühl des Wiedererkennens daher, daß ich das Bild, das Pangburn mir gegeben hatte, so oft angeschaut hatte. Bilder können so etwas bewirken.

Inzwischen hatte Joplin gesagt: »Für Zeitverschwendung hab ich keine Zeit.«

Und ich hatte gesagt: »Wenn Sie die ganze Zeit gespart hätten, die verschiedene Richter Ihnen aufgebrummt haben, dann hätten Sie jetzt viel Zeit.«

Ich hatte das Mädchen schon irgendwo gesehen. Es war ein schlankes Mädchen in einem glänzenden blauen Abendkleid, das großzügig den Blick freigab auf Busen, Rücken und Arme, die sich durchaus sehen lassen konnten. Sie hatte eine Fülle dunkelbraunen Haars über einem ovalen Gesicht von der Farbe, wie Rosig sein sollte. Ihre Augen standen weit auseinander und hatten einen Grauton, der den Schatten auf poliertem Silber, mit denen der Dichter sie verglichen hatte, nicht ganz unähnlich war. Ich betrachtete das Mädchen, und sie sah mir offen und gerade in die Augen, aber ich konnte sie immer noch nicht unterbringen. Kilcourse saß nach wie vor auf der Tischecke und ließ ein Bein baumeln.

Joplin wurde ungeduldig. »Hören Sie jetzt endlich auf, das Mädchen anzuglotzen, und erzählen Sie, was Sie eigentlich von mir wollen?«, knurrte er.

Da lächelte das Mädchen, ein spöttisches Lächeln, das die Schneiden rasierklingenscharfer kleiner Tierzähne entblößte. Und an dem Lächeln erkannte ich sie!

Ihr Haar und ihre Haut hatten mich getäuscht. Das letztemal, als ich sie gesehen hatte – und davor hatte ich sie noch nicht gesehen –, war ihr Gesicht marmorweiß gewesen, und das Haar war kurz gewesen und flammenfarben. Sie, eine ältere Frau, drei Männer und ich hatten eines Abends in einem Haus in der Turk Street ein Versteckspiel gespielt, bei dem es um die Ermordung eines Bankboten und den Diebstahl von hunderttausend Dollar in Wertpapieren gegangen war. Durch ihre Ränke waren drei ihrer Komplizen an jenem Abend gestorben, und der vierte – der Chinese – war im Folsom Gefängnis schließlich an den Galgen gekommen. Damals war ihr Name Elvira gewesen, und seit ihrer Flucht aus dem Haus an jenem Abend hatten wir von Grenze zu Grenze und darüber hinaus fruchtlos Jagd auf sie gemacht.

Trotz meines Bemühens, mir nichts anmerken zu lassen, muß sich Wiedererkennen in meinen Augen gezeigt haben, denn flink wie eine Schlange hatte sie die Armlehne des Sessels verlassen und kam vor, die Augen mehr Stahl als Silber.

Ich ließ meine Kanone sehen.

Joplin kam einen halben Schritt auf mich zu. »Was soll das?« bellte er.

Kilcourse glitt vom Tisch, und eine seiner dunklen Hände schwebte über seinem Schlips.

»Das soll folgendes«, sagte ich zu ihnen. »Ich suche das Mädchen wegen einer Mordsache, die zwei Monate zurückliegt – und vielleicht auch wegen dem Mord heute abend; da bin ich mir noch nicht sicher. Jedenfalls werde ich sie . . .«

Das Knipsen eines Lichtschalters hinter mir, und das Zimmer war dunkel.

Ich machte, daß ich von der Stelle wegkam, wo ich gestanden hatte, als das Licht ausging. Nur erst mal weg, egal wohin.

Mein Rücken berührte eine Wand, ich blieb stehen und kauerte mich hin.

»Schnell, Kleines!« Ein heiseres Flüstern, das von dort kam, wo ich die Tür vermutete.

Aber nach meiner Meinung waren beide Türen des Zimmers zu, und man hätte sie kaum aufmachen können, ohne daß graue Rechtecke sichtbar geworden wären. Menschen bewegten sich in der Schwärze, aber nicht einer kam zwischen mich und die helleren Quadrate der Fenster.

Leise klickte etwas vor mir – ein zu feines Klick, um

vom Spannen einer Kanone herzurühren –, aber ein Messer konnte aufgesprungen sein, und ich erinnerte mich, daß Blechstern Joplin eine Vorliebe für diese Waffe hatte.

»Komm schon!« Ein gebrülltes Flüstern, in der Dunkelheit wie ein Axthieb.

Geräusche von Bewegung, gedämpft, ununterscheidbar ... ein Geräusch nicht weit weg ...

Unvermittelt packte eine starke Hand eine meiner Schultern, ein muskulöser Körper drückte mich an die Wand. Ich stieß mit meiner Kanone vor und hörte ein Stöhnen.

Die Hand schob sich über meine Schulter zu meinem Hals.

Ich stieß mit einem Knie aufwärts und hörte wieder ein Stöhnen.

Eine brennende Spitze lief mir über die Seite.

Ich stieß wieder mit meiner Kanone zu – zog sie zurück, bis die Mündung frei war von dem weichen Hindernis, das sie aufgehalten hatte, und drückte ab. Das Krachen des Schusses. Joplins Stimme an meinem Ohr, eine seltsam sachliche Stimme: »Scheiße! Jetzt hat's mich erwischt.«

Da wirbelte ich weg von ihm, dorthin, wo ich das schwache Gelb einer offenen Tür sah. Ich hatte keine Fluchtgeräusche gehört. Ich war zu beschäftigt gewesen. Aber ich wußte, daß Joplin mich in die Mangel genommen hatte, damit die andern türmen konnten.

Niemand war zu sehen, als ich die Treppe hinuntersprang, -rutschte, -torkelte – die Stufen flogen unter mir weg. Ein Kellner kam mir in die Quere, als ich auf die Tanzfläche zustürzte. Ich weiß nicht, ob er vorhatte, sich einzumischen oder nicht. Ich fragte ihn nicht. Ich hieb ihm die Flachseite meiner Kanone ins Gesicht und ging weiter.

Einmal sprang ich über ein Bein, das sich vorstreckte, um mich zu Fall zu bringen. Und an der Tür nach draußen mußte ich noch ein Gesicht polieren.

Dann war ich draußen auf dem Halbkreis der Zufahrt, von deren einem Ende ein rotes Rücklicht ostwärts auf die Landstraße abbog.

Während ich zu Axfords Wagen rannte, bemerkte ich, daß Pangburns Leiche weggeschafft worden war. Ein paar Leute standen immer noch um die Stelle, wo er gelegen hatte, und mit offenen Mündern starrten sie mir nach.

Der Wagen stand noch da, wie Axford ihn verlassen hatte, mit leerlaufendem Motor. Ich wendete ihn über ein Blumenbeet und schwenkte in Richtung Osten auf die Landstraße. Fünf Minuten später konnte ich mich an den roten Punkt eines Rücklichts hängen.

Der Wagen unter mir hatte mehr Kraft, als ich je brauchen würde; mehr als ich hätte beherrschen können. Ich wußte nicht, wie schnell der Wagen vor mir war, aber ich kam auf, als würde er auf der Stelle stehen.

Anderthalb Meilen oder vielleicht zwei –

Plötzlich stand ein Mann auf der Straße – etwas weiter als meine Scheinwerfer reichten. Die Scheinwerfer erfaßten ihn, und ich sah, daß es Porky Grout war!

Porky Grout stand mitten auf der Straße, mir zugewendet, in jeder Hand das matte Metall einer Automatic.

Die Kanonen in seinen Händen schienen schwachrot aufzuglühen und dann im gleißenden Licht meiner Scheinwerfer wieder dunkel zu werden – aufzuglühen und dann dunkel zu werden; wie zwei Glühbirnen eines automatischen Leuchtsignals.

Die Windschutzscheibe zersplitterte um mich herum.

Porky Grout – der Informant, dessen Name an der

gesamten pazifischen Küste gleichbedeutend war mit Feigheit – stand in der Mitte der Straße und schoß auf einen Kometen aus Metall, der auf ihn zugebraust kam ...

Das Ende sah ich nicht.

Ich bekenne offen, daß ich die Augen schloß, als sein gefaßtes weißes Gesicht dicht über meinem Kühler auftauchte. Das metallene Monstrum unter mir zitterte – nicht sehr stark –, und die Straße vor mir war leer bis auf das fliehende rote Licht. Meine Windschutzscheibe war weg. Der Wind zerrte an meinen unbedeckten Haaren und trieb mir Tränen in die zusammengekniffenen Augen.

Da merkte ich, daß ich mit mir selber sprach und gerade sagte: »Das war Porky. Das war Porky.« Eine erstaunliche Tatsache. Es überraschte mich nicht, daß er mich hintergangen hatte. Damit war zu rechnen gewesen. Auch daß er hinter mir die Treppe hinaufgeschlichen war und das Licht ausgemacht hatte, war nicht erstaunlich. Daß er aber aufrecht dagestanden hatte und gestorben war –

Ein orangefarbener Lichtstreif aus dem Wagen vor mir setzte meiner Verwunderung ein Ende. Die Kugel kam mir nicht nahe – es ist nicht so einfach, genau von einem fahrenden Wagen in einen anderen fahrenden Wagen zu schießen –, aber bei meinem Tempo würde ich sehr bald in guter Schußdistanz sein.

Ich schaltete den Suchscheinwerfer über dem Armaturenbrett an. Er erreichte den Wagen vor mir nicht ganz, ließ mich aber erkennen, daß das Mädchen fuhr. Kilcourse saß neben ihr, zu mir zurückgewendet. Der Wagen war ein gelber Zweisitzer.

Ich nahm das Gas ein bißchen zurück. In einem Duell mit Kilcourse wäre ich hier im Nachteil gewesen, da ich hätte fahren *und* schießen müssen. Das beste schien mir zu sein, meinen Abstand zu halten, bis wir eine Stadt erreichten, und das konnte nicht ausbleiben. Es war noch nicht Mitternacht. In jeder Stadt würden jetzt noch Menschen auf der Straße sein; und Polizisten. Und ich würde mit mehr Aussicht auf erfolgreiche Jagd aufschließen können.

Nach ein paar Meilen durchschaute mein Beutetier meinen Plan. Der gelbe Zweisitzer wurde langsamer, schleuderte ein wenig und kam quer auf der Straße zum Stehen. Sofort sprangen Kilcourse und das Mädchen heraus und gingen hinter ihrer Barrikade auf der Straße in Deckung.

Ich war versucht, mit meinem Monstrum volle Pulle in sie hineinzudonnern, aber es war eine schwache Versuchung, und als ihre kurze Lebensdauer abgelaufen war, bremste ich und blieb stehen. Dann fummelte ich mit meinem Suchscheinwerfer herum, bis ich den gelben Zweisitzer voll im Strahl hatte.

Irgendwo in der Nähe der Räder des Zweisitzers blitzte es auf, und der Suchscheinwerfer wackelte heftig, aber das Glas blieb intakt. Er war natürlich ihre erste Zielscheibe, und ...

In meinen Wagen geduckt und auf die Kugel wartend, die die Linse zerschmettern würde, zog ich die Schuhe und den Mantel aus.

Die dritte Kugel schaffte den Suchscheinwerfer.

Ich schaltete die anderen Lichter aus, sprang auf die Straße, und als ich aufhörte zu laufen, hockte ich mich an der mir zugewendeten Seite des gelben Zweisitzers hin. Der einfachste und sicherste Trick, den man sich vorstellen kann.

Das Mädchen und Kilcourse hatten in das blendende Licht eines starken Scheinwerfers geblickt. Als dieses Licht plötzlich starb, und die schwächeren Scheinwerfer um es herum ebenfalls, saßen sie in pechschwarzer Blindheit, die die Minute oder länger anhalten mußte, die ihre Augen brauchten, um sich dem Grauschwarz der Nacht wieder anzupassen. Auf dem Asphalt der Straße hatte ich in meinen Strümpfen kein Geräusch gemacht, und jetzt war nur noch ein Zweisitzer zwischen uns; und ich wußte es, und sie nicht.

Aus der Nähe des Kühlers kam leise die Stimme von Kilcourse:

»Ich werd ihn vom Straßengraben aus umlegen. Gib ab und zu einen Schuß auf ihn ab, damit er was zu tun hat.«

»Ich kann ihn nicht sehn«, protestierte das Mädchen.

»Deine Augen sind gleich wieder in Ordnung. Schieß jedenfalls mal auf den Wagen.«

Ich bewegte mich in Richtung Kühler, als das Mädchen auf den leeren Tourenwagen losballerte. Kilcourse kroch auf allen Vieren zu dem Straßengraben auf der Südseite der Straße. Ich zog die Beine unter mich und spannte mich für einen Sprung und einen Schlag mit der Kanone auf seinen Hinterkopf. Töten wollte ich ihn nicht, aber es galt, ihn schnell unschädlich zu machen. Ich hatte mich um das Mädchen zu kümmern, und sie war mindestens ebenso gefährlich wie er.

Als ich zum Sprung ansetzte, wandte Kilcourse – vielleicht geleitet durch irgendeinen Instinkt des Gejagten – den Kopf und sah mich – sah einen bedrohlichen Schatten.

Statt zu springen, schoß ich.

Ich sah nicht hin, um festzustellen, ob ich getroffen hatte oder nicht. Auf diese Distanz durfte ich ihn kaum verfehlt haben. Ich ging in die Hocke und glitt zurück zum Heck des Zweisitzers, auf meiner Seite bleibend. Dann wartete ich.

Das Mädchen tat, was ich an ihrer Stelle vielleicht auch getan hätte. Sie schoß nicht und bewegte sich auch nicht zu der Stelle hin, von wo der Schuß gekommen war. Sie dachte, ich wäre Kilcourse im Straßengraben zuvorgekommen, und mein nächster Plan würde nun der sein, in einem Bogen von hinten an sie heranzukommen. Um das zu vereiteln, bewegte sie sich hinten um den Zweisitzer herum, um mir von der Seite auflauern zu können, die Axfords Wagen zugekehrt war.

Und so kam es – sie kroch um das Wagenheck und steckte ihre wunderschön gemeißelte Nase genau in die Mündung der Kanone, die ich für sie bereithielt.

Sie gab einen kleinen Schrei von sich.

Frauen sind nicht immer vernünftig – sie neigen dazu, Kleinigkeiten wie auf sie gerichtete Kanonen zu mißachten. Deswegen packte ich ihre Pistolenhand, was mein Glück war. Als meine Hand sich um die Waffe schloß, drückte sie ab – und ein Stück Fleisch meines Zeigefingers wurde zwischen Hahn und Rahmen eingeklemmt. Ich drehte ihr die Kanone aus der Hand und befreite meinen Finger.

Aber sie war noch lange nicht fertig. Ich stand da, meine Kanone eine Handbreit vor ihrem Bauch, aber sie drehte sich um und schoß davon in eine Richtung, wo eine kleine Baumgruppe nach Norden hin einen pechschwarzen Fleck machte.

Als ich mich von meiner Überraschung über dieses amateurhafte Vorgehen erholt hatte, steckte ich ihre und meine Kanone links und rechts in die Tasche und machte mich an die Verfolgung, bei jedem Schritt mir die Füße aufreißend.

Sie versuchte, über einen Drahtzaun zu klettern, als ich sie erwischte.

»Schluß mit dem Quatsch, ja?« sagte ich gereizt, als sich

die Finger meiner Linken um ihr Handgelenk schlossen und ich begann, sie zu dem Zweisitzer zurückzuführen. »Das ist eine ernste Sache jetzt. Also seien Sie nicht so kindisch!«

»Sie tun meinem Arm weh.«

Ich wußte, daß ich ihrem Arm nicht wehtat, und ich wußte, daß dieses Mädchen die direkte Ursache dafür war, daß vier, vielleicht fünf Menschen zu Tode gekommen waren. Dennoch lockerte ich meinen Griff um ihr Handgelenk, bis es fast nur noch ein freundliches Anfassen war. Durchaus bereitwillig ging sie mit mir zu dem Zweisitzer zurück, wo ich – immer noch sie am Handgelenk haltend – die Lichter anschaltete. Kilcourse lag im grellen Licht, gleich unter den Scheinwerfern, auf dem Gesicht und an den Boden geschmiegt, ein Knie unter sich gezogen.

Ich stellte das Mädchen frontal vor die Scheinwerfer.

»Jetzt bleiben Sie da stehn«, sagte ich, »und benehmen Sie sich. Eine Bewegung, und ich schieße Ihnen ein Bein weg«, und das war mein Ernst.

Ich fand die Kanone von Kilcourse, steckte sie ein und kniete mich neben ihn.

Er war tot, mit einem Einschußloch über einem Schlüsselbein.

»Ist er . . .« Ihre Lippen zitterten.

»Ja.«

Sie sah auf ihn nieder, und es schauderte sie ein wenig.

»Armer Fag«, flüsterte sie.

Ich habe nie bestritten, daß dies ein schönes Mädchen war, und wie sie da so in dem blendenden Weiß der Schweinwerfer stand, war sie mehr als das. Sie war etwas, das verrückte Gedanken sogar im Kopf eines einfallslosen alten Diebesfängers erwecken konnte. Sie war –

Wie dem auch sei, ich glaube, deswegen blickte ich sie finster an und sagte:

»Ja, armer Fag und armer Haken und armer Tai und armer Bankbote aus Los Angeles und armer Burke«, soweit ich sie kannte, die Liste der Männer aufzählend, die mit ihr im Herzen gestorben waren.

Sie brauste nicht auf. Ihre großen grauen Augen hoben sich langsam zu mir mit einem Blick, den ich nicht ergründen konnte, und ihr reizendes ovales Gesicht unter der Fülle braunen Haars – das, wie ich wußte, ihre eigenen Haare verdeckte – war traurig.

»Sie denken wahrscheinlich wirklich, ich ...«, begann sie.

Aber ich hatte genug davon; mir war nicht ganz wohl im Rücken.

»Kommen Sie«, sagte ich. »Wir lassen Kilcourse und den Zweisitzer erst mal hier.«

Sie sagte nichts, ging aber mit mir zu Axfords großer Karre und setzte sich schweigend hinein, während ich mir neben ihr die Schuhe zuband. Auf dem Rücksitz fand ich eine Decke für sie.

»Wickeln Sie sich das man lieber um die Schultern. Die Windschutzscheibe ist raus. Es wird kühl werden.«

Sie befolgte meinen Vorschlag wortlos, aber als ich unseren Schlitten um das Heck des Zweisitzers herumbugsiert hatte und auf der Straße Fahrt nach Osten aufnahm, legte sie eine Hand auf meinen Arm.

»Fahren wir nicht zurück zum White Shack?«

»Nein. Redwood City – zum Bezirksgefängnis.«

Eine Meile vielleicht, während der sie – wie ich wußte, ohne sie anzuschauen – mein ziemlich wulstiges Profil musterte. Dann war ihre Hand wieder auf meinem Unterarm, und sie lehnte sich zu mir hinüber, so daß ihr Atem warm meine Backe streifte. »Halten Sie einen Augenblick? Ich möchte Ihnen was – ich möchte Ihnen einiges erzählen.«

Auf einem geebneten, festen Stück Erde neben der Straße brachte ich den Wagen zum Stehen und drehte mich auf meinem Sitz ein wenig zu ihr herum, um sie direkter von Angesicht zu Angesicht vor mir zu haben.

»Bevor Sie anfangen«, sagte ich zu ihr, »sollten Sie sich darüber klar sein, daß wir hier genauso lange stehn bleiben, wie Sie über die Pangburn-Sache reden. Wenn Sie mit irgendwas anderm anfangen – nun, dann fahren wir weiter nach Redwood City.«

»Sind Sie nicht mal an der Los-Angeles-Sache interessiert?«

»Nein. Die ist abgeschlossen. Sie und Haken Riordan und Tai Tschun Tau und die Quarres waren gleichermaßen verantwortlich für den Tod des Boten, auch wenn der eigentliche Mord von Haken verübt wurde. Haken und die Quarres mußten in der Nacht dran glauben, in der wir in der Turk Street unsere Party hatten. Tai wurde letzten Monat gehängt. Jetzt habe ich Sie. Wir hatten genügend Beweismaterial, um den Chinesen aufzuknüpfen, und gegen Sie haben wir sogar noch mehr. Das ist also erledigt – fertig – abgeschlossen. Wenn Sie mir was über Pangburns Tod erzählen wollen, bitte, ich höre. Andernfalls –«

Ich griff nach dem automatischen Starter.

Ein Druck ihrer Finger auf meinem Arm ließ mich innehalten.

»Ich will Ihnen ja davon erzählen«, sagte sie ernst. »Ich will, daß Sie die Wahrheit darüber erfahren. Sie werden mich nach Redwood City bringen, ich weiß. Glauben Sie nicht, daß ich denke – daß ich mir irgendwelche dummen Hoffnungen mache. Aber ich möchte, daß Sie die Wahrheit über dieses – ich weiß nicht, warum – mir könnte ja egal sein, was Sie denken, aber –«

Es kam nichts mehr.

Dann fing sie an, sehr schnell zu sprechen – so wie die Leute sprechen, die fürchten, unterbrochen zu werden, bevor sie mit ihrer Geschichte am Ende sind –, und sie saß leicht vorgebeugt, so daß ihr schönes ovales Gesicht dem meinen sehr nahe war.

»Als ich in der Nacht damals aus dem Haus in der Turk Street gelaufen war – Sie kämpften da noch mit Tai –, hatte ich vor, aus San Francisco zu verschwinden. Ich hatte zweitausend Dollar, genug, um überall hinzukommen. Dann dachte ich aber, daß Verschwinden gerade das wäre, was ihr von mir erwarten würdet; und daß es für mich am sichersten wäre zu bleiben und nicht abzuhauen. Es fällt einer Frau nicht schwer, ihr Aussehen zu verändern. Ich hatte kurzgelocktes Haar, weiße Haut und trug knallige Farben. Also färbte ich einfach mein Haar, kaufte mir diese Perücke, um es lang aussehen zu lassen, und schaffte mir ein paar dunkle Sachen an. Dann nahm ich mir unter dem Namen Jeanne Delano auf der Ashbury Avenue ein Apartment und war ein völlig anderer Mensch.

Ich wußte zwar, daß ich sicher davor war, irgendwo erkannt zu werden, aber trotzdem blieb ich erstmal 'ne Weile zu Hause; mir war wohler dabei; und als Zeitvertreib hab ich 'ne ganze Menge gelesen. Und dadurch bin ich auf Burkes Buch gestoßen. Lesen Sie Gedichte?«

Ich schüttelte den Kopf. In dem Augenblick wurde ein Automobil sichtbar, das in Richtung Halfmoon Bay fuhr – das erste, seit wir das White Shack verlassen hatten. Sie wartete, bis es vorbei war, und fuhr dann fort, immer noch schnell sprechend.

»Burke war natürlich kein Genie, aber irgendwas an seinen Sachen – irgendwas – hat mich innerlich berührt. Ich schrieb ihm ein paar Zeilen, in denen ich ihm mitteilte, wie sehr mir diese Sachen gefielen, und schickte den Brief an seinen Verleger. Ein paar Tage später hatte ich einen Brief von Burke, und ich erfuhr, daß er in San Francisco lebte. Das hatte ich nicht gewußt.

Wir wechselten ein paar Briefe, und dann fragte er, ob wir uns nicht mal treffen könnten – und so kam es dann auch. Ich weiß nicht, ob ich ihn liebte oder nicht; auch zu Anfang wußte ich das nicht. Ich hatte ihn gern, ja, und dazu kam seine glühende Liebe zu mir und daß ich mich geschmeichelt fühlte, einen doch recht bekannten Dichter zum Verehrer zu haben – und so dachte ich wirklich, ich liebte ihn. Ich versprach, ihn zu heiraten.

Ich hatte ihm nichts über mich erzählt, obgleich ich jetzt weiß, daß das keinerlei Unterschied für ihn gemacht hätte. Aber ich hatte Angst, ihm die Wahrheit zu sagen, und belügen wollte ich ihn nicht, und so hab ich ihm nichts erzählt.

Dann hat Fag Kilcourse mich eines Tages auf der Straße gesehn und mich erkannt; trotz neuem Haar, Teint und neuen Sachen. Viel Grips hat Fag nicht, dafür aber Röntgenaugen. Ich nehm's ihm nicht übel, er hat sich nach seinen Maßstäben verhalten. Er kam hoch in mein Apartment, nachdem er mir bis nach Hause nachgefolgt war; und ich hab ihm erzählt, ich würde Burke heiraten und eine anständige Hausfrau werden. Und das war eine große Dummheit von mir. Fag ist'n Quadratschädel. Wenn ich ihm erzählt hätte, ich würde mir Burke zurechtbiegen, um ihn auszunehmen, hätte er mich in Ruhe gelassen und wär wieder abgezogen. Aber dadurch, daß ich ihm sagte, ich hätte Schluß gemacht mit der Abkocherei, war ich für ihn ›anders‹ geworden und damit ein Braten für ihn. Sie wissen ja, wie Ganoven sind: Jeder auf der Welt ist entweder ein Kollege oder ein mögliches Opfer. Da ich nun das Lager gewechselt hatte, betrachtete Fag mich als jagdbares Wild.

Er orientierte sich über Burkes Verwandtschaft und setzte mir dann die Pistole auf die Brust – entweder zwanzigtausend Dollar oder er würde mich hochgehn lassen. Er wußte von der Sache in Los Angeles und wie man hinter mir her war. Ich saß also fest. Ich wußte, verstecken konnte ich mich nicht vor Fag, und vor ihm wegzulaufen, hätte auch keinen Zweck gehabt. Da hab ich Burke gesagt, ich müßte zwanzigtausend Dollar haben. Ich wußte, daß er nicht so viel hatte, aber ich dachte, er könnte es auftreiben. Drei Tage später gab er mir einen Scheck darüber. Ich wußte da noch nicht, wie er dazu gekommen war, aber es hätte auch nichts geändert, wenn ich's gewußt hätte. Ich mußte das Geld haben.

Aber an dem Abend hat er mir erzählt, wo er's herhatte; daß er die Unterschrift seines Schwagers gefälscht hatte. Er hat es mir erzählt, weil er, nachdem er darüber nachgedacht hatte, fürchtete, ich würde mit ihm erwischt und mitschuldig gesprochen werden, wenn die Fälschung entdeckt würde. Ich bin ziemlich verdorben, aber doch nicht so, daß ich ihn für mich in'n Knast wandern lassen wollte, ohne ihm zu sagen, wie das alles zusammenhing. Und da hab ich ihm die ganze Geschichte erzählt. Er hat mit keiner Wimper gezuckt. Er bestand darauf, Kilcourse das Geld zu zahlen, damit ich in Sicherheit wäre, und fing an, für meine künftige Sicherheit Pläne zu machen.

Burke baute darauf, daß sein Schwager ihn nicht wegen

Urkundenfälschung drankriegen würde, aber um erst mal sicherzugehen, sollte ich umziehn, nochmal meinen Namen ändern und untertauchen, bis wir wüßten, wie Axford die Sache aufnehmen würde. Doch als er gegangen war an dem Abend, machte ich selber ein paar Pläne. Ich hatte Burke wirklich gern – zu gern, um ihn den Sündenbock für mich spielen zu lassen, ohne zu versuchen, ihn zu retten; und in Axfords Güte hatte ich kein großes Vertrauen. Das war am Zweiten des Monats. Wenn nichts dazwischen käme, würde Axford die Fälschung erst merken, wenn ihm Anfang des nächsten Monats seine Scheckunterlagen zugingen. Damit blieb mir für mein Vorhaben praktisch ein Monat.

Am nächsten Tag hob ich mein ganzes Geld ab und schickte Burke einen Brief mit der Mitteilung, ich sei nach Baltimore gerufen worden. Dann legte ich eine deutliche Spur nach Baltimore mit Gepäck und Briefen und so, die ein Kumpel dort für mich in den Kasten steckte. Ich fuhr runter zu Joplins Laden und kriegte ihn dazu, mich unterzubringen. Ich ließ Fag wissen, daß ich dort sei, und als er runterkam, sagte ich ihm, ich hoffte, das Geld in ein bis zwei Tagen für ihn flüssig zu haben.

Daraufhin kam er fast jeden Tag vorbei, und ich vertröstete ihn von einem Tag auf den andern, was jedesmal leichter wurde. Aber meine Zeit wurde knapp. Bald würden Burkes Briefe von der falschen Adresse, die ich ihm angegeben hatte, zurückkommen, und ich wollte zur Stelle sein, um ihn von irgendwelchen Dummheiten abzuhalten. Aber ich wollte erst Verbindung mit ihm aufnehmen, wenn ich ihm die zwanzig Tausend würde geben können, damit er die Fälschung wiedergutmachen könnte, bevor Axford durch seine eingelösten Schecks davon erführe.

Mit Fag wurde ich immer leichter fertig, aber ich hatte

ihn noch nicht da, wo ich ihn haben wollte. Er dachte nicht daran, auf die zwanzigtausend Dollar – die ich natürlich die ganze Zeit bereithielt – zu verzichten, es sei denn, ich würde ihm versprechen, für immer bei ihm zu bleiben. Und ich dachte immer noch, ich würde Burke lieben, und wollte mich nicht an Fag binden, auch nicht für kurze Zeit.

Dann, eines Sonntagabends, sah mich Burke auf der Straße. Unvorsichtigerweise fuhr ich mit Joplins Zweisitzer in die Stadt – mit dem Wagen da hinten. Und, wie der Zufall es will, hat Burke mich gesehn. Ich hab ihm die Wahrheit erzählt, die ganze Wahrheit. Und mir hat er erzählt, er habe gerade einen Detektiv beauftragt, mich zu finden. In manchen Dingen war er wie ein Kind – auf den Gedanken, daß der Spürhund auch die ganze Geldgeschichte ausgraben würde, war er nicht gekommen. Aber ich wußte, in ein oder höchstens zwei Tagen würde der gefälschte Scheck gefunden werden. Ich wußte es!

Als ich Burke das sagte, ging er kaputt. Sein ganzes Vertrauen in die Nachsicht seines Schwagers zerbrach. In dem Zustand konnte ich ihn nicht lassen. Dem Erstbesten, der ihm über den Weg gelaufen wäre, hätte er sein Herz ausgeschüttet. Und so nahm ich ihn mit zu Joplins Laden. Mein Gedanke war, ihn da ein paar Tage festzuhalten, bis wir sehen würden, wie der Hase liefe. Wenn die Zeitungen nichts über den Scheck berichteten, würden wir annehmen können, Axford habe die Sache erst mal stillschweigend übergangen, und Burke könnte dann heimfahren und versuchen, die Sache gradezubiegen. Wenn die Zeitungen andererseits die ganze Story bringen würden, dann hätte Burke sich nach einem Dauerversteck umsehn müssen; und ich auch.

Dienstagabend und Mittwochmorgen waren die Zeitungen voll von seinem Verschwinden, aber von dem Scheck wurde nichts gesagt. Das sah gut aus, aber sicherheitshalber warteten wir noch einen Tag. Inzwischen war Fag Kilcourse natürlich in die Sache eingeweiht, und ich hatte ihm die zwanzigtausend Dollar rausrücken müssen, aber ich hoffte immer noch, sie wiederzukriegen – oder den größten Teil wenigstens –, und deswegen hielt ich ihn weiterhin an der Angel. Ich hatte es aber nicht leicht, mir Burke vom Leibe zu halten, denn der glaubte mittlerweile, sowas wie ein Recht auf mich zu haben, und Eifersucht machte ihn boshaft. Aber ich brachte Blechstern dazu, ihn ein bißchen einzuschüchtern, und damit glaubte ich Burke in Sicherheit.

Heute abend kam einer von Blechsterns Leuten nach oben und erzählte uns, ein Mann namens Porky Grout, der seit zwei Abenden in dem Laden herumhinge, habe ein paar Witze gemacht, die vielleicht so zu verstehen seien, daß er sich für uns interessiere. Man zeigte mir Grout, und ich riskierte es, mich in dem öffentlichen Gastraum zu zeigen, und setzte mich an einen Tisch in seiner Nähe. Er war eindeutig eine Ratte – wie Sie vermutlich wissen –, und nach knapp fünf Minuten hatte ich ihn an meinem Tisch, und nach einer halben Stunde wußte ich, daß er Ihnen gepfiffen hatte, daß Burke und ich im White Shack sind. Er hat mir das nicht graderaus erzählt, aber was er erzählt hat reichte, um mich den Rest raten zu lassen.

Ich ging nach oben und erzählte das den andern. Fag war dafür, Grout und Burke gleich umzubringen. Aber ich hab ihm das ausgeredet. Es hätte uns nichts genützt, und ich hatte Grout so weit, daß er für mich ins Meer gesprungen wäre. Ich dachte, ich hätte Fag überzeugt, aber – – Schließlich einigten wir uns darauf, daß Burke und ich den

Zweisitzer nehmen und abhauen würden, und wenn Sie da wären, sollte Porky Grout so tun, als hätte er den Wanst voll Schnee, und Ihnen einen Mann und eine Frau zeigen – irgendein beliebiges Pärchen, das gerade da wäre – und sagen, das wären die, die er für uns gehalten habe. Ich bin nochmal umgedreht, um mir einen Umhang und Handschuhe zu holen, und Burke ging schon alleine vor zum Wagen – und Fag hat ihn erschossen. Ich wußte nicht, daß er das vorhatte! Ich hätte es nicht zugelassen! Bitte, glauben Sie das! Ich liebte Burke nicht so wie ich geglaubt hatte, aber Sie müssen mir abnehmen, daß ich nach allem, was er für mich getan hatte, nicht zugelassen hätte, daß sie ihm ein Haar krümmen!

Danach konnte ich nur noch zu den andern halten, ob ich nun wollte oder nicht – und das hab ich getan. Wir setzten Grout unter Druck, damit er Ihnen erzählt, wir wären auf der hinteren Veranda gewesen, als Burke getötet wurde, und außerdem ließen wir noch allen möglichen andern Leuten dieselbe Geschichte eintrichtern. Dann sind Sie hochgekommen und haben mich erkannt. Mein Glück eben, daß es ausgerechnet Sie sein mußten – der einzige Detektiv in San Francisco, der mich kannte!

Den Rest wissen Sie selber: daß Porky Grout hinter Ihnen hochkam und das Licht ausmachte; und daß Joplin Sie festhielt, derweil wir zum Wagen rannten; und dann, als Sie näherkamen, daß Porky Grout sich anbot, Sie aufzuhalten, damit wir wegkommen könnten; und jetzt ...«

Sie verstummte und zitterte ein wenig. Die Decke, die ich ihr gegeben hatte, war ihr von den weißen Schultern gerutscht. Ob es nun daher kam, daß sie so dicht an meiner Schulter war, oder nicht, jedenfalls überlief es auch mich kalt. Und meine Finger, die in meiner Tasche nach einer Zigarette fummelten, brachten sie verbogen und zerknautscht hervor.

»Das ist alles, soweit es das betrifft, was Sie versprachen, sich anzuhören«, sagte sie leise, das Gesicht halb abgewandt. »Ich wollte, daß Sie das wissen. Sie sind ein harter Mann, aber irgendwie bin ich sicher ...«

Ich räusperte mich, und die Hand, die die zerdrückte Zigarette hielt, war plötzlich ruhig.

»Nun werden Sie nicht plump, Schwester«, sagte ich. »Sie haben so glatte Arbeit geliefert bis jetzt, daß Sie das nun nicht mit Ungehobeltheiten verderben sollten.«

Sie lachte – ein kurzes Lachen, das bitter war und achtlos und in dem eine Spur Überdruß schwang, und sie brachte ihr Gesicht noch näher an das meine, und die grauen Augen waren weich und friedfertig.

»Kleiner dicker Detektiv, dessen Namen ich nicht kenne« – ein müdes Schmeicheln lag in ihrer Stimme und ein müder Spott – »Sie denken, ich spiele Ihnen was vor, nicht? Sie denken, ich spiele um Freiheit. Vielleicht tu ich das. Ich würde sie bestimmt annehmen, wenn man mir sie anböte. Aber – – Männer haben mich für schön gehalten, und ich habe mit ihnen gespielt. Frauen sind nun mal so. Männer haben mich geliebt, und da sie nach meiner Pfeife tanzten, habe ich sie verächtlich gefunden. Und dann kommt dieser kleine dicke Detektiv daher, dessen Namen ich nicht kenne, und der tut so, als wär ich eine Hexe – eine alte Vettel. Was bleibt mir da anderes übrig, als eine Art Gefühl für ihn zu entwickeln? Frauen sind nun mal so. Bin ich so hausbacken, daß Männer mich ansehn dürfen, ohne auch nur Interesse zu zeigen? Bin ich häßlich?«

Ich schüttelte den Kopf. »Sie sind ganz hübsch«, sagte

ich, bemüht, meine Stimme ebenso gleichgültig zu halten wie meine Worte.

»Sie Biest!« fauchte sie, und dann wurde ihr Lächeln wieder sanft. »Und trotzdem, genau dieses Verhalten ist es, warum ich hier sitze und Ihnen mein Innerstes zeige. Sollten Sie mich in die Arme nehmen und mich fest an die Brust drücken, an die ich mich bereits lehne, und sollten Sie mir in diesem Augenblick sagen, daß mir kein Gefängnis bevorsteht, so würde ich natürlich froh sein. Aber dann würden Sie – auch wenn Sie mich vielleicht eine Weile halten könnten – nur einer von den Männern sein, die ich nur allzu gut kenne – einer von denen, die lieben und benutzt werden und auf die bald der nächste Mann folgt. Aber weil Sie nichts dergleichen sind, weil Sie ein Holzklotz von Mann sind, merke ich, daß ich Sie begehre. Würde ich so reden, kleiner dicker Detektiv, wenn ich ein Spiel spielte?«

Ich brummte unverbindlich und zwang mich dazu, mir nicht mit der Zunge über die Lippen zu fahren.

»Ich werde heute nacht ins Gefängnis kommen, wenn Sie tatsächlich dieser harte Mann sind, der mich dazu getrieben hat, ihm Liebe in sein gleichgültiges Ohr zu winseln, aber bevor es soweit ist – kann ich da nicht eine einzige aufrichtige Zusicherung haben, daß Sie mich für ein bißchen mehr halten als nur ›ganz hübsch‹? Oder wenigstens eine Andeutung, daß Ihr Herz – wäre ich nicht eine Gefangene – ein bißchen schneller schlagen würde, wenn ich Sie berührte? Ich werde für lange Zeit ins Gefängnis gehen – vielleicht gehängt werden. Kann ich da nicht meine Eitelkeit mitnehmen – ohne daß sie ganz in Lumpen geht –, damit sie mir Gesellschaft leiste? Können Sie nicht eine Kleinigkeit tun, die mich vor dem schrecklichen Gefühl bewahrt, ich hätte das alles einem Mann vorgejammert, den das bloß langweilte?«

Ihre Lider hatten sich halb über die silbergrauen Augen gesenkt, ihr Kopf hatte sich so weit zurückgelegt, daß das Pochen einer Halsschlagader zu sehen war, und ihre Lippen lagen reglos über leicht geöffneten Zähnen, als die letzten Worte sie verlassen hatten. Meine Finger senkten sich tief in das weiche Fleisch ihrer Schultern. Ihr Kopf ging noch weiter zurück, ihre Augen schlossen sich, eine Hand kam hinauf zu meiner Schulter.

»Sie sind schön wie die Hölle!« brüllte ich ihr wie ein Verrückter ins Gesicht und schleuderte sie gegen die Wagentür.

Es kam mir vor wie eine Stunde, bis ich mit Anlasser und Gängen klargekommen war und den Wagen wieder auf der Straße und so weit auf Touren hatte, daß er in Richtung Bezirksgefängnis San Mateo dahinbrauste. Das Mädchen hatte sich auf ihrem Sitz wieder geradegesetzt und sich in die Decke gekuschelt, die ich ihr gegeben hatte. Ich blinzelte nach vorn in den Wind, der an meinen Haaren und meinem Gesicht zerrte, und das Fehlen der Windschutzscheibe lenkte meine Gedanken zurück zu Porky Grout.

Porky Grout, von Seattle bis San Diego bekannt als Hosenscheißer, steht eisern einem Metallmonstrum im Weg, das auf ihn zugeschossen kommt, und will es mit zwei lächerlichen Pistolen aufhalten. Sie hatte Porky Grout das angetan – diese Frau neben mir! Sie hatte Porky Grout das angetan, und er hatte alles Menschliche hinter sich gelassen! Ein schleimiges Kriechtier, dessen höchster Gedanke ein Häufchen Schnee gewesen war, war grimmig entschlossen in den Tod gegangen, damit sie entkäme – sie

– diese Frau, deren Schultern ich gepackt hatte und deren Mund dicht unter dem meinen gewesen war!

Ich gab dem Wagen ein wenig die Sporen und schaffte es, ihn irgendwie auf der Straße zu halten.

Wir fuhren durch eine Stadt: Zur Seite flüchtende Fußgänger, erstaunt uns anstarrende Gesichter, im windgepeitschten Wasser meiner Augen glitzernde Straßenlaternen. Blind verpaßte ich die Straße, die ich suchte, wendete zu ihr zurück, und wieder waren wir draußen auf dem Land.

Am Anfang einer langen, sanften Steigung trat ich auf die Bremse, und mit einem Ruck kamen wir zum Stehen.

Ich schob mein Gesicht dicht an das des Mädchens.

»Außerdem sind Sie eine Lügnerin!« Ich wußte, daß ich blödsinnig brüllte, sah mich aber außerstande, meine Stimme zu senken. »Pangburn hat Axfords Namen nie auf diesen Scheck gesetzt. Er hat nie was davon gewußt. Sie haben sich an ihn rangemacht, weil Sie wußten, daß sein Schwager Millionär ist. Sie haben alles aus ihm rausgequetscht, was er über das Konto seines Schwagers bei der Golden Gate Trust Company wußte. Sie haben Pangburns Sparbuch geklaut – es war nicht in seinem Zimmer, als ich es durchsuchte – und den gefälschten Axford-Scheck ihm gutschreiben lassen, weil Sie wußten, daß der Scheck unter diesen Umständen nicht geprüft werden würde. Am nächsten Tag haben Sie Pangburn zur Bank mitgenommen und gesagt, Sie wollten eine Einzahlung machen. Sie haben ihn mitgenommen, weil der Scheck, auf dem *seine* Unterschrift gefälscht war, nicht geprüft werden würde, wenn er neben Ihnen stünde. Sie wußten, daß er als Gentleman bemüht sein würde, nicht hinzuschauen, was Sie da einreichten.

Dann haben Sie sich den Ausflug nach Baltimore einfallen lassen. Er hat mir die Wahrheit erzählt – die Wahrheit, soweit er sie kannte. Dann haben Sie ihn Sonntagabend getroffen – vielleicht zufällig, vielleicht nicht. Jedenfalls haben Sie ihn zu Joplin mit runtergenommen, ihm irgendeine wüste Geschichte vorgesponnen, die er geschluckt hat und die ihn bewogen hat, ein paar Tage mit Ihnen dort zu bleiben. Das war nicht weiter schwer, denn von den beiden Zwanzigtausend-Dollar-Schecks wußte er ja nichts. Sie und Ihr Kumpel Kilcourse wußten, daß – wenn Pangburn verschwände – nie jemand erfahren würde, daß er den Axford-Scheck nicht gefälscht hatte; und daß nie jemand auf den Gedanken kommen würde, daß der zweite Scheck faul war. Ihr hättet ihn lautlos umgebracht, aber als Porky euch den Tip gab, daß ich im Anmarsch sei, mußtet ihr euch beeilen – und habt ihn niedergeschossen. So hört die Wahrheit sich an!« schrie ich.

Während dieser ganzen Zeit sah sie mich mit großen grauen Augen an, die ruhig waren und zärtlich, aber jetzt verdunkelten sie sich ein wenig, und eine schmerzliche Falte bildete sich zwischen ihren Brauen.

Ich riß den Kopf wieder nach vorn und setzte den Wagen in Bewegung.

Kurz bevor wir nach Redwood City einbogen, legte sie eine Hand auf meinen Unterarm, ließ sie dort eine Sekunde ruhen, dann tätschelte sie den Arm zweimal und nahm ihre Hand wieder weg.

Ich sah sie nicht an, und sie sah mich, glaube ich, auch nicht an, als ihre Personalien aufgenommen wurden. Als ihren Namen gab sie Jeanne Delano an und verweigerte jede weitere Aussage, bis sie einen Anwalt gesprochen habe. Das alles dauerte nur wenige Minuten.

Als sie abgeführt wurde, blieb sie stehen und fragte, ob sie mich privat sprechen könne.

Zusammen gingen wir in eine entfernte Ecke des Raumes.

Sie brachte ihren Mund dicht an mein Ohr, so daß ihr Atem wieder wie im Wagen warm auf meiner Wange war, und dann flüsterte sie das gehässigste Schimpfwort, das die englische Sprache kennt.

Danach ging sie hinaus zu ihrer Zelle.

Das Dingsbums Küken

Es fing an in Boston, damals 1917. Auf dem Gehsteig der Tremont Street, vor dem Hotel Touraine, lief mir eines Nachmittags Lew Maher über den Weg, und wir blieben stehen, um einen kurzen Schwatz im Schnee zu halten.

Ich erzählte ihm gerade irgend etwas, als er einwarf:

»Gucken Sie sich mal unauffällig den Jungen an, der da die Straße hochkommt. Der mit der dunklen Mütze.«

Hinschauend erblickte ich einen langen, schlaksigen Burschen von achtzehn oder so; teigiges Pickelgesicht, mürrischer Mund, stumpfe braune Augen, dicke formlose Nase. Ohne den Spürhund der Stadt und mich zu beachten, ging er vorbei, und dabei fielen seine Ohren mir auf. Es waren nicht die Blumenkohlohren eines Boxers, auch waren sie nicht geradezu verformt, aber die Ein- und Ausbuchtungen der Muschel wirkten irgendwie verknittert.

An der Ecke bog er in Richtung Washington Street in die Boylston Street ein und entschwand unseren Blicken.

»Das is'n Bürschchen, der sich noch'n Namen machen wird – falls er nicht zu früh geschnappt oder umgelegt wird«, sagte Lew voraus. »Setzen Sie den ruhig schon mal auf Ihre Liste. Das Dingsbums Küken. Eines Tages werden Sie hinter ihm her sein.«

»Was ist seine Spezialität?«

»Raubüberfall, Revolverheld. Er hat das Zeug dazu, mal ganz gut zu werden. Er kann schießen und ist eindeutig verrückt. Hemmungen kennt er nicht, weil er sich sowas wie Angst vor Folgen gar nicht vorstellen kann. Ich wünschte, er könnte es. Es sind nämlich die vorsichtigen, sensiblen Knaben, die man am leichtesten erwischt. Ich könnte schwören, daß das Küken bei ein paar Dingern mitgemacht hat, die letzten Monat in Brookline gedreht wurden. Aber ich krieg ihn da nicht unter. Trotzdem, eines Tages kriegt er Armreifen von mir, das versprech ich Ihnen.«

Lew hat sein Versprechen nicht gehalten. Einen Monat später ist er in einer Villa an der Audubon Road von einem Landstreicher umgebracht worden.

Ein oder zwei Wochen nach dieser Unterhaltung verließ ich die Bostoner Zweigstelle der Continental Detektei, um das Leben bei der Armee auszuprobieren. Als der Krieg vorbei war, kehrte ich zurück zur Löhnungsliste der Detektiv-Agentur in Chicago, blieb dort zwei Jahre und wurde dann nach San Francisco versetzt.

Insgesamt waren also fast acht Jahre vergangen, als ich im Dreamland-Sportpalast merkte, daß ich hinter den Knitterohren des Dingsbums Kükens saß.

Jeder Freitagabend ist Boxabend in der Halle an der Steiner Street. Dieser spezielle Abend war mein erster freier Abend seit mehreren Wochen. Ich war zum Sportpalast hochgefahren, hatte es mir auf einem harten Holzstuhl nicht allzu weit vom Ring entfernt gemütlich gemacht und schickte mich nun an zuzuschauen, wie die Jungens Handschuhe gegeneinander abfeuerten. Die Kämpfe waren etwa zu einem Viertel gelaufen, als ich zwei Reihen vor mir dieses Paar sonderbarer und irgendwie bekannter Ohren ausmachte.

Ich konnte sie nicht sofort unterbringen. Das dazugehörige Gesicht konnte ich nicht sehen. Es beobachtete, wie Kid Cipriani und Bunny Keogh aufeinander losgingen. Den größten Teil dieses Kampfes kriegte ich nicht mit. Aber während der kurzen Pause, bevor die nächsten zwei Jungens weitermachten, wandte das Dingsbums Küken den Kopf, um etwas zu dem Mann neben ihm zu sagen. Ich sah sein Gesicht und wußte Bescheid.

Er hatte sich nicht viel verändert und sah kein bißchen besser aus. Sein Blick war stumpfer und sein Mund noch hämischer mürrisch als ich ihn in Erinnerung hatte. Sein Gesicht war teigig wie früher, wenn auch nicht mehr so pickelig.

Er saß in gerader Linie zwischen mir und dem Ring. Jetzt, da ich wußte, wer er war, kam ich wieder auf meine Eintrittskosten. Ich konnte die Jungens über seinem Kopf beobachten, ohne Angst zu haben, er würde mir entwischen.

Soweit ich wußte, wurde das Dingsbums Küken nirgendwo gesucht – jedenfalls nicht von Continental's –, und wäre er ein Taschendieb gewesen, ein Betrüger oder ein Angehöriger irgendeiner Schieberbande, so hätte ich ihn in Ruhe gelassen, denn für solche Leute interessieren wir uns nur gelegentlich. Aber wer bewaffnete Raubüberfälle macht, ist immer gefragt. Die wichtigsten Auftraggeber von Continental's sind alle möglichen Versicherungsgesellschaften, und ein großer Prozentsatz des Versicherungsgeschäfts beruht heutzutage auf Policen gegen Raubüberfall.

Als das Dingsbums Küken mitten im Hauptkampf ging – zusammen mit der Hälfte der Zuschauer, die es nicht mehr kümmerte, was aus einem der beiden muskelbepackten Schwergewichtler werden würde, die eine Budengenossenkabbelei im Ring abzogen –, ging ich mit ihm.

Er war allein. Es war einfachstes Beschatten. Die Straßen waren voll von herausströmenden Boxfans. Das Küken schlenderte zur Fillmore Street hinunter, stärkte sich in einer Imbißbude mit einer Schinkenstulle und Kaffee und stieg in die 22er Straßenbahn.

An der McAllister Street stieg er um – ich ebenfalls – in die Linie 5, stieg aus an der Polk, ging einen Block nordwärts, wandte sich einen Block und noch ein Stückchen westwärts zurück und ging die Vordertreppe einer schmuddeligen Leuchtturmwärterpension hinauf, die die erste und zweite Etage über einer Reparaturwerkstatt einnahm, und zwar auf der Südseite der Golden Gate Avenue, zwischen der Van Ness und der Franklin.

Das stimmte mich nachdenklich. Wenn er die Straßenbahn entweder an der Van Ness oder an der Franklin verlassen hätte, würde er sich einen Block Fußweg erspart haben. Er war aber bis zur Polk runtergefahren und dann zurückgegangen. Um sich fitzuhalten vielleicht.

Ich trieb mich ein Weilchen in der Straße herum, weil ich sehen wollte, ob sich irgend etwas mit den Vorderfenstern täte. Keines von denen, die dunkel gewesen waren, als das Küken hineinging, leuchtete jetzt auf. Anscheinend hatte er kein Zimmer nach vorne – oder er war ein äußerst vorsichtiger junger Mann. Ich wußte, er hatte nicht gemerkt, daß ich ihn beschattete. Das war ausgeschlossen. Die Bedingungen waren zu günstig für mich gewesen.

Da die Vorderseite des Baus mir keine Information lieferte, bummelte ich die Van Ness hinunter, um mir die Rückseite anzusehen. Der Bau erstreckte sich bis zur Redwood Street, einer engen Hintergasse, die den Block in zwei Hälften teilte. Vier von den hinteren Fenstern waren erleuchtet, aber sie erzählten mir nichts. Es gab einen Hintereingang. Er schien zu der Reparaturwerkstatt zu gehören. Ich glaubte nicht, daß die Bewohner der oberen Räume ihn benutzen konnten.

Auf dem Heimweg zu meinem Bett und Wecker schaute ich im Büro vorbei, um dem Alten eine Nachricht zu hinterlassen:

Habe das Dingsbums Küken im Auge, bewaffnete Raubüberfälle, 25–27, 135 Pfund, eins-80, bleich, br. Haar, hellbr. Augen, dicke Nase, krumplige Ohren. Stammt aus Boston. Liegt was gegen ihn vor? Bin morgen in der Nähe Golden Gate und Van Ness.

Am nächsten Morgen war ich einen Block unterhalb des Hauses, in dem das Küken verschwunden war, um acht Uhr auf dem Posten und wartete auf sein Erscheinen. Ein steter Nieselregen fiel, aber das machte mir nichts aus. Ich saß geborgen in einem schwarzen Coupé, jenem Typ von Wagen, der durch seine unauffällige Eleganz wie geschaffen ist für die Arbeit in der Stadt. Dieser Teil der Golden Gate Avenue besteht fast nur aus Autoreparatur-Werkstätten, Gebrauchtwagenhandel und dergleichen. Dauernd sind auf dem Straßenabschnitt Dutzende von unbenutzten Wagen abgestellt. Auch wenn ich den ganzen Tag dort stehen bliebe, brauchte ich nicht zu fürchten, allzu auffällig zu werden.

Was mir nur recht war. Neun volle, lange Stunden saß ich da, hörte den Regen aufs Dach tropfen, wartete auf das Dingsbums Küken, ohne ihn auch nur einmal zu Gesicht zu kriegen, und hatte nichts zu essen als Fatimas. Ich war mir aber keineswegs sicher, daß er mir nicht entwischt war. Ich wußte nicht, ob er tatsächlich in diesem Haus wohnte, das ich beobachtete. Vielleicht war er erst nach Hause gegangen, nachdem ich nach Hause gegangen war. Aber in diesem Detektivgeschäft wird man ständig von solchen pessimistischen Gedanken heimgesucht, wenn man es ihnen erlaubt. Ich blieb also auf meinem Parkplatz stehen, immer die schmutzige Tür im Auge behaltend, durch die mein Braten am Vorabend verschwunden war.

Um kurz nach fünf an jenem Abend fand mich Tommy Howd, unser stupsnäsiger Bürojunge, und gab mir einen Zettel vom Alten:

Dingsbums Küken in Bostoner Zweigstelle als Raubverdächtiger bekannt, liegt aber nichts Bestimmtes gegen ihn vor. Heißt in Wirklichkeit wahrscheinlich Arthur Cory oder Carey. War möglicherweise letzten Monat an dem Tunnicliffe-Juwelenraub in Boston beteiligt. 1 Angestellter getötet, ungefaßte Steine für $ 60 000 erbeutet. Keine Beschreibung der zwei Täter. Bostoner Zweigstelle sagt dranbleiben, könnte sich lohnen. Sie autorisieren Überwachung.

Nachdem ich diesen Zettel gelesen hatte, gab ich ihn dem Jungen zurück – es ist unklug, die Tasche voll Zeug zu haben, das mit der Sache zu tun hat, die man gerade bearbeitet – und bat ihn:

»Ruf doch mal den Alten an und sag ihm, er soll mir wen schicken, der mich ablöst, damit ich 'ne Kleinigkeit essen gehn kann. Hab seit dem Frühstück nichts mehr zu kaun gehabt.«

»Tolle Aussichten!« sagte Tommy. »Alle sind am Rotieren. Den ganzen Tag ist keine Nase im Büro gewesen. Ich versteh nicht, warum ihr Schlaumeier euch nicht ein oder zwei Tafeln Schokolade in die Tasche steckt, um besser über ...«

»Du hast was über die Arktiserforscher gelesen«, warf ich ihm vor. »Na klar, wenn einer vor Hunger stirbt, dann ißt er alles, wenn er aber bloß ganz gewöhnlichen Hunger hat, dann will er sich den Magen nicht mit einem Haufen Süßigkeiten verkleistern. Pirsch dich mal rum und sieh zu, ob du mir nicht'n paar Sandwiches und 'ne Flasche Milch auftreiben kannst.«

Finster sah er mich an, dann kam ein listiger Zug in sein fünfzehn Jahre altes Gesicht.

»Ich werd Ihnen was sagen«, schlug er vor. »Sie erzählen mir, wie dieser Bruder aussieht und in welchem Haus er steckt, und ich passe auf, während Sie anständig essen gehn. Na? Steak und Pommes frites, und dann Kaffee und Kuchen.«

Tommy träumt davon, daß er unter solchen Umständen die Sache mal selbständig in die Hand nehmen kann, daß alles in dem Moment zum Knacken kommt, wo er auf dem Posten ist, und wie er dann ganz alleine Regimenter von Desperados umzingelt. Ich glaube nicht, daß er dabei eine gute Chance vermasseln würde, und ich wäre auch bereit, ihm dabei unter die Arme zu greifen; aber der Alte würde mich skalpieren, wenn er hörte, ich hätte ein Kind unter eine Meute von Gangstern gelassen.

Und so schüttelte ich den Kopf.

»Dieser Kerl hat vier Kanonen und 'ne Axt bei sich, Tommy. Er würde dich auffressen.«

»Ach, Quatsch mit Appelsoße! Ihr Detektive wollt einem doch die ganze Zeit nur weismachen, daß niemand sonst eure Arbeit machen kann. Diese Gangster können so harte Knochen gar nicht sein – sonst würden sie sich nicht von euch schnappen lassen!«

Da war etwas Wahres dran, und folglich warf ich Tommy aus dem Coupé und schickte ihn wieder in den Regen.

»Ein Sandwich mit Zunge, eins mit Schinken, eine Flasche Milch. Und'n bißchen plötzlich.«

Aber ich war nicht mehr da, als er mit dem Essen zurückkam. Kaum war er außer Sicht gewesen, als das Dingsbums Küken aus der Pensionstür kam, den Mantelkragen hochgeschlagen gegen den Regen, der jetzt Ernst machte und in schrägen Strömen herabtrieb.

Auf der Van Ness wandte er sich nach Süden.

Als das Coupé mich an die Ecke brachte, war er nicht zu sehen. Auf der McAllister Street konnte er noch nicht sein. Es sei denn, er war in ein Haus gegangen; Redwood Street, tippte ich, die Gasse, die den Block halbierte. Ich fuhr die Golden Gate Avenue einen weiteren Block hoch, bog nach Süden ab und kam gerade noch rechtzeitig an die Ecke Franklin und Redwood, um meinen Mann in die Hintertür eines Apartmenthauses huschen zu sehen, das mit seiner Vorderseite auf die McAllister Street ging.

Langsam fuhr ich weiter und überlegte.

Das Haus, in dem das Küken die Nacht verbracht hatte, und dieses Haus, in das er eben gegangen war, gingen mit ihren Rückseiten auf dieselbe Gasse, standen einander schräg gegenüber, etwas mehr als einen halben Block auseinander. Wenn das Zimmer des Kükens auf der Rückseite seines Hauses lag und er ein gutes Fernglas hatte, dann konnte er alle Fenster – und wahrscheinlich sogar einen großen Teil der Zimmer – der Rückseite des Hauses auf der McAllister Street ganz schön scharf im Auge haben.

Letzte Nacht war er einen Block über seinen kürzesten Weg hinausgefahren. Da ich ihn eben in die Hintertür hatte schleichen sehen, vermutete ich, daß er nicht an einer Stelle aus der Straßenbahn steigen wollte, wo er von seinem Haus aus gesehen werden konnte. Jede der beiden für ihn bequemeren Stationen zum Aussteigen wäre von diesem Haus aus zu überblicken gewesen. Zusammengenommen würde das die Tatsache ergeben, daß das Küken jemanden in diesem Haus beobachtete und selber von diesem Jemand nicht beobachtet werden wollte.

Er hatte jetzt seinen Besuch durch die Hintertür gemacht. Das war nicht schwer zu erklären. Die Vordertür war abgesperrt, aber die Hintertür war – wie bei den meisten großen Gebäuden – wahrscheinlich den ganzen Tag über offen. Wenn das Küken nicht irgendeinem Hauswart in die Arme liefe, würde er ohne Schwierigkeit eindringen können. Der Besuch des Kükens wirkte jedenfalls verstohlen, ob sein Gastgeber nun zu Hause war oder nicht.

Ich wußte nicht, worum es bei all dem ging, aber das machte mir jetzt keine Kopfschmerzen. Mein unmittelbares Problem bestand darin, den besten Parkplatz zu finden, von dem aus ich das Küken wieder aufs Korn nehmen könnte, wenn er herauskäme.

Wenn er durch die Hintertür käme, würde der beste Platz für mich und mein Coupé der nächste Block der Redwood Street sein, zwischen Franklin und Gough. Aber er hatte mir nicht versprochen, daß er so herauskommen würde. Wahrscheinlicher war, daß er die Vordertür benutzen würde. Dreist durch die Vordertür hinauszumarschieren, würde weniger Aufmerksamkeit erregen, als sich klammheimlich hinten aus dem Haus zu schleichen. Ich setzte also auf die Ecke McAllister und Van Ness. Von dort konnte ich sowohl die Vordertür beobachten als auch das eine Ende der Redwood Street.

Ich glitt in dem Coupé zu dieser Ecke und wartete.

Eine halbe Stunde verging. Eine Dreiviertelstunde.

Das Dingsbums Küken kam die Haustürtreppe herunter, wandte sich in meine Richtung, beim Gehen den Mantel sich zuknöpfend, den Kragen hochschlagend, und den Kopf vorgebeugt haltend gegen die schrägen Bindfäden des Regens.

Von hinten näherte sich mir ein Tourenwagen, ein schwarzer verhangener Cadillac, der nach meiner Ansicht noch unweit dem Rathaus geparkt gewesen war, als ich hier Posten bezog.

Er kurvte um mein Coupé, schleuderte unverschämt rücksichtslos gegen den Bordstein, schlitterte zurück auf die Straße und nahm dabei auf dem nassen Pflaster irgendwie erneut Geschwindigkeit auf.

Ein Vorhang flatterte heraus und züngelte wild im Regen.

Aus der Öffnung kamen fahle Feuerstreifen. Die scharfe Stimme einer kleinkalibrigen Pistole. Siebenmal.

Dem Dingsbums Küken stieg der nasse Hut vom Kopf – ein langsames, ballonartiges Steigen.

Die Bewegung des Kükens hatte nichts Langsames.

Tauchend, in einem kreiselnden Wirbel von Mantelschößen, warf er sich in die Türnische eines Geschäftes.

Der Cadillac erreichte die nächste Ecke, rutschte schwindelerregend um sie herum und war in der Franklin Street verschwunden. Ich setzte das Coupé in Bewegung, ihm nach.

An der Türnische vorbeikommend, in die das Küken getaucht war, erhaschte ich mit einem Auge einen Blick auf ihn, wie er, auf den Knien, noch immer versuchte, eine schwarze Kanone aus dem Gewurschtel seines Mantels freizukriegen. Erregte Gesichter waren hinter ihm in der Tür. Auf der Straße war keine Erregung. Die Menschen sind heute so an Autolärm gewöhnt, daß erst das Krachen einer Sechszollkanone ihre Aufmerksamkeit erregen kann.

Als ich die Franklin Street erreichte, hatte der Cadillac einen weiteren Block Vorsprung vor mir gewonnen. Schlitternd bog er nach links ab, die Eddy Street hoch.

Ich fuhr auf der Turk Street parallel zu ihm und sah ihn wieder, als ich die zwei offenen Blocks des Jefferson Square erreichte. Sein Tempo nahm ab. Fünf oder sechs Blocks weiter, und er kreuzte vor mir dahin – auf der Steiner Street –, nahe genug für mich, um die Zulassungsnummer lesen zu können. Er fuhr jetzt in mäßigem Tempo. Die Leute in ihm bauten darauf, daß sie sauber entkommen waren, und wollten jetzt keinen Ärger wegen überhöhter Geschwindigkeit riskieren. Ich glitt in ihr Kielwasser, drei Blocks hinter ihnen.

Da ich während der ersten Blocks des Kampfes für sie nicht zu sehen gewesen war, hatte ich keine Angst, daß mein Interesse für sie jetzt ihren Argwohn erregen könnte.

Draußen auf der Haight Street, unweit dem schmalen Streifen des Parks, blieb der Cadillac stehen, um einen der Mitfahrenden auszuladen; einen kleinen Mann – kurz und schlank – mit kremweißem Gesicht um dunkle Augen und mit einem winzigen schwarzen Schnurrbart. Der Schnitt seines dunklen Mantels und die Form seines grauen Hutes hatten etwas Ausländisches. Er ging mit einem Spazierstock.

Der Cadillac fuhr auf der Haight Street weiter hinaus, ohne mir einen Blick auf die anderen Insassen zu gönnen. Im Geist eine Münze werfend, hielt ich mich an den Mann zu Fuß. Das Glück ist immer gegen einen, wenn man meint, einen verdächtigen Wagen anhand der Zulassungsnummer aufspüren zu können – wenngleich das freilich ganz ausgeschlossen nicht ist.

Mein Mann ging in einen Drugstore an der Ecke und

benutzte das Telefon. Ich weiß nicht, was er sonst noch darin machte, wenn überhaupt etwas. Kurz darauf kam ein Taxi an. Er stieg ein und wurde zum Hotel Marquis gefahren. Ein Angestellter gab ihm den Schlüssel zu Zimmer 761. Als er in einen Fahrstuhl trat, ließ ich ihn fallen.

Im Marquis bin ich unter Freunden.

Ich fand Duran, den Hausdetektiv, im Zwischenstock und fragte ihn:

»Wer ist 761?«

Duran ist ein weißhaariger alter Hase, der aussieht, redet und handelt wie der Präsident einer unerhört starken Bank. Früher war er in einer der größeren Städte des Mittelwestens Chef der Zivilfahnder. Einmal versuchte er zu grob, aus einem Geldschrankknacker ein Geständnis herauszuholen, und tötete ihn dabei. Die Zeitungen konnten Duran nicht leiden. Sie benutzten diesen Zwischenfall, der eher ein Unfall war, um ihn aus seinem Job zu buhen.

»761?« wiederholte er auf seine großväterliche Weise. »Das ist Mr. Maurois, glaube ich. Sind Sie besonders interessiert an ihm?«

»Ich verspreche mir da einiges«, gab ich zu. »Was wissen Sie über ihn?«

»Allzu viel nicht. Er ist jetzt vielleicht zwei Wochen hier. Wir werden hinuntergehen und nachschauen, was wir sonst noch in Erfahrung bringen können.«

Wir gingen zur Rezeption, zur Telefonistin, zum Chef der Pagen und nach oben, um zwei Zimmermädchen zu befragen. Der Bewohner von 761 war vor zwei Wochen angekommen, hatte sich als *Edouard Maurois, Dijon, France* eingetragen, hatte häufig Telefonanrufe, bekam keine Post, keinen Besuch, lebte unregelmäßig und gab großzügig Trinkgeld. Welchen Geschäften er nachging oder was er machte, war dem Hotelpersonal nicht bekannt.

»Was ist der Anlaß Ihres Interesses für ihn, wenn ich fragen darf?« forschte Duran, nachdem wir diese Fakten zusammen hatten. Er redet nun mal so.

»Das weiß ich noch nicht genau«, erwiderte ich wahrheitsgemäß. »Er hat lediglich Kontakt gehabt mit einem Vogel, der nicht ganz astrein ist, aber dieser Maurois kann selber durchaus in Ordnung sein. Ich klingel Sie an, sowie ich irgendwas Handfestes gegen ihn habe.«

Ich konnte es mir nicht leisten, Duran zu erzählen, daß sein Gast bei hellichtem Tag und vor den Toren des Rathauses auf einen Revolverhelden losgeballert hatte. Das Hotel Marquis achtet auf seinen Ruf. Sie hätten den Franzosen auf die Straße gesetzt. Ich hätte keinen Nutzen davon, ihm einen Schreck einjagen zu lassen.

»Bitte tun Sie das«, sagte Duran. »Sie schulden uns etwas für unsere Hilfe, wissen Sie, also halten Sie bitte keinerlei Information zurück, die uns unangenehme Berühmtheit ersparen könnte.«

»Das werde ich nicht«, versprach ich. »Würden Sie mir nun noch einen Gefallen tun? Seit heute morgen halb acht habe ich meine Zähne in nichts anderm mehr gehabt als in meinem Mund. Würden Sie ein Auge auf die Fahrstühle haben und es mich wissen lassen, falls Maurois herauskommt, um das Haus zu verlassen? Ich bin im Grill, gleich an der Tür.«

»Selbstverständlich.«

Unterwegs zum Grillroom machte ich an den Telefonboxen halt und rief das Büro an. Ich gab dem Mann vom Nachtdienst die Zulassungsnummer des Cadillac durch.

»Suchen Sie sie in der Liste raus und sagen Sie mir, was dazugehört.«

Die Antwort war:

»Besitzer H. J. Paterson, San Pablo, Zulassung für einen Buick Zweisitzer.«

Damit war diese Spur so gut wie tot. Wir konnten uns natürlich Paterson vorknöpfen, aber das würde uns todsicher nichts bringen. Zulassungsschildern nachzuspüren, wenn sie einmal auf Abwege geraten sind, ist ungefähr ebenso leicht, wie Wertpapiere auf die Freiheit zu finden.

Den ganzen Tag über hatte ich meinen Hunger im Käfig halten müssen. Jetzt nahm ich ihn mit in den Grillroom und ließ ihn frei. Zwischen den Bissen ließ ich mir die Ereignisse des Tages durch den Kopf gehen. Ich überlegte aber nicht so angestrengt, daß mir der Appetit vergangen wäre. So viel gab es auch gar nicht zu überlegen.

Das Dingsbums Küken bewohnte eine Bude, von der aus man einige der McAllister-Apartments beobachten konnte. Er ging heimlich in das Apartmenthaus. Beim Verlassen des Hauses wurde von einem Wagen aus auf ihn geschossen, der irgendwo in der Nachbarschaft gewartet haben mußte. War der Mitfahrer des Franzosen – oder, falls es mehrere gewesen waren: waren seine Mitfahrer in dem Cadillac – Bewohner des Apartments gewesen, dem das Küken einen Besuch abgestattet hatte? Hatten sie mit dem Besuch gerechnet? Hatten sie ihn durch einen Trick zu dem Besuch verleitet, in dem Vorhaben, ihn beim Verlassen des Hauses niederzuschießen? Oder beobachteten sie die Vorderseite, während das Küken die Rückseite beobachtete? Wenn ja, hatte einer vom andern gewußt, daß er beobachtete? Und wer wohnte da?

Ich konnte keins von diesen Rätseln beantworten. Alles,

was ich wußte, war, daß der Franzose und seine Gefährten das Dingsbums Küken anscheinend nicht leiden konnten.

Selbst ein solches Mahl, wie ich es verputzte, braucht nicht ewig, um gegessen zu werden. Als ich es niedergemacht hatte, ging ich wieder hinaus in die Halle.

Ich kam an der Schalttafel vorbei, und eine der Telefonistinnen – das Mädchen, dessen rote Haare aussehen, als wären die Wellen gegossen und dann hart geworden – nickte mich zu sich.

Ich trat zu ihr, um zu hören, was sie wollte.

»Ihr Freund ist grade angerufen worden«, ließ sie mich wissen.

»Sie haben's mitgekriegt?«

»Ja. Ein Mann wartet auf ihn Ecke Kearny und Broadway. Hat ihm gesagt, er soll schnell machen.«

»Wie lange ist das her?«

»'n Fingerschnippen. Sie sind grade fertig mit Sprechen.«

»Irgendwelche Namen?«

»Nein.«

»Danke.«

Ich ging weiter, dorthin, wo Duran sich unauffällig herumdrückte und auf die Fahrstühle äugte.

»Schon aufgetaucht?« fragte ich.

»Nein.«

»Gut. Der Rotschopf an den Telefonen hat mir eben erzählt, er sei angerufen worden. Soll sich mit einem Mann Ecke Kearny und Broadway treffen. Ich glaube, ich bin noch eher da als er.«

Ich stieg in mein Coupé, das um die Ecke vom Hotel stand, und fuhr hinunter zu der Ecke des Franzosen.

Der Cadillac, den er am Nachmittag benutzt hatte,

stand bereits da, mit einem neuen Zulassungsschild. Ich fuhr daran vorbei und warf einen Blick auf den einzigen Insassen – einen beleibten Mann von paarundvierzig mit einer tief über die Augen gezogenen Mütze. Alles, was ich von seinen Zügen sehen konnte, war ein breiter, über ein schweres Kinn vorfallender Mund.

Ich stellte das Coupé ein Stück weiter die Straße hinunter in eine Parklücke. Der Franzose ließ nicht lange auf sich warten. Zu Fuß kam er um die Ecke und stieg in den Cadillac. Der Mann mit dem dicken Kinn fuhr. Sie fuhren langsam den Broadway hinauf. Ich hinterher.

Wir fuhren nicht weit, und als wir wieder standen, war der Cadillac so plaziert, daß seine Insassen bequem das Café Venezia beobachten konnten, eines der protzigsten italienischen Restaurants, die es in diesem Teil der Stadt in Hülle und Fülle gibt.

Zwei Stunden vergingen.

Meinem Gefühl nach saß das Dingsbums Küken im Venezia beim Essen. Das Feuerwerk würde ausbrechen, wenn er herauskäme, und damit die Festlichkeit fortsetzen, die am Nachmittag auf der McAllister Street ihren Abbruch gefunden hatte. Ich hoffte, die Kanone des Kükens würde sich diesmal nicht in seinem Mantel verheddern. Man glaube aber nicht, daß ich vorhatte, ihm bei diesem ungleichen Kampf eine helfende Hand zu reichen.

Diese Party nahm die Form eines Krieges zwischen Revolverhelden an. Den sollten sie, soweit es mich betraf, unter sich austragen. Wenn ich mich, bis irgendwer gewinnen würde, am Rande des Geschehens aufhielte – so meine Hoffnung –, könnte ich Continental's vielleicht in Gestalt eines oder zweier gesuchter Gangster unter den Überlebenden einen kleinen Profit zuführen.

Meine Vermutung hinsichtlich des Jagdwildes des Franzosen erwies sich als falsch. Es war nicht das Dingsbums Küken. Es war ein Pärchen. Ich sah ihre Gesichter nicht. Das Licht war hinter ihnen. Sie verschwendeten keine Zeit zwischen der Tür des Venezia und ihrem Taxi.

Der Mann war ein Hüne – groß, breit und massig. Die Frau wirkte klein neben ihm. Das besagte aber nicht viel. Alles unter einer Tonne mußte neben ihm winzig erscheinen.

Als das Taxi sich von dem Café entfernte, fuhr der Cadillac hinterher. Ich fuhr im Kielwasser des Cadillac.

Es war eine kurze Jagd.

Das Taxi tauchte in eine dunkle Straße am Rand von Chinatown. Der Cadillac preschte ihm an die Seite und drängte es an den Bordstein.

Quietschende Reifen, Geschrei, splitterndes Glas. Der Schrei einer Frau. Huschende Gestalten auf dem knappen Raum zwischen Tourenwagen und Taxi. Beide Wagen schaukeln. Ächzen, dumpfes Wumsen, Flüche.

Eine Männerstimme: »Hey! Das könnt ihr nich machen! Nix! Nix!«

Es klang ziemlich blöde.

Ich war langsamer geworden, und das Coupé bewegte sich jetzt kaum noch auf die Rauferei vor mir zu. Durch den Regen in die Dunkelheit hinausspähend, versuchte ich beim Näherkommen irgendein Detail zu erhaschen, aber ich konnte nur wenig erkennen.

Ich war auf etwa sechzig Meter herangekommen, als die dem Bordstein zugekehrte Tür des Taxis aufflog. Eine Frau purzelte heraus. Sie landete mit den Knien auf dem Gehsteig, sprang auf und rannte die Straße hoch.

Das Coupé dichter an den Bordstein bringend, ließ ich die Tür aufschwingen. Meine Seitenfenster waren voller Regentropfen. Ich wollte einen Blick auf die Frau werfen können, wenn sie vorbeikäme. Sollte sie die offene Tür als Einladung verstehen, so hätte ich nichts dagegen gehabt, ein paar Worte mit ihr zu wechseln.

Sie nahm die Einladung an – so stracks kam sie auf den Wagen zugelaufen, als hätte sie damit gerechnet, daß ich auf sie wartete. Ihr Gesicht war ein kleines Oval über einem Pelzkragen.

»Helfen Sie mir!« keuchte sie. »Bringen Sie mich weg von hier – rasch.«

Etwas Ausländisches klang durch, aber zu schwach, um es als Akzent bezeichnen zu können.

»Wie wär's mit ...?«

Ich machte den Mund zu. Das Ding, das sie mir in die Rippen stieß, war eine stupsnasige Automatic.

»Na klar! Steigen Sie ein«, drängte ich sie.

Sie bückte sich zum Einsteigen. Ich nahm ihren Hals mit dem Ellbogen in die Zange und riß sie auf meinen Schoß herab. Sie wand und drehte sich – ein feinknochiger, festfleischiger Körper, in dem Kraft steckte.

Ich entwand ihr die Pistole und stieß sie zurück auf den Sitz neben mir.

Ihre Finger gruben sich in meine Arme.

»Rasch! Rasch! Oh, bitte, rasch! Bringen Sie mich ...«

»Und was ist mit Ihrem Freund?« fragte ich.

»Den nicht! Der gehört zu den andern! Bitte, rasch!«

Ein Mann füllte die offene Coupétür – der Mann mit dem großen Kinn, der den Cadillac gefahren hatte.

Seine Hand packte den Pelz am Hals der Frau.

Sie versuchte zu schreien – und brachte das Gurgeln eines Menschen hervor, dem die Kehle aufgeschlitzt ist. Ich polierte ihm das Kinn mit der Kanone, die ich der Frau abgenommen hatte.

Er gab sich Mühe, in das Coupé zu fallen. Ich stieß ihn hinaus.

Noch bevor sein Kopf auf den Gehsteig schlug, hatte ich die Tür zugeworfen und wendete den Wagen auf der Straße.

Wir fuhren davon. Zwei Schüsse krachten, als wir um die erste Ecke bogen. Ich weiß nicht, ob sie auf uns abgefeuert wurden oder nicht. Ich kurvte um andere Ecken. Der Cadillac tauchte nicht wieder auf.

So weit, so gut. Ich hatte angefangen mit dem Dingsbums Küken, ihn dann fallen gelassen, um mich an Maurois zu hängen, und nun ließ ich den laufen, um festzustellen, wer diese Frau sei. Ich wußte nicht, um was es bei diesem ganzen Kuddelmuddel ging, aber anscheinend stellte sich heraus, um *wen* es ging.

»Wohin?« fragte ich jetzt.

»Zu mir«, sagte sie und nannte mir eine Adresse.

Ich wendete das Coupé in die entsprechende Richtung, und zwar bereitwilligst. Die Adresse bezeichnete das Apartmenthaus in der McAllister Street, dem das Dingsbums Küken am frühen Abend einen Besuch abgestattet hatte.

Wir verschwendeten keine Zeit, dort hinzukommen. Meine Beifahrerin wußte es vielleicht, vielleicht auch nicht – ich wußte jedenfalls, daß alle anderen Mitspieler in diesem Spiel diese Adresse kannten. Ich wollte vor dem Franzosen und Großkinn da sein.

Beide schwiegen wir während der Fahrt. Sie kuschelte sich an mich, zitternd. Ich blickte geradeaus und überlegte mir, wie ich zu einer Einladung in ihr Apartment kommen könnte. Ich bedauerte, daß ich ihre Kanone nicht festgehalten hatte. Sie war zusammen mit Großkinn auf den Gehsteig gefallen. Sie wäre ein guter Vorwand gewesen, sie später noch einmal aufzusuchen, wenn sie mich jetzt nicht einlüde.

Meine Sorge war unnötig gewesen. Sie lud mich nicht ein, sondern sie bestand darauf, daß ich mit ihr hineinkäme. Sie schlotterte vor Angst.

»Sie werden mich doch nicht verlassen?« flehte sie, als wir die McAllister Street entlangfuhren. »Ich habe wahnsinnig Angst. Sie können nicht weggehn von mir! Wenn Sie nicht wollen hineinkommen, ich werde bleiben bei Ihnen.«

Ich war durchaus bereit, mit hineinzukommen, nur wollte ich das Coupé nicht an einer Stelle stehenlassen, wo es Reklame für mich machen würde.

»Wir fahren nur schnell um die Ecke und parken den Wagen dort«, sagte ich zu ihr, »dann komm ich mit hinein.«

Ich fuhr um den Block, mit einem Auge in jeder Richtung nach dem Cadillac spähend. Kein Auge entdeckte ihn. Ich stellte das Coupé auf der Franklin Street ab, und wir gingen zurück zu dem Haus in der McAllister Street.

Fast mußte ich durch den Regen, der jetzt nur noch nieselnd fiel, hinter ihr herrennen.

Mit zitternder, fahriger Hand versuchte sie, einen Schlüssel in die Vordertür zu kriegen. Ich nahm ihr den Schlüssel ab und öffnete die Tür. Mit einem automatischen Fahrstuhl fuhren wir in die zweite Etage, ohne jemanden zu sehen. Sie führte mich zu einer Tür im hinteren Teil des Hauses, und ich schloß auf.

Mit einer Hand meinen Arm haltend, langte sie in die Wohnung und machte das Flurlicht an.

Ich wußte nicht, worauf sie wartete, bis sie rief:

»Frana! Frana! Ah, Frana!«

Das gedämpfte Kläffen eines kleinen Hundes war die Antwort. Der Hund erschien nicht.

Sie umschlang mich mit beiden Armen und versuchte, an der feuchten Vorderseite meines Mantels hochzukrabbeln.

»Sie sind hier!« rief sie mit der dünnen, trockenen Stimme des Grauens. »Sie sind hier!«

»Sollte denn irgendwer hier sein?« fragte ich und schob sie zu einer Seite herum, um sie nicht zwischen mir und den zwei Türen am Ende des Flurs zu haben.

»Nein! Nur mein kleiner Hund Frana, aber ...«

Ich zog halb meine Kanone aus der Tasche und ließ sie wieder hineinrutschen, um mich zu vergewissern, daß sie nicht hängenbleiben würde, wenn ich sie brauchte, und die andere Hand benutzte ich, um mich von den Armen der Frau zu befreien.

»Sie bleiben hier. Ich seh mal nach, ob Sie Gesellschaft haben.«

Auf die erste Tür mich zubewegend, hörte ich eine Stimme – Lew Mahers Stimme – und wie vor sieben Jahren sagte sie: *»Er kann schießen und ist eindeutig verrückt. Hemmungen kennt er nicht, weil er sich sowas wie Angst vor Folgen gar nicht vorstellen kann.«*

Mit der linken Hand drückte ich auf die Klinke der ersten Tür. Mit dem rechten Fuß trat ich sie auf.

Nichts geschah. Ich führte eine Hand um den Türrahmen, fand den Schalter und machte Licht.

Ein Wohnzimmer, sauber und aufgeräumt.

Durch eine offene Tür auf der gegenüberliegenden Seite des Zimmers kam das gedämpfte Kläffen von Frana. Es war lauter jetzt und erregter. Ich ging zu der Tür. Was ich im Licht des Wohnzimmers von dem Nebenzimmer sehen konnte, machte einen durchaus friedlichen Eindruck. Das Zimmer schien leer zu sein. Ich ging hinein und machte Licht.

Das Kläffen kam durch eine geschlossene Tür. Ich ging zu ihr hin und zog sie auf. Ein dunkles, flauschiges Hündchen kam, nach meinem Bein schnappend, hervorgesprungen. Ich packte es, wo sein Fell am dicksten war, und hob das knurrende und sich windende Tierchen hoch. Das Licht schlug zu. Der Hund war blaurot – blaurot wie eine Weintraube! Blaurot gefärbt!

Diesen jaulenden, kläffenden Kunstköter mit der erhobenen Linken von mir weghaltend, ging ich weiter zum nächsten Zimmer – einem Schlafzimmer. Es war leer. Niemand steckte im Wandschrank. Ich fand Küche und Badezimmer. Leer. Es war niemand sonst in der Wohnung. Das blaurote Hündchen war früher am Tag vom Küken eingesperrt worden.

Als ich mit ihrem Hund und meinem Bericht auf dem Rückweg zu der Frau durch das zweite Zimmer kam, fiel mein Blick auf einen aufgeschlitzten Briefumschlag, der mit dem Gesicht nach unten auf einem Tisch lag. Ich drehte ihn um. Das Geschäftspapier eines Modesalons, adressiert an Mrs. Inés Almad, hier.

Die Party schien international zu werden. Maurois war Franzose; das Dingsbums Küken war Boston-Amerikaner; der Hund hatte einen böhmischen Namen (wenigstens erinnere ich mich, vor ein paar Monaten einen tschechischen Falschmünzer geschnappt zu haben, der mit Vornamen

Frana hieß); und Inés, denke ich mir, war entweder spanisch oder portugiesisch. Wo Almad herkommt, weiß ich nicht, doch zweifellos war sie Ausländerin; aber, wie ich dachte, keine Französin.

Ich kam zu ihr zurück. Sie hatte sich keinen Zoll von der Stelle gerührt.

»Scheint alles in Ordnung zu sein«, sagte ich zu ihr. »Der Hund hatte sich in einem Schrank verfangen.«

»Es ist niemand hier?«

»Niemand.«

Den Hund auf beide Hände nehmend, küßte sie seinen gefärbten Flauschkopf und säuselte Zärtlichkeiten in einer Sprache, auf die ich mir keinen Reim machen konnte.

»Ihre Bekannten – die Leute, mit denen Sie heute abend Krach gekriegt haben –, wissen die, wo Sie wohnen?« fragte ich.

Ich wußte, daß sie es wußten. Ich wollte sehen, was sie wußte.

Sie ließ den Hund fallen, als hätte sie ihn vergessen, und ihre Brauen zogen sich zusammen.

»Das weiß ich nicht«, sagte sie langsam. »Mag aber sein. Wenn sie es wissen . . .«

Schaudernd fuhr sie zusammen, wirbelte auf dem Absatz herum und knallte die Tür zum Treppenhaus zu.

»Sie mögen diesen Nachmittag hiergewesen sein«, fuhr sie fort. »Frana hat sich schon früher in Schränken gefangen gemacht, aber ich fürchte alles. Ich bin feighaft. Aber jetzt ist niemand hier?«

»Niemand«, versicherte ich ihr noch einmal.

Wir gingen in das Wohnzimmer. Als sie ihren Hut und ihren dunklen Umhang abgelegt hatte, konnte ich sie zum erstenmal richtig sehen.

Sie war eine nicht ganz mittelgroße dreißigjährige Frau mit dunklem Teint und in einem leuchtend orangefarbenen Kleid. Sie war dunkel wie eine Indianerin, mit runden, abfallenden, bloßen Schultern, kleinen Füßen und Händen, deren Finger mit schweren Ringen bestückt waren. Die Nase war schmal und geschwungen, die Lippen voll und rot, und die Augen – mit langen, dichten Wimpern – waren außerordentlich schmal. Es waren dunkle Augen, doch durch die schmalen Schlitze zwischen den Lidern war von der Farbe nichts zu sehen. Zwei dunkle Schimmer hinter Wimpernschleiern. Ihr schwarzes Haar war momentan zu seidigen, lockeren Rollen verwuschelt. Eine Perlenkette hing über ihre dunkle Brust herab. Ohrringe aus schwarzem Eisen – eigentlich kleine Keulen – schwangen an ihren Wangen.

Alles in allem war sie eine Nummer für sich. Womit ich nicht gesagt haben will, daß sie nicht schön war – auf eine etwas primitive Weise.

Sie zitterte und bebte, als sie sich aus Hut und Umhang geschält hatte. Ihre Unterlippe war zwischen weiße Zähne geklemmt, als sie das Zimmer durchquerte, um einen Elektroheizer anzuschalten. Ich benutzte diese Gelegenheit, um meine Kanone aus dem Mantel in meine Hose zu bugsieren. Dann zog ich den Mantel aus.

Sie ging aus dem Zimmer und kam kurz darauf mit einer braungefüllten Literflasche und zwei Schwenkern auf einem Bronzetablett zurück, das sie auf einem Tischchen in der Nähe des Elektroheizers abstellte.

Den ersten Schwenker füllte sie bis knapp unter den Rand. Als sie den anderen fast halb voll hatte, gebot ich ihr Einhalt.

»Das ist reichlich für mich«, sagte ich.

Es war Brandy, und er ging glatt runter. Sie jagte sich ihren ganzen Schwenker voll durch die Kehle, als könnte sie's brauchen, schüttelte ihre bloßen Schultern und seufzte befriedigt.

»Sie denken gewißlich, ich bin im Kopf nicht richtig«, lächelte sie mich an. »Mich auf Sie zu werfen, einen Fremden in der Straße, Zeit zu verlangen und Mühen.«

»Nein«, log ich ernst. »Ich denke, für eine Frau, die solche Sachen bestimmt nicht gewöhnt ist, haben Sie einen ganz schön kühlen Kopf.«

Sie zog eine kleine gepolsterte Bank näher an den Elektroheizer, so daß das Tischchen mit dem Brandy darauf in Reichweite war. Sie setzte sich jetzt, mit einladendem Nicken auf die leere Hälfte der Bank deutend.

Das blaurote Hündchen sprang auf ihren Schoß. Sie stieß es hinunter. Es setzte erneut zum Sprung an. Mit ihrem spitzen Schuh versetzte sie ihm einen schnellen Tritt in die Flanke. Es jaulte auf und verkroch sich unter einem Sessel am anderen Ende des Zimmers.

Ich vermied das Fenster, indem ich einen großen Bogen durch das Zimmer machte. Das Fenster war zwar verhangen, aber der Vorhang war nicht dicht genug, um dem Küken den Einblick in das Zimmer gänzlich zu verwehren – sofern er jetzt gerade mit einem Feldstecher vor den Augen an seinem Fenster saß.

»Aber ich habe keinen kühlen Kopf, wirklich nicht«, sagte die Frau, als ich mich neben ihr schwer auf das Bänkchen fallen ließ. »Ich bin feighaft, schrecklich. Und gewöhne mich sogar langsam – Es ist mein Mann, oder der, was mein Mann war. Ich sollte Ihnen erzählen. Ihre Galanterie verdient die Erklärung, und ich wünsche nicht, daß Sie etwas denken, was nicht so ist.«

Ich versuchte, ein vertrauensseliges und gläubiges Gesicht zu machen. Ich hatte vor, ihr kein Wort zu glauben.

»Er ist irrwitzig eifersüchtig«, fuhr sie fort in ihrem ruhigen, gedämpften Tonfall und so die Worte setzend, daß man gerade noch sagen konnte, sie spreche akzentfrei. »Er ist ein alter Mann und unglaublich boshaft. Diese Kerle, die er mir da geschickt hat! Einmal ist es eine Frau gewesen – diese Kerle heute nacht waren nicht zuerst. Ich weiß nicht, was – was sie vorhaben. Mich umbringen vielleicht – mich verkrüppeln, verunstalten – ich weiß es nicht.«

»Und der Mann, der im Taxi bei Ihnen war – der gehörte zu denen?« fragte ich. »Ich fuhr grade hinter Ihnen die Straße runter, als Sie angegriffen wurden, und ich konnte sehen, daß ein Mann bei Ihnen war. Und der gehörte zu denen?«

»Ja! Ich wußte das nicht, aber so muß es gewesen sein. Er verteidigt mich nicht. Tut nur so, das ist alles.«

»Schon mal versucht, die Bullen auf Ihren werten Gatterich zu hetzen?«

»Wie bitte?«

»Schon mal versucht, die Polizei zu verständigen?«

»Ja, aber« – sie zuckte mit ihren braunen Schultern – »ich hätte können ebenso gut – oder besser – den Mund halten. In Buffalo war das, und sie – sie haben meinem Mann aufgelegt, Frieden zu halten, sagt man, glaube ich. Tausend Dollar! Puuf! Was ist das für ihn in seiner Eifersucht? Und ich – ich kann nicht ausstehn die Sachen, was Zeitungen sagen – wie sie Spaß machen über das. Ich muß weggehn von Buffalo. Ja, hab einmal versucht, Bullen auf ihn zu hetzen. Aber nicht wieder.«

»Buffalo?« hakte ich ein bißchen nach. »Da hab ich mal 'ne Weile gelebt – auf der Crescent Avenue.«

»Oh, ja? Das ist draußen am Delaware Park.«

Das war allerdings richtig. Aber daß sie etwas über Buffalo wußte, bewies noch nicht, daß ihre Geschichte stimmte.

Sie goß mir Brandy nach. Indem ich schnell etwas sagte, hielt ich den Pegel meines Drinks auf der für einen Mann, der zu arbeiten hat, schicklichen Höhe. Ihr Glas war wieder so voll wie zuvor. Wir tranken, und sie bot mir Zigaretten in einem Lackkästchen an – lange Zigaretten, handgedreht mit schwarzem Papier.

Ich blieb nicht lange bei der meinen – sie schmeckte, roch und kratzte wie Schießpulver.

»Sie mögen meine Zigaretten nicht?«

»Ich bin ein altmodischer Mann«, entschuldigte ich mich, als ich die Glut in einer Bronzeschale ausdrückte und meinen eigenen Vorrat aus der Tasche kramte. »Weiter als bis zu Tabak bin ich noch nicht gekommen. Was ist denn drin in diesen Knallfröschen?«

Sie lachte. Ein angenehmes Lachen, in dem ein leichtes Gurren mitschwang.

»Das tut mir aber wirklich leid. So viele Leute mögen sie nicht. Ich habe indisches Räucherwerk unter den Tabak gemischt.«

Ich schwieg dazu. So etwas war schließlich nicht überraschend bei einer Frau, die ihren Hund blaurot färbte.

Genau in dem Augenblick bewegte sich der Hund unter seinem Sessel – die Krallen kratzten den Fußboden.

Die Frau lag in meinen Armen, auf meinem Schoß, hielt meinen Hals mit ihren Armen umschlungen. Von nahem besehen und schreckgeweitet, waren ihre Augen gar nicht dunkel. Sie waren graugrün. Das Schwarz kam durch den Schatten ihrer schweren Wimpern.

»Es ist nur der Hund«, versicherte ich ihr und schob sie

sanft zurück auf ihren Teil der Bank. »Es ist nur der Hund, der sich nicht so ganz wohlfühlt unter seinem Sessel.«

»Ah!« fuhr ihr ein gewaltiger Stoßseufzer der Erleichterung aus tiefster Brust.

Auf den Schreck mußten wir noch einen Schuß Brandy haben.

»Sehn Sie, ich bin eine scheußliche Feiglingin«, sagte sie, als sie die dritte Ladung intus hatte. »Aber, ach, ich habe so viel durch. Ein Wunder, daß ich nicht gemütskrank bin.«

Ich hätte ihr sagen können, sie solle mal nicht so angeben, denn weit davon entfernt sei sie nicht, aber ich nickte nur, was mein Mitgefühl ausdrücken sollte.

Sie zündete sich eine neue Zigarette an, um die zu ersetzen, die sie in ihrer Aufregung in die Bronzeschale geworfen hatte. Ihre Augen wurden wieder die normalen schwarzen Schlitze.

»Ich glaube nicht, daß es fein ist« – in ihren Wangen deuteten sich Grübchen an, wenn sie so lächelte – »sich einem Mann in die Arme zu werfen, von dem ich weder den Namen weiß noch sonst etwas.«

»Das läßt sich leicht nachholen. Mein Name ist Young«, log ich; »und ich kann Ihnen eine Kiste Scotch zu einem Preis lassen, der Sie erstaunen wird. Ich glaube, ich könnte es sogar aushalten, wenn Sie Jerry zu mir sagen. Die meisten Damen, die ich auf meinem Schoß sitzen lasse, tun das.«

»Jerry Young«, wiederholte sie, wie zu sich selbst. »Das'n aber'n hübscher Name. Und Sie sind also der Schnapsschmuggler?«

»Nicht *der*«, korrigierte ich sie; »nur *einer*. Wir sind hier in San Francisco.«

Nun wurde es langsam ernst.

Alles war durch und durch falsch an dieser braunen Frau, nur ihre Angst nicht – die war tatsächlich echt. Sie schlotterte vor Angst. Und hatte nicht vor, diese Nacht allein gelassen zu werden. Sie wollte mich allen Ernstes dabehalten – um mich weitere Kinne massieren zu lassen, die sich ihr womöglich entgegenstreckten. Ihre Idee bestand darin – sie war von der Sorte –, daß ich am sichersten mit Sinnlichkeit zu halten wäre. Sie mußte also zeigen, was sie konnte. Hemmungen durch Prüderie oder Puritanismus kannte sie nicht.

Ich habe auch eine Idee. Meine besteht darin, daß ich beim letzten Gong dieses Baby und ein paar ihrer Spielkameraden ins Stadtgefängnis bringen werde. Und das ist ein verdammt guter Grund – unter einem Dutzend anderer, die ich mir einfallen lassen könnte –, warum ich bei ihr nicht sentimental werden sollte.

Ich war durchaus willens, bei ihr zu kampieren, bis etwas passieren würde. Dieses Apartment sah ganz danach aus, als könnte es für die nächste Szene Ort der Handlung sein. Aber ich durfte mir nicht in die Karten gucken lassen. Sie durfte nicht merken, daß sie in meinem Spiel nur eine Nebenrolle hatte. Ich mußte so tun, als steckte hinter meiner Bereitschaft zu bleiben nichts als der Wunsch, sie zu beschützen. Ein anderer Mann hätte sie sich vielleicht auf die chevalereske Fahrender-Ritter-und-selbstloser-Beschützer-der-Weiblichkeit-Tour vom Leibe gehalten. Aber erstens sehe ich nicht so aus, und zweitens fällt es mir nicht ganz leicht, sowas zu spielen. Ich mußte Distanz wahren, ohne sie auf den Gedanken kommen zu lassen, ich hätte etwa kein persönliches Interesse an ihr. Kein Kinderspiel. Sie war zu verdammt direkt, und sie hatte zuviel Brandy intus.

Ich machte mir nicht vor, meine Schönheit und Persönlichkeit seien der Grund für ihre Warmherzigkeit. Ich war ein schwerbewaffnetes Männchen mit großen Fäusten. Sie saß in der Patsche. Meinen Namen buchstabierte sie S-c-h-u-t-z. Ich war etwas, was man zwischen sie und ihr Problem zu stellen hatte.

Eine weitere Schwierigkeit: Ich bin weder jung genug noch alt genug, um bei jeder Frau gleich aus dem Häuschen zu geraten, die mich nicht auf den Gedanken bringt, daß Blindsein gar nicht so übel wäre. Ich stehe an jenem Wendepunkt um die vierzig, wo ein Mann andere weibliche Qualitäten – Liebenswürdigkeit etwa – höher bewertet als Schönheit. Diese braune Frau beleidigte mich. Sie war sich ihrer selbst allzu sicher. Ihr Vorgehen war plump. Sie dachte, mich wie einen Bauernbuben behandeln zu können. Doch bin ich trotz alledem zum größten Teil aus menschlichen Zutaten gemacht. Diese Frau hatte mehr als ein Unentschieden erreicht, wenn es um Gesichter und Körper ging. Ich mochte sie nicht. Ich hoffte sie hinter Gitter bringen zu können, bevor ich erledigt sein würde. Aber ich wäre ein Lügner, wenn ich nicht zugäbe, daß sie mich innerlich aufgerührt hatte – dadurch, daß sie sich an mich gekuschelt, mich angemacht und mir Brandy eingeflößt hatte.

Ohne Spaß: Es wurde langsam ernst.

Ein paarmal war ich versucht abzuhauen. Einmal blickte ich auf meine Uhr – 6 nach 2. Sie legte eine ringschwere Hand auf den Zeitmesser und drückte ihn hinab zu meiner Tasche.

»Bitte, Jerry!« Der Ernst in ihrer Stimme war echt. »Du kannst nicht gehn. Du kannst mich nicht allein lassen. Ich erlaube das nicht. Oder ich gehe auch. Folge dir durch die

Straßen. Du kannst mich nicht verlassen, damit ich hier ermordet werde!«

Ich machte es mir wieder bequem.

Wenige Minuten später klingelte es schrill.

Es zerriß sie auf der Stelle. Sie fiel über mich her, mit ihren nackten Armen mir die Luft abdrückend. Ich befreite mich so weit aus dieser Umklammerung, daß ich sprechen konnte.

»Was für eine Klingel ist das?«

»Die Haustür. Achte nicht drauf.«

Ich tätschelte ihre Schulter.

»Sei ein liebes Mädchen und geh antworten. Mal sehn, wer das ist.«

Ihre Arme umklammerten mich fester.

»Nein! Nein! Nein! Sie sind gekommen!«

Es klingelte wieder.

»Geh antworten«, beharrte ich.

Ihr Gesicht war an meine Jacke gedrückt, die Nase grub sich in meine Brust.

»Nein! Nein!«

»Na schön«, sagte ich, »dann geh ich selber antworten.«

Ich entwand mich ihr, stand auf und ging in den Flur. Sie kam mir nach. Ich versuchte es noch einmal, sie dazu zu bewegen, das Sprechen zu übernehmen. Sie wollte nicht, hatte aber nichts dagegen, daß ich antwortete. Mir wäre es lieber gewesen, daß derjenige, der unten stand – wer immer das auch war –, nicht erfahren hätte, daß die Frau nicht alleine war. Aber sie weigerte sich stur, es war nichts zu machen.

»Ja?« sagte ich in den Sprechtrichter.

»Wer zum Henker sind *Sie* denn?« fragte barsch eine sonore Stimme.

»Was wollen Sie?«

»Ich will mit Inés sprechen.«

»Sagen Sie Ihren Spruch mir«, schlug ich vor, »und ich erzähl ihr dann davon.«

Die Frau, an einem Arm mich festhaltend, hatte ein Ohr dicht an dem Trichter.

»Das ist Billie«, flüsterte sie. »Sag ihm, er soll weggehn.«

»Sie sollen weggehn«, gab ich die Nachricht weiter.

»So?« Die Stimme war barscher und tiefer geworden. »Machen Sie jetzt auf, oder soll ich die Tür eindrücken?«

Kein bißchen Scherz lag in der Frage. Ohne die Frau zu konsultieren, legte ich einen Finger auf den Knopf, der die Haustür öffnet.

»Willkommen«, sagte ich in den Trichter.

»Er kommt hoch«, erklärte ich der Frau. »Soll ich mich hinter die Tür stellen und ihm eins auf die Birne klopfen, wenn er reinkommt? Oder wollen Sie erst noch mit ihm sprechen?«

»Nicht ihn schlagen!« rief sie aus. »Das ist Billie.«

Mir war das nur recht. Ich hatte nicht vorgehabt, ihm eins zu verpassen – jedenfalls nicht bevor ich wußte, wer und was er war. Ich hatte nur hören wollen, was sie sagen würde.

Billie brauchte nicht lange zu uns hinauf. Mit der Frau an meiner Seite machte ich die Tür auf, als er klingelte. Er wartete nicht auf eine Einladung. Er war durch die Tür, noch ehe ich sie halb aufhatte. Wütend starrte er mich an. Und keine kleine Portion!

Ein großer, rotgesichtiger, rothaariger Brocken von Mann – groß in jeder Richtung, in der man ihn maß – und nichts an ihm war Fett. Seine Nase war aufgeschürft, eine Backe war zerkratzt, die andere geschwollen. Sein unbedeckter Kopf war eine zerraufte Masse roten Haars.

Aus seinem Mantel war eine Tasche herausgerissen, und am Ende eines fünfzehn Zentimeter langen Stoffstreifens baumelte ein Knopf.

Das war der große Trimmer, der mit der Frau in dem Taxi gesessen hatte.

»Wer is dieser Dussel?« wollte er wissen, und seine großen Pratzen kamen auf mich zu.

Ich wußte, die Frau war dämlich. Wenn sie versucht hätte, mich diesem ramponierten Riesen zum Fressen zu geben, so wäre ich nicht überrascht gewesen. Aber sie tat es nicht. Sie legte eine Hand auf eine der seinen und beruhigte ihn.

»Sei nicht ungezogen, Billie. Er ist ein Freund. Ohne ihn wäre ich nicht entkommen heute nacht.«

Er machte ein finsteres Gesicht. Dann glättete es sich, und mit beiden Händen umfing er ihre Hand.

»Du konnt'st also türmen, dann is ja man alles gut«, sagte er mit belegter Stimme. »Ich hätt besser abgeschnitten, wenn wir draußen gewesen wären – in dem Taxi war noch nich ma Platz zum Umdrehn für mich. Und einer von den Kerlen hat mir eins aufs Dach gegeben.«

Das war komisch. Dieser große Clown entschuldigte sich, weil man ihn in die Mangel genommen hatte, während die Frau, die er beschützen wollte, verduftet war und es ihm überlassen hatte, wie er da herauskäme.

Die Frau führte ihn in das Wohnzimmer, ich zockelte hinterher. Sie setzten sich auf die Bank. Ich suchte mir einen Sessel, der nicht mit dem Fenster auf einer Linie lag, welches das Küken auf dem Kieker haben sollte.

»Was ist denn passiert, Billie?« Ihre Fingerspitzen

berührten die blutigen Furchen seiner Backe und die aufgeschürfte Nase. »Du bist ja verletzt.«

Er grinste mit einer Art verschämter Wonne. Ich sah, daß das, was ich für eine geschwollene Backe gehalten hatte, nur ein dicker Klumpen Kautabak war.

»Ich weiß nich, was alles passiert is«, sagte er. »Einer von denen hat mir eins aufs Dach gegeben, un ich bin erst wieder aufgewacht, als zwei Stunden vorbei warn. Der Taxifahrer hat mir nich geholfen bei dem Gerangel, aber sonst war er ganz in Ordnung un hat gewußt, wo sein Geld von herkommt. Hat kein Theater gemacht un nix. Hat mich zu 'nem Doktor gebracht, der nich groß rumzetern würde, un der Doktor hat mich wieder auf die Beine gebracht, und dann bin ich hierhergekommen.«

»Hast du einen von diesen Männern gesehn?« fragte sie.

»Na klar! Gesehn un gefühlt un vielleicht auch geschmeckt.«

»Es waren wieviel?«

»Man bloß zwei. So'n kleines Kerlchen mit 'nem Trickkitzler, und'n starker Mann mit 'nem großen Kinn anner Fresse.«

»Sonst keiner? Kein jüngerer Mann, groß und dünn?«

Das konnte das Dingsbums Küken sein. Nahm sie an, daß er und der Franzose zusammenarbeiteten?

Billie schüttelte seinen zerzausten, angeschlagenen Kopf.

»Nee – sind bloß zwei gewesen.«

Sie runzelte die Brauen und biß sich auf die Lippe.

Billie sah mich von der Seite an – mit einem Blick, der sagte »Hau ab«.

Die Frau bemerkte den Blick. Sie drehte sich auf der Bank zu ihm und legte ihm eine Hand auf den Kopf.

»Armer Billie«, gurrte sie; »sein Kopf ganz grausam

verletzt, um mich zu retten, und jetzt, wo er zu Hause sein sollte bei sich, um ihn auszuruhn, halt ich ihn hier fest mit Gerede. Du gehst schön, Billie, und wenn es Morgen ist und dein armer Kopf besser ist, wirst du mich antelefonieren, ja?«

Sein rotes Gesicht lief dunkel an. Wütend maß er mich.

Auflachend gab sie ihm einen leichten Klaps auf die Backe, die sich über seinem Priemklumpen ausbeulte.

»Werd nicht eifersüchtig auf Jerry. Jerry ist verliebt in eine gelbweiße Dame irgendwo, und dieser ist er überaus treu. Für dunkle Frauen hat er kein kleines bißchen übrig.« Sie lächelte mir eine Herausforderung zu. »Ist es nicht so, Jerry?«

»Nein«, widersprach ich. »Und außerdem – alle Frauen sind dunkel.«

Billie schob seinen Priem in die zerkratzte Backentasche und rollte die Schultern.

»Was zum Henker soll denn *der* Witz?« knurrte er drohend.

»Der soll weiter gar nichts, Billie«, lachte sie über ihn. »Das ist nur so ein Spruch.«

»Ah jaaa?« Billie ging langsam in den Saft. Und mir kam es langsam so vor, daß er mich nicht mochte. »Na, dann sag deinem kleinen dicken Freund, er soll seine schlauen Sprüche für sich behalten. Sie gefallen mir nämlich nich.«

Das war deutlich. Billie suchte Streit. Die Frau, die immerhin so viel Macht über ihn besaß, daß sie ihn an die Kandare hätte nehmen können, lachte nur noch einmal. Es brachte nichts ein, nach irgendeinem Motiv für ihr Verhalten zu suchen. Sie war schlicht und einfach schwachsinnig. Da wir ihr wahrscheinlich nicht umgänglich genug waren, um uns beide an der Angel halten zu können, dachte sie vielleicht, sie solle uns aufeinanderhetzen und sich dann an den halten, der den andern aus dem Bild radiert haben würde.

Es roch jedenfalls nach Keilerei. Im allgemeinen bin ich für Frieden. Die Zeit, wo ich mich aus Freude an der Sache prügelte, ist vorbei. Aber ich habe schon zu oft mitgemischt, als daß es mir viel ausmachte. Gewöhnlich passiert einem nichts sehr Schlimmes, selbst wenn man verliert. Ich hatte nicht vor zu kuschen, bloß weil dieses Riesenbaby mehr auf die Waage brachte. Gegen Goliaths habe ich bis jetzt immer Glück gehabt. Er hatte bereits früher am Abend einen auf die Rübe gekriegt, und das hatte ihm ein bißchen Dampf abgelassen. Wenn es irgendwie ging, wollte ich in diesem Apartment noch ein wenig länger verweilen. Sollte Billie eine Balgerei wünschen – und es sah ganz danach aus –, bitte, er konnte sie haben.

Es war nicht schwer, ihm entgegenzukommen – alles, was ich sagte, würde gegen mich verwendet werden.

Ich grinste ihm in sein rotes Gesicht und schlug der Frau feierlich vor:

»Ich glaube, wenn Sie den in blaue Farbe tauchen würden, käme er genauso gefärbt raus wie das andere Hündchen.«

So albern das auch war, aber es half. Billie ging hoch, und seine Pranken rundeten sich zu Fäusten.

»Du un ich, wir werden einen Spaziergang machen«, entschied er; »draußen, wo genug Platz is.«

Ich stand auf, schob mit einem Fuß den Sessel zurück und zitierte ihm »Red« Burns: »Stehst du nah genug, hast du Platz genug.«

Er war kein Mann, dem man viel erzählen mußte. Einander gegenüber, bewegten wir uns auf einer Kreislinie.

Zuerst kamen die Fäuste. Er fing damit an, daß er die Rechte nach meinem Kopf abschoß. Ich tauchte darunter weg zum Infight und setzte ihm alles, was ich hatte, mit einem rechten und linken Haken auf den Bauch. Er verschluckte seinen Priem. Aber er ging nicht mit dem Oberkörper runter. Nur wenige große Männer sind so stark wie sie aussehen. Billie war es.

Er hatte von nichts eine Ahnung. Seine Vorstellung von einem Kampf bestand darin, aufrecht dazustehen und Fäuste nach dem Kopf des Gegners abzufeuern – rechts, links, rechts links. Seine Fäuste waren so groß wie Papierkörbe. Sie zischten durch die Luft. Aber immer zum Kopf – dem Teil, mit dem man am leichtesten ausweichen kann.

Ich hatte genügend Platz, um hineinzugehen und gleich wieder auf Distanz zu sein. Und dieser Taktik folgte ich. Ich behämmerte seinen Bauch. Ich stempelte sein Herz. Und wieder mußte sein Bauch einstecken. Jedesmal, wenn ich ihn traf, wuchs er einen Zoll, nahm ein Pfund zu und setzte eine weitere Pferderstärke ein. Ich spaße nicht, wenn ich treffe, aber nichts, was ich diesem Menschenberg antat – nicht einmal, daß ich ihn seinen Priem schlucken ließ –, zeigte irgendeine Wirkung bei ihm.

Ich bin immer recht stolz gewesen auf mein boxerisches Können. Es war enttäuschend zu sehen, wie dieser große Trimmer das Beste, was ich ihm geben konnte, wegsteckte, ohne auch nur einen Mucks zu machen. Aber ich ließ mich nicht entmutigen. Ewig konnte er das auch nicht durchstehen. Ich richtete mich auf einen Dauerjob ein.

Zweimal verpaßte er mir was. Einmal auf die Schulter. Eine wuchtige Faust drehte mich halb herum. Er wußte nicht, was er als nächstes machen sollte. Er ging auf der falschen Seite hinein. Ich ließ ihn ins Leere punchen und kam klar. Das andere Mal erwischte er mich an der Stirn. Ein Sessel half mir, nicht zu Boden zu gehen. Der Hieb tat mir weh. Ihm muß er mehr wehgetan haben. Schädelknochen sind härter als Fingerknochen. Ich wich aus, als er hineinging, und landete einen Nackenschlag, den er so leicht nicht vergessen konnte.

Das dunkle Gesicht der Frau zeigte sich über Billies Schulter, als er sich wieder aufrichtete. Hinter ihren schweren Wimpern leuchteten die Augen, und in ihrem offenen Mund schimmerten weiße Zähne.

Danach fand Billie keinen Geschmack mehr am Boxen und verwandelte die Auseinandersetzung in einen Ringkampf mit Zutaten. Ich wäre lieber bei den Fäusten geblieben, konnte aber nichts machen. Es war seine Party. Er packte eins von meinen Handgelenken, riß, und Brust gegen Brust knallten wir zusammen.

Vom Ringen verstand er genauso wenig wie vom Boxen. Er brauchte auch nichts davon zu verstehen. Er war so groß und so stark, daß er mit mir spielen konnte.

Ich war unten, als wir zu Boden taumelten und anfingen, uns herumzuwälzen. Ich tat mein Bestes. Es war für die Katz. Dreimal setzte ich zur Schere an, aber sein Körper war so mächtig, daß ich ihn mit meinen kurzen Beinen nicht umklammern konnte. Er stupste mich weg, als tollte er mit einem Kind. Mit seinen Beinen irgend etwas anstellen zu wollen, war ganz ausgeschlossen. Kein der Menschheit bekannter Griff hätte sie festhalten können. Seine Arme waren fast ebenso stark. Ich stellte meine Versuche ein.

Mein ganzes Können vermochte nichts gegen dieses Ungeheuer. Es war nicht an ihn heranzukommen. Ich mußte mich damit abfinden, den Rest meiner Kräfte darauf zu verwenden, ihn – so gut ich konnte – daran zu hindern, mich zum Krüppel zu machen; und darauf zu warten, ihm vielleicht mit List beikommen zu können.

Er beutelte mich ganz schön. Dann kam meine Chance.

Ich lag flach auf dem Rücken, und alles, bis auf eins oder zwei meiner innersten Organe, war aus mir herausgequetscht. Rittlings auf mir kniend, brachte er seine großen Hände zu meinem Hals hinauf und befestigte sie dort.

Da sieht man, was er für ein Stümper war!

Auf diese Weise kann man keinen Mann erdrosseln – nicht, wenn er die Hände frei hat und weiß, daß eine Hand stärker ist als ein Finger.

Ich lachte ihm in sein blaurotes Gesicht und brachte meine eigenen Hände hoch. Jede von ihnen fand in meinem Halsfleisch einen kleinen Finger von ihm. Und ich wußte, daß ich nicht träumte. Ich wußte Bescheid, und er nicht. Keines Menschen kleiner Finger ist stärker als die Hand eines anderen. Ich bog sie zurück. Sie brachen.

Er jaulte auf. Ich packte die nächsten – die Ringfinger.

Einer von ihnen brach. Der andere wollte eben knack sagen, als er losließ.

Hochschnellend knallte ihm mein Kopf ins Gesicht. Ich entwand mich seinem Reitsitz. Gleichzeitig waren wir auf den Beinen.

Es klingelte an der Tür.

Kampfinteresse wich aus dem Gesicht der Frau. Angst zog ein. Ihre Finger zupften an ihrem Mund.

»Fragen Sie, wer da ist«, sagte ich zu ihr.

»Wer – wer ist da?«

Ihre Stimme war flach und trocken.

»Mrs. Keil«, kam es durch die Wohnungstür im scharfen Ton der Entrüstung. »Sie werden sofort mit diesem Lärm aufhören müssen! Die Mieter beschweren sich – und kein Wunder! 'ne schöne Zeit suchen Sie sich aus zum Feiern! Und sich dann so zu benehmen!«

»Die Wirtin«, flüsterte die dunkle Frau. Laut: »Es tut mir leid, Mrs. Keil, entschuldigen Sie. Es wird kein Lärmen mehr geben.«

Etwas wie ein Schnüffeln kam durch die Tür; dann das Geräusch sich entfernender Schritte.

Inés Almad runzelte die Brauen und sah Billie vorwurfsvoll an.

»Das hättest du nicht tun sollen«, tadelte sie ihn.

Er machte ein demütiges Gesicht, sah zu Boden, sah mich an. Das Blaurot strömte zurück in sein Gesicht.

»Tut mir leid«, murmelte er. »Ich hab dem Typ hier gesagt, wir sollten einen Spaziergang machen. Und das werden wir jetzt auch. Dann gibt's keinen Krach mehr hier.«

»Billie!« Ihr Ton war scharf. Sie las ihm die Leviten. »Du wirst jetzt gehen und dich um deine Verletzungen kümmern. Soll ich hier allein gelassen und ermordet werden, bloß weil du nicht gewonnen hast diese Kämpfe?«

Der große Mann trat von einem Fuß auf den andern, wich ihrem Blick aus und machte einen jämmerlichen Eindruck. Aber stur schüttelte er den Kopf.

»Das geht nich, Inés«, sagte er. »Ich muß das mit diesem Kerl zu Ende bringen. Er hat mir die Finger gebrochen, und ich muß ihm das Kinn brechen.«

»Billie!«

Mit einem kleinen Fuß stampfte sie auf und sah ihn gebieterisch an. Er sah aus, als hätte er sich am liebsten auf den Rücken gewälzt und seine Pfoten in die Luft gehalten. Aber er stand seinen Mann.

»Ich muß«, wiederholte er. »Da führt kein Weg drumrum.«

Der Zorn wich aus ihrem Gesicht. Voller Zärtlichkeit lächelte sie ihn an.

»Lieber alter Billie«, murmelte sie und ging zu einem Sekretär in einer Zimmerecke.

Als sie sich umdrehte, hatte sie eine Automatic in der Hand. Deren einziges Auge blickte Billie an.

»So, *lechòn*«, schnurrte sie, »verschwinde!«

Der Rotgesichtige war kein schneller Denker. Erst nach einer vollen Minute war ihm klargeworden, daß diese Frau, die er liebte, ihn mit einer Kanone wegscheuchte. Vielleicht war dieser Titanenattrappe die Erleuchtung gekommen, daß seine drei gebrochenen Finger ihn disqualifizierten. Es dauerte eine weitere Minute, bis er seine Beine in Bewegung setzte. In langsam wachsender Verwirrung ging er zur Tür, immer noch konnte er nicht fassen, daß dies wirklich geschah.

Die Frau folgte ihm Schritt für Schritt. Ich ging vor, um die Tür aufzumachen.

Ich drehte den Türknopf. Die Tür ging nach innen auf und warf mich an die Wand dahinter zurück.

In der Tür standen Edouard Maurois und der Mann, dem ich das Kinn poliert hatte. Jeder hatte eine Kanone.

Ich sah Inés Almad an und fragte mich, welche Wendung ihre Bekloppheit angesichts dieser Situation wohl nehmen würde. So bekloppt, wie ich gedacht hatte, war sie gar nicht. Gleichzeitig mit ihrem Schrei landete mit einem Bums ihre Kanone auf dem Fußboden.

»Ah!« sagte da der Franzose. »Die Herren wollten gehen? Können wir Sie nicht noch ein Weilchen dabehalten?«

Der Mann mit dem großen Kinn – es war jetzt größer

als je mit dem Abdruck meines Markenzeichens – war weniger höflich.

»Zurück, ihr Kanaillen!« befahl er und bückte sich nach der Kanone, die die Frau fallen gelassen hatte.

Ich hatte immer noch den Türknopf in der Hand, der mich an die Wand gestoßen hatte. Ich rappelte ein bißchen damit, als ich meine Hand wegnahm – genug, um das Klick der Sperre zu übertönen, die ich durch Knopfdruck ausklinkte. Für den Fall, daß ich Hilfe brauchte und sie käme, wollte ich zwischen ihr und mir so wenig unzugängliche Türen haben wie möglich.

Dann – Billie, die Frau und ich rückwärts gehend – paradierten wir alle ins Wohnzimmer. Maurois und sein Begleiter trugen tapfer die Andenken an die Keilerei im Taxi. Das eine Auge des Franzosen war blau und zugeschwollen – ein prächtiges Veilchen. Seine Sachen waren zerknittert und schmutzig. Er trug sie trotzdem mit lässiger Eleganz, und noch immer hatte er seinen Spazierstock jetzt verwegen unter den Arm geklemmt, der die Kanone nicht hielt.

Großkinn hielt uns mit seiner Kanone und der Pistole der Frau in Schach, derweil Maurois mit den Händen über Billies und meine Kleidung strich, um festzustellen, ob wir bewaffnet seien. Er fand meine Kanone und steckte sie ein. Billie hatte keine Waffen.

»Kann ich Ihnen die Mühe machen, an die Wand zurückzutreten?« fragte Maurois, als er fertig war.

Wir traten zurück, als würde uns das überhaupt keine Mühe machen. Ich merkte, daß ich mit der Schulter an einem der Fenstervorhänge stand. Ich drückte ihn an den Rahmen und drehte mich dabei so weit, daß ich den Vorhang einen Fuß oder etwas mehr von der Scheibe wegzog.

Wenn das Dingsbums Küken am Beobachten war, so mußte es den Franzosen jetzt klar im Blickfeld haben – den Mann, der am frühen Abend auf ihn geschossen hatte. Ich setzte auf das Küken. Die Wohnungstür war nicht versperrt. Wenn das Küken ins Haus kommen konnte – keine große Sache –, so hatte er freie Bahn. Ich wußte nicht, wo er bei der ganzen Geschichte hineinpassen sollte, aber ich wollte ihn bei uns haben und hoffte, daß er mich nicht enttäuschen würde. Wenn alle hier zusammenkämen, würde, was immer auch vorging, ans Tageslicht kommen, so daß ich es sehen und verstehen könnte.

Mittlerweile hielt ich mich, so weit es möglich war, vom Fenster weg. Womöglich entschloß sich das Küken dazu, über die Gasse hinweg mit Blei zu operieren.

Maurois stand vor Inés. Die Kanonen von Großkinn waren auf Billie und mich gerichtet.

»Isch nischt *comprends* das *anglais* sär gutt«, machte der Franzose sich über die Frau lustig. »*Alors*, iist gekommen, isch denk, Sie 'aben gesagt, treffen misch in New Orleans. Isch nischt gewuust, Sie 'aben gesagt San Francisc'. Isch sär bedauern dieses Iirtum. Isch sär bedauern, Sie warten muusten. Aber jetz isch bin 'ier. Sie 'aben die Anteil?«

»Habe ich nicht.« Sie machte die Gebärde der leeren Hände. »Das Küken hat mir diese – hat mir alles abgenommen.«

»Was?« Maurois legte sein spöttelndes Lächeln und seinen Vaudeville-Akzent ab. Sein eines offenes Auge blitzte zornig auf. »Wie soll er das gekonnt haben, wenn er nicht . . .?«

»Er hat uns geargwöhnt, Edouard.« Ihr Mund zitterte, so ernst meinte sie es. Ihre Augen flehten, ihr zu glauben. Sie log. »Er hat mich gefolgt. Ich bin da, und ein Tag später er kommt. Er alles genommen. Ich Angst, auf dich zu warten. Ich fürchte dein Nichtglauben. Du würdest mir nicht ...«

»C'est incroyable!« Maurois war sehr aufgebracht. »Ich war im ersten Zug nach Süden nach unserem – unserem Gastspiel. Hätte das Küken ohne mein Wissen in diesem Zug sein können? *Non!* Und wie sonst hätte er vor mir bei dir sein können? Du spielst mit mir, *ma petite* Inés. Daß du dich mit dem Küken zusammengetan hast, bezweifle ich nicht. Aber nicht in New Orleans. Du bist gar nicht hingefahren. Du bist hierhergekommen, nach San Francisco.«

»Edouard!« protestierte sie, mit einer braunen Hand seinen Ärmel befingernd, mit der andern sich den Hals haltend, als hätte sie Mühe, die Worte herauszubringen. »Du kannst das nicht denken von mir! Sagen nicht jene Wochen in Boston, es ist nicht möglich? Für einen wie den Küken – oder für sonstwen – soll ich dich verraten? Du kennst mich nicht besser als zu denken, ich bin so?«

Sie war eine Schauspielerin. Sie war ansprechend und ausstrahlend und alles, was man will – und hübsch gefährlich.

Der Franzose entzog ihr seinen Ärmel und trat einen Schritt zurück. Weiße Linien umzogen seinen Mund unter dem schmalen Schnurrbartstrich, und seine Backenmuskeln traten hervor. Sein eines gutes Auge blickte traurig. Sie war zu ihm durchgedrungen, wenn auch noch nicht so weit, daß er umkippte. Aber das Spiel hatte erst begonnen.

»Ich weiß nicht, was ich denken soll«, sagte er langsam. »Wenn ich mich geirrt habe –. Erstmal muß ich das Küken finden; dann erfahre ich die Wahrheit.«

»Da brauchst du nicht lange zu suchen, Bruder. Ich bin mitten unter euch!«

Das Dingsbums Küken stand in der Flurtür. In jeder Hand hielt er einen schwarzen Revolver. Die Hähne waren gespannt.

Ein schönes Gruppenbild.

Da ist das Dingsbums Küken, in der Tür – ein magerer Jüngling Mitte zwanzig, besonders verrucht wirkend, weil sein Gesicht schwächlich, schlaffkinnig und stumpfäugig ist. Die gespannten Revolver sind auf jeden und keinen gerichtet, je nachdem, wie man sie ansieht.

Da ist die braune Frau, die Backen in ihre zwei Fäustchen geklemmt, die Augen weit aufgerissen, so daß man deren Grüngrau sieht. Die Angst, die ich zuvor in ihrem Gesicht gesehen hatte, ist nichts gegen die Angst, die jetzt darin liegt.

Da ist der Franzose – herumgewirbelt beim ersten Wort des Kükens –, die Kanone auf das Küken gerichtet, seinen Rohrstock unterm Arm, das Gesicht ein gespannter weißer Klecks.

Da ist Großkinn, in halber Körperdrehung erstarrt, das Gesicht über die Schulter blickend, und eine von seinen Kanonen folgt seinem Gesicht langsam herum.

Da ist Billie – ein großes ramponiertes Standbild von Mann, der kein Wort mehr gesagt hat, seit Inés anfing, ihm mit der Kanone die Tür zu weisen.

Und zuletzt, hier bin ich – mich nicht so wohlfühlend wie zu Hause im Bett, aber auch nicht gerade flatternd vor Hysterie. Ganz unzufrieden war ich nicht mit der Gestalt, die die Dinge annahmen. Etwas würde geschehen in diesem Quartier. Aber ich war keinem der Anwesenden so freundlich gesonnen, daß es mich besonders gekümmert hätte, was wem geschähe. Was mich betraf, so baute ich darauf, heil hier durchzukommen. Nur wenige Menschen *werden* umgebracht. Die meisten derjenigen, die überraschend geendet sind, haben sich *selber* umgebracht. Ich hatte zwanzig Jahre geübt, mich davor zu drücken. Ich kann mich darauf verlassen, daß ich nach jeder Explosion einer der Überlebenden bin. Und ich hoffe, die meisten der anderen Überlebenden ein Stück im Wagen mitnehmen zu können.

Doch im Moment gehörte die Situation den Männern mit Kanonen – dem Dingsbums Küken, Maurois und Großkinn.

Das Küken sprach zuerst. Er hatte eine weinerliche Stimme, die unleidlich durch seine dicke Nase kam.

»Das sieht mir hier ja nich nach Chi aus, aber immerhin, wir sind alle hier.«

»Chicago!« rief Maurois aus. »Du bist doch nicht nach Chicago gefahren!«

Das Küken grinste ihn hämisch an.

»Bist du? Ist sie? Was soll also ich da hinfahren, hä? Du denkst, ich wär dir mit ihr durchgegangen, was? Na, hätten wir ja auch gemacht, wenn sie mich nich genauso geleimt hätte wie sie dich geleimt hat und genauso wie wir drei zusammen den Trottel geleimt haben.«

»Kann schon sein«, erwiderte der Franzose; »aber du glaubst doch wohl nicht, daß du mir erzählen kannst, du wärst nicht mit Inés befreundet? Hab ich dich nicht heute nachmittag hier rauskommen sehn?«

»Hast du, ganz recht«, nickte das Küken; »aber wenn mein Ballermann sich nich in meiner Kippe verfranst hätte, hätt'ste gar nix mehr gesehn. Aber ich hab jetz nix gegen dich. Ich hab gedacht, du un sie, ihr hättet mich sitzenlassen, genau wie du denkst, ich un sie hätten dich in'n Arsch gekniffen. Und dann is mir was zu Ohren gekommen, nämlich wie ich hier reingekommen bin, un jetz weiß ich's anders, un das geht so: Sie hat uns beide reingelegt, Franzmann, genau wie wir den Trottel reingelegt haben. Hastes immer noch nich kapiert?«

Langsam schüttelte Maurois den Kopf.

Was diese Unterhaltung etwas brenzlig machte, war, daß beide Männer die Kanonen nicht wegsteckten.

»Hör zu«, sagte ungeduldig das Küken, »wir wollten uns oben in Chi treffen und durch drei teilen, stimmt's?«

Der Franzose nickte.

»Sie erzählt mir aber«, fuhr das Küken fort, »sie will sich mit mir in St. Louis treffen, und dich zählt sie aus; dich macht sie weich, du sollst sie in New Orleans treffen, mich würde sie in'n Wind schießen. Und dann schmiert sie uns beide an, indem sie mit dem Eis hierher nach Frisco abhaut. Wir sind alle beide verscheißert worden, Franzmann, und es is Unsinn, daß wir uns gegenseitig heißmachen. Es is dicke genug da für zwei. Was ich sagen will, is – laß die alte Sache vergessen und uns halbe-halbe machen. Wohlverstanden, das is kein Betteln. Das is'n Angebot. Wenn du nich willst, fahr zur Hölle! Du kennst mich. Den Tag wirst du nich erleben, wo ich solche Sachen nich mittem Schießeisen regel – und zwar mit dir genauso wie mit jedem andern. Entscheide dich!«

Der Franzose sagte eine Weile nichts. Er war bekehrt, wollte aber seine Position nicht dadurch schwächen, daß er zu schnell überwechselte. Ich weiß nicht, ob er den Worten des Kükens glaubte oder nicht, seinen Kanonen glaubte er jedenfalls. Aus einem gespannten Revolver kriegt man eine Kugel 'ne ganze Weile schneller raus als aus einer hahnlosen Automatic. Da hatte das Küken seinen Frontvorsprung. Und das Küken war ihm deswegen über, weil das Küken aussah wie einer, dem es wurscht ist, was als nächstes passiert.

Schließlich warf Maurois einen fragenden Blick zu Großkinn. Großkinn befeuchtete sich die Lippen, sagte aber nichts.

Maurois sah wieder das Küken an und nickte dann.

»Du hast recht«, sagte er. »Das werden wir machen.«

»Gut!« Das Küken bewegte sich nicht aus der Tür weg. »Und wer sind *die* Korken hier?«

»Diese beiden«, Maurois deutete mit dem Kopf auf Billie und mich, »sind Freunde von unserer Inés. »Dieser« – auf Großkinn deutend – »ist ein Kollege von mir.«

»Du meinst, der gehört zu dir? Mir soll's recht sein.« Das Küken artikulierte betont klar. »Aber, versteh mich, sein Schnitt kommt aus deinem Schnitt. Ich krieg die Hälfte, und kein Beschneiden.«

Der Franzose runzelte die Brauen, nickte aber zustimmend.

»Die Hälfte gehört dir, wenn wir sie finden.«

»Da mach dir man keine Kopfschmerzen«, riet ihm das Küken. »Das Zeug is hier, und wir werden's kriegen.«

Er steckte eine von seinen Kanonen weg und kam ins Zimmer. Die andere Kanone hing locker an seinem Arm. Als er durch das Zimmer ging, um sich vor die Frau zu stellen, deichselte er es so, daß Großkinn und Maurois keinen Augenblick hinter ihm waren.

»Wo sind die Sächelchen?« wollte er wissen.

Inés Almad befeuchtete sich mit der Zunge ihren roten Mund, ließ die Unterlippe ein wenig hängen, sah das Küken dämlich an und machte ihr Spiel.

»Einer von uns ist so schlecht wie der andere, Küken.

Wir alle – jeder von uns hat versucht, alles für sich zu kriegen. Du und Edouard, ihr habt begraben das Vergangene. Bin ich falscher als ihr? Ich habe sie, es ist wahr, aber ich habe sie nicht hier. Bis morgen wirst du warten? Ich werde sie holen. Wir werden sie unter uns dreiens teilen, wie es sollte gewesen sein. Werden wir das nicht tun?«

»Nix da!« Kükens Ton hatte etwas Endgültiges.

»Ist das gerecht?« flehte sie und ließ ihr Kinn ein bißchen beben. »Gibt es einen Verrat, dessen ich schuldig bin und nicht auch ihr? Kannst du . . .«

»Das is überhaupt nich die Frage«, belehrte das Küken sie. »Ich und der Franzmann hängen in einer Sache drin, und deswegen müssen wir zusammenarbeiten, um da irgendwie rauszukommen. Deswegen sind wir zusammen. Bei dir is das anders. Wir brauchen dich nich. Wir können dir das Zeug wegnehmen. Du bist raus! Wo sind die Kiesel?«

»Doch nicht hier! Wie werd ich so blöd sein und sie hierlassen, wo ihr sie so leicht finden könntet? Ihr *braucht* meine Hilfe beim Suchen. Ohne mich könnt ihr sie nicht . . .«

»Sei nich albern! Wenn ich dich nich kennen würde, könnt ich da vielleicht drauf reinfallen. Aber ich weiß, daß du zu verdammt habgierig bist, um sie aus deiner Nähe zu lassen. Und deine Angst is noch größer als deine Habgier. Wenn ich dir anständig zwei hinter die Löffel gebe, wirst du weiche Knie kriegen. Und denk bloß nich, ich hätte Hemmungen, dir'n paar zu knallen, daß du'n Teppich prüfen gehst!«

Sie wich geduckt zurück vor seiner erhobenen Hand.

Schnell sagte der Franzose etwas.

»Wir sollten erst die Zimmer durchsuchen. Wenn wir sie da nicht finden, können wir entscheiden, was wir als nächstes machen.«

Das Dingsbums Küken lachte höhnisch über Maurois.

»Also bitte. Aber paß auf, ich werde ohne dieses Zeug nich hier rausgehn – und wenn ich diese Ratte auseinandernehmen muß. Meine Methode geht schneller, aber wir können auch erst suchen, wenn du willst. Dein Kollege oder wie du ihn nennst kann aufpassen, daß uns die zwei Korken da nich wegwitschen, und wir krempeln inzwischen den Laden hier um.«

Sie gingen ans Werk. Das Küken steckte seine Kanone weg und zog ein langes Springmesser hervor. Der Franzose schraubte die unteren zwei Drittel seines Rohrstocks ab und entblößte einen halben Meter Schwertklinge.

Keine oberflächliche Durchsuchung, das mußte man sagen. Sie fingen an mit dem Zimmer, in dem wir uns befanden. Sie nahmen es gründlich aus, zerlegten es bis auf die Knochen. Möbel und Bilder wurden auseinandergenommen. Die Polster gaben ihre Füllung her. Der Fußbodenbelag wurde aufgeschnitten. Verdächtige Tapetenbahnen wurden abgekratzt. Sie arbeiteten langsam.

Keiner wollte den andern im Rücken haben. Das Küken durfte auch Großkinn den Rücken nicht kehren.

Als das Wohnzimmer ruiniert war, gingen sie ins nächste Zimmer, die Frau, Billie und mich in den Trümmern stehen lassend. Großkinn und seine zwei Kanonen wachten über uns.

Sowie der Franzose und das Küken außer Sicht waren, probierte die Frau ihre Künste an unserem Wächter aus. Ihr Vertrauen auf ihre Macht über Männer war grenzenlos, das mußte ich ihr zugestehn.

Eine Weile bearbeitete sie Großkinn mit ihren Augen, und dann, ganz leise:

»Kann ich . . .!«

»Sie können nicht!« Großkinn war laut und ruppig. »Schnauze!«

An der Tür erschien das Dingsbums Küken.

»Wenn niemand nix sagt, dann wird vielleicht auch niemand verletzt«, knurrte er und ging wieder an seine Arbeit.

Die Frau schätzte sich zu hoch ein, um leicht entmutigt werden zu können. Sie faßte nichts mehr in Worte, aber mit Blicken funkte sie Dinge zu Großkinn hinüber – Dinge, die ihm aus der Haut Schweiß trieben und ins Gesicht Blut. Er war ein einfacher Mensch. Ich glaubte nicht, daß sie weit kommen würde. Wenn die zwei unter sich gewesen wären, hätte sie ihm vielleicht über die ersten Hürden helfen können; aber es war unwahrscheinlich, daß er sie an sich ranlassen würde, wenn zwei Typen die Show begutachteten.

Einmal verriet uns ein spitzes Jaulen, daß der blaurote Frana – der die Flucht nach hinten ergriffen hatte, als Maurois und Großkinn eingetroffen waren – Ärger mit den Durchsuchern bekommen hatte. Es war nur dieses eine Aufjaulen gewesen und es war so plötzlich verstummt, daß der Ärger wahrscheinlich mehr auf Seiten des Hundes gewesen war.

Die zwei Männer verbrachten fast eine Stunde in den anderen Zimmern. Sie fanden nichts. Als sie wieder zu uns kamen, hatten sie nichts in den Händen als ihr Besteck.

»Ich habe euch ja gesagt, es ist nicht hier«, triumphierte Inés. »Werdet ihr mir jetzt . . .?«

»Du kannst mir nix erzählen, was ich glauben werde.« Das Küken ließ sein Messer zuschnappen, und es rutschte in seine Tasche. »Ich bin immer noch der Ansicht, daß es hier ist.«

Er packte sie am Handgelenk und hielt ihr seine andere Hand, mit dem Handteller nach oben, unter die Nase.

»Du kannst sie mir auf die Hand legen, oder ich nehm sie mir.«

»Sie sind nicht hier! Ich schwöre es!«

Ein Mundwinkel verzog sein Gesicht zu einer wütenden Grimasse.

»Lügnerin!«

Roh den Arm ihr umdrehend, zwang er sie auf die Knie. Seine freie Hand ging zu einem der dünnen Träger ihres orangefarbenen Kleides.

»Ich krieg das verdammt schnell raus«, versprach er.

Billie erwachte zum Leben.

»Hey!« protestierte er mit schwer wogender Brust. »Das könnt ihr nich machen!«

»Warte, Küken!« rief Maurois, der dabei war, seinen Schwertstock zusammenzuschrauben. »Vielleicht gibt es eine andere Möglichkeit.«

Das Dingsbums Küken ließ die Frau gehen und trat langsam drei Schritte von ihr zurück. Seine Augen waren tote Kreise ohne irgendeine Farbe, die man hätte benennen können – die stumpfen Augen des Mannes, dessen Nerven aufhören zu funktionieren, wenn er mit Erregung fertig werden muß. Seine knochigen Hände schoben seine Jacke ein wenig beiseite und stützten sich dort auf, wo sich unter seiner Weste die spitzen Hüftknochen abzeichneten.

»Laß uns das ma klarstellen, Franzmann«, sagte er mit seiner weinerlichen Stimme, »stehst du zu mir oder zu ihr?«

»Zu dir, ganz sicher, aber ...«

»In Ordnung. Dann *steh* auch zu mir! Versuch nich dauernd, mir jedes Spiel zu verderben. Ich werde dieses Püppchen filzen, und glaub ja nich, ich werd's nich tun. Was dagegen?«

Der Franzose schob den Mund vor, bis sein Strichbärtchen sich an seine Nasenspitze kuschelte. Er runzelte die Brauen und blickte nachdenklich aus seinem heilen Auge. Aber er hatte nichts dagegen, weil er gar nichts dagegen haben konnte, und das wußte er. Schließlich zuckte er die Achseln.

»Du hast recht«, gab er sich geschlagen. »Man sollte sie durchsuchen.«

Das Küken stieß einen angewiderten Laut der Verachtung gegen ihn aus und ging wieder zu der Frau.

Sie sprang weg von ihm, zu mir. Ihre Arme klammerten sich um meinen Nacken – in der Weise, die sie gewohnheitsmäßig zu üben schien.

»Jerry!« kreischte sie mir ins Gesicht. »Du wirst ihm nicht erlauben! Jerry, bitte nicht!«

Ich sagte nichts.

Ich fand es nicht gerade fein von dem Küken, daß er sie filzen wollte, aber es gab verschiedene Gründe, warum ich nicht versuchte, ihn daran zu hindern. Erstens wollte ich nichts tun, was das Zutagefördern des »Zeugs«, von dem so viel die Rede gewesen war, verzögert hätte. Zweitens bin ich kein Ritter der Artusrunde. Diese Frau hatte sich ihre Spielkameraden selber ausgesucht und war für diesen Verlauf des Spiels zum großen Teil mitverantwortlich. Wenn sie nun grob spielten, so würde sie eben das Beste daraus machen müssen. Und drittens, nicht zu verachten, Großkinn drückte mir eine Kanonenmündung in die Seite, um mich daran zu erinnern, daß ich – selbst wenn ich gewollt hätte – gar nichts tun konnte; außer mich abknallen zu lassen.

Das Küken zerrte Inés von mir weg. Ich ließ sie gehen.

Er zog sie hinüber zu dem, was von der Bank an dem Elektroheizer noch übrig war, und beorderte den Franzosen mit einem Kopfruck zu sich.

»Du hältst sie fest, und ich fühl ma nach«, sagte er.

Sie füllte ihre Lungen mit Luft. Bevor sie sie mit einem Schrei ausstoßen konnte, hatten die langen Finger des Kükens sich um ihren Hals gelegt.

»Ein Zwitschern von dir, und ich mach dir'n Knoten in'n Hals«, drohte er.

Sie ließ die Luft aus der Nase zischen.

Billie trat von einem Fuß auf den andern. Ich drehte den Kopf zur Seite, um ihn mir anzuschauen. Er atmete keuchend durch den Mund. Unter seinem verfilzten roten Haar glänzte ihm Schweiß auf der Stirn. Ich hoffte, er würde seinen Wolf nicht loslassen, bevor das »Zeug« ans Tageslicht gekommen wäre. Wenn er noch eine Weile wartete, würde ich mich vielleicht mit ihm verbünden.

Er wollte nicht warten. Er trat in Aktion, als das Küken – Maurois hielt sie fest – anfing, die Frau auszuziehen.

Er machte einen Schritt auf sie zu. Großkinn versuchte, ihn mit einer Kanone zurückzuwinken. Billie sah das nicht einmal. Er sah rot. Er sah die drei an der Bank.

»Hey, das könnt ihr nich machen!« brummte er tief. »Das könnt ihr nich machen!«

»Nein?« Das Küken sah auf von seiner Arbeit. »Dann guck ma zu, was ich hier mache.«

»Billie!« stachelte die Frau den großen Mann in seiner Torheit weiter.

Billie ging zum Angriff über.

Großkinn ließ ihn gehen und schwenkte, um nichts zu riskieren, beide Kanonen auf mich. Das Dingsbums Küken ging dem heranrudernden Riesen rasch aus dem Weg. Maurois schleuderte das Mädchen zu Billie hin – und zog seine Kanone.

Billie und Inés prallten aufeinander – ein schwankendes Knäuel.

Das Küken huschte hinter den großen Mann. Eine Hand des Kükens kam mit dem Springmesser aus der Tasche. Mit einem Klick ging das Messer auf, als Billie die Balance wiederfand.

Das Küken war mit einem Sprung heran.

Er verstand sich auf Messer. Nichts von euren plumpen Abwärtsstichen, wo die Klinge unten aus der Faust herausragt.

Daumen und gekrümmter Zeigefinger führten die Klinge. Er stach aufwärts zu. Unter Billies Schulterblatt. Einmal. Tief.

Billie kippte vornüber, die Frau auf dem Fußboden unter sich begrabend. Er wälzte sich von ihr herunter und lag tot auf dem Rücken zwischen den Polstereingeweiden. Tot schien er größer zu sein als je, schien das ganze Zimmer zu füllen.

Das Dingsbums Küken wischte sein Messer an einem Stück Teppich ab, ließ es zuschnappen und in seine Tasche zurückgleiten. Er tat dies mit der Linken. Die Rechte war dicht an seiner Hüfte. Er sah das Messer nicht an. Seine Augen waren auf Maurois gerichtet.

Doch wenn er erwartet hatte, der Franzose würde meckern, so wurde er enttäuscht. Maurois' Bärtchen zuckte zwar, und sein Gesicht war weiß und angespannt, aber:

»Ich glaube, wir sollten uns ein bißchen beeilen mit dem, was wir zu tun haben, und dann besser hier verschwinden«, schlug er vor.

Die Frau setzte sich neben dem Toten auf, wimmernd. Ihr Gesicht war aschgrau unter ihrer dunklen Haut. Sie war fertig. Mit zitternder Hand fummelte sie unter ihrer Kleidung herum. Die Hand brachte einen kleinen, flachen Seidenbeutel hervor.

Maurois – näher als das Küken – nahm ihn. Er war so gut zugenäht, daß seine Finger ihn nicht aufkriegten. Er hielt ihn fest, und das Küken schlitzte ihn mit seinem Messer auf. Der Franzose schüttete einen Teil des Inhalts auf einen Handteller.

Diamanten. Perlen. Ein paar farbige Steine darunter.

Großkinn gab einen leisen Pfiff von sich. Mit leuchtenden Augen blickte er auf das Gefunkel der Steine; ebenso Maurois, die Frau und das Küken.

Großkinns Unachtsamkeit war eine Versuchung. Ich konnte sein Kinn erreichen. Ich konnte ihn umhauen. Die Kraft, die Billie mir aus den Knochen gedroschen hatte, hatte ich inzwischen fast vollständig zurückerlangt. Ich konnte Großkinn umhauen, und bis Küken und Maurois sich geeinigt hätten, konnte ich mindestens eine von seinen Kanonen haben. Es wurde Zeit, daß ich etwas unternahm. Ich hatte diesen Komödianten die Schau lange genug überlassen. Das Zeug war ans Licht gekommen. Wenn ich die Partygäste aufbrechen ließe, wäre ungewiß, wann ich diese Leutchen noch einmal so nett beisammen haben würde; wenn überhaupt.

Aber ich überwand die Versuchung und zwang mich dazu, noch ein Weilchen länger abzuwarten. Es hat keinen

Zweck, halbgespannt loszugehen. Selbst mit einer Kanone in der Hand würde ich mit dem Küken und Maurois nicht so ganz leicht umspringen können, wenn ich auch nur halbwegs ungeschoren davonkommen wollte. Und nicht genug damit. Worauf es ankommt in diesem Detektivgeschäft, ist, die Gangster dingfest zu machen, und nicht, den Helden zu markieren.

Als ich wieder zu Maurois hinsah, schüttete er die Steine gerade in das Säckchen zurück. Er schickte sich an, es in die Tasche zu stecken. Das Dingsbums Küken hinderte ihn daran, indem er ihm eine Hand auf den Arm legte.

»Ich wer'se einstecken.«

Maurois' Augenbrauen gingen in die Höhe.

»Ihr seid zu zweit, und ich bin alleine«, erklärte das Küken. »Ich hab Vertrauen zu dir und Pipapo, aber trotzdem nehm ich mir meinen Anteil.«

»Aber . . .«

Die Türklingel unterbrach Maurois' Protest.

Das Küken fuhr herum zu dem Mädchen.

»Du übernimmst das Reden – und keine Schlaumeiereien!«

Sie stand vom Fußboden auf und ging zum Flur.

»Wer ist da?« rief sie.

Die Stimme der Wirtin, streng und empört:

»Noch einen Ton, Mrs. Almad, und ich rufe die Polizei. Eine Schande ist das!«

Ich fragte mich, was sie wohl gedacht hätte, wenn sie die unversperrte Tür geöffnet haben würde, um einen Blick in ihr vermietetes Apartment zu werfen – die Polstermöbel aufgeschlitzt und ausgenommen; ein Toter, dessen Sterbensgeräusche sie zum zweitenmal hier heraufgeführt hatten, zwischen den Trümmern liegend.

Ich fragte mich – riskierte es:

»Ach, ziehn Sie doch ab durch die Scheißhausröhre!« riet ich ihr.

Ein Aufstöhnen, und wir hörten nichts mehr von ihr. Ich hoffte, sie hätte nichts Eiligeres zu tun, als ihre gekränkten Gefühle dem Telefon anzuvertrauen. Die Polizei, die sie erwähnt hatte, würde ich brauchen können.

Kükens Kanone war draußen. Einen Augenblick war es wie Knobeln – entweder ich würde neben Billie zu liegen kommen oder nicht. Wenn man mich lautlos hätte abstechen können, wäre ich hin gewesen. Aber es war niemand hinter mir. Das Küken wußte, daß ich nicht stillhalten würde, wenn er versuchte, ein Messer in mich hineinzustekken. Er wollte nicht mehr Krach als nötig, jetzt, da die Juwelen in Reichweite waren.

»Halt deine Fresse oder ich mach sie dir für immer zu!« war das Ärgste, was ich ihm entlocken konnte.

Das Küken wandte sich wieder dem Franzosen zu. Der hatte die Zeit, die für dieses Zwischenspiel draufging, dazu benutzt, die Gemmen einzustecken.

»Entweder wir teilen hier und jetz, oder ich nehm das Zeug«, verkündete das Küken. »Ihr seid zwei, also is klar, daß ich von dir kein'n Schlaftrunk annehme.«

»Aber Küken, wir können hier nicht bleiben! Holt die Wirtin jetzt nicht schon die Polizei? Wir gehen woanders hin zum Teilen. Warum kannst du mir denn nicht vertrauen, wenn du bei mir bist?«

Zwei Schritte brachten das Küken zwischen die Tür und die beiden, Maurois und Großkinn. Eine von Kükens Händen hielt die Kanone, die er gegen mich gezückt hatte. Die andere Hand lag bequem auf seiner zweiten Kanone.

»Keine Bewegung!« sagte er näselnd. »Mein Schnitt von

den Steinchen geht hier in keinem andern Arsch raus. Wenn du hier teilen willst – gut. Wenn nich, nehm ich sie. Basta!«

»Aber die Polizei!«

»Das is deine Sorge. Ich mach eins nach'm andern, un jetz sin erst ma die Steinchen dran.«

Dem Franzosen schwoll eine blaue Stirnader. Sein kleiner Körper straffte sich. Er versuchte die Courage aufzubringen, sich mit dem Küken auf einen Schußwechsel einzulassen. Es war ihm ebenso klar wie dem Küken, daß einer von ihnen beiden alle Steine haben würde, wenn der Vorhang fiele. Angefangen hatten sie damit, daß einer den andern reingelegt hatte. Es war nicht anzunehmen, daß sie ihre Gewohnheiten ändern würden. Am Schluß würde einer die Steine haben. Der andere würde nichts haben – außer vielleicht einer Beerdigung.

Großkinn zählte nicht. Er war ein zu einfältiger Ganove, um lange in dieser Gesellschaft bestehen zu können. Wenn er von irgend etwas eine Ahnung gehabt hätte, so würde er auf der Stelle seine zwei Kanonen gleichzeitig gegen die beiden eingesetzt haben. Statt dessen hielt er mich weiterhin brav in Schach und versuchte dabei, sie aus den Augenwinkeln zu beobachten.

Die Frau stand in der Nähe der Tür, zu der sie gegangen war, um mit der Wirtin zu sprechen. Sie glotzte abwechselnd den Franzosen und das Küken an. Wertvolle Minuten, die sich zu Stunden auszudehnen schienen, verlor ich bei dem Versuch, ihren Blick zu fangen. Endlich gelang es mir.

Ich blickte auf den Lichtschalter, der nur einen Fuß von ihr entfernt war. Ich blickte sie an. Ich blickte wieder auf den Lichtschalter. Auf sie. Auf den Schalter.

Sie kapierte. Ihre Hand kroch seitwärts über die Wand.

Ich blickte auf die zwei Figuren, um die es bei diesem Knopf-Abzähl-Spiel ging.

Die Augen des Kükens waren tote – und tödliche – Kreise. Maurois' eines offenes Auge war wässerig. Unmöglich, daß er den Vogel abschoß. Er griff in die Tasche und holte den Seidenbeutel heraus.

Der braune Zeigefinger der Frau lag auf dem Lichtschalter. Sie war weiß Gott nichts, worauf man setzen konnte, aber ich hatte keine Wahl. Ich mußte in Bewegung sein, wenn das Licht ausging. Großkinn würde Metall pumpen. Ich mußte darauf vertrauen, daß Inés mich nicht hängenlassen würde. Wenn sie es täte, würde ich Detlef heißen.

Ihr Fingernagel begann weiß zu werden.

Ich hechtete los zu Maurois.

Dunkelheit – orange und blau gestreift – berstend vor Krach.

Meine Arme hatten Maurois. Wir wumsten nieder auf den toten Billie. Ich drehte mich, nach dem Gesicht des Franzosen tretend. Ließ mit einem Arm los. Kriegte einen von seinen zu fassen. Seine andere Hand schmierte über mein Gesicht. Da wußte ich, daß der Beutel in der war, die ich hielt. Gekrallte Finger rissen an meinem Mund. Ich senkte meine Zähne in sie und ließ sie da. Eins von meinen Knien war auf seinem Gesicht. Ich legte Gewicht hinein. Meine Zähne hielten noch immer seine Hand. Ich hatte beide Hände frei, um den Beutel zu kriegen.

Nicht schön, diese Arbeit, aber wirkungsvoll.

Der Raum war im Innern einer schwarzen Trommel, auf der ein Riese den langen Wirbel schlug. Vier Kanonen arbeiteten zusammen, um ein ausgedehntes donnerndes Brüllen zu erzeugen.

Maurois' Fingernägel gruben sich in meinen Daumen.

Ich mußte den Mund aufmachen – seine Hand freigeben. Eine meiner Hände fand den Beutel. Er wollte nicht loslassen. Ich drehte ihm den Daumen um. Er schrie auf. Ich hatte den Beutel.

Da versuchte ich von ihm loszukommen. Er packte meine Beine. Ich trat nach ihm – daneben. Er erbebte zweimal; und hörte auf, sich zu bewegen. Es hatte ihn wohl eine schnelle Kugel erwischt. Auf den Fußboden mich hinunterwälzend, eng mich an ihn schmiegend, ließ ich eine Hand über ihn gleiten. Sie stieß auf eine harte Ausbuchtung. Ich schob meine Hand in seine Tasche und nahm mir meine Kanone wieder.

Auf Händen und Knien – in einer Faust meine Kanone, in der andern den Seidenbeutel voll Juwelen – wandte ich mich dorthin, wo die Tür zum Nebenzimmer sein mußte. An der Wand angekommen, korrigierte ich meinen Kurs um einen Fuß. Als ich die Tür passierte, hörte der Krach in dem Zimmer hinter mir auf.

Dicht an der Wand des Nebenzimmers kauernd, verstaute ich den Seidenbeutel und bedauerte, daß ich nicht hinter den Franzosen geduckt flach am Fußboden geblieben war. Dieses Zimmer war dunkel. Es war nicht dunkel gewesen, als die Frau das Licht im Wohnzimmer ausgemacht hatte. Da war in jedem Zimmer des Apartments Licht gewesen. Jetzt waren alle dunkel. Da ich nicht wußte, wer die Lichter alle ausgemacht hatte, gefiel mir das nicht.

Kein Laut kam aus dem Zimmer, das ich verlassen hatte.

Das Tröpfeln sanft fallenden Regens war irgendwo von einer Seite des Zimmers durch ein offenes Fenster zu hören, das ich nicht sehen konnte.

Hinter mir vernahm ich ein anderes Geräusch. Gedämpftes Zähneklappern.

Das freute mich. Inés, die Furchtsame, natürlich. Sie hatte das dunkle Wohnzimmer verlassen und die übrigen Lichter auch ausgemacht. Möglich, daß sonst niemand hinter mir war.

Lautlos durch den weit geöffneten Mund atmend, wartete ich ab. Ich konnte in der Dunkelheit nicht auf die Suche nach der Frau gehen, ohne Geräusche zu machen. Überall lagen die von Maurois und dem Küken verstreuten Möbel und Stücke von Möbeln herum. Gerne hätte ich gewußt, ob sie eine Kanone hatte. Ich hatte keine Lust, mich von ihr bespritzen zu lassen.

Da ich es nicht wußte, wartete ich, wo ich war.

Ihre Zähne klapperten Minute um Minute.

Im Wohnzimmer bewegte sich etwas. Eine Kanone krachte.

»Inés!« zischte ich in die Richtung der klappernden Zähne.

Keine Antwort. Möbel scharrten im Wohnzimmer. Zwei Kanonen gingen gleichzeitig los. Ein Stöhnen hob an.

»Ich hab das Zeug«, flüsterte ich, gedeckt durch das Stöhnen.

Das brachte eine Antwort.

»Jerry! Ah, komm zu mir! Hierher!«

In dem andern Zimmer ging das Stöhnen weiter, aber schwächer. Ich kroch zu der Frauenstimme hin. Auf Händen und Knien, an Dinge so behutsam wie möglich anstoßend. Ich konnte nichts sehen. Auf halbem Weg legte ich eine Hand auf ein durchweichtes Häufchen Fell. Der verblichene blaurote Frana. Ich kroch weiter.

Inés berührte meine Schulter mit hungriger Hand.

»Gib sie mir«, waren ihre ersten Worte.

Ich grinste sie an im Dunkeln, tätschelte ihr die Hand, fand ihren Kopf und legte meinen Mund an ihr Ohr.

»Gehn wir nach hinten ins Schlafzimmer«, hauchte ich, ohne ihre Bitte um das Beutegut zu beachten. »Das Küken wird gleich kommen.« Ich zweifelte nicht daran, daß er Großkinn reingelegt hatte. »Im Schlafzimmer werden wir besser mit ihm fertig.«

Ich wollte ihn in einem Zimmer empfangen, das nur eine Tür hatte.

Sie führte mich – beide krochen wir – zum Schlafzimmer. Ich überlegte mir, was mir notwendig erschien, während wir uns auf allen vieren vorwärtsschoben. Das Küken konnte noch nicht wissen, wie es zwischen dem Franzosen und mir ausgegangen war. Wenn er Vermutungen anstellte, würde er vermuten, daß der Franzose überlebt hatte. Wahrscheinlich hatte er mich mit Billie in die Kategorie der Bekloppten eingestuft und gedacht, der Franzose könne mit mir fertigwerden. Möglich, daß er Großkinn erwischt hatte und es inzwischen wußte. Es war wohl stockschwarze Nacht im Wohnzimmer, aber mittlerweile mußte er gemerkt haben, daß er dort das einzige war, was lebte.

Er blockierte den einzigen Ausgang aus dem Apartment. Mithin glaubte er, daß Inés und Maurois darin noch am Leben waren und die Beute hatten. Was würde er damit anfangen? Partnerschaft zog nicht mehr, die war mit den Lichtern erloschen. Das Küken war hinter den Steinen her. Das Küken war allein hinter ihnen her.

Ich bin kein Meister darin, den nächsten Schritt des Gegenspielers zu erraten. Aber nach meinem Gefühl würde das Küken uns bald auf die Pelle rücken, sehr bald. Er wußte – mußte es wissen –, daß die Polizei im Anmarsch war. Ich hielt ihn für so beknackt, daß er, voll Schnee wie er war, die Polizei erst ins Auge fassen würde, wenn sie da wäre. Wahrscheinlich rechnete er nur mit zweien, die auf nichts Schlimmeres vorbereitet waren als eine Saufparty, und mit denen könnte er fertigwerden – oder glaubte es jedenfalls zu können. Und bis dahin würde er Jagd auf die Steine machen.

Die Frau und ich erreichten das Schlafzimmer, den Raum, der in der Wohnung am weitesten nach hinten hinaus lag und der nur eine Tür hatte. Ich hörte sie an der Tür herumtasten; sie wollte sie zumachen. Ich sah nichts, aber ich schob meinen Fuß dazwischen.

»Laß sie offen«, flüsterte ich.

Ich wollte das Küken nicht aussperren. Ich wollte ihn hereinholen.

Auf dem Bauch kroch ich zurück zur Tür, tastete nach meiner Taschenuhr und stellte sie hochkant an die Schwelle, in den Winkel zwischen Tür und Rahmen. Ich robbte wieder zurück, bis ich etwa zwei Meter oder etwas mehr davon entfernt, diagonal durch die offene Tür auf das Leuchtzifferblatt der Uhr sah.

Von der anderen Seite der Tür waren die phosphoreszierenden Ziffern nicht zu sehen. Sie blickten mich an. Jeder, der durch die Tür käme – es sei denn, er würde springen –, mußte, wenn auch nur den Bruchteil einer Sekunde, irgendeinen Teil von sich zwischen mich und die Uhr bringen.

Auf dem Bauch, die Kanone schußfertig und mit dem Kolben auf dem Fußboden abgestützt, wartete ich darauf, daß das schwache Leuchten ausgelöscht würde.

Ich wartete und wartete. Pessimismus: Vielleicht kommt

er nicht; vielleicht muß ich hinter ihm her; vielleicht läuft er mir davon, und alle Mühe war umsonst.

Inés, neben mir, atmete bebend in mein Ohr.

»Faß mich nicht an«, knurrte ich, als sie sich an mich kuscheln wollte.

Mein Schußarm kam ins Wackeln.

Im Nebenzimmer zerbrach klirrend Glas.

Stille.

Die leuchtenden Flecken auf der Uhr brannten mir in den Augen. Ich konnte es mir nicht leisten zu zwinkern. Ein Fuß konnte das Zifferblatt passieren, während ich zwinkerte. Ich konnte nicht sagen, ob etwas an der Uhr vorbeigekommen war oder nicht. Wieder mußte ich zwinkern. Versuchte meine Augen starr offenzuhalten. Vergeblich. Beim dritten Zwinkern hätte ich fast geschossen. Ich hätte schwören können, daß etwas sich zwischen mir und der Uhr vorbeibewegt hatte.

Das Küken, was immer er vorhaben mochte, machte kein Geräusch.

Die dunkle Frau neben mir begann zu schluchzen. Kehllaute, die Kugeln anziehen konnten.

Ich knallte ihr eine mit den Augen und verfluchte das ganze Pack – nicht laut, sondern im Herzen.

Meine Augen brannten. Sie wurden feucht. Ich zwinkerte das Wasser weg und verlor dabei für kostbare Augenblicke die Sicht auf die Uhr. Der Kolben meiner Kanone war rutschig vom Schweiß der Hand. Mir war äußerst unbehaglich, innen wie außen.

Schießpulver versengte mir das Gesicht.

Eine schreiende Wahnsinnige krabbelte auf mir herum.

Meine Kugel traf nichts, was tiefer war als die Decke.

Ich schleuderte, trat vielleicht die Frau von mir weg und

schlängelte mich rückwärts. Irgendwo jammerte sie. Das Küken konnte ich nicht sehen, konnte ich nicht hören. Die Uhr war wieder zu sehen, weiter weg. Ein Rascheln.

Die Uhr verschwand.

Ich feuerte auf sie.

Zwei Lichtpunkte in der Nähe des Fußbodens – spuckten Blitz und Donner.

Den Lauf meiner Kanone so dicht an den Boden haltend wie es ging, feuerte ich zwischen diese Punkte. Zweimal.

Erneut blendeten mich Zwillingsflammen.

Meine Rechte wurde taub. Meine Linke nahm die Kanone. Ich schickte zwei weitere Kugeln auf die Reise. Damit blieb mir noch eine in der Kanone.

Ich weiß nicht, was ich damit machte. Mein Kopf füllte sich mit komischen Gedanken. Es gab kein Zimmer mehr. Es gab keine Dunkelheit. Es gab nichts ...

Das Licht war trübe, als ich die Augen aufmachte. Ich lag auf dem Rücken. Neben mir kniete die dunkle Frau, zitternd und schniefend. Ihre Hände machten sich zu schaffen – in meiner Kleidung.

Eine davon kam mit dem Juwelenbeutel aus meiner Weste.

Munter werdend, packte ich ihren Arm. Sie quietschte, als wäre ich eine sich bewegende Leiche. Ich hatte den Beutel wieder.

»Gib sie wieder her, Jerry«, winselte sie, krampfhaft versuchend, meine Finger aufzukriegen. »Das sind meine Dinger. Gib sie her!«

Ich setzte mich auf und sah mich um.

Neben mir lag eine kaputte Nachttischlampe, durch deren Umfallen – verursacht durch eine unvorsichtige Bewegung meiner Füße oder durch eine der Kugeln von

Küken – ich k.o.-gegangen war. Vor mir im Zimmer, Gesicht nach unten, die Arme wie gekreuzigt, lag hingestreckt das Dingsbums Küken. Er war tot.

Von vorne aus der Wohnung – fast nicht zu unterscheiden von dem Bummern in meinem Kopf – kam das Wumsen schwerer Schläge. Die Polizei trat die unverschlossene Tür ein.

Die Frau wurde still. Ich zuckte mit dem Kopf zur Seite. Das Messer ritzte meine Backe – machte einen Schlitz in das Revers meiner Jacke. Ich nahm es ihr ab.

Wie kopflos! Die Polizei war bereits da. Mich ihr anpassend, tat ich so, als gelangte ich plötzlich voll zu Bewußtsein.

»Ach, Sie sind's!« sagte ich. »Hier sind sie.«

Ich reichte ihr den Seidenbeutel mit den Juwelen in dem Moment, als der erste Polizist ins Zimmer kam.

Ich sah Inés nicht noch einmal, bevor sie nach dem Osten zurückgebracht wurde und man sie zu lebenslänglich Zuchthaus im Staatsknast von Massachusetts verknackte. Keiner von den Beamten, die in jener Nacht in ihr Apartment einbrachen, kannte mich. Die Frau und ich wurden getrennt, bevor mir jemand über den Weg lief, der mich kannte, wodurch ich es einrichten konnte, daß niemand ihr flüsterte, wer ich eigentlich sei. Der schwierigste Teil der Mimikri war, nicht in die Zeitungen zu kommen, denn ich mußte den Geschworenen erzählen, wie Billie, Großkinn, Maurois und das Dingsbums Küken zu Tode gekommen waren. Aber es gelang mir. Soweit ich weiß, hält die dunkle Frau mich noch immer für Jerry Young, den Schnapsschmuggler.

Der Alte sprach mit ihr, bevor sie aus San Francisco

wegkam. Setzt man zusammen, was er von ihr erfuhr und was unsere Zweigstelle in Boston eruierte, so hörte die Story sich folgendermaßen an:

Ein Bostoner Juwelier namens Tunnicliffe hatte einen Angestellten namens Binder, dem er voll vertraute. Binder ließ sich mit einer dunklen Frau namens Inés Almad ein. Die dunkle Frau wiederum hatte zwei windige Freunde – einen Franzosen namens Maurois und einen gebürtigen Bostoner, der entweder Carey oder Cory hieß, besser bekannt aber unter dem Namen Dingsbums Küken war. Aus einer solchen Konstellation mußte sich fast alles andere so gut wie zwangsläufig ergeben.

Ein Plan wurde geschmiedet. Der getreue Binder – zu dessen Aufgaben es gehörte, morgens das Geschäft aufzumachen und es abends zu schließen – sollte die wertvollsten ungefaßten Steine, die für das Weihnachtsgeschäft eingekauft worden waren, aussuchen, sie eines Abends mitnehmen und sie Inés übergeben, die sie zu Geld machen sollte.

Um Binders Diebstahl nicht aufkommen zu lassen, sollten das Dingsbums Küken und der Franzose am nächsten Morgen unmittelbar nach Geschäftsbeginn den Juwelierladen berauben. Binder und der Hausdiener – dem nicht auffallen würde, daß die wertvollsten Stücke aus dem Sortiment fehlten – würden die einzigen im Laden sein. Die Räuber würden einsacken, was sie kriegen könnten. Zusätzlich zu ihrer Ausbeute sollten sie je zweihundertfünfzig Dollar bekommen, und falls später einer gefaßt werden würde, konnte man darauf zählen, daß Binder ihn nicht identifizieren würde.

Das war der Plan, so weit Binder ihn kannte. Der Plan hatte Haken, auf die er nicht kam.

Zwischen Inés, Maurois und dem Küken war eine andere Vereinbarung getroffen worden. Sie sollte, sobald sie sie von Binder bekommen hätte, mit den Steinen nach Chicago fahren und dort auf Maurois und das Küken warten. Sie und der Franzose hätten sich damit begnügt, abzuhauen und Binder in die Röhre gucken zu lassen. Das Dingsbums Küken bestand aber darauf, den Raubüberfall wie geplant durchzuführen und den idiotischen Binder umzubringen. Binder wisse zu viel über sie, sagte das Küken, und würde Zeter und Mordio schreien, wenn er merkte, daß er übers Ohr gehauen worden war.

Küken kriegte seinen Willen und erschoß Binder.

Dann war es zu dem hübschen Durcheinander mit den vier- und sechsfachen Überkreuzkunkeleien gekommen, das sich für alle drei fatal ausgewirkt hatte: die Privatabkommen der Frau mit dem Küken und Maurois – sich mit dem einen in St. Louis und dem andern in New Orleans zu treffen – und ihr Alleingang mit der Beute nach San Francisco.

Billie war ein unschuldiger Zuschauer – oder fast. Ein Waldschrat, dem Inés irgendwo in die Arme gelaufen war und den sie sich als eine Art Kissen für die holprigen Strekken ihres steinigen Weges aufgelesen hatte.

Der Main-Tod

Der Captain sagte mir, Hacken und Begg hätten den Fall. Ich erwischte sie, als sie aus dem Versammlungsraum der Fahnder kamen.

Begg war ein sommersprossiger Schwergewichtler, leutselig wie ein junger Bernhardiner, aber nicht so intelligent. Der hagere Detektivsergeant Hacken, weniger zu Scherzen aufgelegt, war mit seinem sorgenvollen, scharfgeschnittenen Gesicht der Kopf des Teams.

»In Eile?« erkundigte ich mich.

»Immer in Eile, wenn wir uns für den Tag auf die Socken machen«, sagte Begg, und seine Sommersprossen verzogen sich auf seinem Gesicht nach oben, um seinem Grinsen Platz zu machen.

»Was liegt denn an?« fragte Hacken.

»Ich hätte gern die ersten Untersuchungsergebnisse in der Main-Sache – wenn schon was vorliegt.«

»Sie sind auch darauf angesetzt?«

»Ja«, sagte ich, »Gungen hat uns beauftragt, Mains Chef.«

»Dann können Sie uns ja was verraten – warum hat er zwanzigtausend in bar bei sich gehabt?«

»Das sag ich euch morgen«, versprach ich. »Ich habe noch nicht mit Gungen gesprochen. Bin heute abend mit ihm verabredet.«

Während wir diese Worte wechselten, waren wir wieder in den Versammlungsraum gegangen, der mit seinen Tischen und Bänken einem Klassenzimmer nicht unähnlich war. Sechs Polizeidetektive saßen verstreut herum und schrieben an ihren Berichten.

Wir drei setzten uns um Hackens Tisch, und der hagere Detektivsergeant sprach:

»Sonntagabend kam Main aus Los Angeles zurück, mit zwanzig Tausend in der Brieftasche. Er war da runtergefahren, um für Gungen irgendwas zu verkaufen. Sie stellen erst mal fest, warum er so viel Bargeld bei sich hatte. Seiner Frau hat er erzählt, er sei im Auto mit einem Freund von L. A. hochgefahren – kein Name. Sie ging gegen halb elf ins Bett, er ist noch im Wohnzimmer geblieben und hat gelesen. Das Geld – zweihundert Hundertdollarscheine – hat er in einer braunen Brieftasche gehabt.

So weit, so gut. Er sitzt also im Wohnzimmer und liest. Sie ist im Schlafzimmer und schläft. Nur die zwei sind im Apartment. Durch Lärm wird sie wach. Sie springt aus dem Bett, läuft ins Wohnzimmer. Da balgt sich Main mit zwei Männern. Einer ist groß und stämmig, der andere ist klein – irgendwie von mädchenhaftem Wuchs. Beide haben sie schwarze Tücher vor der Schnauze und ins Gesicht gezogene Mützen auf.

Als Mrs. Main auftaucht, läßt der Kleine von Main ab und knöpft sich die Frau vor. Hält ihr eine Kanone unter die Nase und sagt ihr, sie soll sich benehmen. Main und der andere Kerl haben sich immer noch in der Mache. Main hat seine Kanone in der Hand, aber der Gangster hat ihn beim Handgelenk und versucht, sie ihm zu entwinden. Das schafft er ziemlich bald – Main läßt sein Schießeisen fallen. Der Gangster zückt seine eigene Kanone und hält sich Main vom Leib, während er sich bückt, um die hingefallene Waffe aufzuheben.

Als der Mann sich bückt, stürzt Main sich auf ihn. Es

gelingt ihm, dem Burschen die Kanone aus der Hand zu schlagen, aber der hat inzwischen die andere aufgehoben. Für ein paar Sekunden wälzen sie sich auf einem Haufen. Mrs. Main kann nicht sehen, was da genau vorgeht. Dann päng! Main kippt zur Seite, seine Weste brennt, wo der Schuß sie in Brand gesetzt hat, im Herz hat er eine Kugel, und seine Kanone qualmt in der Faust des Maskierten. Mrs. Main wird ohnmächtig.

Als sie wieder zu sich kommt, ist außer ihr und ihrem toten Mann niemand mehr im Apartment. Seine Brieftasche ist weg, ebenso seine Kanone. Sie war etwa eine halbe Stunde bewußtlos. Wir wissen das, weil andere Leute den Schuß gehört haben und uns die Zeit nennen konnten – wenngleich sie nicht wußten, von wo er kam.

Die Wohnung der Mains liegt im fünften Geschoß. Das Haus hat sieben Stockwerke. Daneben, an der Ecke der Eighteenth Avenue, steht ein zweigeschossiges Haus – unten ein Lebensmittelladen, oben die Wohnung des Kaufmanns. Hinter diesen Häusern verläuft eine schmale Seitenstraße – eine Gasse. Schön.

Kinney, der Beamte, der da Streifendienst hat, kommt die Eighteenth Avenue runter. Er hat den Schuß gehört, und zwar deutlich, denn das Apartment der Mains liegt auf der Seite des Hauses – der Seite, die auf das Kaufmannshaus geht –, aber er konnte den Schuß nicht gleich orten. Er verlor Zeit, weil er die Straße weiter hoch absuchte. In der Zeit, bis er zu der Gasse runtergekommen war, waren die Vögel abgeschwirrt. Kinney fand aber trotzdem eine Spur von ihnen – sie hatten eine Kanone in der Gasse verloren, die Kanone, die sie Main abgenommen und mit der sie ihn erschossen hatten. Gesehen hat Kinney sie jedoch nicht.

Nun ist es keine Schwierigkeit, von einem Flurfenster in der zweiten Etage des Apartmenthauses auf das Dach des Kaufmannshauses zu kommen. Jeder, der nicht gerade ein Krüppel ist, kann das schaffen – hinein oder hinaus –, und das Fenster ist nie zu. Vom Dach des Kaufmanns auf die Gasse ist es fast ebenso leicht. Es gibt da ein gußeisernes Rohr, einen breiten Fenstersims, eine Tür mit großen, vorstehenden Angeln – eine regelrechte Leiter für diese Rückwand. Begg und ich haben das jedenfalls geschafft, ohne ins Schwitzen zu kommen. Möglich, daß die zwei diesen Weg genommen haben. Daß sie auf ihm abgehauen sind, wissen wir. Wir haben Mains Brieftasche auf dem Dach des Kaufmanns gefunden – leer natürlich – und ein Taschentuch. Die Brieftasche hatte Metallecken. Das Taschentuch hatte sich in einer davon verhackt und war daran hängengeblieben, als die Gangster sie wegwarfen.«

»Mains Taschentuch?«

»Ein Damentaschentuch – und zwar mit einem E in einer Ecke.«

»Von Mrs. Main vielleicht?«

»Die heißt Agnes«, sagte Hacken. »Wir zeigten ihr die Brieftasche, die Kanone, das Taschentuch. Brieftasche und Waffe identifizierte sie als von ihrem Mann stammend, das Taschentuch war ihr neu. Sie konnte uns jedoch den Namen des Parfums nennen, nach dem es roch – *Désir du Cœur*. Und dadurch ist sie wohl zu der Vermutung gekommen, daß die kleinere Person des maskierten Paares möglicherweise eine Frau gewesen ist. Schon vorher hatte sie ja was von mädchenhaftem Wuchs gesagt.«

»Irgendwelche Fingerabdrücke oder etwas dergleichen?« fragte ich.

»Nein. Phels hat die Wohnung abgesucht, das Fenster,

das Dach, die Brieftasche und die Kanone. Nicht mal was Verschmiertes.«

»Könnte Mrs. Main sie identifizieren?«

»Den Kleinen, sagt sie, würde sie wiedererkennen.«

»Schon Anhaltspunkte, wer's sein könnte?«

»Noch nicht«, sagte der hagere Detektivsergeant, als wir zur Tür gingen.

Auf der Straße verließ ich die Polizeifahnder und machte mich auf den Weg zu Bruno Gungen, der am Westwood Park wohnte.

Dieser Mann, der mit seltenem und altem Schmuck handelte, war schon ein Kerlchen für sich. Die Frackjacke, stark und kantig an den Schultern gepolstert, schloß sich eng wie ein Korsett um die Hüften. Haar, Schnurrbart und ein spatelförmiges Ziegenbärtchen waren schwarz gefärbt und gefettet, bis sie ebenso glänzten wie seine spitzen, rosigen Fingernägel. Ich hätte wetten mögen, daß das Rot seiner fünfzigjährigen Wangen Rouge war. Aus den Tiefen eines ledernen Bibliothekssessels sich erhebend, gab er mir eine weiche, warme Hand, die nicht größer war als die eines Kindes. Den Kopf schief haltend und sich verbeugend, lächelte er mich an.

Dann stellte er mich seiner Frau vor, die, während sie leicht den Kopf neigte, am Tisch sitzen blieb. Sie konnte kaum mehr als ein Drittel so alt sein wie ihr Mann. Vielleicht war sie einen Tag über neunzehn, sah aber mehr nach sechzehn aus. Sie war ebenso klein wie er, hatte ein Grübchengesicht mit Olivenhaut, runde braune Augen, einen schwellenden angemalten Mund und wirkte mehr oder weniger wie eine teure Puppe im Schaufenster eines Spielwarenladens.

Bruno Gungen erklärte ihr mit einiger Umständlichkeit,

daß ich zur Continental-Detektei gehöre und daß er mich beauftragt habe, der Polizei zu helfen, die Mörder Jeffrey Mains zu finden und die gestohlenen zwanzigtausend Dollar wieder aufzutreiben.

In einem Ton, der bedeutete, daß sie das kein bißchen interessierte, murmelte sie »Oh, ja!«, stand auf und sagte dabei: »Dann werde ich euch allein ...«

»Nein, nein, meine Liebe!« Ihr Mann winkte sie mit seinen rosigen Fingern zurück. »Ich möchte doch keine Geheimnisse vor dir haben.«

Sein lächerlich kleines Gesicht ruckte herum zu mir, der Kopf legte sich auf die Seite, und mit einem kleinen Kichern fragte er: »Ist es nicht so? Daß es zwischen Ehegatten keine Geheimnisse geben sollte?«

Ich tat so, als wäre ich seiner Meinung.

»Ich weiß doch, meine Liebe«, sagte er zu seiner Frau gewendet, die sich wieder gesetzt hatte, »daß du dich hierfür ebenso interessierst wie ich, denn hatten wir den lieben Jeffrey nicht beide gleichermaßen ins Herz geschlossen? Ist es nicht so?«

»Oh, ja!« wiederholte sie so uninteressiert wie vorher.

Ihr Mann wandte sich an mich und sagte in ermutigendem Ton: »Nun?«

»Ich habe mir angehört, was die Polizei zu berichten wußte«, sagte ich. »Haben Sie dem noch etwas hinzuzufügen? Etwas Neues? Etwas, was Sie der Polizei nicht erzählt haben?«

Er fuhr mit dem Kopf herum zu seiner Frau. »Hab ich das, Enid, Liebes?«

»Ich wüßte nichts«, erwiderte sie.

Kichernd wandte er mir ein erfreutes Gesicht zu.

»Das ist alles«, sagte er. »Wir wüßten sonst nichts.«

»Er kam Sonntagabend um acht nach San Francisco zurück – drei Stunden, bevor er umgebracht und ausgeraubt wurde –, mit zwanzigtausend Dollar in Hundertdollarscheinen. Wie kam er dazu?«

»Das war die Anzahlung eines Kunden«, erklärte Bruno Gungen. »Eines Mr. Nathaniel Ogilvie in Los Angeles.«

»Aber warum in bar?«

Das angemalte Gesicht des kleinen Mannes verzog sich zu einem verschlagenen Grinsen.

»Ein bißchen Schmu und Hokuspokus«, bekannte er selbstzufrieden, »ein kaufmännischer Kunstgriff, wie man sagt. Kennen Sie die Gattung Sammler? Ah, das wäre ein Studienfeld für Sie! Passen Sie auf. Ich bekomme eine goldene Tiara, frühgriechische Handwerkskunst oder – lassen Sie mich korrekt sein – angeblich frühgriechische Handwerkskunst; und ebenso angeblich soll sie in Südrußland gefunden worden sein, in der Nähe von Odessa. Ob eine dieser Behauptungen irgendeinen Bezug zur Wahrheit hat, weiß ich nicht, mit Sicherheit ist die Tiara aber ein Objekt der Schönheit.«

Er kicherte.

»Nun habe ich einen Kunden, besagten Mr. Nathaniel Ogilvie in Los Angeles, der ein starkes Verlangen hat nach solcherlei Kuriosa – ein wahrer Teufel von einem *cacoethes carpendi*. Der Wert dieser Dinge entspricht, wie Sie begreifen werden, genau dem, was man für sie kriegen kann – nicht mehr, kaum weniger. Diese Tiara – nun, zehntausend Dollar wären das mindeste gewesen, was ich hätte erwarten können, wenn ich sie wie ein gewöhnliches Objekt dieser Art verkauft hätte. Aber kann man eine goldene Kopfbedeckung, die vor langer Zeit für irgendeinen vergessenen skythischen König angefertigt wurde, als ein gewöhnliches Objekt irgendeiner Art bezeichnen? Nein! Mitnichten! Also, in Watte gewickelt, penibelst verpackt, bringt Jeffrey diese Tiara nach Los Angeles, um sie unserm Mr. Ogilvie zu zeigen.

Auf welche Weise die Tiara in unsere Hände gelangt ist, wird Jeffrey nicht erzählen. Aber er wird zwielichtige Andeutungen machen – Schmuggel, ein bißchen Gewalttätigkeit und Gesetzlosigkeit hier und da, die Notwendigkeit der Geheimhaltung. Das ist der Köder für den echten Sammler! Nichts bedeutet ihm etwas, wenn es nicht unter Schwierigkeiten erworben wurde. Jeffrey wird nicht lügen. Nein! *Mon Dieu,* das wäre unehrlich, verächtlich! Aber er wird viel andeuten, und er wird sich weigern – oh, und zwar nachdrücklich! –, für die Tiara einen Scheck anzunehmen. Aber doch keinen Scheck, lieber Herr! Nichts, was Spuren hinterließe! Bargeld!

Ein bißchen Schmu, wie Sie sehen. Aber wem schadet das? Mr. Ogilvie wird die Tiara mit Sicherheit kaufen, und unser kleiner Betrug erhöht die Freude ja nur noch, die er an seiner Erwerbung hat. Er wird ihren Besitz nur umso mehr genießen. Außerdem, wer sagt denn, daß diese Tiara nicht echt ist? Ist sie es, dann sind diese Dinge, die Jeffrey andeutet, unzweifelhaft wahr. Mr. Ogilvie kauft sie also tatsächlich, für zwanzigtausend Dollar, und das ist der Grund, warum Jeffrey so viel Bargeld bei sich hatte.«

Mit rosiger Hand zeichnete er einen Schnörkel in die Luft, nickte mir mit einem gewaltigen Ruck seines gefärbten Köpfchens zu und schloß: »*Voilà!* Das wär's!«

»Haben Sie Kontakt mit Main gehabt, nachdem er zurückgekommen war?« fragte ich.

Der Händler lächelte, als fühlte er sich durch meine

Frage gekitzelt, und wandte seinen Kopf, so daß das Lächeln seiner Frau galt.

»Haben wir, Enid, Schatz?«

Sie schob die Lippen vor und zuckte gleichgültig mit den Achseln.

»Daß er zurückgekehrt war, erfuhren wir erst Montagmorgen«, interpretierte Gungen mir die Zeichen seiner Frau, »als wir von seinem Tod hörten. Ist es nicht so, Täubchen?«

»Ja«, murmelte sein Täubchen, und vom Stuhl sich erhebend, fügte es hinzu: »Sie entschuldigen mich? Ich muß noch einen Brief schreiben.«

»Aber gewiß, meine Liebe«, sagte Gungen zu ihr, als er und ich aufstanden.

Auf dem Weg zur Tür ging sie dicht an ihm vorbei. Seine kleinen Nüstern bebten über seinem gefärbten Schnurrbärtchen, und in einer Karikatur der Ekstase verdrehte er die Augen.

»Was für ein herrlicher Duft, mein Lieb!« rief er aus. »Welch ein himmlischer Wohlgeruch! Welch ein Lied für die Nase! Hat das einen Namen, Schatz?«

»Ja«, sagte sie und blieb in der Tür stehen, ohne zurückzublicken.

»Und der ist?«

»*Désir du Cœur*«, erwiderte sie über die Schulter, als sie uns verließ.

Bruno Gungen sah mich an und kicherte.

Ich setzte mich wieder und fragte ihn, was er über Jeffrey Main wisse.

»Alles, nicht weniger«, versicherte er mir. »Seit zwölf Jahren – er war damals ein Junge von achtzehn – ist er mein rechtes Auge, meine rechte Hand gewesen.«

»Nun, was für ein Mensch war er so?«

Bruno Gungen zeigte mir seine aneinandergelegten rosigen Handteller.

»Tja, wie ist der Mensch so?« fragte er über die Handteller hinweg.

Das sagte mir nichts, und so wartete ich schweigend ab.

»Nun, ich kann es Ihnen sagen«, begann der kleine Mann jetzt. »Jeffrey hatte das Auge und den Riecher für diesen meinen Beruf. Kein Lebender außer allein mir selbst hat in diesen Dingen ein Urteilsvermögen, das ich dem seinen vorgezogen hätte. Und dabei ehrlich, denken Sie nur! Lassen Sie sich in diesem Punkt durch nichts irritieren, was ich sagen könnte. Nicht ein einziges Schloß habe ich, zu dem nicht auch Jeffrey den Schlüssel hatte – und für immer hätte behalten können, wenn er so lange gelebt hätte.

Aber da ist ein Aber. In seinem Privatleben ist Schurke das einzige Wort, das ihm gerecht wird. Er trank, er spielte, er liebte, er gab aus – lieber Gott, und wie er ausgab! In diesem Trinken und Spielen und Lieben und Geldausgeben war er ein hemmungslos freier Bursche, soviel steht fest. Von Maßhalten hielt er nicht viel. Von dem Geld, das ihm durch Erbschaft zufiel, von den fünfzigtausend Dollar, die seine Frau mit in die Ehe brachte, ist nichts mehr übrig. Glücklicherweise war er versichert, sonst säße seine Frau ohne einen Penny da. Oh, er war ein echter Heliogabalus, dieser Bursche!«

Bruno Gungen begleitete mich zur Haustür, als ich ging. Ich sagte »Gute Nacht« und ging den Kieselweg hinunter zu meinem Wagen. Die Nacht war klar, dunkel, mondlos. Hohe Hecken waren schwarze Wände zu beiden Seiten des Gungen-Grundstücks. Zur Linken war ein kaum wahrnehmbares Loch in der Schwärze – ein dunkelgraues Loch – oval – in der Größe eines Gesichts.

Ich stieg in meinen Wagen, rührte die Maschine auf und fuhr weg. In die erste Seitenstraße bog ich ein, stellte den Wagen ab und machte mich zu Fuß auf den Rückweg zu den Gungens. Dieses Oval in Gesichtsgröße hatte mich neugierig gemacht.

Als ich die Ecke erreichte, sah ich aus der Richtung der Gungens eine Frau auf mich zukommen. Ich war im Schatten einer Mauer. Vorsichtig zog ich mich von der Ecke zurück, bis ich zu einem Tor kam, das von vorstehenden Backsteinpfeilern getragen wurde. Zwischen diesen machte ich mich flach.

Die Frau überquerte die Straße, ging weiter den Fahrdamm hinauf zur Straßenbahn. Ich konnte nichts an ihr erkennen, außer daß sie eine Frau war. Vielleicht kam sie vom Grundstück der Gungens, vielleicht nicht. Vielleicht war es das Gesicht, das ich vor der Hecke gesehen hatte, vielleicht nicht. Es war eine Vermutung ohne Hand und Fuß. Ich tippte auf ja und folgte ihr die Straße entlang.

Ihr Ziel war ein Drugstore an der Straßenbahnlinie. Sie wollte telefonieren. Zehn Minuten hatte sie den Hörer in der Hand. Ich wollte nicht in das Geschäft hineingehen, um ein paar Worte aufzuschnappen, sondern blieb auf der anderen Straßenseite und begnügte mich damit, daß ich sie gut sehen konnte.

Sie war etwa fünfundzwanzig, mittelgroß, vollschlank, mit blaßgrauen Augen, die kleine Tränensäcke hatten, einer dicken Nase und einer vorstehenden Unterlippe. Auf ihrem braunen Haar hatte sie keinen Hut. Ihr Körper war in ein langes blaues Cape gehüllt.

Von dem Drugstore aus beschattete ich sie zurück zu dem Haus der Gungens. Sie ging durch die Hintertür hinein.

Ein Dienstmädchen wahrscheinlich, aber nicht das Mädchen, das mich früher am Abend ins Haus gelassen hatte.

Ich ging zu meinem Wagen und fuhr in die Stadt zurück, zum Büro.

»Arbeitet Dick Foley gerade an irgendwas?« fragte ich Fiske, der bei Continental's nachts die Sachen regelt.

»Nein. Haben Sie schon die Geschichte von dem Burschen gehört, der sich den Hals operieren ließ?« Bei der leisesten Ermutigung fängt Fiske an, Geschichten zu erzählen, und hört erst wieder auf, wenn er ein Dutzend davon losgeworden ist, und so sagte ich:

»Ja. Versuchen Sie, Dick zu erreichen und sagen Sie ihm, ich hätte einen Beschattungsjob für ihn, draußen am Westwood Park, morgen früh soll er anfangen.«

Ich gab Fiske die Adresse von Gungen – damit er sie an Dick weitergebe – und eine Beschreibung des Mädchens, das in dem Drugstore telefoniert hatte. Dann versicherte ich unserem Mann vom Nachtdienst, daß ich auch die Geschichte von dem Negerkind namens Opium gehört hätte und ebenso auch die über das, was der alte Mann seiner Frau am Tag ihrer goldenen Hochzeit gesagt hatte. Bevor er mich mit einer weiteren in Versuchung bringen konnte, entwischte ich in mein Büro und setzte ein verschlüsseltes Telegramm an unsere Zweigstelle in Los Angeles auf, in dem ich bat, Mains letztem Besuch in der Stadt auf den Grund zu gehen.

Am nächsten Morgen schauten Hacken und Begg bei mir herein, und ich teilte ihnen Gungens Version darüber mit, warum die Zwanzigtausend in bar gewesen waren. Die Polizeifahnder erzählten mir, ein Spitzel habe ihnen geflüstert, daß Bunky Dahl – ein ortsansässiger Revolverheld, der sich bescheiden mit Straßenraub durchschlug – einen dicken Batzen Knete habe sehen lassen, und zwar kurz nach Mains Tod.

»Wir haben ihn noch nicht gefaßt«, sagte Hacken. »Konnten noch nicht rauskriegen, wo er steckt, aber sein Mädchen haben wir im Visier. Kann natürlich sein, daß er den Zaster woanders her hat.«

Um zehn Uhr an jenem Morgen mußte ich nach Oakland hinüber, um gegen zwei Schwachköpfe auszusagen, die unter der Hand in einem Gummiwerk scheffelweise Material verhökert hatten. Als ich abends um sechs in die Agentur zurückkam, fand ich auf meinem Tisch ein Telegramm aus Los Angeles.

Jeffrey Main, so hieß es darin, hatte sein Geschäft mit Ogilvie am Samstagnachmittag abgeschlossen, hatte sein Hotel gleich darauf verlassen und war am selben Abend mit der »Eule« abgefahren, die am frühen Sonntagmorgen in San Francisco ankam. Die Hundertdollarscheine, mit denen Ogilvie die Tiara bezahlt hatte, waren neu gewesen, mit fortlaufenden Nummern, und Ogilvies Bank hatte dem Detektiv in Los Angeles die Nummern genannt.

Bevor ich mich für den Tag auf die Socken machte, rief ich Hacken an und gab ihm diese Nummern durch sowie die anderen Informationen aus dem Telegramm.

»Dahl haben wir noch nicht gefunden«, sagte er mir.

Dick Foleys Bericht kam am nächsten Morgen. Das Mädchen hatte das Gungen-Haus am Abend zuvor um 9 Uhr 15 verlassen und war zur Ecke Miramar Avenue und Southwood Drive gefahren, wo ein Mann in einem Buick Coupé auf sie gewartet hatte. Dick beschrieb ihn: Alter etwa 30; Größe ungefähr eins-78; schlank, Gewicht vielleicht 140; Gesichtsfarbe normal; Haar und Augen braun; langes, schmales Gesicht mit spitzem Kinn; brauner Hut, Anzug und Schuhe braun, Mantel grau.

Das Mädchen war zu ihm in den Wagen gestiegen, dann waren sie zum Strand hinausgefahren, ein Weilchen über den Great Highway, dann zurück zur Miramar und Southwood, wo das Mädchen ausstieg. Allem Anschein nach fuhr sie zu dem Haus zurück, so daß Dick sich an den Buick des Mannes hängte, der hinunterfuhr zu den Futurity-Apartments in der Mason Street.

Der Mann blieb etwa eine halbe Stunde da drin und kam dann mit einem anderen Mann und zwei Frauen wieder heraus. Dieser zweite Mann war ungefähr so alt wie der erste, etwa eins-73 groß, wog etwa hundertsiebzig Pfund, hatte braunes Haar und braune Augen, dunkle Gesichtshaut, ein flaches, breites Gesicht mit starken Backenknochen und trug einen blauen Anzug, grauen Hut, hellbraunen Mantel, schwarze Schuhe und eine birnenförmige Perle als Schlipsnadel.

Die eine der Frauen war etwa zweiundzwanzig, klein, schlank und blond. Die andere war wahrscheinlich drei oder vier Jahre älter, rothaarig, mittelgroß und -stark und hatte eine Himmelfahrtsnase.

Das Quartett war in den Wagen gestiegen und zum Café Algeria gefahren, wo sie bis kurz nach ein Uhr morgens geblieben waren. Dann waren sie zu den Futurity-Apartments zurückgefahren. Um halb vier waren die zwei Männer herausgekommen, hatten den Buick zu einer Garage in der Post Street gefahren und waren dann zum Hotel Mars gegangen. Als ich das gelesen hatte, rief ich Mickey Linehan aus dem Gemeinschaftsraum zu mir herein, gab ihm den Bericht und Instruktionen:

»Stell fest, wer diese Leute sind.«

Mickey ging hinaus. Mein Telefon klingelte.

Bruno Gungen: »Guten Morgen. Haben Sie mir vielleicht heute schon etwas zu erzählen?«

»Vielleicht«, sagte ich. »Sie sind in der Stadt?«

»Ja, in meinem Geschäft. Bis vier bin ich hier zu erreichen.«

»Gut. Ich komme heute nachmittag vorbei.«

Um zwölf kam Mickey Linehan zurück. »Der erste Typ«, berichtete er, »der, den Dick mit dem Mädchen gesehen hat, heißt Benjamin Weel. Er ist der Besitzer des Buick, und er wohnt im Mars – Zimmer 410. Er ist Vertreter, wenn auch nicht bekannt ist, von was. Der andere Mann ist ein Freund von ihm, der seit zwei Tagen bei ihm wohnt. Über den konnte ich nichts rauskriegen. Er steht nicht im Hotelregister. Die Frauen im Futurity-Haus sind zwei Flittchen. Sie wohnen in Apartment 303. Die größere läuft unter dem Namen Mrs. Effie Roberts. Die kleine Blonde ist Violet Evarts.«

»Warte«, sagte ich zu Mickey und ging zurück ins Archiv zu den Schubladen mit den Karteikarten.

Ich sah die W's durch – *Weel, Benjamin, alias Husten-Ben, 36, 312 W.*

Der Inhalt von Schnellhefter 36, 312 W war zusammengefaßt der, daß Husten-Ben Weel 1916 im Amador County verhaftet und wegen einer ganzen Reihe von Straftaten für drei Jahre nach San Quentin geschickt worden war. 1922 war er in Los Angeles erneut festgenommen worden. Die Anklage hatte auf versuchte Erpressung einer Filmschauspielerin gelautet, das Verfahren war aber eingestellt worden. Seine Beschreibung stimmte mit der überein, die Dick mir von dem Mann im Buick gegeben hatte. Seine

Fotografie – eine Kopie der Aufnahme, die die Polizei 1922 gemacht hatte – zeigte einen jungen Mann mit scharfgeschnittenem Gesicht und einem Kinn wie ein Keil.

Ich nahm das Foto mit in mein Büro und zeigte es Mickey.

»Das ist der Weel von vor fünf Jahren. Bleib ihm eine Weile auf den Fersen.«

Als der Detektiv gegangen war, rief ich das Büro der Zivilfahnder im Präsidium an. Weder Hacken noch Begg war da. Ich erwischte Lewis vom Erkennungsdienst.

»Wie sieht Bunky Dahl aus?« fragte ich ihn.

»Augenblick«, sagte Lewis; und dann: »32, eins-72, 174, mittel, braun, braun, breites flaches Gesicht mit ausgeprägten Backenknochen, Goldbrücke links unten, braunes Muttermal unter rechtem Ohr, rechter kleiner Zeh leicht deformiert.«

»Haben Sie ein Bild von ihm übrig?«

»Klar.«

»Danke. Ich schicke einen Jungen vorbei.«

Ich sagte Tommy Howd, er solle losschieben und das Foto holen, und ging dann hinaus, um etwas zu essen. Danach fuhr ich los zu Gungens Geschäft in der Post Street. Der kleine Händler sah an diesem Nachmittag verkitschter aus als je, in einer schwarzen Jacke, die an den Schultern noch stärker ausgepolstert war und um die Hüfte noch enger saß als der Frack neulich abend. Dazu trug er eine gestreifte Hose, eine ins Magentarot gehende Weste und einen üppig sich bauschenden, kostbar mit Goldfaden bestickten Seidenbinder.

Wir gingen nach hinten durch seinen Laden, eine schmale Treppe hinauf zu einem kleinen Kubus von Büro im Zwischenstock.

»Und was haben Sie mir zu erzählen?« fragte er, als wir uns hinter geschlossener Tür hingesetzt hatten.

»Ich habe mehr zu fragen als zu erzählen. Erstens, wer ist das Mädchen mit der dicken Nase, der dicken Unterlippe und den kleinen Säcken unter grauen Augen, die in ihrem Hause wohnt?«

»Das ist eine gewisse Rose Rubury.« Sein kleines angemaltes Gesicht legte sich in die Falten eines zufriedenen Lächelns. »Sie ist das Hausmädchen meiner lieben Frau.«

»Sie fährt mit einem Ex-Sträfling in der Gegend herum.«

»Tut sie das?« Hocherfreut strich er sich mit rosiger Hand sein gefärbtes Ziegenbärtchen. »Nun, sie ist das Hausmädchen meiner Frau, tja, das ist sie.«

»Main ist nicht, wie er seiner Frau erzählt hat, mit einem Freund von Los Angeles heraufgefahren, sondern er hat Samstagabend den Nachtzug genommen – so daß er bereits zwölf Stunden in der Stadt war, bevor er sich zu Hause blicken ließ.«

Kichernd legte Bruno Gungen sein erfreutes Gesicht zur Seite.

»Ah!« giggelte er. »Wir machen Fortschritte! Wir machen Fortschritte! Nicht wahr?«

»Möglich. Erinnern Sie sich, ob diese Rose Rubury Sonntagnacht im Hause war – sagen wir, zwischen elf und zwölf?«

»Ei gewiß erinnere ich mich. Sie war im Hause. Ich bin da ganz sicher. Meine liebe Frau fühlte sich nicht recht wohl an dem Abend. Mein Liebling war früh an jenem Sonntag aufgebrochen. Sie wollte mit Freunden aufs Land, sagte sie – mit welchen Freunden, weiß ich allerdings nicht. Aber um acht Uhr an dem Abend kam sie nach Hause und klagte über schreckliche Kopfschmerzen. Ihr Aussehen hat mich ziemlich erschreckt, so daß ich oft nach ihr schauen ging, und deswegen weiß ich, daß ihr Mädchen den ganzen Abend im Hause war, mindestens bis eins.«

»Hat die Polizei Ihnen das Taschentuch gezeigt, das zusammen mit Mains Brieftasche gefunden wurde?«

»Ja.« Er wand sich auf seiner Stuhlkante, und sein Gesicht hatte den Ausdruck eines Kindes, das einen Weihnachtsbaum anschaut.

»Sie sind sicher, daß es von Ihrer Frau ist?«

Sein Kichern behinderte ihn beim Sprechen, und so sagte er nur »Ja«, wobei sein Kopf auf und ab ging, bis sein Ziegenbärtchen eine schwarze Kleiderbürste zu sein schien, die seinen Binder abbürstete.

»Vielleicht hat sie es irgendwann einmal bei den Mains liegenlassen, als sie Mrs. Main besuchte«, schlug ich vor.

»Das ist nicht möglich«, korrigierte er mich eifrig. »Mein Liebling und Mrs. Main kennen einander gar nicht.«

»Aber Ihre Frau und Main kannten einander?«

Er kicherte und bürstete seinen Binder wieder mit seinem Bärtchen.

»Und wie gut kannten sie einander?«

Er zog seine gepolsterten Schultern hoch bis zu den Ohren.

»Ich weiß nicht«, sagte er fröhlich. »Dafür habe ich einen Detektiv.«

»So?« Grimmig sah ich ihn an. »Den haben Sie dafür, daß er herausfindet, wer Main getötet und ausgeraubt hat – und für nichts anderes. Wenn Sie denken, Sie hätten ihn engagiert, damit er Ihre Familiengeheimnisse ans Licht bringt, dann liegen Sie ebenso falsch wie die Prohibition.«

»Aber wieso denn? Wieso?« Er war verwirrt. »Habe ich

denn nicht das Recht, das zu erfahren? Es wird keinen Ärger deswegen geben, keinen Skandal, keine Scheidungsklage, dessen kann ich Sie versichern. Außerdem ist Jeffrey tot, also kann es nur eine alte Geschichte sein, wie man so sagt. Als er noch lebte, wußte ich von nichts, war blind. Nachdem er nun tot ist, sehe ich gewisse Dinge. Zu meiner persönlichen Genugtuung – das ist alles, ich flehe Sie an, mir zu glauben – würde ich gerne Gewißheit haben.«

»Aus mir werden Sie nichts herausbringen«, sagte ich barsch. »Außer dem, was Sie mir erzählt haben, weiß ich nichts davon, und dafür, die Sache weiter auszugraben, können Sie mich nicht anheuern. Wenn Sie da übrigens sowieso nichts unternehmen wollen, warum lassen Sie dann nicht die Finger davon – lassen die Sache auf sich beruhen?«

»Nein, nein, mein Freund.« Er hatte seine strahlende Fröhlichkeit zurückerlangt. »Ich bin noch kein alter Mann, aber ich bin zweiundfünfzig. Meine liebe Frau ist achtzehn und eine wirklich süße Person.« Er kicherte. »Diese Sache ist geschehen. Kann sie nicht jederzeit wieder geschehen? Und gebietet nicht eheliche Klugheit, ihr – soll ich sagen – Zügel anzulegen? Sie an die Kandare zu nehmen? Ihr die Flügel zu stutzen? Oder, wenn es auch nie wieder geschehen sollte – würde das liebe Eheweib nicht dennoch folgsamer sein, wenn es weiß, daß der Gatte gewisse Informationen besitzt?«

»Das ist Ihre Sache.« Ich stand auf. »Aber damit will ich nichts zu tun haben.«

»Ah, lassen Sie uns doch nicht streiten!« Er sprang auf und ergriff eine meiner Hände. »Wenn Sie nicht wollen, wollen Sie eben nicht. Aber es bleibt immer noch der kriminelle Aspekt der Situation – der Aspekt, der Sie bis jetzt beschäftigt hat. Diesen Aspekt werden Sie nicht außer Acht lassen? In diesem Punkt werden Sie Ihren Auftrag erfüllen? Bestimmt?«

»Angenommen – nur mal angenommen –, es sollte sich herausstellen, daß Ihre Frau etwas mit Mains Tod zu tun hatte. Was dann?«

»Das« – er hob die Schultern und zeigte die Handteller vor – »wäre dann Sache der Rechtsprechung.«

»Sehr gut. Ich mache also weiter – sofern Ihnen klar ist, daß Ihnen nur insoweit Information zusteht, als sie Ihren ›kriminellen Aspekt‹ berührt.«

»Ausgezeichnet! Und sollte es sich so fügen, dann können Sie meinen Liebling nicht getrennt sehen von die ...«

Ich nickte. Wieder ergriff er meine Hand, tätschelte sie diesmal. Ich entzog sie ihm und kehrte zurück zur Agentur.

Auf meinem Tisch lag ein Zettel mit der Nachricht, ich solle Detektivsergeant Hacken anrufen. Ich tat es.

»Bunky Dahl hatte mit dem Main-Tod nichts zu tun«, teilte mir der Mann mit dem scharfgeschnittenen Gesicht mit. »Er und ein Kumpel namens Husten-Ben Weel haben in der Nacht in einem Rasthaus unweit von Valejo einen draufgemacht. Sie waren da von etwa zehn, bis sie nach zwei Uhr morgens rausgeschmissen wurden, weil sie Stunk anfingen. Die Sache ist stichhaltig. Der Bursche, der mir das geflüstert hat, ist zuverlässig – und ich hab's noch von zwei andern bestätigt bekommen.«

Ich dankte Hacken und rief bei Gungen zu Hause an. Ich verlangte Mrs. Gungen und fragte sie, ob sie mich empfangen würde, wenn ich zu ihr hinauskäme.

»Oh, ja«, sagte sie.

Das schien ihr Lieblingsausdruck zu sein, obwohl die Art, wie sie es sagte, nichts ausdrückte.

Ich steckte die Fotos von Dahl und Weel ein, stieg in ein

Taxi und ließ mich zum Westwood Park hinauskutschieren. Unterwegs mit Fatima-Qualm mein Gehirn ankurbelnd, brütete ich eine wunderschöne Reihe von Lügen aus, die ich der Frau meines Klienten auftischen wollte – Lügen, die mir, wie ich hoffte, die gewünschte Information bringen würden.

Etwa hundertfünfzig Schritt von dem Haus entfernt stand Dick Foleys Wagen auf der Straße.

Ein dünnes, teiggesichtiges Mädchen öffnete mir die Tür der Gungens und führte mich in ein Wohnzimmer der ersten Etage, wo Mrs. Gungen ein Exemplar von *The Sun Also Rises* hinlegte und mir, mit einer Zigarette in der Hand, einen Sessel in ihrer Nähe anwies. Sie war diesen Nachmittag wieder sehr die teure Puppe, wie sie da so – den einen Fuß unter sich gezogen – in einem persischen orangefarbenen Kleid in einem Brokatsessel saß.

Während ich sie betrachtete, mir eine Zigarette anzündete und zurückdachte an mein erstes Interview mit ihr und ihrem Mann, an mein zweites mit ihm, entschied ich, die Schauergeschichte fallenzulassen, die ich mir auf der Herfahrt zurechtgebastelt hatte.

»Sie haben eine Hausangestellte – Rose Rubury«, fing ich an. »Ich möchte nicht, daß sie mithört, was gesagt wird.«

Ohne sich im geringsten überrascht zu zeigen, sagte sie »Selbstverständlich«, fügte hinzu »Entschuldigen Sie mich einen Moment« und verließ ihren Sessel und das Zimmer.

Kurz darauf war sie zurück und setzte sich wieder, diesmal beide Füße unter sich ziehend.

»Sie ist erst mal für mindestens eine halbe Stunde weg.«

»Das wird reichen. Diese Rose ist mit einem Ex-Sträfling Weel befreundet.«

Das Puppengesicht verfinsterte sich, und die schwellenden, angemalten Lippen wurden zusammengepreßt. Ich wartete, ihr Zeit lassend, etwas zu sagen. Sie sagte es nicht. Ich holte die Fotos von Weel und Dahl heraus und hielt sie ihr vor.

»Der mit dem schmalen Gesicht ist der Freund Ihrer Rose. Der andere ist ein Kumpel von ihm – auch ein Gangster.«

Mit einer winzigen Hand, die ebenso ruhig war wie meine, nahm sie die Fotos und betrachtete sie eingehend. Ihr Mund wurde schmaler und fester, die braunen Augen wurden dunkler. Dann, während ihr Gesicht sich aufhellte, murmelte sie langsam »Oh, ja« und gab mir die Bilder zurück.

»Als ich Ihrem Mann davon erzählte« – ich sagte das wohlüberlegt – »meinte er nur ›Sie ist das Dienstmädchen meiner Frau‹; und dabei lachte er.«

Enid Gungen sagte nichts.

»Nun?« fragte ich. »Was hat er damit gemeint?«

»Wie soll ich das wissen?« seufzte sie.

»Daß Ihr Taschentuch zusammen mit Mains leerer Brieftasche gefunden wurde, wissen Sie.« Ich ließ das wie beiläufig fallen und tat so, als wäre ich ganz damit beschäftigt, Zigarettenasche in einem Jaspis-Aschenbecher abzustreifen, der die Form eines Sarges ohne Deckel hatte.

»Oh, ja«, sagte sie gelangweilt, »man erzählte mir das.«

»Was meinen Sie, wie es dazu kam?«

»Ich kann mir nicht vorstellen, wie.«

»Ich schon«, sagte ich, »nur wüßte ich's gern genau. Mrs. Gungen, es würde eine Menge Zeit sparen, wenn wir Klartext reden könnten.«

»Warum nicht?« fragte sie uninteressiert. »Sie genießen

das Vertrauen meines Mannes, haben seine Erlaubnis, mich auszufragen. Sollte ich dadurch zufällig gedemütigt werden – nun, ich bin schließlich nur seine Frau. Und es ist kaum wahrscheinlich, daß irgendwelche neuen Entwürdigungen, die einer von euch ersinnen könnte, schlimmer sein werden als die, denen ich bereits ausgesetzt war.«

Ich brummte zu dieser theatralischen Rede und fuhr fort:

»Mrs. Gungen, ich bin lediglich daran interessiert zu erfahren, wer Main ausgeraubt und getötet hat. Alles, was in diese Richtung weist, ist wertvoll für mich, aber nur insoweit es in *diese* Richtung weist. Verstehen Sie, was ich meine?«

»Selbstverständlich«, sagte sie. »Ich verstehe, daß Sie im Auftrag meines Mannes handeln.«

Das brachte uns nicht weiter. Ich versuchte es noch einmal:

»Was glauben Sie, welchen Eindruck ich gewann, als ich vorgestern abend hier war?«

»Keine Ahnung.«

»Bitte, geben Sie sich Mühe«

»Nun« – sie lächelte schwach – »bestimmt gewannen Sie den Eindruck, daß mein Mann denkt, ich sei Jeffreys Geliebte gewesen.«

»Und?«

»Fragen Sie mich« – ihre Grübchen kamen zum Vorschein; sie schien amüsiert – »ob ich tatsächlich seine Geliebte war?«

»Nein – obgleich ich's natürlich gern wüßte.«

»Kann ich mir vorstellen«, sagte sie freundlich.

»Und welchen Eindruck gewannen *Sie* an jenem Abend?« fragte ich.

»Ich?« Sie runzelte die Stirn. »Oh, daß mein Mann Sie

beauftragt hat zu beweisen, daß ich Jeffreys Geliebte war.« Sie wiederholte das Wort Geliebte mit einem Genuß, als mundete es ihr.

»Sie irren sich, Mrs. Gungen.«

»Da ich meinen Mann kenne, fällt es mir schwer, das zu glauben.«

»Da ich mich selber kenne, bin ich dessen sicher«, beharrte ich. »Zwischen Ihrem Mann und mir besteht da keinerlei Unklarheit, Mrs. Gungen. Wir sind uns darin einig, daß meine Aufgabe darin besteht, herauszufinden, wer geraubt und getötet hat – nichts sonst.«

»Tatsächlich?« Damit beendete sie höflich einen Streit, dessen sie überdrüssig geworden war.

»Sie binden mir die Hände«, beklagte ich mich, indem ich aufstand und so tat, als würde ich sie nicht sorgfältig beobachten. »Ich kann mir jetzt nur noch diese Rose Rubury und die zwei Männer vorknöpfen und sehn, was ich aus denen rausquetschen kann. Sie sagten, das Mädchen würde in einer halben Stunde wieder da sein?«

Mit ihren runden braunen Augen sah sie mich ruhig an.

»In ein paar Minuten müßte sie zurück sein. Sie wollen sie vernehmen?«

»Aber nicht hier«, tat ich ihr kund. »Ich nehme sie mit runter zum Präsidium, und die Männer lasse ich aufgreifen. Kann ich Ihr Telefon benutzen?«

»Selbstverständlich. Es ist im Nebenzimmer.« Sie ging vor, um mir die Tür aufzumachen.

Ich rief Davenport 20 an und verlangte das Fahndungsbüro.

Mrs. Gungen, die noch im Wohnzimmer stand, sagte so leise, daß ich es kaum hören konnte:

»Warten Sie.«

Den Hörer in der Hand, drehte ich mich um und sah sie durch die Tür an. Düster dreinblickend bearbeitete sie ihren roten Mund mit Daumen und Zeigefinger. Ich legte den Hörer erst auf, als sie die Hand vom Mund nahm und sie zu mir ausstreckte. Dann ging ich zurück ins Wohnzimmer.

Ich war oben. Ich hielt den Mund. Es war an ihr, ins Wasser zu springen. Eine Minute oder noch länger betrachtete sie mein Gesicht, bevor sie begann:

»Ich will nicht so tun, als hätte ich Vertrauen zu Ihnen.« Sie sprach zögernd, fast wie zu sich selbst. »Sie arbeiten für meinen Mann, auch wenn das Geld ihn nicht so interessieren würde wie das, was möglicherweise ich angestellt habe. Es ist eine Wahl zwischen zwei Übeln – das eine ist gewiß, das andere mehr als wahrscheinlich.«

Sie hielt inne und rieb die Hände aneinander. Ihre runden Augen wurden ratlos. Wenn ich ihr nicht weiterhülfe, würde sie steckenbleiben.

»Wir sind unter uns«, drängte ich sie. »Sie können später alles leugnen. Meine Aussage steht gegen Ihre. Wenn Sie's mir nicht erzählen – ich weiß jetzt, daß ich's von den andern erfahren kann. Ich weiß es, weil Sie mich vom Telefon zurückgerufen haben. Sie denken, ich würde alles Ihrem Mann erzählen. Aber wenn ich's erst den andern aus der Nase ziehn muß, wird er wahrscheinlich alles in der Zeitung lesen. Ihre einzige Chance ist, mir zu vertrauen. Die Chance ist gar nicht so schlecht, wie Sie denken. Es liegt jedenfalls ganz bei Ihnen.«

Eine halbe Minute Schweigen.

»Angenommen«, flüsterte sie, »ich zahle Ihnen was, damit . . .«

»Wozu? Wenn ich's Ihrem Mann erzählen wollte,

könnte ich Ihr Geld nehmen und es ihm trotzdem erzählen, stimmt's?«

Die Winkel ihres roten Mundes vertieften sich, die Grübchen erschienen, und ihre Augen hellten sich auf.

»Jetzt bin ich beruhigt«, sagte sie. »Ich werd's Ihnen erzählen. Jeffrey kam früh von Los Angeles zurück, damit wir den Tag für uns hätten. Wir hatten für sowas ein kleines Apartment. Am Nachmittag kamen zwei Männer herein – mit einem Schlüssel. Sie hatten Revolver. Sie haben Jeffrey das Geld abgenommen. Deswegen waren sie gekommen. Sie schienen genau darüber Bescheid zu wissen; und über uns auch. Sie haben uns beim Namen genannt und uns mit der Geschichte gedroht, die sie erzählen würden, wenn wir sie verhaften ließen.

Wir konnten nichts machen, als sie weg waren. Sie hatten uns in eine lächerlich hoffnungslose Lage gebracht. Wir konnten nichts machen – das Geld konnten wir ja unmöglich ersetzen. Jeffrey konnte noch nicht mal so tun, als hätte er es verloren oder als wäre er beraubt worden, solange er noch allein war. Seine heimliche frühe Rückkehr nach San Francisco hätte ihn mit Sicherheit verdächtig gemacht. Jeffrey hat den Kopf verloren. Er wollte weglaufen mit mir. Dann wollte er zu meinem Mann und ihm die Wahrheit sagen. Mir paßte das beides nicht – eins wäre so dumm gewesen wie das andere.

Kurz nach sieben haben wir das Apartment verlassen – wir wollten auseinandergehen. Wir vertrugen uns inzwischen auch nicht mehr so richtig, um die Wahrheit zu sagen. Er war – jetzt, wo wir in der Klemme steckten – nicht so wie – – Nein, das sollte ich nicht sagen.«

Sie hielt inne, stand da und sah mich an mit dem stillen Gesicht einer Puppe, die all ihre Sorgen dadurch losgeworden zu sein schien, daß sie sie einfach an mich weitergegeben hatte.

»Die Fotos, die ich Ihnen zeigte, sind die zwei Männer?« fragte ich.

»Ja.«

»Und dieses Hausmädchen von Ihnen wußte Bescheid über Sie und Main? Wußte von dem Apartment? Wußte von seiner Reise nach Los Angeles und seinem Vorhaben, früh mit dem Bargeld zurückzukommen?«

»Das kann ich nicht sagen. Aber das meiste konnte sie bestimmt rauskriegen; durch Schnüffeln und Horchen und Spionieren in meiner – ich hatte einen Brief von Jeffrey, da stand das drin von Los Angeles und daß wir uns Sonntagmorgen treffen wollten. Womöglich hat sie den gesehn. Ich bin leichtsinnig.«

»Ich gehe jetzt«, sagte ich. »Halten Sie die Stellung. Sie hören von mir. Und machen Sie das Hausmädchen nicht scheu.«

»Denken Sie dran, ich habe Ihnen nichts erzählt«, mahnte sie mich, als sie mich zur Tür brachte.

Vom Gungen-Haus fuhr ich direkt zum Hotel Mars. In einer Ecke der Halle saß Mickey Linehan hinter einer Zeitung.

»Sie sind hier?« fragte ich ihn.

»Ja.«

»Dann gehn wir mal hoch zu ihnen.«

Mickey pochte mit den Faustknöcheln an die Tür von 410. Eine metallische Stimme fragte: »Wer's da?«

»Ein Paket«, erwiderte Mickey mit einer Stimme, die nach Hotel-Boy klingen sollte.

Ein schlanker Mann mit einem spitzen Kinn machte die Tür auf. Ich gab ihm eine Karte. Er lud uns nicht ein, ins

Zimmer zu kommen, hinderte uns aber nicht daran, als wir eintraten.

»Sie sind Weel?« redete ich ihn an, während Mickey hinter uns die Tür zumachte, und dann, ohne auf sein Ja zu warten, wandte ich mich an den breitgesichtigen Mann, der auf dem Bett saß. »Und Sie sind Dahl?«

Weel sprach zu Dahl, beiläufig, mit metallischer Stimme: »Zwei Schnüffler.«

Der Mann auf dem Bett sah uns an und grinste.

Ich hatte es eilig.

»Ich will die Kohlen, die Ihr Main abgenommen habt«, verkündete ich.

Beide grinsten sie höhnisch, gleichzeitig, als hätten sie es geübt.

Ich zog meine Kanone.

Weel lachte hart. »Nimm deinen Hut, Bunky«, kicherte er. »Wir werden in Gewahrsam genommen.«

»Ihr seid auf'm falschen Dampfer«, erklärte ich. »Das ist keine Festnahme, das ist ein Überfall. Hände hoch!«

Dahls Hände gingen schnell hoch.

Weel zögerte, bis Mickey ihm die Nase einer 38er-special in die Rippen drückte.

»Filzen«, befahl ich Mickey.

Er durchsuchte Weel, nahm ihm eine Kanone ab, ein paar Papiere, etwas Kleingeld und einen Geldgürtel, der dick war. Dann machte er dasselbe bei Dahl.

»Zähl's«, sagte ich zu ihm.

Mickey leerte die Gürtel, spuckte sich auf die Finger und machte sich an die Arbeit.

»Neunzehntausendeinhundertsechsundzwanzig Dollar und zweiundsechzig Cent«, meldete er, als er fertig war.

Mit der Hand, die nicht die Kanone hielt, suchte ich in

der Tasche nach dem Zettel, auf dem ich die Nummern der Hundertdollarscheine notiert hatte, die Main von Ogilvie bekommen hatte. Ich hielt Mickey den Zettel hin.

»Sieh nach, ob die Hunderter hiermit übereinstimmen.«

Er nahm den Zettel, verglich, sagte »Ja, tun sie«.

»Gut – verstau das Geld und die Kanonen und guck mal, ob du sonst noch was im Zimmer findest.«

Husten-Ben Weel atmete inzwischen wieder weiter.

»Hör mal!« protestierte er. »Das geht aber nich so, Freundchen! Was glaubst du denn, wo du bist? Du kommst doch da nich mit durch!«

»Aber ich werd's versuchen«, beruhigte ich ihn. »Ich schätze, ihr werdet wahrscheinlich schreien, *Polizei!* schreien, was? Einen Scheißdreck werdet ihr! Das einzige Geschrei, das ihr zustande bringt, werdet ihr darüber erheben, daß ihr so dämlich gewesen seid, anzunehmen, ihr braucht euch um nix mehr zu kümmern, wenn ihr bloß die Frau so eingeschüchtert habt, daß sie die Bullen nicht auf euch hetzt. Ich spiele jetzt dasselbe Spiel, das ihr mit ihr und Main gespielt habt – nur daß meins besser ist, weil ihr hinterher nich frech werden könnt, ohne Stunk zu kriegen. So, un jetz Schnauze!«

»Sonst keine Knete mehr«, sagte Mickey. »Bloß noch vier Briefmarken.«

»Nimm die mit«, sagte ich zu ihm. »Das sind immerhin acht Cent. Un jetzt gehn wir.«

»Hey, 'n paar Kohlen könnt ihr uns doch dalassen«, bettelte Weel.

»Hab ich nich gesagt Schnauze?« knurrte ich ihn an, rückwärts zur Tür gehend, die Mickey aufmachte.

Der Gang war leer. Mickey stand draußen, die Kanone auf Weel und Dahl gerichtet, während ich rückwärts aus dem Zimmer ging, den Schlüssel innen aus der Tür zog und ihn außen hineinsteckte. Dann knallte ich die Tür zu, schloß ab, steckte den Schlüssel ein, und ging mit Mickey nach unten und aus dem Hotel.

Mickeys Wagen stand um die Ecke. Als wir drin saßen, überführten wir unseren Zaster – bis auf die Kanonen – von seinen Taschen in meine. Dann stieg er aus und fuhr zur Agentur. Ich wendete den Wagen in die Richtung des Hauses, in dem Jeffrey Main umgebracht worden war.

Mrs. Main war ein großes Mädchen von knapp fünfundzwanzig mit braunen Locken, schwerbewimperten graublauen Augen und einem warmen, molligen Gesicht. Ihr fülliger Leib war vom Hals bis zu den Füßen in Schwarz.

Sie las meine Karte, nickte zu meiner Erklärung, daß Gungen mich beauftragt habe, den Tod ihres Mannes zu untersuchen, und führte mich in ein Wohnzimmer, in dem Grau und Weiß vorherrschten.

»Ist dies das Zimmer?« fragte ich.

»Ja.« Sie hatte eine angenehme, leicht rauchige Stimme.

Ich ging zum Fenster und blickte hinunter auf das Dach des Kaufmanns und auf die Hälfte der hinteren Gasse, die zu sehen war. Ich hatte es immer noch eilig.

Ich drehte mich um, versuchte durch gedämpften Ton das Unvermittelte meiner Worte zu lindern und sagte: »Mrs. Main, als Ihr Mann tot war, haben Sie die Kanone aus dem Fenster geworfen. Dann haben Sie das Taschentuch an die Ecke der Brieftasche geklemmt und beides hinterhergeworfen. Da die Brieftasche mit dem Taschentuch leichter war als die Kanone, ist sie nicht bis ganz runter auf die Gasse gefallen, sondern auf das Dach. Warum haben Sie das Taschentuch . . .?«

Ohne einen Laut von sich zu geben, wurde sie ohnmächtig.

Ich erwischte sie, bevor sie den Fußboden erreichte, trug sie zu einem Sofa, fand Eau de Cologne und Riechsalz und wandte das an.

»Wissen Sie, wessen Taschentuch das war?« fragte ich, als sie wach war und sich aufsetzte.

Sie schüttelte den Kopf.

»Warum haben Sie sich dann diese Mühe gemacht?«

»Es war in seiner Tasche. Ich wußte nicht, was ich sonst damit machen sollte. Ich dachte, die Polizei würde danach fragen. Ich wollte nicht, daß sie irgendwas findet, weswegen sie anfangen könnte, Fragen zu stellen.«

»Warum haben Sie die Räubergeschichte erzählt?«

Keine Antwort.

»Die Versicherung?« schlug ich vor.

Sie riß den Kopf hoch und rief trotzig:

»Ja! Er hatte sein eigenes Geld durchgebracht und meins. Und dann mußte er – mußte er auch noch sowas tun. Er . . .«

Ich unterbrach ihre Klage:

»Er hinterließ doch einen Brief, hoff ich – irgendein Beweisstück.« Ein Beweisstück dafür, daß sie ihn nicht getötet hatte, meinte ich.

»Ja.« Sie fummelte im Ausschnitt ihres schwarzen Kleides herum.

»Gut«, sagte ich aufstehend. »Als erstes gehen Sie morgen früh mit diesem Brief zu Ihrem Anwalt und erzählen ihm alles.«

Ich murmelte etwas Mitfühlendes und machte mich aus dem Staub.

Die Nacht brach an, als ich zum zweitenmal an diesem

Tag bei den Gungens klingelte. Das teiggesichtige Mädchen, das die Tür öffnete, sagte, Mr. Gungen sei zu Hause. Sie führte mich nach oben.

Rose Rubury kam die Treppe herunter. Sie blieb auf dem Treppenabsatz stehen, um uns vorbeizulassen. Ich blieb vor ihr stehen, während meine Führerin weiter zur Bibliothek hinaufging.

»Sie sind fertig, Rose«, sagte ich zu dem Mädchen auf dem Treppenabsatz. »Ich gebe Ihnen zehn Minuten zu verduften. Sollte Ihnen das nicht gefallen, werden Sie Gelegenheit haben festzustellen, ob Ihnen der Knast von innen gefällt.«

»Jaaa – wieso denn?«

»Die Kollekte ist geplatzt.« Ich schob eine Hand in die Tasche und zeigte ihr ein Bündel von den Scheinen, die ich im Hotel Mars aufgestöbert hatte. »Ich komme grade von einem Besuch bei Husten-Ben und Bunky.«

Das beeindruckte sie. Sie machte kehrt und flitzte die Treppe hinauf.

Bruno Gungen kam an die Tür der Bibliothek und hielt nach mir Ausschau. Verwundert blickte er hin und her zwischen dem Mädchen, das weiter zur dritten Etage hinaufhuschte, und mir. Eine Frage verzog dem kleinen Mann den Mund, doch ich bog sie ab mit einer Feststellung:

»Geschafft!«

»Bravo!« rief er aus, als wir in die Bibliothek traten. »Hörst du das, mein Liebling? Es ist geschafft!«

Sein Liebling, am Tisch sitzend, wo sie das letztemal gesessen hatte, lächelte ohne Ausdruck im Puppengesicht und sagte »Oh, ja« ohne Ausdruck in den Worten.

Ich trat an den Tisch und packte das Geld aus.

»Neunzehntausendeinhundertsechsundzwanzig Dollar

und siebzig Cent mit Porto«, verkündete ich. »Die andern achthundertdreiundsiebzig Dollar und dreißig Cent sind futsch.«

»Ah!« Bruno Gungen strich sich mit einer zitternden rosigen Hand sein spatelförmiges Bärtchen und starrte mir mit harten, hellen Augen ins Gesicht. »Und wo haben Sie's gefunden? Aber so setzen Sie sich doch und erzählen Sie uns die Geschichte. Wir sterben vor Neugier, nicht, meine Liebe?«

Seine Liebe gähnte. »Oh, ja!«

»Da gibt's nicht viel zu erzählen«, sagte ich. »Um das Geld zurückzubekommen, mußte ich mich auf einen Handel einlassen – Stillschweigen zu wahren. Main wurde Sonntagnachmittag beraubt. Aber selbst wenn wir sie hätten, wir könnten die Räuber nicht bestrafen – das hat sich halt so ergeben. Der einzige Mensch, der sie identifizieren könnte – will nicht.«

»Aber wer hat Jeffrey umgebracht?« Mit seinen beiden rosigen Händen hatte der kleine Mann mich an der Brust gepackt. »Wer hat ihn umgebracht in der Nacht?«

»Selbstmord. Verzweiflung darüber, daß er unter Umständen beraubt wurde, die er nicht erklären konnte.«

»Hirnverbrannt!« Der Selbstmord gefiel meinem Auftraggeber nicht.

»Mrs. Main wurde durch den Schuß wach. Bei Selbstmord wäre die Versicherung hinfällig geworden – sie hätte dagesessen ohne einen Penny. Sie warf die Kanone und die Brieftasche aus dem Fenster, versteckte den Brief, den er hinterlassen hatte, und dachte sich die Räubergeschichte aus.«

»Aber das Taschentuch!« schrie Gungen. Er war völlig aus dem Häuschen.

»Das hat nichts zu bedeuten«, versicherte ich ihm feierlich, »höchstens daß Main – Sie sagten, er sei da sehr frei – ein Techtelmechtel mit dem Mädchen Ihrer Frau gehabt hat, und daß das Mädchen – wie ja viele Dienstmädchen das tun – sich an den Sachen Ihrer Frau bedient hat.«

Er blies seine rougeroten Backen auf, stampfte mit den Füßen, war fast am Tanzen. Seine Entrüstung war ebenso komisch wie die Erklärung, die sie hervorgerufen hatte.

»Das werden wir ja sehn!« Er wirbelte auf dem Absatz herum und rannte aus dem Zimmer, ständig wiederholend »Das werden wir ja sehn!«

Enid Gungen reichte mir eine Hand. Ihr Puppengesicht war ganz nur Strahlen und Grübchen.

»Ich danke Ihnen«, flüsterte sie.

»Ich weiß nicht, wofür«, brummte ich, die Hand nicht ergreifend. »Ich hab's so gedreht, daß nichts zu beweisen ist. Aber trotzdem muß er's jetzt doch wissen – hab ich's ihm nicht praktisch erzählt?«

»Oh, das!« Mit einem Ruck ihres kleinen Kopfes tat sie das ab. »Das kann ich schon hinbiegen – wenn er nur keinen Beweis in der Hand hat.«

Ich glaubte ihr.

Bruno Gungen kam in die Bibliothek zurückgeflattert, Schaum vorm Mund, das gefärbte Ziegenbärtchen sich raufend, wetternd, daß diese Rose Rubury im Haus nicht zu finden sei.

Am nächsten Morgen erzählte mir Dick Foley, das Dienstmädchen habe sich mit Weel und Dahl zusammengetan und sei mit ihnen nach Portland abgereist.

Der Farewell-Mord

I

Ich war der einzige, der in Farewell aus dem Zug stieg.

Vom Warteschuppen kam ein Mann durch den Regen. Es war ein kleiner Mann. Sein Gesicht war dunkel und flach. Er trug eine wasserdichte graue Kopfbedeckung und einen grauen, militärisch geschnittenen Mantel.

Er sah mich nicht an. Er sah auf den kleinen Koffer und die Reisetasche in meinen Händen. Schnell näherte er sich mir mit kurzem, zackigem Schritt.

Er sagte nichts, als er mir das Gepäck abnahm. Ich fragte: »Von Kawalow?«

Er hatte mir bereits den Rücken gekehrt und trug mein Gepäck zu einer Stutz-Limousine, die neben dem kiesbestreuten Bahnsteig auf der Straße stand. Als Antwort auf meine Frage beugte er sich zweimal zu dem Stutz hin, ohne sich umzudrehen oder in seinem abgehackten Halbtrab innezuhalten.

Ich folgte ihm zu dem Wagen.

Nach drei Minuten Fahrt waren wir durch das Dorf. Wir nahmen eine Landstraße, die westwärts in die Berge hinaufging. Im Regen sah die Straße aus wie ein Seehundsrücken.

Der flachgesichtige Mann hatte es eilig. Wir schnurrten über die Straße mit einem Tempo, das uns bald an den letzten Hütten vorbeibrachte, die sich vereinzelt am Berghang hinaufzogen.

Wir verließen jetzt die schwarzglänzende Straße und kamen auf eine stumpfgraue, die sich nach Süden hinaufwand und dem Kamm eines baumbestandenen Höhenzuges folgte. Stellenweise, über Strecken von vielleicht dreißig bis vierzig Meter, wurde die Straße durch die dichtbelaubten, oben ineinandergreifenden Äste hoher Bäume in einen Tunnel verwandelt.

Auf dem Laub sammelte sich der Regen zu dicken Tropfen, die schwer auf das Dach des Stutz trommelten. Das Dämmerlicht des regnerischen Frühabends wurde in diesen Tunneln fast zur Schwärze der Nacht.

Der flachgesichtige Mann schaltete die Scheinwerfer an und erhöhte das Tempo.

Stocksteif saß er am Steuer. Ich saß hinter ihm. Über seinem militärischen Kragen, an den im Nacken kurzgestutzten Haaren, hingen kleine Wasserkugeln mit winzigen Lichtpunkten. Das konnte Regen sein; oder Schweiß.

Wir waren mitten in einem der Tunnels.

Der Kopf des flachgesichtigen Mannes fuhr links herum, und er schrie:

»A-a-a-a-a-a!«

Es war ein langgezogener, bebender Schreckensschrei, hoch und spitz.

Ich sprang auf und beugte mich vor, um zu sehen, was mit ihm sei.

Der Wagen kam ins Schleudern, hielt plötzlich wieder die Spur und schoß weiter, so daß ich auf den Sitz zurückgeworfen wurde.

Durch ein Seitenfenster sah ich mit einem Auge etwas Schwarzes vorbeihuschen, das auf der Straße lag.

Ich drehte mich um zur Heckscheibe, die durch den Regen weniger besprenkelt war.

Ich sah einen Schwarzen, der mit dem Rücken auf der Straße lag, dicht am linken Rand. Der Körper bildete einen Bogen, als ruhte das Gewicht auf den Fersen und dem Hinterkopf. Ein Messerknauf von mindestens fünfzehn Zentimeter Länge ragte aus der linken Seite seiner Brust gerade in die Luft.

Nachdem ich so viel gesehen hatte, waren wir um eine Kurve gekommen und aus dem Tunnel heraus.

»Halten Sie!« rief ich dem flachgesichtigen Mann zu.

Er tat so, als hörte er mich nicht. Der Stutz war ein hellbrauner Streifen unter uns. Ich legte dem Fahrer eine Hand auf die Schulter.

Seine Schulter wand sich unter meiner Hand, und wieder schrie er »A-a-a-a!«, als hätte der tote Schwarze ihn angefaßt.

Ich griff an ihm vorbei und schaltete den Motor ab.

Er nahm die Hände vom Steuer, und gekrümmt kamen sie zu mir hoch. Aus seinem Mund kamen Laute, aber sie formten sich nicht zu irgendwelchen mir bekannten Worten.

Mit einer Hand packte ich das Lenkrad. Mit dem anderen Unterarm schnappte ich ihn unterm Kinn. Ich beugte mich über seine Rückenlehne, so daß das Gewicht meines Oberkörpers seinen Kopf aufs Lenkrad knallte.

Während all dies geschah, war der Stutz mit Gottes Hilfe nicht von der Straße abgekommen, als er endlich stehen blieb.

Ich kam vom Kopf des Flachgesichtigen herunter und fragte:

»Was ist los mit Ihnen, verdammt nochmal?«

Mit dem Weiß seiner Augen sah er mich zitternd an und sagte kein Wort.

»Wenden Sie«, sagte ich. »Wir fahren dahin zurück.«

Er schüttelte den Kopf, verzweifelt, und gab wieder diese Laute von sich, die, hätte ich sie verstehen können, womöglich Worte waren.

»Sie wissen, wer das war?« fragte ich.

Er schüttelte den Kopf.

»Sie wissen's«, knurrte ich.

Er schüttelte den Kopf.

Inzwischen war mir der Verdacht gekommen, daß ich, ganz gleich, was ich fragen würde, etwas anderes als Kopfschütteln von diesem Burschen kaum erwarten konnte.

Ich sagte:

»Gehn Sie vom Steuer. Dann fahr ich eben selber dahin zurück.«

Er machte die Tür auf und krabbelte hinaus.

»Steigen Sie wieder ein!« rief ich.

Er wich zurück, mit dem Kopf schüttelnd.

Ich verfluchte ihn, glitt hinter das Steuer, sagte »Na schön, dann warten Sie hier auf mich« und knallte die Tür zu.

Mit langsamen Schritten trat er zurück, ängstlich und mit aufgerissenen Augen mich beobachtend, während ich den Wagen wendete.

Ich mußte weiter zurückfahren, als ich gedacht hatte; ungefähr eine Meile.

Ich fand den Schwarzen nicht. Der Tunnel war leer.

Wenn ich genau gewußt hätte, wo er gelegen hatte, würde ich vielleicht irgend etwas gefunden haben, woraus ich hätte schließen können, wie er entfernt worden war. Aber ich hatte nicht die Zeit gehabt, mir einen Orientierungspunkt zu merken, und jetzt sahen vier oder fünf Stellen einander so ähnlich, daß jede davon in Frage kam.

Mit Hilfe der Scheinwerfer der Limousine suchte ich die linke Straßenseite von einem Ende des Tunnels bis zum anderen Ende ab.

Ich fand keinen Tropfen Blut. Ich fand keinen Fußabdruck. Ich fand nichts, was darauf hingewiesen hätte, daß jemand auf der Straße gelegen hatte. Ich fand überhaupt nichts.

Um den Wald abzusuchen, war es mir mittlerweile zu dunkel.

Ich kehrte zurück zu der Stelle, wo ich den Flachgesichtigen verlassen hatte.

Er war weg.

Es sieht so aus, dachte ich, als könnte Kawalow recht haben, wenn er meint, er brauche einen Detektiv.

II

Eine halbe Meile hinter der Stelle, wo der Flachgesichtige mich verlassen hatte, brachte ich den Stutz vor einem schmiedeeisernen Tor, das die Straße versperrte, zum Stehen. Das Tor war von innen durch ein Vorhängeschloß gesichert. Von jeder Seite des Tores erstreckte sich eine hohe Hecke in den Wald. Über der Hecke zur Linken war der obere Teil eines kleinen Hauses mit braunem Dach zu sehen.

Ich betätigte das Horn des Stutz.

Der Lärm brachte einen dümmlich wirkenden Jungen von fünfzehn oder sechzehn an die andere Seite des Tores. Er hatte eine ausgebleichte Whipcord-Hose an und einen verrückt gestreiften Pullover. Er kam nicht hinaus auf die Mitte der Straße, sondern blieb an einer Seite stehen, so daß der eine Arm, der möglicherweise etwas hielt, meinem Blick durch die Hecke verborgen war.

»Hier wohnen die Kawalows?« fragte ich.

»Ja, Sir«, sagte er unsicher.

Ich wartete, daß er mir das Tor aufschlösse. Er schloß es nicht auf. Er stand da, unsicher den Wagen anschauend und mich.

»Bitte, Mister«, sagte ich, »kann ich reinkommen?«

»Was – wer sind Sie?«

»Ich bin der, nach dem Kawalow geschickt hat. Wenn ich nicht reingelassen werden soll, dann sagen Sie's mir; dann krieg ich nämlich noch den Zug um halb sieben zurück nach San Francisco.«

Der Junge biß sich auf die Unterlippe, sagte »Warten Sie, ich werd mal sehn, ob ich den Schlüssel finden kann« und verschwand hinter der Hecke.

Er war lange genug weg, um mit jemandem gesprochen zu haben. Als er zurückkam, schloß er auf, schwenkte das Tor zurück und sagte:

»In Ordnung, Sir. Sie werden erwartet.«

Als ich durch das Tor gefahren war, konnte ich auf einem Hügel etwa eine Meile vor mir zu meiner Linken Lichter sehen.

»Ist das das Haus?« fragte ich.

»Ja, Sir. Sie werden erwartet.«

Unweit der Stelle, wo der Junge gestanden hatte, als er durch das Tor mit mir sprach, stand eine doppelläufige Schrotflinte an die Hecke gelehnt.

Ich dankte dem Jungen und fuhr weiter. Die Straße wand sich in sanfter Steigung durch Ackerland bergauf. Zu beiden Seiten standen in regelmäßigen Abständen hohe, schlanke Bäume.

Schließlich brachte die Straße mich vor ein Gebäude, das in der Dämmerung aussah wie eine Kreuzung zwischen Festung und Fabrik. Es war aus Beton. Man nehme eine Handvoll flacher Kegel in verschiedenen Größen, runde die Spitzen stumpf ab, pappe sie mit dem größten, der irgendwo in der Mitte steht, zusammen, gruppiere die anderen ohne allzu strenge Größengliederung darum herum, passe die ganze Kollektion irgendwie den Hängen eines Hügels an, und man hat ein Modell des Kawalow-Hauses. Die Fenster hatten Stahlrahmen. Viele davon gab es nicht. Keins war vertikal oder horizontal mit einem anderen in einer Linie. Manche waren hell.

Als ich aus dem Wagen stieg, ging die schmale Vordertür dieses Hauses auf.

Eine kleine rotgesichtige Frau von etwa fünfzig, die ihre einst blonden Haarflechten mehrmals um den Kopf geschlungen hatte, kam heraus. Sie trug ein hochgeschlossenes, engärmliges graues Wollkleid. Als sie lächelte, wirkte ihr Mund so breit wie ihre Lippen dick waren.

Sie sagte:

»Sie sind der Herr aus der Stadt?«

»Ja. Ihren Chauffeur hab ich irgendwo da hinten auf der Straße verloren.«

»Der Herr segne Sie«, sagte sie liebenswürdig, »das geht schon in Ordnung.«

Ein dünner Mann, der sein dünnes dunkles Haar in die Stirn an sein dünnes, besorgtes Gesicht geklatscht hatte, kam an ihr vorbei, um mein Gepäck zu nehmen, als ich es aus dem Wagen gehoben hatte. Er trug es ins Haus.

Die Frau trat zur Seite, um mich hineinzulassen und sagte:

»Sie werden sich bestimmt erst mal ein bißchen waschen

wollen, bevor Sie zum Essen hineingehen, und die paar Minuten, die Sie dazu brauchen, wenn Sie sich eilen, wird man gern auf Sie warten.«

Ich sagte »Ja, danke«, wartete, daß sie mir vorausgehe, und folgte ihr den Windungen einer Treppe nach, die sich am Innern eines dieser Kegel hinaufzog, aus denen das Haus bestand.

Sie führte mich in ein Schlafzimmer in der zweiten Etage, wo der dünne Mann dabei war, mein Gepäck auszupacken.

»Martin wird Ihnen alles besorgen, was Sie brauchen«, versicherte sie mir von der Tür her, »und wenn Sie fertig sind, kommen Sie einfach runter.«

Ich sagte, das würde ich tun, und sie ging weg. Als ich Jacke, Weste, Kragen und Hemd abgelegt hatte, war der dünne Mann fertig mit Auspacken. Ich sagte ihm, daß ich sonst nichts brauchte, wusch mich im angrenzenden Badezimmer, zog ein frisches Hemd und einen frischen Kragen an, meine Weste und Jacke, und ging nach unten.

Die geräumige Halle war leer. Durch eine offene Tür zur Linken kamen Stimmen.

Eine Stimme war ein näselndes Quengeln:

»Ich will das nicht. Ich will mich damit nicht abfinden. Ich bin kein Kind, und ich will es nicht!«

Es war eine ziemlich weich artikulierende Stimme.

Eine andere Stimme war ein lebhafter, aber etwas harter Bariton. Fröhlich sagte er:

»Was soll denn der Unsinn zu sagen, wir wollen uns nicht damit abfinden, wenn wir uns doch damit abfinden?«

Die dritte Stimme war weiblich, eine weiche Stimme, aber flach und leblos. Sie sagte:

»Aber vielleicht *hat* er ihn umgebracht.«

Die quengelnde Stimme sagte: »Das ist mir egal. Ich will das nicht.«

Der Bariton sagte, fröhlich wie zuvor: »Oh, nein, willst du nicht?«

Ein Stück weiter in der Halle bewegte sich eine Türklinke. Ich wollte nicht so beim Horchen ertappt werden. Ich ging auf die offene Tür zu.

III

Ich stand in der Tür eines ovalen Raumes mit niedriger Decke, der in Grau, Weiß und Silber möbliert und dekoriert war. Zwei Männer und eine Frau befanden sich darin.

Der ältere Mann, er war irgendwo in den fünfzigern, erhob sich aus einem tiefen grauen Sessel und machte eine zeremonielle Verbeugung zu mir hin. Er war ein gewichtiger Mann mittlerer Größe, völlig kahl, mit dunkler Haut und farblosen Augen. Er hatte einen Schnauzbart mit gewachsten Spitzen, grau wie sein wuchernder Knebelbart.

»Mr. Kawalow?« fragte ich.

»Ja, Sir.« Die Quengelstimme hatte er.

Ich sagte ihm, wer ich sei. Er schüttelte mir die Hand und stellte mich dann den anderen vor.

Die Frau war seine Tochter. Wahrscheinlich war sie dreißig. Sie hatte den kleinen, vollippigen Mund ihres Vaters, aber ihre Augen waren dunkel, die Nase kurz und gerade, und ihre Haut hatte so gut wie keine Farbe. Ihr Gesicht hatte etwas Asiatisches. Es war hübsch, passiv und unintelligent.

Der Bariton war ihr Mann. Er hieß Ringgo. Er war sechs bis sieben Jahre älter als seine Frau, weder groß noch schwer, aber gut gebaut. Sein linker Arm lag geschient in einer Schlinge. Die Knöchel seiner rechten Hand zeigten dunkle Abschürfungen. Er hatte ein hageres, knochiges, gewitztes Gesicht, lebhafte dunkle Augen mit vielen Fältchen um sie herum und einen gutmütigen, kräftigen Mund.

Er gab mir seine zerschundene Hand, schwenkte den verbundenen Arm zu mir hin, grinste und sagte:

»Tut mir leid, daß Sie das verpaßt haben, aber dafür kriegen die nächsten Schrammen Sie ab.«

»Wie ist das denn passiert?« fragte ich.

Kawalow hob schwerfällig eine Hand.

»Dafür ist auch nach dem Essen noch Zeit genug«, sagte er. »Setzen wir uns erst mal zu Tisch.«

Wir gingen in ein kleines, in Grün und Braun gehaltenes Eßzimmer, in dem ein kleiner quadratischer Tisch gedeckt war. Gegenüber von mir saß Ringgo. In der Mitte des Tisches, zwischen hohen silbernen Kerzenleuchtern, stand ein Silberkorb mit Orchideen. Mrs. Ringgo saß rechts von mir, Kawalow zu meiner Linken. Als Kawalow sich setzte, zeichneten sich an seiner Gesäßtasche die Umrisse einer Automatic ab.

Zwei Diener warteten uns auf. Es gab eine Menge zu essen, und alles war gut zubereitet. Wir aßen Kaviar, irgendeine Kraftbrühe, Scholle, Kartoffeln und Gurkengemüse, Lammbraten, Mais und grüne Bohnen, Spargel, Wildente und Bruchmaisfladen, Artischocken- und Tomatensalat und Orangeneis. Wir tranken Weißwein, Claret, Burgunder, Kaffee und *crème de menthe*.

Kawalow aß und trank enorm. Keiner von uns zierte sich.

Kawalow war der erste, der sein eigenes Gebot, daß erst nach dem Essen über seine Schwierigkeiten gesprochen werden dürfe, übertrat. Als er mit seiner Suppe fertig war, legte er den Löffel hin und sagte:

»Ich bin kein Kind. Ich lasse mir keine Angst machen.«

Trotzig blinzelte er mich aus farblosen, besorgten Augen an, die Lippen zwischen Schnauz- und Knebelbart vorgestülpt.

Ringgo grinste ihn freundlich an. Mrs. Ringgos Gesicht war so heiter und unachtsam, als wäre nichts gesagt worden.

»Was gibt es denn, was einem Angst machen könnte?« fragte ich.

»Nichts«, sagte Kawalow. »Nichts als eine Menge dummer Mätzchen und schwachsinniger Schmierenstücke.«

»Nennen Sie's, wie Sie wollen«, brummte eine Stimme über meine Schulter, »aber was ich gesehen habe, das hab ich gesehn.«

Die Stimme kam von einem der Männer, die uns die Speisen vorlegten, einem bleichen, jüngeren Mann mit einem schmalen, schlafflippigen Gesicht. Er sprach mit einer Art unterdrücktem Starrsinn und ohne von dem Essen aufzusehen, das er mir gerade servierte.

Da niemand sonst der nicht zu überhörenden Bemerkung des Dieners irgendwelche Beachtung schenkte, wandte ich mein Gesicht wieder Kawalow zu. Er war dabei, den Rand einer Scholle mit der Kante seiner Gabel zu bearbeiten.

»Was sind das denn für Mätzchen und Schmierenstücke?« fragte ich.

Kawalow legte seine Gabel hin und ließ die Handgelenke auf der Tischkante ruhen. Er rieb die Lippen aneinander und beugte sich über seinen Teller zu mir hinüber.

»Angenommen« – er runzelte die Stirn, so daß seine Glatze nach vorn ruckte – »Sie haben vor zehn Jahren einem Mann Schaden zugefügt.« Er drehte die Handgelenke schnell, so daß die Hände mit den Handflächen nach oben auf dem weißen Tischtuch lagen. »Sie haben ihm diesen Schaden nach den üblichen Regeln der Geschäftspraxis zugefügt – Sie verstehn? – des Profits wegen. Persönliches ist in keiner Weise im Spiel. Sie kennen den Mann kaum. Und nun nehmen Sie an, nach Ablauf dieser ganzen zehn Jahre käme er an und sagte zu Ihnen: ›Ich bin gekommen, Sie sterben zu sehen.‹« Er drehte die Hände um, die Handflächen nach unten. »Nun, was würden Sie denken?«

»Ich würde denken«, erwiderte ich. »daß ich mein Sterben seinetwegen nicht beschleunigen sollte.«

Sein ernstes Gesicht wurde ausdruckslos. Er blinzelte mich kurz an und begann dann seinen Fisch zu essen. Als er den letzten Bissen Scholle gekaut und geschluckt hatte, sah er wieder zu mir auf. Langsam den Kopf schüttelnd, zog er die Mundwinkel herunter.

»Das war keine gute Antwort«, sagte er. Er zuckte mit den Schultern und spreizte die Finger. »Sie werden sich diesen Captain Katz-und-Maus jedenfalls vorknöpfen müssen. Das ist der Grund, warum ich Sie engagiert habe.«

Ich nickte.

Ringgo lächelte, tätschelte seine Armbinde und sagte:

»Hoffentlich haben Sie mehr Glück mit ihm als ich.«

Mrs. Ringgo streckte eine Hand aus und berührte kurz mit spitzen Fingern das Handgelenk ihres Mannes.

Ich fragte Kawalow:

»Dieser Schaden, den ich – wie angenommen – verursacht habe, wie hoch war der?«

Er schob die Lippen vor, machte kleine wedelnde Bewegungen mit den Fingern seiner Rechten und sagte:

»Oh – ah – der Ruin.«

»Wir können also davon ausgehen, daß Ihr Captain tatsächlich was im Schilde führt?«

»Guter Gott!« sagte Ringgo, seine Gabel fallen lassend. »Ich möchte doch wohl nicht meinen, daß er mir den Arm bloß so zum Spaß gebrochen hat.«

Hinter mir sagte der bleiche Diener zu seinem Kollegen:

»Er will wissen, ob wir glauben, daß der Captain tatsächlich was im Schilde führt.«

»Ich hab's gehört«, sagte der andere düster. »'ne schöne Hilfe wird uns der sein.«

Kawalow klopfte mit der Gabel auf seinen Teller und blickte die Diener verärgert an.

»Ruhe jetzt!« sagte er. »Wo ist der Braten?« Er zeigte mit der Gabel auf Mrs. Ringgo. »Ihr Glas ist leer.« Er blickte auf die Gabel. »Sehn Sie nur, wie die sich um mein Silber kümmern«, klagte er, sie mir hinhaltend. »Seit einem Monat ist es nicht mehr anständig geputzt worden.«

Er legte die Gabel hin. Er schob den Teller von sich, um Platz zu schaffen für seine Unterarme. Er beugte sich über sie, einen Buckel machend. Er seufzte. Er runzelte die Brauen. Er starrte mich an mit flehenden, farblosen Augen.

»Hören Sie«, jammerte er. »Bin ich denn ein Narr? Würde ich mir aus San Francisco einen Detektiv kommen lassen, wenn ich keinen brauchte? Würde ich Ihnen zahlen, was Sie verlangen, wenn ich für die Hälfte des Geldes genügend andere gute Detektive kriegen kann? Wenn ich nicht den besten Detektiv brauchte, den ich auftreiben kann? Würde ich einen so teuren brauchen, wenn ich nicht wüßte, daß dieser Captain ein äußerst gefährlicher Bursche ist?«

Ich sagte nichts. Ich saß still da und machte ein aufmerksames Gesicht.

»Hören Sie«, jammerte er. »Das hier ist kein Aprilscherz. Dieser Captain will mich im Ernst ermorden. Er ist hierhergekommen, um mich zu ermorden. Und er *wird* mich ermorden, wenn nicht irgendwer ihn daran hindert.«

»Was hat er denn bis jetzt so gemacht?« fragte ich.

»Das ist es nicht.« Ungeduldig schüttelte Kawalow seinen Kahlkopf. »Ich verlange nicht, daß Sie etwas von dem aufklären, was er getan hat. Ich verlange, daß Sie ihn davon abhalten, mich umzubringen. Was er gemacht hat bis jetzt? Nun, er hat meine Leute gründlich terrorisiert. Er hat Dolph den Arm gebrochen. Das sind die Dinge, die er bis jetzt getan hat, wenn Sie's unbedingt wissen wollen.«

»Und wie lange geht das schon so? Wie lange ist er hier?« fragte ich.

»Eine Woche und zwei Tage.«

»Hat Ihr Chauffeur Ihnen von dem Schwarzen erzählt, den wir auf der Straße gesehen haben?«

Kawalow preßte die Lippen aufeinander und nickte langsam.

»Er war nicht mehr da, als ich zurückfuhr«, sagte ich.

Er blies die Backen auf, ließ mit einem kleinen Pfff Luft entweichen und rief erregt:

»Mir liegt nichts an Ihrem Schwarzen und an Ihren Straßen. Woran mir liegt, ist, nicht ermordet zu werden.«

»Haben Sie dem Sheriff schon Bescheid gesagt?« fragte ich und versuchte, mir nicht anmerken zu lassen, daß ich langsam schlechte Laune bekam.

»Das habe ich. Aber wozu? Hat der Captain mir gedroht? Nun, er hat mir nur gesagt, er sei gekommen, mich sterben zu sehen. Von ihm, so wie er das gesagt hat, ist das eine Drohung. Aber für unsern Sheriff ist das keine Drohung. Er hat meine Leute terrorisiert. Habe ich einen Beweis dafür? Der Sheriff sagt, ich habe keinen. Wie absurd! Brauche ich einen Beweis? Weiß ich's denn nicht? Muß er Fingerabdrücke auf der Angst hinterlassen, die er verursacht? Es läuft also auf folgendes hinaus: Der Sheriff wird ein Auge auf ihn haben. ›Ein Auge‹, sagt er, denken Sie nur! Ich habe hier zwanzig Leute, Bedienstete und Landarbeiter, mit vierzig Augen. Und er kommt und geht, wie's ihm gefällt. Ein Auge!«

»Und die Sache mit Ringgos Arm?« fragte ich.

Kawalow schüttelte ungeduldig den Kopf und begann, sein Lamm mit kurzen, schnellen Schnitten zu zerkleinern.

Ringgo sagte:

»Da können wir nichts machen. Ich habe zuerst zugeschlagen.« Er blickte auf seine zerschundenen Knöchel. »Hätte nicht gedacht, daß er so zäh ist. Vielleicht bin ich auch nicht mehr so gut wie früher. Ein Dutzend Leute haben jedenfalls gesehn, daß ich ihm eins aufs Kinn gegeben habe, bevor er mich angefaßt hatte. Punkt zwölf Uhr mittags haben wir uns vor dem Postamt geprügelt.«

»Wer ist denn dieser Captain?«

»Es ist nicht er«, sagte der bleiche Diener. »Es ist dieser schwarze Teufel.«

Ringgo sagte:

»Sein Name ist Sherry, Hugh Sherry. Er war Captain in der Britischen Armee, als wir ihn damals kennenlernten – bei der Quartiermeisterei in Kairo. Das war 1917, ganze zwölf Jahre her. Der Kommodore« – er deutete mit dem Kopf auf seinen Schwiegervater – »spekulierte in Heeresversorgung. Sherry sollte ein Verbindungsoffizier sein. Er hatte nichts übrig für Schreibtischarbeit. Er war dazu nicht ängstlich genug. Irgendwer kam zu dem Schluß, daß der Kommodore nicht so viel verdient haben würde, wenn Sherry nicht so fahrlässig gewesen wäre. Sie wußten, daß Sherry selber nichts verdient hatte. Sie entließen Sherry zur selben Zeit, als sie den Kommodore freundlich baten zurückzutreten.«

Kawalow blickte von seinem Teller auf, um zu erklären.

»So werden in Kriegszeiten nun mal Geschäfte gemacht. Sie hätten mich nicht gehn lassen, wenn ich irgendwas getan haben würde, weswegen sie mich hätten halten können.«

»Und jetzt, zwölf Jahre, nachdem Sie dafür gesorgt hatten, daß er unehrenhaft aus der Armee entlassen wird, kommt er an«, sagte ich, »droht, wie Sie glauben, Sie zu ermorden, und macht sich daran, unter Ihren Leuten Schrecken zu verbreiten. Ist es das?«

»Nein, das ist es nicht«, jammerte Kawalow. »Das ist es ganz und gar nicht. Ich habe ihn nicht aus meinen Truppen stoßen lassen. Ich bin Geschäftsmann. Ich mache meine Profite da, wo sich Gelegenheit bietet. Wenn irgendwer mich einen Gewinn erzielen läßt, der seine Vorgesetzten ärgert, was geht mich dann deren Ärger an? Zum zweiten glaube ich nicht, daß er mich wirklich umbringen will. Ich weiß das.«

Ich sagte:

»Ich versuche, da irgendwie draus schlau zu werden.«

»Da ist nichts draus schlau zu werden. Ein Mann hat vor, mich zu ermorden. Ich verlange, daß Sie ihn daran hindern. Ist das nicht einfach genug?«

»Einfach genug«, stimmte ich ihm zu und hörte auf, mit ihm reden zu wollen.

Kawalow und Ringgo rauchten Zigarren zur *crème de*

menthe, Mrs. Ringgo und ich Zigaretten, als die rotgesichtige blonde Frau in dem grauen Wollkleid hereinkam.

Sie kam hereingestürzt, mit aufgerissenen, dunklen Augen.

Sie sagte:

»Anthony sagt, auf dem oberen Feld brennt ein Feuer.«

Kawalow zerbiß das Ende seiner Zigarre und sah mich bedeutungsvoll an.

Ich stand auf und fragte:

»Wie komm ich da hin?«

»Ich zeige Ihnen den Weg«, sagte Ringgo, von seinem Stuhl sich erhebend.

»Dolph«, protestierte seine Frau, »dein Arm.«

Zärtlich lächelte er sie an und sagte:

»Ich werde mich nicht einmischen. Ich geh nur mal mit, um mir anzusehn, wie ein Fachmann mit diesen Dingen fertig wird.«

IV

Ich eilte hinauf in mein Zimmer, um mir Hut, Mantel, Taschenlampe und Kanone zu holen.

Als ich die Treppe wieder hinunterkam, standen die Ringgos an der Haustür.

Er hatte einen dunklen Regenmantel angezogen, ihn über seinem verletzten Arm zugeknöpft, so daß der linke Ärmel leer herunterhing. Sein rechter Arm lag um seine Frau. Ihre beiden nackten Arme lagen um seinen Hals. Sie war weit zurückgebeugt, er weit über sie gebeugt. Ihre Münder lagen aufeinander.

Ich ging ein wenig rückwärts und trat dann lauter auf, als ich mich wieder blicken ließ. Auf mich wartend, standen sie nebeneinander an der Tür. Ringgo atmete schwer, als wäre er gelaufen. Er machte die Tür auf.

Mrs. Ringgo wandte sich an mich:

»Bitte, passen Sie auf, daß mein verrückter Mann nicht zu unvorsichtig ist.«

Ich sagte, das würde ich tun, und fragte ihn:

»Lohnt sich's, irgendwen von der Dienerschaft oder den Knechten mitzunehmen?«

Er schüttelte den Kopf.

»Diejenigen, die sich nicht verstecken, wären genauso unnütz wie die, die sich verkrochen haben«, sagte er. »Sie haben allesamt die Hosen voll.«

Er und ich gingen hinaus, und Mrs. Ringgo sah uns von der Tür aus nach. Der Regen hatte vorerst aufgehört, doch ein schwarzes Geschiebe über uns versprach bald mehr.

Ringgo führte mich um das Haus, einen schmalen Weg entlang, der bergab ging, zwischen Buschwerk hindurch, vorbei an einer Gruppe kleiner Häuser in einer Senke, und dann wieder schräg an einem niedrigeren Hügel hinauf.

Der Weg war aufgeweicht. Oben auf dem Hügel verließen wir den Weg, gingen durch ein Drahtgatter und über ein Stoppelfeld, das unter den Füßen sowohl klebrig als auch rutschig war. Wir beeilten uns. Durch die klebrige Erde, die schwüle Nachtluft und unsere Mäntel wurde uns warm beim Gehen.

Als wir dieses Feld überquert hatten, konnten wir das Feuer sehen, ein orangefarbener Fleck, der hinter einigen Bäumen am Flackern war. Wir kletterten über einen niedrigen Drahtzaun und wanden uns zwischen den Bäumen durch.

Ein heftiges Rascheln brach los zwischen den Blättern über uns, links beginnend, und endend mit einem harten

Schlag gegen einen Baumstamm gleich rechts von uns. Dann *ploppte* etwas auf den weichen Boden unter dem Baum.

Etwas abseits zur Linken wurde ein Lachen laut, ein wildes, schallendes Lachen.

Das Lachen konnte nicht von weit her gekommen sein. Ich ging ihm nach.

Das Feuer war zu klein und zu weit weg, um mir viel nützen zu können. Es war fast völlig schwarz zwischen den Bäumen.

Ich stolperte über Wurzeln, lief gegen Bäume und fand nichts. Die Taschenlampe hätte dem Lacher mehr geholfen als mir, und so hielt ich sie nutzlos in der Hand.

Als ich das Guckguckspiel mit mir selber leid war, durchquerte ich das Waldstück zur anderen Seite und kam zu dem Feld, auf dem das Feuer brannte.

Ich ging zu dem Feuer hinunter. Es brannte an einem Ende des Feldes, knapp vierzig Meter von dem nächsten Baum entfernt. Es war aus kleingebrochenen toten Ästen und Zweigen errichtet worden, die der Regen nicht erreicht hatte, und war fast niedergebrannt, als ich bei ihm ankam.

Zwei kleine Astgabeln steckten auf gegenüberliegenden Seiten des Feuers in der Erde. Die Astgabeln hielten die Enden eines Stücks von einem grünen Zweig. Über dem Feuer hing, auf den Zweig gespießt, ein fünfundvierzig Zentimeter langes totes Tier – ohne Kopf, ohne Schwanz, ohne Füße, ohne Haut, und vorne aufgeschlitzt.

Zwei Schritt davon entfernt lagen auf der Erde Kopf, Fell, Pfoten, Schwanz, Innereien und eine Menge Blut eines jungen Airedale-Terriers.

Ein paar trockene, in passende Längen gebrochene Stücke Holz lagen neben dem Feuer. Ich legte sie auf, als

Ringgo aus dem Waldstück zu mir kam. In der Hand trug er einen Stein von der Größe einer Grapefruit.

»Haben Sie ihn gesehn?« fragte ich.

»Nein. Er hat gelacht und ist verschwunden.«

Er hielt mir den Stein hin und sagte:

»Das hier war es, was nach uns geworfen wurde.«

Auf den glatten grauen Stein waren in Rot runde, leere Augen gezeichnet, eine dreieckige Nase und ein grinsender Mund mit Zähnen – ein vereinfachter Totenschädel.

Ich kratzte an einem der roten Augen mit dem Fingernagel und sagte:

»Kreide.«

Ringgo starrte auf die über dem Feuer brutzelnde Tierleiche und auf die Abfälle auf der Erde.

»Was halten Sie davon?« fragte ich.

Er schluckte und sagte:

»Mickey war ein verdammt guter kleiner Hund.«

»Ihrer?«

Er nickte.

Ich leuchtete mit der Taschenlampe den Boden ab. Ich fand ein paar Fußabdrücke, soweit man sie als solche bezeichnen konnte.

»Was zu sehn?« fragte Ringgo.

»Ja.« Ich zeigte ihm einen der Abdrücke. »Die stammen von Lappen, die er sich um die Schuhe gewickelt hat. Sie sind nichts wert.«

Wir wandten uns wieder dem Feuer zu.

»Das ist auch wieder nur Theater«, sagte ich. »Wer immer das Hündchen getötet und ausgenommen hat, hat sein Handwerk verstanden; zu gut, um nicht zu wissen, daß er es auf die Art nicht anständig braten kann. Es wäre außen verkohlt, bevor es innen auch nur warm gewesen wäre, und so wie er's auf den Spieß gesteckt hat, würde es runterfallen, wenn man versuchte, es zu drehen.«

Ringgos finstere Miene hellte sich etwas auf.

»Das ist ja schon ein bißchen besser«, sagte er. »Mickey zu töten ist schon widerlich genug, aber die Vorstellung, daß irgendwer ihn dann noch ißt oder das auch nur beabsichtigt, wäre ekelerregend.«

»Das wollten sie nicht«, beruhigte ich ihn. »Sie haben Theater gemacht. Die Dinge, die geschehen sind, lagen die so in dieser Richtung?«

»Ja.«

»Was steckt dahinter?«

Niedergedrückt zitiert er Kawalow:

»Captain Katz-und-Maus.«

Ich gab ihm eine Zigarette, nahm mir selber eine und gab uns Feuer mit einem brennenden Ästchen.

Er hob das Gesicht zum Himmel, sagte »'s regnet wieder; gehn wir zurück zum Haus«, blieb aber am Feuer stehen und starrte auf den bratenden Kadaver. Der Gestank verbrannten Fleisches hüllte uns ein.

»Sie nehmen das noch nicht sehr ernst, nicht wahr?« fragte er jetzt in ruhigem, sachlichem Ton.

»Mir kommt das alles reichlich komisch vor.«

»Er ist verrückt«, sagte er in demselben ruhigen Ton. »Versuchen Sie, folgendes zu verstehen. Ehre hat ihm etwas bedeutet. Deswegen mußten wir ihn damals in Kairo reinlegen, statt ihn zu bestechen. Knappe zehn Jahre Ehrlosigkeit, und so ein Mann hat'n Knacks weg. Es war klar, daß er verschwinden und sich verstecken würde, um vor sich hinzubrüten. Entweder er hätte sich erschossen, als die Sache platzte, oder das. Ich hab das anfangs auch so gesehn wie Sie.« Er trat in das Feuer. »Die ganze Sache ist albern.

Aber ich kann jetzt nicht mehr darüber lachen – höchstens in Gegenwart von Miriam und dem Kommodore. Als er hier auftauchte, dachte ich nicht im Traum daran, daß ich nicht mit ihm fertigwerden könnte. In Kairo bin ich leicht mit ihm fertiggeworden. Als ich merkte, daß das nicht mehr so ging, hab ich ein bißchen den Kopf verloren. Ich bin hingegangen und hab 'ne Schlägerei mit ihm angefangen. Na, und das war auch blöd. Es ist die Albernheit der Geschichte, durch die es so schlimm wird. In Kairo gehörte er zu der Sorte, die sich kämmt, bevor sie sich rasiert, damit im Spiegel ein anständiges Bild erscheint. Können Sie mich ungefähr verstehn?«

»Erst mal muß ich mit ihm reden«, sagte ich. »Er wohnt im Dorf?«

»Er hat eine Hütte auf dem Hügel weiter da oben. Es ist die erste links, wenn Sie auf die Hauptstraße eingebogen sind.« Ringgo ließ seine Zigarette ins Feuer fallen, und nachdenklich mich anschauend, biß er sich auf die Unterlippe. »Ich weiß nicht, wie Sie und der Kommodore miteinander auskommen werden. Er versteht keinen Spaß, und wenn Sie Witze mit ihm machen, wird er Ihnen mißtrauen.«

»Ich werde versuchen, mich zurückzuhalten«, versprach ich. »Diesem Sherry Geld anzubieten, ist sinnlos?«

»Um Gottes willen«, sagte er leise. »Dazu ist er zu beknackt.«

Wir nahmen den Hundekadaver herunter, traten das Feuer auseinander und trampelten es in der feuchten Erde aus, bevor wir zu dem Haus zurückkehrten.

V

Am nächsten Morgen lag das Land frisch und hell im klaren Licht der Sonne. Eine warme Brise trocknete den Boden und fegte Wolken von Rohbaumwolle über den Himmel.

Um zehn Uhr machte ich mich zu Fuß auf den Weg zu Captain Sherry. Es war nicht schwer, sein Haus zu finden, einen hellrosa verputzten Bungalow mit einem Terrakottadach – von der Straße zu erreichen über einen Kopfsteinweg.

Ein Tisch mit weißer Tischdecke und zwei Gedecken stand auf der gekachelten Veranda, die sich über die Vorderseite des Bungalows erstreckte.

Bevor ich anklopfen konnte, wurde die Tür durch einen schmächtigen Schwarzen aufgemacht, kaum mehr als ein Junge. Er trug eine weiße Jacke. Seine Züge waren feiner als die der meisten amerikanischen Neger, adlerhaft, angenehm intelligent.

»Sie werden sich erkälten, wenn Sie auf nassen Straßen rumliegen«, sagte ich – »sofern Sie nicht vorher überfahren werden.«

Seine Mundwinkel zogen sich bis zu den Ohren zu einem Grinsen hinauf, das mir eine Menge kräftiger gelber Zähne zeigte.

»Yes, Sir«, sagte er mit einer Verbeugung, und die s's ließ er zischen, das r rollen. »Der *capitaine* hat gewartet mit Frühstück, damit Sie sind bei ihm. Sie hinsetzen, Sir. Ich gehn und ihn rufen.«

»Kein Hundefleisch?«

Seine Mundwinkel zogen sich wieder breit nach oben, und mit Entschiedenheit schüttelte er den Kopf.

»No, Sir.« Er hielt die schwarzen Hände hoch und

zählte an den Fingern auf: »Es gibt Orange und Lachs und Nieren gegrillt und Eier und Marmelade und Toast und Tee oder Kaffee. Hundefleisch gibt es nicht.«

»Prima«, sagte ich und setzte mich in einen von den Rohrsesseln auf der Veranda.

Ich hatte mir gerade eine Zigarette angezündet, als Captain Sherry schon herauskam.

Er war ein hagerer, großer Mann von vierzig. Sandfarbenes, in der Mitte gescheiteltes Haar, war über einem sonnengebräunten Gesicht glatt an den schmalen Kopf gebürstet. Seine Augen waren grau, die unteren Lider so gerade wie Linealkanten. Der Mund war eine weitere gerade und harte Linie unter einem kurzgestutzten sandfarbenen Schnurrbart. Furchen wie Schnitte liefen von seinen Nasenflügeln über die Mundwinkel hinunter. Andere Furchen, ebenso tief, liefen über die Backen zu dem scharfen Grat des Unterkiefers. Über einem sandfarbenen Schlafanzug trug er einen bunt gestreiften Bademantel.

»Guten Morgen«, sagte er freundlich und führte militärisch eine Hand fast bis zum Kopf. »Bleiben Sie sitzen. Es dauert noch ein paar Minuten, bis Marcus mit dem Frühstück so weit ist. Ich habe lange geschlafen. Und abscheulich geträumt.« Er sprach bewußt langsam und schleppend. »Ich habe geträumt, Theodore Kawalows Hals wäre von hier bis hier durchgeschnitten worden.« Er legte knochige Finger unter seine Ohren. »Es war eine scheußlich blutige Angelegenheit. Er blutete und schrie schrecklich, das Schwein.«

Grinsend blickte ich zu ihm auf und fragte:

»Und das gefiel Ihnen nicht?«

»Oh, daß ihm der Hals durchgeschnitten wurde, das war schon nicht übel, aber er hat so unflätig geblutet und geschrien.« Er hob die Nase und schnupperte. »Das ist Geißblatt irgendwo, nicht?«

»Riecht so. War es Halsdurchschneiden, was Sie im Sinn hatten, als Sie ihm drohten?«

»Als ich ihm drohte«, sagte er gedehnt. »Lieber Mann, ich habe nichts dergleichen getan. Ich war in Udja, einer stinkenden Stadt in Marokko unweit der Grenze nach Algerien, und eines Morgens sprach eine Stimme zu mir aus einem Orangenbaum: ›Gehe hin nach Farewell, in Kalifornien, in den Vereinigten Staaten, und dorten wirst du Theodore Kawalow sterben sehen.‹ Ich hielt das für eine ausgezeichnete Idee. Ich dankte der Stimme, sagte Marcus, er solle packen, und kam hierher. Gleich nach meiner Ankunft erzählte ich Kawalow davon, weil ich dachte, vielleicht würde er sofort sterben und ich nicht erst lange durch Warten hingehalten werden. Er starb aber nicht, und ich bedauerte, zu spät leider, die Stimme nicht nach einem definitiven Datum gefragt zu haben. Es ist bestimmt keine schöne Vorstellung, Monate hier zu verschwenden.«

»Und deswegen haben Sie versucht, es zu beschleunigen?« fragte ich.

»Wie bitte?«

»*Quel terreur*«, sagte ich, »steinerne Totenschädel, gegrillte Hunde, verschwindende Leichen.«

»Ich bin fünfzehn Jahre in Afrika gewesen«, sagte er. »Ich glaube zu sehr an Stimmen aus Orangenbäumen, in denen niemand ist, um ihnen nachhelfen zu wollen. Sie brauchen sich nicht einzubilden, daß ich mit irgendwelchen Dingen, die vielleicht vorgekommen sind, irgend etwas zu tun hätte.«

»Marcus?«

Sherry strich sich über die eben rasierten Backen und erwiderte:

»Das ist möglich. Er hat einen unverbesserlichen Hang zu dem etwas gröberen afrikanischen Unfug. Ich bin gerne bereit, ihn mit dem Stock zu strafen, wenn er sich irgendwie daneben benommen hat – wofür Sie natürlich einen stichhaltigen Beweis haben.«

»Lassen Sie mich ihn nur erwischen«, sagte ich, »und ich werde ihn auf meine Weise strafen.«

Sherry beugte sich vor und sprach mit vorsichtig gedämpfter Stimme:

»Geben Sie acht, daß er keinen Verdacht schöpft, bevor Sie ihn nicht fest im Griff haben. Er führt das Messer rechts wie links mit bemerkenswertem Geschick.«

»Ich werde versuchen, daran zu denken. Über Ringgo hat die Stimme nichts gesagt?«

»Das war nicht nötig. Wenn der Körper stirbt, ist auch die Hand tot.«

Der schwarze Marcus kam mit dem Essen heraus. Wir gingen zu dem Tisch, und ich machte mich an mein zweites Frühstück.

Sherry war sich im unklaren darüber, ob die Stimme, die zu ihm aus dem Orangenbaum gesprochen hatte, auch zu Kawalow gesprochen hatte. Er habe Kawalow gefragt, sagte er, habe aber keine befriedigende Antwort bekommen. Er glaube, daß die Stimmen, die den Tod von Feinden ankündigen, gewöhnlich auch denjenigen warnen, der sterben solle. »Ich glaube«, sagte er, »das ist die herkömmliche Art, wie das gemacht wird.«

»Ich weiß nicht«, sagte ich. »Ich werde versuchen, das für Sie rauszukriegen. Vielleicht sollte ich auch ihn fragen, was er letzte Nacht geträumt hat.«

»Sah er heute morgen so aus, als hätte er einen Alptraum gehabt?«

»Ich weiß nicht. Er war noch nicht auf, als ich wegging.«

Sherrys Augen wurden heiße graue Punkte.

»Wollen Sie sagen«, sagte er, »daß Sie keine Ahnung haben, in welcher Verfassung er heute morgen ist, ob er lebendig oder tot ist, ob mein Traum in Erfüllung ging oder nicht?«

»Ja.«

Die harte Linie seines Mundes entspannte sich langsam zu einem erfreuten Lächeln.

»Menschenskind«, sagte er, »das ist ja phantastisch! Ich dachte schon – ich hatte den Eindruck, Sie wüßten positiv, daß nichts dran sei an meinem Traum, daß es nur ein bedeutungsloser Traum sei.«

Er klatschte laut in die Hände.

Flink kam der schwarze Marcus aus der Tür.

»Pack die Koffer«, befahl Sherry. »Der Glatzkopf ist erledigt. Wir brechen auf.«

Marcus verbeugte sich und ging grinsend rückwärts ins Haus zurück.

»Wollen Sie sich nicht lieber erst mal vergewissern?« fragte ich.

»Aber ich bin sicher«, sagte er betont langsam, »so sicher wie in dem Augenblick, als die Stimme aus dem Orangenbaum zu mir sprach. Ich brauche mich nicht zu vergewissern – ich sah ihn sterben.«

»Im Traum.«

»War es ein Traum?« fragte er gleichgültig.

Als ich zehn oder fünfzehn Minuten später ging, machte Marcus im Haus Geräusche, die sich anhörten, als würde er tatsächlich packen.

Sherry gab mir die Hand und sagte:

»Es war mir ein Vergnügen, mit Ihnen zu frühstücken. Vielleicht sehen wir uns einmal wieder, falls Ihre Arbeit Sie je nach Nordafrika führt. Empfehlen Sie mich Miriam und Dolph. Ihnen aufrichtig mein Beileid zu sagen ist mir leider nicht möglich.«

Als ich von dem Bungalow aus nicht mehr gesehen werden konnte, bog ich von der Straße ab auf einen Weg, der sich am Hang eines Hügels hinaufzog, und sah mich um nach einer höher gelegenen Stelle, die geeignet wäre, Sherrys Bungalow zu beobachten. Ich fand so etwas wie ein Krähennest, eine leere Bruchbude auf einem vorspringenden Felsen nach Nordosten hin. Von der vorderen Veranda der verlassenen Bude aus hatte ich einen Blick auf die gesamte Vorderseite des Bungalows, auf einen Teil von dessen einer Seite, auf ein gutes Stück des Kopfsteinweges, bis zu der Stelle, wo er in die Straße mündete. Für das nackte Auge war es eine ziemliche Distanz, aber mit einem Feldstecher würde es ein hervorragender Ausguck sein, zumal man durch Buschgewucher vor der Hütte selber abgeschirmt war.

Als ich zu dem Kawalow-Haus zurückkam, thronte Ringgo, gepolstert von bunten Kissen, in einem roten Sessel unter einem Baum, in der Hand ein Buch.

»Was halten Sie von ihm?« fragte er. »Ist er verrückt?«

»Nicht sehr. Er läßt sich Ihnen und Ihrer Frau empfehlen. Wie geht's Ihrem Arm heute morgen?«

»Miserabel. Er muß gestern nacht zuviel Feuchtigkeit abgekriegt haben. Er hat mir die Nacht zur Hölle gemacht.«

»Haben Sie Captain Katz-und-Maus angetroffen?« wurde Kawalows quengelnde Stimme hinter mir laut.

»Und fanden Sie irgendeine Befriedigung darin?«

Ich drehte mich um. Er kam über den Weg vom Haus. Sein Gesicht war eher grau als braun diesen Vormittag, aber was ich über dem V des Kragens von seinem Hals sehen konnte, schien noch recht heil zu sein.

»Er war am Packen, als ich wegging«, sagte ich. »Will wieder zurück nach Afrika.«

VI

Das war an einem Donnerstag. Weiter geschah nichts an diesem Tag.

Freitagmorgen wurde ich durch den Lärm meiner Schlafzimmertür geweckt, die heftig aufgestoßen wurde.

Martin, der dünngesichtige Diener, kam in mein Zimmer gestürzt und begann mich an den Schultern zu rütteln, obgleich ich mich, als er an meinem Bett war, bereits aufgesetzt hatte.

Sein Gesicht war zitronengelb und häßlich vor Angst.

»Es ist passiert«, stammelte er. »Oh, mein Gott, es ist passiert!«

»Was ist passiert?«

»Es ist passiert. Es ist passiert.«

Ich schob ihn beiseite und stieg aus dem Bett. Plötzlich drehte er sich um und lief in mein Badezimmer. Als ich mit den Füßen in die Schuhe fuhr, hörte ich ihn sich übergeben.

Kawalows Schlafzimmer war drei Türen neben meiner Tür, auf derselben Seite des Hauses.

Es war niemand zu sehen, aber das Haus war voller Lärm – erregte Stimmen, Türen, die auf und zu gingen.

Ich lief zu Kawalows Tür. Sie war auf.

Da lag Kawalow, auf einem niedrigen spanischen Bett. Das Bettzeug war über das Fußende zurückgeworfen.

Kawalow lag auf dem Rücken. Der Hals war ihm durchgeschnitten, in einer Kurve, die parallel zur Linken seines Kinnbackens durch zwei Punkte einen Zoll unter den Ohrläppchen verlief.

Das Blut, wo es von dem blauen Kissenbezug und dem blauen Laken aufgesogen worden war, war purpurrot wie Traubensaft. Es war dick und klebrig, bereits am Gerinnen.

Ringgo kam herein, einen Bademantel übergeworfen wie ein Cape.

»Es ist passiert«, brummte ich, die Worte des Dieners benutzend.

Mit stumpfen, jammervollen Augen stand Ringgo am Bett und begann zu fluchen, mit leiser, erstickter Stimme.

Die rotgesichtige blonde Frau – Louella Qually, die Haushälterin – kam herein, schrie, drängte sich an uns vorbei zum Bett, immer noch schreiend. Als sie nach der Bettdecke griff, packte ich sie am Arm.

»Nicht anfassen«, sagte ich.

»Deckt ihn zu. Deckt ihn zu, den armen Mann!« schrie sie.

Ich führte sie vom Bett weg. Vier oder fünf Bedienstete waren inzwischen im Zimmer. Zweien von ihnen übergab ich die Haushälterin und sagte ihnen, sie sollten sie hinausbringen und beruhigen. Sie ging mit ihnen, lachend und schreiend.

Ringgo starrte immer noch auf das Bett.

»Wo ist Ihre Frau?« fragte ich.

Er hörte mich nicht. Ich tippte an seinen heilen Arm und wiederholte die Frage.

»Sie ist in ihrem Zimmer. Sie – sie brauchte nicht erst gucken zu kommen, um zu sehen, was passiert ist.«

»Sollten Sie sich nicht lieber um sie kümmern?«

Er nickte, drehte sich langsam um und ging hinaus.

Der Diener, immer noch zitronengelb, kam herein.

»Ich möchte, daß alle zur Stelle sind, Dienstboten, Knechte, alle sollen unten ins Vorderzimmer kommen«, sagte ich zu ihm. »Sorgen Sie dafür, daß sich sofort alle versammeln, und sie sollen bleiben, bis der Sheriff kommt.«

»Ja, Sir«, sagte er und ging nach unten. Die anderen folgten ihm.

Ich machte Kawalows Tür zu und ging hinüber in die Bibliothek, wo ich das Büro des Sheriffs in der Kreisstadt anrief. Ich sprach mit einem Beamten namens Hilden. Als ich ihm meine Geschichte erzählt hatte, sagte er, der Sheriff würde binnen einer halben Stunde in dem Haus eintreffen.

Ich ging in mein Zimmer und zog mich an. Als ich damit fertig war, kam der Diener herauf, um mir zu sagen, daß alle im Vorderzimmer versammelt seien – alle bis auf die Ringgos und Mrs. Ringgos Mädchen.

Ich war dabei, Kawalows Zimmer zu untersuchen, als der Sheriff eintraf. Er war ein weißhaariger Mann mit sanften blauen Augen und einer sanften Stimme, die undeutlich unter einem weißen Schnurrbart hervorkam. Er hatte drei Hilfsbeamte mitgebracht, einen Arzt und einen Leichenbeschauer.

»Ringgo und der Diener können Ihnen mehr erzählen als ich«, sagte ich, als wir einander rundum die Hände geschüttelt hatten. »Ich bin zurück, so schnell es geht. Ich fahr zu Sherry hoch. Was der damit zu tun hat, wird Ihnen Ringgo erzählen.«

In der Garage suchte ich mir einen verdreckten Chevrolet aus und fuhr zu dem Bungalow. Türen und Fenster waren dichtgemacht, und auf mein Klopfen kam keine Antwort.

Über den Kopfsteinweg ging ich zurück zum Wagen und fuhr hinunter nach Farewell. Dort war es keine Schwierigkeit festzustellen, daß Sherry und Marcus am Nachmittag des Vortages mit dem Zwei-Uhr-zehn-Zug nach Los Angeles abgefahren waren. Drei große Koffer und ein halbes Dutzend Reisetaschen hatte der Spediteur des Dorfes für sie aufgegeben.

Nachdem ich unserer Zweigstelle in Los Angeles ein Telegramm geschickt hatte, machte ich den Mann ausfindig, der Sherry den Bungalow vermietet hatte.

Er konnte mir nichts über seine Mieter erzählen, außer daß er enttäuscht war darüber, daß sie nicht einmal zwei volle Wochen geblieben waren. Sherry hatte die Schlüssel mit einem kurzen Brief abgegeben, der besagte, er sei unerwartet weggerufen worden.

Ich steckte den Brief ein. Handschriftenproben erweisen sich oft als nützlich. Dann lieh ich mir die Schlüssel zu dem Bungalow und fuhr dorthin zurück.

Ich fand dort nichts von Bedeutung, lediglich eine Menge Fingerabdrücke, die vielleicht später noch wertvoll werden konnten. Nichts sagte mir, wohin meine Männer gefahren waren.

Ich fuhr zurück zum Kawalow-Haus.

Der Sheriff war damit fertig, das Personal durch die Mühle zu drehen.

»Ist nichts rauszukriegen aus ihnen«, sagte er. »Keiner hat irgendwas gehört oder gesehen; seit gestern abend vom Schlafengehen bis heute morgen nicht, als der Diener um acht die Tür aufmachte, um ihn zu wecken, und ihn da tot liegen sah. Wissen Sie mehr als das?«

»Nein. Hat man Ihnen was über Sherry erzählt?«

»Oh, ja. Das wird wohl unser Braten sein, was?«

»Ja. Angeblich ist er gestern nachmittag mit seinem Boy nach Los Angeles abgedampft. Was da dran ist, müßten wir eigentlich rauskriegen können. Was sagt der Arzt?«

»Daß er heute morgen zwischen drei und vier umgebracht wurde, mit einem ziemlich großen Messer – ein sauberer Schmiß von links nach rechts, wie von einem Linkshänder.«

»Ein sauberer Schnitt vielleicht«, stimmte ich zu, »aber nicht gerade ein Schmiß. Langsamer als das. Ein Schmiß, wenn er schon eine Kurve macht, müßte in einer Aufwärtskurve verlaufen, weg von dem, der das Messer führt, in der Mitte am höchsten sein und am Ende abwärts gehen, zum Mörder hin – also genau umgekehrt wie der hier.«

»Oh, ja, klar. Ist dieser Sherry Linkshänder?«

»Ich weiß nicht.« Ich fragte mich, ob Marcus einer sei. »Das Messer gefunden?«

»Nicht die Spur. Und was schlimmer ist, wir haben auch sonst nichts gefunden, weder im Haus noch draußen. Komisch, daß ein Bursche wie Kawalow, der ja nach allem, was man hört, ganz schön Angst gehabt haben muß, nicht alles verriegelt und verrammelt hatte. Seine Fenster waren offen. Mit einer Leiter kann da jeder rein. Und seine Tür war auch nicht abgeschlossen.«

»Dafür kann es ein halbes Dutzend Gründe gegeben haben. Er ...«

Einer der Beamten, ein breitschultriger blonder Mann, kam an die Tür und sagte:

»Wir haben das Messer gefunden.«

Der Sheriff und ich folgten dem Beamten nach draußen, zu der Seite des Hauses herum, auf der Kawalows Zimmer war.

Die Klinge des Messers steckte im Boden, zwischen einigen Büschen, die einen Weg säumten, der hinunterführte zu den Quartieren der Knechte.

Der Messerknauf – rot angemaltes Holz – zeigte in leichter Schrägung auf das Haus. Ein wenig Blut klebte an der Klinge, aber das meiste hatte die weiche Erde abgewischt. An dem roten Knauf war weder Blut noch irgend etwas wie ein Fingerabdruck.

In dem weichen Boden in der Nähe des Messers waren keine Fußabdrücke. Offenbar war es in das Gebüsch geworfen worden.

»Ich glaube, das ist alles, was es für uns hier gibt«, sagte der Sheriff. »Es gibt keinen großen Hinweis, daß irgendwer hier was damit zu tun hat oder nicht. Wir werden uns jetzt mal nach diesem Captain Sherry umsehn.«

Ich fuhr mit ihm ins Dorf hinunter. Im Postamt erfuhren wir, daß Sherry eine Adresse zum Nachsenden hinterlassen hatte: St. Louis, Missouri, postlagernd. Der Postmeister sagte, Sherry habe während seines Aufenthaltes in Farewell keine Post bekommen.

Wir fuhren zum Telegrafenamt, und man sagte uns, Sherry habe weder irgendwelche Telegramme bekommen noch habe er welche aufgegeben. Ich schickte unserer Zweigstelle in St. Louis eins.

Unser weiteres Herumstochern im Dorf brachte uns nichts – nur daß die meisten Müßiggänger von Farewell gesehen hatten, daß Sherry und Marcus in den Zwei-Uhrzehn-Zug nach Süden gestiegen waren.

Bevor wir zum Kawalow-Haus zurückfuhren, kam von unserer Zweigstelle in Los Angeles ein Telegramm für mich an:

> *Sherrys Gepäck im Gepäckraum hier noch nicht abgeholt. Beobachten es weiter.*

Als wir zu dem Haus zurückkamen, traf ich Ringgo in der Halle an und fragte ihn:

»Ist Sherry Linkshänder?«

Er überlegte und schüttelte dann den Kopf.

»Ich kann mich nicht erinnern«, sagte er. »Möglich ist es schon. Ich werde Miriam fragen. Vielleicht weiß sie's – Frauen erinnern sich an so Sachen.«

Als er wieder nach unten kam, nickte er:

»Er ist mit beiden Händen so gut wie gleich geschickt, benutzt aber seine Linke mehr als die Rechte. Warum?«

»Der Arzt meint, ein Linkshänder habe es getan. Wie geht's Ihrer Frau jetzt?«

»Ich glaube, der schlimmste Schock ist vorbei, danke.«

VII

Sherrys Gepäck wurde den ganzen Samstag nicht von der Gepäckaufbewahrung in Los Angeles abgeholt. Spät an jenem Nachmittag machte der Sheriff die Nachricht publik, daß Sherry und der Neger wegen Mordes gesucht seien, und am selben Abend stiegen der Sheriff und ich in einen Zug nach Süden.

Am Sonntagmorgen machten wir im Beisein zweier Beamter der Polizei von Los Angeles das Gepäck auf. Wir fanden nichts außer einwandfreier Kleidung und persönlichen Dingen, die uns nichts sagten.

Ich fuhr zurück nach San Francisco und ließ Stapel von Fahndungsblättern drucken und verteilen.

Zwei Wochen vergingen, zwei Wochen, in denen die Fahndungsblätter uns nichts brachten als den üblichen massenhaften falschen Alarm.

Dann griff die Polizei von Spokane Sherry und Marcus in einer Pension in der Stevens Street auf.

Irgendein Unbekannter hatte die Polizei telefonisch informiert, daß ein dort wohnender Fred Williams fast jeden Tag Besuch von einem geheimnisvollen Neger habe und daß das Benehmen der beiden sehr verdächtig sei. Die Polizei von Spokane hatte Exemplare von unserem Fahndungsblatt. Das H.S.-Monogramm auf den Manschettenknöpfen und Taschentüchern von Fred Williams war kaum noch nötig, um sie zu überzeugen, daß er unser Mann war.

Nachdem sie ihn zwei Stunden durch die Mangel gedreht hatten, gab Sherry seine Identität zu, leugnete aber, Kawalow ermordet zu haben.

Zwei von den Leuten des Sheriffs fuhren nach Norden und brachten die Gefangenen in die Kreisstadt.

Sherry hatte sich den Schnurrbart abrasiert. Nichts in seinem Gesicht oder seiner Stimme zeigte die leiseste Besorgnis.

»Ich wußte, daß ich auf nichts mehr zu warten brauchte nach meinem Traum«, sagte er mit behäbiger Sicherheit, »und da bin ich abgefahren. Dann, als ich hörte, daß der Traum Wirklichkeit geworden war, wußte ich natürlich, daß ihr Willis scharf sein würdet auf mich, und da hab ich – ah – die Abgeschiedenheit gesucht – als ob man was kann für seine Träume.«

Feierlich wiederholte er dem Sheriff und dem Staatsanwalt seine Geschichte von der Stimme im Orangenbaum. Den Zeitungen gefiel sie.

Er weigerte sich, uns seine Route aufzuzeichnen, uns zu erzählen, wie er seine Zeit verbracht hatte.

»Nein, nein«, sagte er. »Tut mir leid, aber das laß ich lieber bleiben. Womöglich muß ich das irgendwann noch mal machen, und da hat es keinen Zweck, meine Methoden aufzudecken.«

Er wollte uns nicht sagen, wo er in der Mordnacht gewesen war. Wir waren ziemlich sicher, daß er den Zug vor Los Angeles verlassen hatte, wenn auch das Zugpersonal uns nichts hatte sagen können.

»Tut mir leid«, sagte er gedehnt. »Aber wenn ihr Knaben nicht mal wißt, wo ich war, wie wollt ihr dann behaupten können, daß ich dort war, wo der Mord geschah?«

Bei Marcus hatten wir noch weniger Glück. Seine stehende Rede war:

»Nicht verstehn das Englisch sehr gut. Fragen den *capitaine*. Ich nicht wissen.«

Der Staatsanwalt verbrachte eine Menge Zeit damit, nägelkauend in seinem Büro auf und ab zu rennen und uns wütend vorzuhalten, der Fall ginge in die Binsen, wenn wir nicht beweisen könnten, daß entweder Sherry oder Marcus kurz vor oder nach der Tatzeit in der Nähe des Hauses gewesen war.

Der Sheriff war der einzige von uns, der nicht das dumpfe Gefühl hatte, daß Sherry ein ganzes Sortiment von Trümpfen in den Ärmeln hatte. Der Sheriff sah ihn bereits am Galgen.

Sherry besorgte sich einen Anwalt, einen glatt aussehenden blassen Mann mit Hornbrille und einem schmalen, zuckenden Mund. Sein Name war Schaeffer. Dauernd war er am Lächeln, für sich und für uns.

Als der Staatsanwalt nur noch Daumennägel übrig hatte und anfing, die zu bearbeiten, borgte ich mir von Ringgo einen Wagen und machte mich auf den Weg, die Eisenbahnlinie nach Süden abzufahren, weil ich herauskriegen wollte, wo Sherry aus dem Zug gestiegen war. Wir hatten das Paar natürlich konterfeit, so daß ich ihre Fotos bei mir hatte.

Ich zeigte diese verdammten Fotos an jeder Bahnstation zwischen Farewell und Los Angeles herum, in jedem Dorf innerhalb zwanzig Meilen Entfernung von der Strecke, auf beiden Seiten, und in fast den meisten Häusern dazwischen. Und es brachte mir nichts.

Es sprach nichts dagegen, daß Sherry und Marcus nicht nach Los Angeles durchgefahren waren.

Ihr Zug hätte sie in jener Nacht um halb elf dort abgesetzt. Einen Zug, der sie rechtzeitig nach Farewell zurückgebracht hätte, um Kawalow zu töten, gab es nicht. Es gab zwei Möglichkeiten: mit einem Flugzeug hätten sie reichlich Zeit gehabt zurückzukommen; und mit einem Auto hätten sie es vielleicht auch geschafft, selbst wenn das etwas abwegig aussah.

Zuerst setzte ich auf Flugzeug, fand aber keinen Piloten, der in jener Nacht einen Passagier gehabt hatte. Mit Hilfe der Polizei von Los Angeles und einiger Detektive von Continental's Zweigstelle dort ließ ich jeden, der ein Flugzeug besaß – öffentlich oder privat –, interviewen. Alle Antworten waren nein.

Wir gingen der weniger versprechenden Möglichkeit mit den Autos nach. Die größeren Taxi- und Leihwagenfirmen sagten »Nein«. Vier Privatwagen waren in jener Nacht zwischen zehn und zwölf als gestohlen gemeldet worden. Zwei davon waren am nächsten Morgen in der Innenstadt gefunden worden – sie konnten die Fahrt nach Farewell und zurück nicht gemacht haben. Einer von den andern war am nächsten Tag in San Diego sichergestellt worden. Der fiel damit auch weg. Der andere, eine Packard-Limousine, war noch nicht gesichtet worden. Wir setzten einen Kopierapparat in Gang, der eine Postkartenansicht davon vervielfältigte.

Die ganzen kleinen Klitschen von Taxi- und Leihwagenunternehmern zu erreichen, war ein schönes Stück Arbeit, und dann blieben noch die privaten Wagenbesitzer, die vielleicht für die eine Nacht ihren Wagen verliehen hatten. Um auch die zu erfassen, bemühten wir die Zeitungen.

Was die Autos betraf, so kam keine Information, aber diese neue Richtung unserer Nachforschungen – der Versuch, unseren Männern hier bis auf wenige Stunden vor dem Mord auf die Spur zu kommen – erbrachte Resultate einer ganz anderen Art.

In San Pedro (dem Seehafen von Los Angeles, fünfundzwanzig Meilen außerhalb) war um ein Uhr am Morgen des Mordes ein Neger festgenommen worden. Der Neger sprach schlecht Englisch, hatte aber Papiere, die bewiesen, daß er Pierre Tisano war, ein französischer Seemann. Er war wegen Trunkenheit und Ruhestörung festgenommen worden.

Die Polizei von San Pedro sagte, Foto und Beschreibung des Mannes, der uns als Marcus bekannt sei, paßten genau auf den betrunkenen Seemann.

Das war nicht alles, was die Polizei von San Pedro sagte.

Tisano war um ein Uhr festgenommen worden. Kurz nach zwei war ein Weißer erschienen, der gesagt hatte, er heiße Henry Somerton, und der versucht hatte, den Neger auszulösen. Der diensthabende Beamte hatte Somerton gesagt, vor morgen früh sei da nichts zu machen und es wäre sowieso sinnvoller, Tisano seinen Rausch ausschlafen zu lassen, bevor man ihn mitnehme. Somerton war bereitwillig darauf eingegangen, hatte sich noch über eine halbe Stunde mit dem Beamten unterhalten und war dann gegen drei gegangen. Um zehn Uhr an jenem Morgen war er wieder erschienen, um für den Neger die Strafe zu zahlen. Gemeinsam waren sie weggegangen.

Die Polizei von San Pedro sagte, Sherrys Foto – ohne den Schnurrbart – und seine Beschreibung paßten auf Henry Somerton.

Henry Somertons Unterschrift auf dem Registrierschein des Hotels, in das er zwischen seinen beiden Besuchen bei der Polizei gegangen war, stimmte überein mit der Handschrift von Sherrys Brief an den Besitzer des Bungalows.

Es stand ziemlich eindeutig fest, daß Sherry und Marcus zu der Zeit, als Kawalow ermordet wurde, in San Pedro gewesen waren – nach neun Stunden Zugfahrt von Farewell.

Ziemlich eindeutig ist nicht ganz eindeutig genug bei einer Mordsache. Ich nahm den diensthabenden Beamten jener Nacht mit mir in Richtung Norden, damit er sich unsere zwei Männer ansehe.

»Oh, ja, das sind sie«, sagte er.

VIII

Der Staatsanwalt verzehrte den Rest seiner Daumennägel.

Der Sheriff hatte die staunenden Augen eines Kindes, das einen Luftballon in der Hand gehalten, einen Knall gehört hat und nicht verstehen kann, wo der Ballon geblieben ist.

Ich tat so, als wäre ich völlig zufrieden.

»Jetzt sind wir wieder genau da, wo wir angefangen haben«, sagte der Staatsanwalt mit widerwärtig nörgelnder Stimme, als seien alle daran schuld, nur er nicht. »Und die ganzen Wochen waren umsonst.«

Der Sheriff sah den Staatsanwalt nicht an und sagte nichts.

Ich sagte:

»Oh, das würd ich nicht sagen. Einigen Fortschritt haben wir doch schon gemacht.«

»Welchen?«

»Wir wissen, daß Sherry und der Diener Alibis haben.«

Der Staatsanwalt schien zu glauben, ich wollte ihn auf den Arm nehmen. Ich achtete nicht auf die Gesichter, die er mir schnitt, und fragte:

»Was haben Sie vor mit ihnen?«

»Was soll ich vorhaben mit ihnen, als sie freizulassen? Der Fall ist damit im Eimer.«

»Es kostet den Bezirk doch nicht viel, sie zu füttern«, schlug ich vor. »Warum sie nicht so lange wie möglich festhalten, derweil wir uns das überlegen? Vielleicht ergibt sich was Neues – wenn nicht, können Sie den Fall immer noch zu den Akten legen. Sie halten sie doch nicht für unschuldig, oder?«

Verdrossen und schwermütig vor Mitleid wegen meiner Dummheit sah er mich an.

»Sie sind schuldig wie die Teufel, aber was nützt mir das, wenn ich keinen Schuldspruch erwirken kann? Und was nützt es, wenn ich sage, ich halte sie erst mal noch fest? Verdammt nochmal, Mann, Sie wissen doch genauso gut wie ich, daß sie ihre Entlassung jetzt bloß zu verlangen brauchen, und jeder Richter setzt sie auf freien Fuß.«

»Ja«, pflichtete ich ihm bei, »nur wette ich um den besten Hut in San Francisco, daß sie sie nicht verlangen werden.«

»Sie meinen?«

»Sie wollen ein Verfahren«, sagte ich, »sonst hätten sie ihr Alibi aus dem Sack gelassen, bevor wir draufgekommen wären. Ich habe so das Gefühl, daß sie die Polizei von Spokane absichtlich auf sich aufmerksam gemacht haben. Und ich wette Ihnen diesen Hut, daß Schaeffer nicht daran denkt, die Habeaskorpusakte zur Geltung zu bringen.«

Der Staatsanwalt linste mir argwöhnisch in die Augen.

»Wissen Sie irgend etwas, was Sie uns vorenthalten?« fragte er fordernd.

»Nein, aber Sie werden sehn, daß ich recht habe.«

Ich hatte recht. Schaeffer ging weiterhin still für sich lächelnd in der Gegend herum und machte keinerlei Versuch, seine Mandanten aus dem Bezirksgefängnis herauszuholen.

Drei Tage später ergab sich etwas Neues.

Ein Mann namens Archibald Weeks, der gut zehn Meilen von den Kawalows entfernt eine kleine Hühnerfarm hatte, suchte den Staatsanwalt auf. Weeks sagte, er habe Sherry am frühen Morgen des Mordes auf seinem – Weeks' – Grundstück gesehen.

Weeks war an jenem Morgen nach Iowa weggefahren,

um seine Eltern zu besuchen. Er war früh aufgestanden, um nachzusehen, ob alles in Ordnung wäre, bevor er zu der zwanzig Meilen entfernten Bahnstation losfuhr.

Irgendwann zwischen halb sechs und sechs war er zu dem Schuppen gegangen, in dem er seinen Wagen abstellte, um nachzusehen, ob genug Benzin im Tank sei.

Ein Mann war aus dem Schuppen gehuscht, war über den Zaun gesprungen und auf der Straße davongerannt. Weeks war ihm ein kurzes Stück nachgelaufen, aber der andere war ihm zu schnell gewesen. Der Mann war zu gut gekleidet gewesen für einen Landstreicher – Weeks nahm an, er habe den Wagen stehlen wollen.

Da Weeks weg mußte und seine Frau während seiner Abwesenheit nur ihre zwei Söhne bei sich haben würde – der eine war siebzehn, der andere fünfzehn –, hatte er es für am klügsten gehalten, ihr von dem Mann, den er an dem Schuppen überrascht hatte, nichts zu erzählen, um ihr keine Angst zu machen.

Er war an dem Tag, bevor er im Büro des Staatsanwalts auftauchte, aus Iowa zurückgekehrt, und nachdem er die Einzelheiten von der Ermordung Kawalows gehört und Sherrys Bild in der Zeitung gesehen hatte, hatte er ihn als den Mann erkannt, dem er nachgerannt war.

Wir stellten ihn Sherry gegenüber. Er sagte, Sherry sei der Mann. Sherry sagte nichts.

Da der Staatsanwalt nun Weeks' Aussage gegen die Aussage der Polizei von San Pedro ins Feld führen konnte, eröffnete er das Verfahren gegen Sherry. Marcus wurde als wichtiger Zeuge festgehalten, da aber nichts sein San-Pedro-Alibi schwächte, wurde er nicht unter Anklage gestellt.

Auf dem Zeugenstand erzählte Weeks seine Geschichte

einfach und klar, und dann, im Kreuzverhör, kriegte er erst kalte Füße und fiel dann mit lautem Getöse um.

Er sei sich jetzt nicht mehr so sicher wie vorher, gab er unter Schaeffers Beschuß zu, daß Sherry der Mann sei. Der Mann habe, bei dem wenigen, was er von ihm gesehen, bestimmt eine gewisse Ähnlichkeit mit Sherry, aber vielleicht sei er ein wenig voreilig gewesen, gleich mit Bestimmtheit zu behaupten, er sei Sherry. Jetzt, da er Zeit gehabt habe nachzudenken, sei er sich nicht mehr so ganz sicher, ob er das Gesicht des Mannes in dem schwachen Morgenlicht auch wirklich gesehen habe. Alles, was Weeks schließlich noch beschwören wollte, war, daß er einen Mann gesehen habe, der ein klein wenig Ähnlichkeit mit Sherry gehabt zu haben schien.

Es war mordskomisch.

Der Staatsanwalt, da er keine Fingernägel mehr hatte, knabberte an den Fingerknochen.

Die Geschworenen sagten »Nicht schuldig«.

Sherry wurde, soweit es den Kawalow-Mord betraf, für alle Zeiten freigesprochen, ganz gleich, was womöglich später noch ans Licht kommen würde.

Marcus wurde freigelassen.

Der Staatsanwalt wollte mir nicht Aufwiedersehn sagen, als ich nach San Francisco abfuhr.

IX

Vier Tage nach Sherrys Freispruch wurde Mrs. Ringgo in mein Büro geführt.

Sie trug Schwarz. Ihr hübsches, unintelligentes, orientalisches Gesicht, sah nicht sehr glücklich aus.

»Bitte, Sie werden Dolph nichts davon erzählen, daß ich hierhergekommen bin?« war das erste, was sie sagte.

»Natürlich nicht, wenn Sie es wünschen«, versprach ich.

Sie setzte sich und sah mich mit großen Augen an.

»Er ist so leichtsinnig«, sagte sie.

Ich nickte mitfühlend und fragte mich, worauf sie hinaus wollte.

»Ich habe solche Angst«, fügte sie hinzu, ihre Handschuhe wringend. Ihr Kinn zitterte. Ihre Lippen formten abgehackt die Worte: »Sie sind zu dem Bungalow zurückgekommen.«

»Ja?« Mich geradesetzend horchte ich auf. Ich wußte, wer *sie* waren.

»Ihre Rückkehr«, rief sie fast weinend, »kann nur den Grund haben, daß sie Dolph genauso umbringen wollen wie Vater. Und er will nicht auf mich hören. Er ist sich so sicher. Er lacht und nennt mich ein dummes Kind und sagt, er kann auf sich selber aufpassen. Aber das kann er nicht. Jedenfalls nicht mit dem gebrochenen Arm. Und sie werden ihn ermorden wie sie Vater ermordet haben. Ich weiß es. Ich weiß es.«

»Sherry haßt Ihren Mann ebenso sehr wie er Ihren Vater gehaßt hat?«

»Ja, das ist es. Das tut er. Dolph hat für Vater gearbeitet, aber Dolphs Rolle bei – bei dem Geschäft, das Hugh in Schwierigkeiten brachte, war wesentlich – wesentlich aktiver als Vaters Rolle. Werden Sie – werden Sie sie daran hindern, Dolph umzubringen? Werden Sie das tun?«

»Selbstverständlich.«

»Und Sie dürfen Dolph nichts davon merken lassen«, betonte sie, »und wenn er herauskriegt, daß Sie sie beobachten, dürfen Sie nicht sagen, daß ich Sie dazu veranlaßt habe. Er würde mir das schrecklich übelnehmen. Ich hatte ihn gebeten, Sie kommen zu lassen, aber er ...« Verlegen brach sie den Satz ab. Ich vermutete, daß ihr Mann eine Bemerkung dahingehend gemacht hatte, daß meine Beschützerrolle bei Kawalow nicht sehr erfolgreich gewesen war. »Aber er wollte nicht.«

»Wie lange sind sie schon zurück?«

»Seit vorgestern.«

»Ich komme morgen runter«, versprach ich. »Wenn ich Ihnen raten darf, erzählen Sie Ihrem Mann lieber, daß Sie mich engagiert haben. Aber wenn Sie ihm nichts sagen, sag ich auch nichts.«

»Und Sie lassen nicht zu, daß er Dolph was antut?«

Ich versprach, mein Bestes zu tun, nahm ihr etwas Geld ab, gab ihr eine Quittung und komplimentierte sie hinaus.

Kurz nach Einbruch der Dunkelheit traf ich am selben Abend in Farewell ein.

X

Es brannte Licht in dem Bungalow, als ich auf meinem Weg bergauf daran vorbeikam.

Ich war versucht, aus meinem Coupé zu steigen und ein bißchen herumzuschnüffeln, fürchtete aber, daß Marcus auf eigenem Gelände ein besserer Indianer sein würde als ich.

Als ich in den Feldweg zu der verlassenen Hütte einbog, die ich bei meinem ersten Besuch in Farewell entdeckt hatte, machte ich die Scheinwerfer des Wagens aus und zockelte weiter beim Licht eines sehr weißen, hochstehenden Mondes.

In der Nähe der leeren Hütte stellte ich das Coupé neben dem Feldweg ab.

Dann ging ich auf die wackelige Veranda, ortete den Bungalow und fing an, meinen Feldstecher darauf einzustellen.

Ich war halb damit fertig, als die Vordertür des Bungalows aufging. Gelbes Licht kam heraus und zwei Personen.

Eine davon war eine Frau.

Noch ein wenig Feineinstellung, und ich hatte ihr Gesicht scharf im Glas – Mrs. Ringgo.

Sie schlug sich den Mantelkragen um ihr Gesicht und eilte über den Kopfsteinweg davon. Sherry stand auf der Veranda und sah ihr nach.

Als sie die Straße erreichte, begann sie bergauf zu laufen, in die Richtung ihres Hauses.

Sherry ging wieder hinein und machte die Tür zu.

Zweieinhalb Stunden später kam von der Straße herauf ein Mann über den Kopfsteinweg. Mit schnellen Schritten näherte er sich dem Bungalow. Es war eine irgendwie geduckte Eile, und dauernd blickte er von links nach rechts beim Gehen.

Ich vermute, er klopfte an die Tür.

Die Tür ging auf, und ein gelber Lichtschein fiel auf sein Gesicht – auf Dolph Ringgos Gesicht.

Er trat ein. Die Tür ging zu.

Ich packte den Feldstecher weg, verließ die Veranda und machte mich auf den Weg zu dem Bungalow. Ich war mir nicht sicher, ob ich für das Coupé einen anderen guten Platz finden würde, und so ließ ich ihn stehen und ging zu Fuß.

Den Kopfsteinweg wollte ich nicht riskieren.

Sechs Meter oberhalb davon verließ ich die Straße und

bewegte mich so leise es ging über feuchten Boden und zwischen Bäumen, Büschen und Blumen hindurch. Ich wußte, mit was für einem Schlag von Menschen ich es zu tun hatte – ich hielt meine Kanone in der Hand.

Alle Fenster des Bungalows auf meiner Seite zeigten Licht, aber sie waren zu, und die Vorhänge waren zugezogen. Es gefiel mir nicht, wie das durch die Vorhänge fallende Licht dem Mond half, den Boden vor den Fenstern zu erhellen. Hätte ich oben auf dem Felsvorsprung mit Stielaugen hinter meinem Fernglas gesessen, wäre mir das sehr willkommen gewesen; da ich aber jetzt versuchte, nahe genug heranzukommen, um meinen Lauschern etwas zu tun zu geben, war mir das weniger recht.

An der dem Bungalow nächsten und dunkelsten Stelle, die ich finden konnte, machte ich halt – fünf Schritt entfernt vom Haus – und überdachte die Situation.

Wie ich da so kauerte, hörte ich etwas.

Es kam nicht aus der richtigen Ecke. Es war nicht das, was ich hören wollte. Es war das Geräusch von jemandem, der sich den Weg herunter dem Haus näherte.

Ich war nicht sicher, ob ich von dem Weg aus nicht gesehen werden könnte. Ich wandte den Kopf, um mich zu vergewissern. Und die Bewegung meines Kopfes verriet mich.

Mrs. Ringgo machte einen Satz, blieb erstarrt auf dem Weg stehen und schrie dann:

»Ist Dolph da drin? Ist er da? Ist er da?«

Mit Kopfnicken versuchte ich ihr zu bedeuten, daß er da sei, aber sie machte ein solches Spektakel mit ihrem *Ist er da?*, daß ich laut »Ja« sagen mußte, um mich ihr verständlich zu machen.

Ich weiß nicht, ob die Vorgänge im Haus durch unseren

Lärm beschleunigt wurden oder nicht, jedenfalls hatten da drinnen Kanonen angefangen loszuballern.

Unter den gegebenen Umständen nimmt man sich nicht die Zeit, Schüsse zu zählen, zumal diese so ineinander übergingen, daß man sowieso kein genauer Punktrichter hätte sein können. Aber nach meinem Eindruck waren – bis ich mich aufgerappelt hatte, um mir an der Vordertür die Schulter zu verrenken – mindestens fünfzig abgefeuert worden.

Glücklicherweise war es eine kalifornische Tür. Nach dem zweiten Anlauf gab sie nach.

Ich kam in einen Empfangsraum, der durch einen breiten Türbogen in ein Wohnzimmer überging. Die Luft war qualmig, und der Gestank verbrannten Schießpulvers biß in die Nase.

Sherry war auf dem blankgewienerten Fußboden an dem Türbogen und versuchte, auf einem Ellbogen und einem Knie sich vorwärtsschiebend, an eine Luger heranzukommen, die zwei Schritt von ihm entfernt auf einem bernsteinfarbenen Teppich lag.

Am anderen Ende des Zimmers war Ringgo, aufrecht auf den Knien, damit beschäftigt, fleißig den Hahn eines schwarzen Revolvers zu betätigen, den er in seiner heilen Hand hielt. Der Revolver war leer. Schnapp, schnapp, schnapp machte es, sinnlos, aber unablässig spannte er immer wieder den Hahn. Sein gebrochener Arm war noch in den Schienen, war aber aus der Schlinge gefallen und hing herab. Sein Gesicht war gedunsen und rot vom Blutandrang. Seine Augen waren geweitet und stumpf. Der weiße Knochenknauf eines Messers ragte aus seinem Rücken, gleich über seiner einen Hüfte, die Klinge war ganz drin. Klickend hielt er den leeren Revolver auf Marcus.

Der schwarze Boy stand breitbeinig und mit gebeugten Knien. Seine Linke lag gespreizt auf seiner Brust, und die schwarzen Finger glänzten blutig. Seine Rechte hielt ein Messer mit weißem Knochenknauf – die Klinge einen Fuß lang –, und zwar in der Manier des Messerkämpfers, wie man ein Schwert hält. Er bewegte sich auf Ringgo zu, nicht direkt, sondern seitlich hin und her gehend, auf Ausweichen bedacht, schlurfend die Füße vorsetzend, geduckt, rastlos die Messerhand drehend, die Klingenspitze aber immer auf Ringgo gerichtet.

Er sah uns nicht. Er hörte uns nicht. Seine ganze Welt war im Augenblick der Mann auf seinen Knien, der Mann, in dessen Rücken ein Messer steckte – das Gegenstück zu dem in der schwarzen Hand.

Ringgo sah uns nicht. Ich glaube, daß er nicht einmal Marcus sah. Er kniete da und betätigte mit blinder Emsigkeit den Hahn seiner leeren Kanone.

Ich sprang über Sherry hinweg und knallte Marcus meinen Kanonenlauf auf die Schädelbasis. Es saß. Er sackte zusammen.

Ringgo hörte auf, seine Kanone zu bearbeiten, und sah mich überrascht an.

»So geht das, Sie müssen Kugeln reinstecken, sonst nützen sie gar nichts«, sagte ich zu ihm, zog Marcus das Messer aus der Hand und ging zurück, um die Luger aufzuheben, die kriegen zu wollen, Sherry aufgehört hatte.

Sherry lag jetzt auf dem Rücken. Seine Augen waren geschlossen.

Er sah tot aus, und nach der Anzahl der Einschußlöcher, die er hatte, war er wohl auch tot.

In der Hoffnung, daß er nicht tot sei, kniete ich mich

neben ihn – nachdem ich um ihn herumgegangen war, so daß ich Ringgo beim Knien ansehen konnte – und hob seinen Kopf ein wenig vom Fußboden hoch.

»Sherry«, rief ich ihn an. »Sherry!«

Er regte sich nicht. Seine Augenlider zuckten nicht einmal.

Ich winkelte die Finger der Hand an, die seinen Kopf hielt, so daß der Kopf sich ein klein wenig bewegte.

»Hat Ringgo Kawalow umgebracht?« fragte ich den toten oder sterbenden Mann.

Selbst wenn ich nicht gewußt hätte, daß Ringgo mich ansah, hätte ich seinen Blick auf mir fühlen können.

»Hat *er* ihn umgebracht, Sherry?« brüllte ich in das stille Gesicht.

Der tote oder sterbende Mann regte sich nicht.

Behutsam bewegte ich meine Finger noch einmal, so daß sein toter oder sterbender Kopf nickte, zweimal.

Dann gab ich seinem Kopf einen Ruck nach hinten und legte ihn sanft auf den Fußboden zurück.

»So«, sagte im Aufstehen und sah, »endlich hab ich Sie gekriegt.«

XI

Ich habe mir nie darüber klarwerden können, ob ich – falls ich es nötig gehabt hätte, um Ringgo zu überführen – tatsächlich in den Zeugenstand getreten wäre und beschworen hätte, daß Sherry noch lebte, als er genickt hatte; und daß er freiwillig genickt hatte.

Ich mag keinen Meineid, aber ich wußte, daß Ringgo schuldig war, und ich hatte ihn nun mal.

Glücklicherweise brauchte ich mir nie darüber klarzuwerden.

Ringgo glaubte, Sherry habe genickt, und dann, als Marcus Farbe bekannt hatte, blieb Ringgo nicht mehr viel übrig, als sein Glück mit einer Anfechtung des Schuldspruchs zu versuchen.

Wir brauchten uns nicht sehr anzustrengen, Marcus die Geschichte aus der Nase zu ziehen. Ringgo hatte seinen geliebten *capitaine* umgebracht. Der Boy war leicht davon zu überzeugen, daß das Gesetz ihm die beste Rache verschaffen werde.

Als Marcus geredet hatte, war Ringgo bereit zu reden.

Er blieb im Krankenhaus bis einen Tag vor Eröffnung des Verfahrens. Das Messer, das Marcus ihm in den Rücken gepflanzt hatte, hatte ihm für immer ein Bein gelähmt, aber im übrigen erholte er sich von der Stichwunde.

Marcus hatte drei von Ringgos Kugeln in sich. Zwei davon fischten die Ärzte heraus, scheuten sich aber, an die dritte heranzugehen. Es schien ihn nicht zu kümmern. Als er nach Norden überführt wurde, um für seine Mitwirkung an der Ermordung Kawalows eine Freiheitsstrafe von unbestimmter Dauer in San Quentin anzutreten, schien er so gesund wie je.

Ringgo war nie ganz davon überzeugt, daß ich ihn schon vor der letzten Minute, als ich in den Bungalow hineingestürzt kam, im Verdacht gehabt hatte.

»Natürlich hatte ich Sie im Verdacht, von Anfang an«, verteidigte ich meine Fähigkeiten als Spürhund. Das war, als er noch im Krankenhaus lag. »Ich glaubte nicht, daß Sherry verrückt sei. Er war ein ganz harter, gesund aussehender Schurke. Und ich glaubte nicht, daß er zu der Sorte von Männern gehören sollte, die sich wegen irgendeinem

Mißgeschick, das ihnen widerfährt, graue Haare wachsen lassen. Daß er hinter Kawalows Skalp her war, wollte ich gerne glauben, aber nur, wenn etwas dabei rausspringen würde für ihn. Deswegen bin ich schlafen gegangen, und deswegen konnte ich nicht verhindern, daß dem alten Herrn der Hals durchgeschnitten wurde. Ich dachte, Sherry wollte ihm das Gruseln beibringen – weiter nichts –, um ihn finanziell kräftig zur Ader lassen zu können. Nun ja, als ich merkte, daß ich mich da geirrt hatte, fing ich an, mich umzusehn.

Soweit ich wußte, war Ihre Frau Kawalows Erbin. Nach dem, was ich gesehen hatte, konnte ich mir denken, daß Ihre Frau Sie so liebte, daß Sie sie völlig in der Hand hatten. Also schön, Sie als der Mann seiner Erbin schienen derjenige zu sein, der von Kawalows Tod am unmittelbarsten profitieren würde. Sie waren derjenige, der über sein Vermögen bestimmen würde, wenn er stürbe. Sherry konnte von dem Mord nur profitieren, wenn er mit Ihnen zusammenarbeitete.«

»Aber hat Ihnen nicht zu denken gegeben, daß er mir den Arm gebrochen hatte?«

»Sicher. Eine vorgetäuschte Verletzung hätte ich verstehen können, aber das schien mir die Sache ein bißchen zu weit getrieben. Sie machten jedoch einen Fehler, der mir half. Sie gaben sich zu viel Mühe, an Kawalows Hals den Schnitt eines Linkshänders zu imitieren. Sie standen an seinem Kopf, als Sie es taten, mit Blick auf den Körper – statt sich an seinen Körper zu stellen, mit Blick auf den Kopf, und so hat die Kurve des Schnitts Sie verraten. Das Messer aus dem Fenster zu werfen, war auch nicht so gut. Wie kam es denn dazu, daß er Ihnen den Arm gebrochen hatte? Ein unglücklicher Zufall?«

»So kann man's nennen. Wir hatten diesen angeblichen Kampf abgesprochen, weil das gut zu dem übrigen Spiel paßte, und ich dachte, es wäre ganz lustig, ihm echt ans Leder zu gehn. Und das hab ich dann gemacht. Und er war zäher als ich dachte, so zäh jedenfalls, daß er's mir mit meinem gebrochenen Arm heimzahlte. Das war, glaub ich, auch der Grund, warum er Mickey getötet hat. Das war nicht geplant. Mal ehrlich, hatten Sie den Verdacht, wir würden gemeinsame Sache machen?«

Ich nickte.

»Sherry hatte Ihnen das Spiel ausgearbeitet, hatte alles mögliche getan, um den Verdacht auf sich selber zu lenken, und dann, am Vortag des Mordes, war er abgehauen, um sich ein Alibi zu verschaffen. Darauf konnte es nur eine Antwort geben: Er mußte mit Ihnen zusammenarbeiten. Das war es, aber ich konnte es nicht beweisen. Ich konnte es erst beweisen, als Sie genau durch das in die Falle gingen, was das ganze Spiel erst möglich gemacht hat – die Liebe, die Ihre Frau für Sie empfindet, bewog sie, mich zu Ihrem Schutz zu engagieren. Ist das nicht das, was man die Ironie des Lebens nennt?«

Ringgo lächelte wehmütig und sagte:

»Das kann man wohl sagen. Sie wissen, was Sherry mit mir vorhatte, nicht?«

»Ich kann's mir denken. Deswegen hat er auf seinem Verfahren bestanden.«

»Genau. Nach unserm Plan sollte er verduften und auf Achse bleiben, immer mit seinem Alibi auf der Hand, falls er gefaßt werden würde, sollte sich aber so lange wie möglich nicht festnehmen lassen. Je mehr Zeit man mit der Jagd auf ihn verschwendete, um so geringer war die Wahrscheinlichkeit, daß man woanders suchen würde, und um so kälter würde die Spur sein, wenn man merkte, daß er nicht der Richtige war. Und da hat er mich reingelegt. Er führte seine Festnahme selber herbei, und sein Anwalt heuerte diesen Weeks an, um den Staatsanwalt dazu zu verleiten, das Verfahren anzuberaumen. Sherry wollte vor Gericht gestellt und freigesprochen werden, um dann nicht mehr drangekriegt werden zu können. Damit hatte er mich am Kragen. Juristisch war er nicht mehr zu belangen. Ich schon. Er hatte mich. Für ihn waren hunderttausend Dollar vereinbart gewesen. Kawalow hatte Miriam etwas mehr als drei Millionen Dollar hinterlassen. Sherry verlangte nun die Hälfte davon. Andernfalls, sagte er, würde er zum Staatsanwalt gehen und ein vollständiges Geständnis ablegen. Ihm konnte man nichts mehr anhaben. Er war freigesprochen worden. Mich würde man hängen. Allerliebst, nicht?«

»Dann wär's doch aber klüger gewesen, ihm die Hälfte zu geben«, sagte ich.

»Kann sein. Hätt ich ja wahrscheinlich auch gemacht, wenn Miriam nicht alles durcheinandergebracht hätte. Wär mir ja gar nichts anderes übrig geblieben. Doch nachdem sie Sie engagiert hatte, hat sie Sherry aufgesucht, weil sie dachte, sie könnte ihn überreden zu verschwinden. Und er läßt irgendeine Bemerkung fallen, die sie auf den Gedanken bringt, ich hätte beim Tod ihres Vaters die Hand im Spiel gehabt – obgleich sie noch nicht mal jetzt wirklich glaubt, daß ich ihm den Hals durchgeschnitten habe.

Sie sagte, Sie würden am nächsten Tag runterkommen. Mir blieb nichts übrig, als am selben Abend noch zu Sherry runterzugehn und die Sache auf Biegen oder Brechen zu klären, bevor Sie rumstochern kommen würden. Na, und das hab ich dann gemacht, allerdings ohne Miriam zu sagen, daß ich ging. Die Verhandlung lief nicht besonders gut, zu viel Gereiztheit, und als Sherry euch draußen hörte, dachte er, ich hätte Freunde mitgebracht – und Feuerwerk.«

»Aber wie konnten Sie in so ein Spiel überhaupt reinschlittern?« fragte ich. »Als Kawalows Schwiegersohn hatten Sie doch ausgesorgt, oder?«

»Ja, aber ich war es leid, in diesem Loch mit ihm eingesperrt zu sein. Er war jung genug, um noch lange Zeit zu leben. Und es war nicht immer leicht mit ihm auszukommen. Ich hatte keine Garantie, daß ihm nicht irgendwann der Kragen platzen und er mich rausschmeißen würde; oder daß er sein Testament ändern würde oder irgendwas dergleichen.

Dann bin ich Sherry in San Francisco über den Weg gelaufen, und wir sind darüber ins Gespräch gekommen, und dabei ist dieser Plan entstanden. Sherry hatte Köpfchen. Bei dem Handel damals in Kairo, von dem Sie wissen, haben er und ich so manches gemacht, wovon Kawalow keine Ahnung hatte. Nun, ich war ein Esel. Aber ich glaube nicht, daß es mir leid tut, Kawalow getötet zu haben. Was mir leid tut, ist, daß ich erwischt wurde. Seit er mich als zwanzigjährigen Pimpf aufgelesen hat, hab ich seine Drecksarbeit gemacht, und alles, was ich dafür gekriegt habe, war verdammt wenig – abgesehen von der Hoffnung, daß ich, weil ich seine Tochter geheiratet hatte, wahrscheinlich sein Geld kriegen würde, wenn er tot wäre; sofern er nichts anderes damit machte.«

Man hängte ihn.

Nachwort

I

Dashiell Hammett, der für die Mythologie der amerikanischen Kultur so unvergeßliche Gestalten schuf wie den Detektiv bei Continental's, Sam Spade oder den Dünnen Mann, hieß mit vollem Namen Samuel Dashiell Hammett und wurde im Mai 1894 im St. Mary's County in Maryland geboren. Die Familie war schottischer und französischer Herkunft und katholisch. Seine Jugendjahre verbrachte Hammett in Philadelphia und Baltimore, und seine offizielle Schulbildung wurde abgebrochen, als er, vierzehn Jahre alt, von der High School abging, die er keine zwölf Monate besucht hatte. Ausschlaggebend dafür, zum Teil wenigstens, mag die Tatsache gewesen sein, daß sein Vater es in der Welt nicht sehr weit gebracht hatte.

Die nächsten paar Jahre schlug Hammett sich mit wenig Erfolg und noch weniger Interesse als Gelegenheitsarbeiter durch – bei der Baltimore & Ohio-Eisenbahn, in Fabriken, bei Börsenmaklern und mit anderen Jobs. Als er ungefähr zwanzig war, antwortete er auf die Annonce einer Baltimorer Zeitung, und das Ergebnis davon war, daß er sich plötzlich bei Pinkerton's angestellt fand, der berühmtesten amerikanischen Privatdetektei. Der junge Mann hatte zu einer Berufung gefunden, die seinen wesentlichsten Interessen entgegenkam. Die Arbeit stellte Anforderungen, bot Aufregung, Abenteuer, Gefahr und war nicht ohne Humor. Er kam im Land herum und war mit den verschiedensten Schicksalen, Gesellschaftsschichten und allen möglichen sozialen und dramatischen Situationen konfrontiert. Diese Erfahrungen waren prägend für sein Heranwachsen zum Schriftsteller und können gar nicht hoch genug eingeschätzt werden.

1918 meldete er sich zum Sanitäts-Corps der amerikanischen Armee und wurde in der Nähe von Baltimore stationiert. Während des Jahres seines Militärdienstes zog er sich eine Grippe zu, die eine latente Tuberkulose zum Ausbruch brachte. Dies war sein erster Zusammenstoß mit einer ganzen Reihe von Lungenerkrankungen, denen er am Ende erliegen sollte. 1919 nahm er seine Arbeit bei Pinkerton's und seine Reisen und Abenteuer im Dienste dieser Agentur wieder auf. Die aufreibende Tätigkeit eines Privatagenten im Außendienst führte zu einem erneuten Tuberkuloseschub, so daß er 1920 und 1921 in die Pflege staatlicher Kliniken an der Westküste kam. Dabei lernte er eine Krankenschwester kennen, die er Ende 1920 heiratete.

Im Mai 1921 wurde er aus der Klinik entlassen und zog mit seiner Frau die Westküste bis nach San Francisco hoch. Die Stadt erregte Hammetts Interesse, und so fing er bei der dortigen Filiale der Pinkerton Agentur wieder an zu arbeiten. Die nächsten acht Jahre sollte er in dieser Stadt bleiben, die ihm Rahmen und Material für einen großen Teil seines späteren Erzählens lieferte. Doch schon als er seine Detektivarbeit wieder aufnahm, begannen andere Interessen sich in ihm zu regen. Ihm war die Idee gekommen, Schriftsteller zu werden, und er fing an, kleine Verse zu schreiben, kurze Skizzen von seinen Erlebnissen als Detektiv und andere Fingerübungen. Die erfolgreiche Aufklärung eines Falles führte schließlich dazu, daß er von der Agentur seinen Abschied nahm. Auf einem australischen

Schiff, das in San Francisco vor Anker lag, wurden runde 200 000 Dollar in Gold vermißt. Die haftende Versicherungsgesellschaft beauftragte die Pinkerton Agentur, das Gold aufzuspüren, das in einem Versteck auf dem Schiff vermutet wurde. Hammett und ein anderer Detektiv hatten das Schiff zu durchsuchen, doch sie fanden nichts. Man entschied, Hammett mit dem Schiff nach Australien zurückfahren zu lassen, in der Hoffnung, er werde das fehlende Diebesgut doch noch finden. Hammett freute sich auf das Abenteuer.

Kurz bevor das Schiff in San Francisco ablegen sollte, machte er noch eine letzte Routine-Durchsuchung und fand das Gold – es war in einem Rauchschlot versteckt. Er hatte den Fall geklärt, und die Reise nach Australien fiel ins Wasser. Enttäuscht und überrumpelt von seinem eigenen Erfolg, bat er um seine Entlassung.

Bald darauf – er war wieder Gelegenheitsarbeiter – begann er erneut, Blut zu spucken. Da er das Gefühl hatte, nicht mehr lange zu leben, und da das eine, was er vor seinem Tod noch tun wollte, das Schreiben war, trennte er sich von seiner Familie, zog in ein billiges Einzelzimmer und fing an zu schreiben. Irgendwann um diese Zeit begann er auch für ein Juweliergeschäft als Werbetexter zu arbeiten. Es war ein ungeregeltes und ungesichertes Bohemien-Leben. Zeitweilig lebte er von Suppe; oftmals trank er zu viel. Gegen Ende 1922 jedoch begann literarischer Erfolg sich anzubahnen und erstmals erschienen kurze Prosastücke von ihm gedruckt, und zwar in *Smart Set* und *Black Mask*. *Black Mask*, eine Zeitschrift, die billige Schauergeschichten brachte, war bald der Ort, wo Hammett regelmäßig im Druck erschien, und seine Karriere wie die Entwicklung der Zeitschrift zogen fast identische Kurven. Die erste Erzählung, in welcher der Detektiv bei Continental's auftaucht – in der nie sich ändernden Gestalt des anonymen Erzählers –, erschien im Oktober 1923. Von da an bis 1930, während Hammetts Schreiben eine rasche und bruchlose Entwicklung durchmachte, war dies die wesentliche (wenn auch nicht einzige) Form, in die sein Erzählen gegossen wurde. Mit Sicherheit war es die erfolgreichste, in ästhetischer Hinsicht ebenso wie im Hinblick auf den Reiz, den sie auf ein schnell wachsendes Lesepublikum ausübte. Um die Mitte der zwanziger Jahre fand Hammett Anerkennung als originäres Talent, als Erneuerer einer populären Form des Erzählens und als Zentralfigur einer neuen Schule des Schreibens über Verbrechen – der »hartgesottenen Schule«, wie sie bald heißen sollte. Und man begann zu erkennen, daß sie – im Rahmen ihres Kontextes – das strukturelle Äquivalent dessen war, was Hemingway und die Schriftsteller, die sich natürlich an ihn hängten, während dieser Zeit in ihrer Art Prosa machten.

Ab 1927 war Hammett so weit, daß er breiter arbeiten konnte. Er begann in *Black Mask* Fortsetzungen zu veröffentlichen, große Erzähleinheiten, die formal quasi-abgeschlossene Teile von Romanen waren. Waren sie in der Zeitschrift erschienen, wurden sie von ihm überarbeitet und als Bücher herausgebracht. *Rote Ernte* erschien 1929 als Buch, ebenso *Der Fluch des Hauses Dain.* In diesen zwei Romanen erreicht die Karriere des Detektivs ihren Höhepunkt (auch wenn danach noch drei kürzere Erzählungen mit dem Detektiv als Hauptfigur erscheinen sollten), und rasch wurde Hammett weithin bekannt und auch wohlhabend. 1929 erfand er Sam Spade und den *Malteser Falken* und war auf einen Schlag berühmt. Gleich danach folgte 1930 *Der gläserne Schlüssel. Der dünne Mann,* Hammetts letzter veröffentlichter Roman und ein weiterer großer Erfolg, kam 1934 heraus.

Irgendwann Ende der zwanziger Jahre zerbrach Hammetts Ehe, aus der zwei Töchter hervorgingen, endgültig. Ständig war er als Schriftsteller vorangekommen, doch sein Leben blieb dabei genauso intensiv, fordernd, anarchisch und gelegentlich selbstzerstörerisch, wie es in seinen Lehrjahren gewesen war. Auf der einen Seite hat er oft schwer getrunken, es oft mit den Frauen gehabt, und noch öfter hat er zwanghaft-hemmungslos Geld verschwendet. Auf der anderen Seite gab es Anfälle rigoroser Selbstdisziplin und Perioden extrem angespannter, asketischer und selbstverleugnerischer harter Arbeit, die jedoch nach 1930 immer seltener zu werden begannen. Hammett hatte San Francisco 1929 verlassen und war nach New York gezogen. Von dort floh er 1930, als die Weltwirtschaftskrise einschneidend wurde, nach Hollywood. Warner Brothers hatten die Filmrechte für den *Malteser Falken* gekauft und Hammett hochbezahlte Mitarbeit an verschiedenen Filmprojekten angeboten. Und es war in Hollywood, wo er eines Abends – aus gewaltiger und schon Tage währender Trunkenheit auftauchend – eine junge Frau namens Lillian Hellman kennenlernte. Die zwei fühlten sich sofort zueinander hingezogen, und so begann, was für sie beide die wichtigste Verbindung in ihrem Leben werden sollte. Es war eine leidenschaftliche und stürmische Verbindung; oft war sie grausam, schrill und qualvoll; und es gab Zeiten, wo keiner dem andern treu war und in denen sie ihre eigenen Wege gingen und getrennt lebten. Doch am Ende hielt sie; sie dauerte dreißig Jahre, bis zu seinem Tod.*

* S. das Vorwort von Lillian Hellman zum ersten Band der *Ausgewählten Detektivstories* von Dashiell Hammett, Zürich: Diogenes 1976.

Etwa 1934 war Hammett am Ende seiner Karriere als schöpferischer Schriftsteller. Das wußte er natürlich nicht. 1932 hatte er in einem Interview noch gesagt, daß er vorhabe, ein Stück zu schreiben. Das Stück wurde nie geschrieben, aber dafür ein anderes. Es hieß *The Children's Hour* [Die Kinderstunde], und Hammetts Arbeit als sorgfältiger Leser, strenger Schulmeister und unerbittlich aufrichtiger Kritiker kam der Aufführung zugute. Sein Verhältnis zu Lillian Hellmans Karriere als Dramatikerin sollte eng und intim bleiben und erwies sich in den kommenden Jahren als nützlich.

Während der dreißiger Jahre beschäftigte Hammett sich vor allem mit verschiedenen Bearbeitungen und Neufassungen für die Filmbranche. Außerdem rückte er, wie so viele Schriftsteller und Intellektuelle der Zeit, in die Nähe verschiedener linker und antifaschistischer Strömungen. Er war Marxist geworden und hatte sich zudem der Sache der Kommunistischen Partei in Amerika verschrieben, deren Mitglied er wahrscheinlich irgendwann 1937 wurde. Obgleich er seine Kritik an den Beschränktheiten und Absurditäten vieler seiner Genossen und politischen Verbündeten daheim und im Ausland nie aufgab, war sein Engagement stark und dauerhaft, und am Ende zahlte er dafür auch. Es war charakteristisch für ihn als Mensch und als Schriftsteller, daß er bereit war, den Preis zu zahlen.

Kurz nachdem Amerika in den Zweiten Weltkrieg eingetreten war, meldete Hammett – inzwischen achtundvierzig Jahre alt – sich zur Armee. Mit unglaublicher Gestik und Zungenfertigkeit gelang es ihm, den Musterungsärzten weiszumachen, daß die Vernarbungen seiner Lungen, die sich auf den Röntgenaufnahmen zeigten, bedeutungslos seien. Er meldete sich freiwillig zum Dienst in

Übersee und wurde auf die Aleuten geschickt, wo er, unter anderem, eine Tageszeitung für die Soldaten herausgab. Die Dienstzeit in der Armee machte ihm offenbar viel Freude, und unter seinen viel jüngeren Kameraden wurde er eine legendäre Gestalt. Als er 1945 aus der Armee entlassen wurde, war er einundfünfzig, berühmt und relativ wohlhabend. Außerdem hatte er sich ein Emphysem zugezogen. Ebenso wie der stete Verkauf seiner Bücher brachte die Einrichtung seiner Romane für Filme und Hörspiele ständig Geld ein. Die Zeiten wandelten sich, seine politische Solidarität jedoch nicht. Unverändert blieben auch seine Trinkgewohnheiten, die ihn so ruinierten und zerrütteten, daß er 1948 mit Delirium tremens in die Knie ging. Von nun an trank er nie mehr etwas.

Der Kalte Krieg war jetzt im Gange, die Ära, die mit dem Namen des Senators Joseph McCarthy identifiziert wird, nahm Gestalt an, und viele der alten Rechnungen wurden jetzt langsam beglichen. In einem der zahlreichen Gerichtsverfahren, die bezeichnend waren für diese Zeit, wurde Hammett in den Zeugenstand gerufen. Er sollte die Namen der Spender nennen, die Geld auf einen Fonds eingezahlt hatten, dessen Mitverwalter er war und aus dem Kautionssummen für Kommunisten und andere bezahlt worden waren, die vor Gericht gestanden hatten. In diesem speziellen Fall hatte eine Reihe von Personen sich dem Zugriff der Justiz durch Flucht entzogen. Hammett verweigerte die Aussage und wurde wegen Mißachtung des Gerichts zu sechs Monaten Gefängnis verurteilt. Nachdem er fünf Monate in verschiedenen Gefängnissen zugebracht hatte, wurde er als erschöpfter und sehr kranker Mann entlassen.

Seine äußeren Sorgen hatten damit keinesfalls ein Ende.

Das Geld, das er einst so reichlich besessen, war nicht mehr da. In Hollywood stand er auf der schwarzen Liste, und seine Radiosendungen wurden gestrichen. Die Regierung belangte ihn wegen rückständiger Steuern, das Gericht verurteilte ihn zur Nachzahlung von 140 000 Dollar und ließ seine Tantiemen sowie alle anderen Einkünfte pfänden. Er nahm diese Schläge, wie auch frühere schon, stoisch und klaglos hin. Er zog sich weiter in sich zurück und führte ein stilles und selbstgenügsames Leben, bis seine Krankheit und Schwäche es ihm seit 1956 unmöglich machten, weiterhin allein zu leben. Von da an lebte er in der Fürsorge und Gesellschaft von Lillian Hellman. 1960 verschlechterte sich der Zustand seiner Lungen, und es kam Krebs hinzu. Er starb am 10. Januar 1961. Entsprechend seinem Wunsch wurde er auf dem Nationalfriedhof von Arlington begraben. Er hatte der Nation in zwei Weltkriegen gedient; und in sehr persönlicher Weise hatte er ihr auch noch anders gedient.

II

Dashiell Hammett lernte ich durch Humphrey Bogart kennen. Ich war damals zwölf Jahre alt und erwähne das nur, weil ich es für bezeichnend halte, daß ich dieses Erlebnis mit zahllosen anderen teile. (Eine noch frühere Erinnerung – das Bewußtsein erwachte gerade erst – ist die an William Powell und Myrna Loy, an einen kleinen Hund an einer Leine und an einen Zuschauerraum voll von lachenden Erwachsenen; aber das hatte für mich noch nichts mit Hammett oder sonst etwas zu tun.) Das Wesentliche an dem Ereignis war, daß es zu einer der ersten Konfrontationen mit dem moralisch Zweideutigen kam, an die ich mich bewußt erinnern kann. Da war dieser Detektiv, den man gernhaben sollte – und auch hatte –, nur daß er sich so sonderbar benahm und so merkwürdige Sachen sagte. Er spielte sich auf vor den Polizisten, manchmal war es echt, manchmal ein Trick; oder gar beides. Er drückte ein Auge zu bei Gaunern – zum eigenen Vorteil; womöglich sogar zum Vorteil einiger Gauner. Er schlief mit der Frau seines Partners, verliebte sich in eine Gaunerin und weigerte sich dann, sie vor der Polizei zu retten, wo er es doch ganz leicht gekonnt hätte. Auf welcher Seite stand er? Und was für eine oder welche Seite war das? Es handelte sich um eine Erfahrung, die moralisch nicht nur zweideutig war; sie war vielmehr moralisch komplex und ebenso auch rätselhaft. Sie hinterließ einen bleibenden Eindruck.

Jahre später, nachdem ich den *Malteser Falken* gelesen, mir den Film noch einmal angeschaut und den Roman dann zum zweitenmal gelesen hatte, konnte ich anfangen zu verstehen, warum der Film so denkwürdig auf mich gewirkt hatte; viel mehr als die meisten anderen Filme. Der Regisseur, John Huston, hatte den Blick gehabt, die Kraft und das Kantige, das Bündige und Bissige von Hammetts Prosa – besonders des Dialogs – zu erkennen, und das Filmskript besteht fast ausschließlich aus wörtlich dem Roman entnommener Sprache. Das an sich ist schon ungewöhnlich. Noch komplizierter wurde die Situation dadurch, daß Huston sich mit bemerkenswerter Intelligenz auf die wesentlichen Szenen und Passagen des Romans beschränkte und folglich gewisse Striche machen mußte. Paradoxerweise entschloß er sich aber dazu, den wichtigsten oder zentralen Moment des ganzen Romans wegzulassen – und das ist einer der zentralen Momente in Hammetts Gesamtwerk. Ich glaube, diese merkwürdigerweise »verlorene«

Passage kann uns Zugang verschaffen zu Hammetts Weltanschauung.

Sie beginnt an der Stelle, wo Spade in den Kampf verwickelt wird, den Brigid O'Shaughnessy mit den anderen Dieben führt, und enthält, wie er ihr seine Vorstellung vom Lauf der Welt und des Lebens vermittelt. Er tut dies, indem er ihr etwas aus seiner Erfahrung erzählt. Es ist eine Geschichte in Form einer Parabel. Die Parabel handelt von einem Mann namens Flitcraft. Flitcraft war ein erfolgreicher, glücklich verheirateter, charakterfester und hochgeachteter Grundstücksmakler in Tacoma. Eines Tages fuhr er weg zum Essen und kam nie wieder zurück. Man konnte sich sein Verschwinden nicht erklären. »Er war einfach weg«, sagt Spade, »wie eine Faust, wenn man die Hand aufmacht.«

Fünf Jahre später kommt Mrs. Flitcraft zu der Agentur, bei der Spade arbeitet, und erzählt, »sie habe in Spokane einen Mann gesehen, der ihrem Mann sehr ähnlich sah«. Spade geht der Sache nach und findet heraus, daß es tatsächlich Flitcraft ist. Unter dem Namen Charles Pierce hatte er ein paar Jahre in Spokane gelebt. Er ist erfolgreicher Autohändler, hat dort eine Frau, einen kleinen Sohn, ein Häuschen am Stadtrand, und wie in Tacoma geht er nachmittags um vier zum Golfspielen. Er setzt sich mit Spade an einen Tisch, um über die Sache zu sprechen. »Flitcraft«, erzählt Spade, »hatte keinerlei Schuldgefühl. Er hatte seine Familie gut versorgt verlassen, und was er getan hatte, kam ihm ganz verständlich vor. Was ihn störte, war lediglich die Frage, ob er es seinem Gesprächspartner würde verständlich machen können.« Als Flitcraft an jenem Tag vor fünf Jahren zum Essen ging, »kam er an einem Bürogebäude vorbei, an dem noch gebaut wurde ...

Aus dem achten oder zehnten Stock fiel ein Balken oder so etwas herunter und knallte neben ihn auf den Gehsteig«. Ein herausgesplittertes Stück Gehsteig riß ihm ein wenig Haut von der Backe, im übrigen blieb er unverletzt. »Starr vor Schreck« stand er da, erzählt er Spade, »war aber mehr erschüttert als wirklich erschrocken. Ihm war, als hätte jemand den Deckel vom Leben gehoben und ihn ins Getriebe blicken lassen.«

Bis zu dieser Sekunde war Flitcraft »ein braver Bürger, ein guter Ehemann und Vater gewesen, aber nicht unter dem Zwang äußerer Umstände, sondern weil er ein Mensch war, der sich mit seiner Umwelt im Gleichschritt befand, ohne sich im geringsten anstrengen zu müssen ... Das Leben, das er kannte, war eine saubere und ordentliche, eine gesund und verantwortungsbewußt geführte Sache. Nun hatte ein herabfallender Balken ihm vor Augen geführt, daß das Leben im Grunde ganz anders ablief ... Was ihn störte, war die Entdeckung, daß er beim vernünftigen Regeln seiner Angelegenheiten den Gleichschritt mit dem Leben nicht gefunden, sondern verloren hatte.« Als er fertig war mit Essen, hatte er den Entschluß gefaßt, »sein Leben zu ändern und einfach erst mal wegzugehen«. Und er lief davon an jenem Nachmittag, zog ein paar Jahre herum, ließ sich dann wieder zurücktreiben in den Nordwesten, »ließ sich in Spokane nieder und heiratete. Seine zweite Frau sah nicht so aus wie die erste, war ihr aber eher ähnlich als unähnlich.« Und sie hielt sein zweites Leben für echt. Spade kommt dann zu seiner Schlußfolgerung: »Er bedauerte nicht, was er getan hatte. Es kam ihm durchaus in Ordnung vor. Ich glaube, er hat nicht einmal gemerkt, daß er in denselben Trott zurückverfallen war, dem er in Tacoma entrinnen wollte. Aber gerade das hat mir an der

Geschichte immer gefallen. Er gewöhnte sich an herabfallende Balken, und als keine mehr herabfielen, gewöhnte er sich auch daran.« Ende der Parabel. Brigid versteht natürlich kein Wort davon, wie Spade zweifellos schon vorher wußte. Doch was er ihr erzählt hat, hat zu tun mit den Einflüssen und Überzeugungen und Eventualitäten, die sein Verhalten bestimmen und seinem scheinbar rätselhaften Benehmen Struktur geben.

Zunächst einmal ist augenfällig, daß eine derart durchgehaltene Passage nicht das ist, was wir normalerweise in einer Detektivgeschichte oder in einem Kriminalroman vermuten. Daß sie aber vorhanden ist und daß in allen besseren Arbeiten Hammetts vergleichbare Passagen vorkommen, läßt deutlich erkennen, in welcher Weise Hammett diese populäre Literaturgattung verändert hat. Es ist eine Veränderung in die Richtung »hoher« Literatur. Und worum es sich in unserer Passage unter anderem dreht, ist die ethische Irrationalität, die ethische Unverständlichkeit der Welt. Für Flitcraft hatte jemand »den Deckel vom Leben genommen und ihn ins Getriebe blicken lassen«. Das Getriebe zeigt, daß das Leben unergründlich, undurchschaubar, verantwortungslos und eigenmächtig ist wie der herabfallende Balken; daß die menschliche Existenz in ihrer Aktualität durchaus nicht der Art und Weise entspricht, wie wir sie leben. Denn die meisten von uns leben, als wäre Existenz an sich etwas Geordnetes, Moralisches und Rationales. Als unmittelbare Folge seiner praktischen Erfahrung, daß dies nicht der Fall ist, verläßt Flitcraft Frau und Kinder und geht fort. Er handelt irrational und willkürlich und damit im Einklang mit der Natur der Existenz. Als er sich nach ein paar Jahren ziellosen Herumziehens entschließt, sich ein neues Leben aufzubauen, wiederholt er einfach das alte, das er abgelehnt und hinter sich gelassen zu haben glaubte; will sagen, er verhält sich erneut so, als wäre das Leben geordnet, sinnvoll und rational – und dem paßt er sich an. Und gerade das, sagt Spade mit feiner Ironie, habe ihm an der Geschichte »immer gefallen«; was heißt, daß es ihm sehr gut gefallen hat. Denn hier kommen wir zu dem unauslotbaren und dunkelsten Teil der ganzen Geschichte – daß der Mensch nämlich trotz allem, was er gelernt und erfahren hat, nicht aufgibt, sich vernünftig, sinnvoll und verantwortungsbewußt verhalten zu wollen. Und daran hält er fest, obgleich er weiß, daß es keinen logischen oder metaphysischen, keinen aufspürbaren oder vorweisbaren Grund dafür gibt.* Diese Vorstellung von einem Widerspruch, an dem festgehalten wird, ist es, die der Achse – oder einer der Achsen – von Hammetts Werk ziemlich nahekommt. Der Widerspruch ist nicht allein ein ethischer; er ist ebenso auch ein metaphysischer. Und es wird nicht einfach nur an ihm festgehalten; es wird mit Freude an ihm festgehalten. Für Hammett und Spade und den Detektiv bei Continental's ist das bewußte Annehmen solcher Widersprüche ein unabdingbarer Teil ihrer Existenz und ihrer Freude an dieser Existenz.

Daß diese Freude wesentlich komplex, zweideutig und problematisch ist, zeigt sich, wenn man einfach die Bedingungen beschreibt, unter denen sie existiert. Und das Komplexe, Zweideutige und Problematische beschränkt sich nicht auf solche Augenblicke der »Offenbarung« oder Schlüsselstellen wie in dem Gleichnis von Flitcraft. Es ist in Hammetts Werk dauernd gegenwärtig und fungiert for-

* Es ist wohl kaum Zufall, daß der neue Name, den Hammett Flitcraft gibt, der Name eines amerikanischen Philosophen ist, der sich eingehend mit eben diesen Spekulationen beschäftigte. Zwei Vokale des Namens sind allerdings vertauscht.

mal wie auch in der Tiefenschicht als strukturbildendes Element. Hammetts Werk hat im Laufe der zwölf Jahre seiner schriftstellerischen Tätigkeit eine beträchtliche und interessante Entwicklung durchgemacht. Er schrieb in vielerlei Formen und erarbeitete sich ganz verschiedene Erzähltechniken und -methoden. Dabei erweist sich sein Werk, als Ganzes gesehen, aber als bemerkenswert einheitlich. Um bei unserer Analyse diese Einheitlichkeit zu verdeutlichen, schlage ich vor, eine Art »Idealtyp« einer Hammett-Story zu konstruieren. Womit ich keinesfalls sagen oder suggerieren möchte, daß er nach einem Schema schrieb. Ich versuche nur zu zeigen, daß die Struktur seines Werkes sich auf eine eigene dichterische Weltsicht gründet.

Eine solche idealtypische Beschreibung sähe so aus: Der Detektiv wird zu einem Fall gerufen oder auf ihn angesetzt. Es ist etwas gestohlen worden, jemand wird vermißt, etwas Schreckliches droht hereinzubrechen, irgendwer ist ermordet worden – das ist im einzelnen unwichtig. Der Detektiv fragt die Person oder Personen aus, die zuerst greifbar sind. Vielleicht sind sie unschuldig, vielleicht nicht – das ist unwichtig; eine Äußerlichkeit, auf die es nicht ankommt. Unschuldig oder nicht, sie liefern dem Detektiv einen Bericht von dem, was sie wissen; von dem, was – wie sie versichern – wirklich geschehen ist. Der Detektiv beginnt mit seinen Nachforschungen; er vergleicht die Berichte mit anderen, die er einholt; er schnüffelt herum; er untersucht; er beschattet die Leute, bringt diejenigen zusammen, die einander aus dem Wege gehen wollen, und so weiter. Bald entdeckt er, daß »die Realität«, auf die jeder Beteiligte schwören könnte, tatsächlich selber eine Konstruktion ist, etwas Fabriziertes, eine Fiktion, eine falsche Gegenrealität – und daß sie bereits zusammengesetzt worden ist, als er noch gar nicht auf den Plan getreten war. Die Arbeit des Detektivs besteht also darin, das Gemachte, Gefügte, Geplante und Ausgedachte auseinanderzunehmen und daraus eine wahre Fiktion zu konstruieren oder zu rekonstruieren, das heißt, einen Bericht darüber, was »wirklich« geschehen ist.

Damit liegt doch wohl auf der Hand, daß zwischen der Tätigkeit des Detektivs und der Tätigkeit Hammetts als Schriftsteller etwas wie ein spiegelbildliches und gleichrangiges Verhältnis besteht. Doch das Unergründliche und Problematische dieses selbstreflektorischen Vorgangs wird offenbar, wenn wir feststellen, daß die Rekonstruktion oder wahre Fiktion, die der Detektiv am Ende der Geschichte erschaffen und erreicht hat, keineswegs plausibler ist – und auch nicht sein will – als die Geschichten, die ihm von allen Beteiligten, schuldigen wie unschuldigen, im Laufe seiner Arbeit erzählt worden sind. Der Detektiv mag den wirklichen Dieb fangen oder den tatsächlichen Gangster beim Schlafittchen nehmen – das ist völlig belanglos. Entscheidend ist die Tatsache, daß die Geschichte, der Bericht oder die Folge von Ereignissen, mit der der Detektiv am Ende als »Realität« herausrückt, nicht plausibler oder weniger zweideutig ist als die Geschichten es sind, auf die er eingangs und später trifft. Was Hammett im Unterschied zu den meisten anderen Verfassern von Detektiv- oder Kriminalgeschichten getan hat, ist, daß er als Teil der bedingten und dramatischen Bewußtheit seines Erzählens den Umstand berücksichtigt hat, daß die Arbeit des Detektivs selber eine fiktionsschaffende Tätigkeit ist; eine Entdeckung oder Erzeugung durch Herstellen von etwas, was neu ist in der Welt – oder erst noch verborgen, latent, potentiell oder unentwickelt in ihr vorhanden ist.

Die typische »klassische« Detektivgeschichte kann – im Unterschied zu der Hammetts – beschrieben werden als ein formales Spiel nach bestimmten festgelegten Regeln des Veränderns. Was gewöhnlich geschieht, ist, daß der Detektiv vor einer Situation steht, die bedingt ist durch unzureichende, falsche, irreführende und zweideutige Information. Und als Ganzes ist die Geschichte eine Übung im Eindeutigmachen – wobei in den Schlußszenen deduzierend bewiesen wird, daß der Butler der Täter war (oder nicht). Diese Szenen kommen zu einer schlüssigen, beruhigenden Klärung, in der alles ins Lot gerückt wird, und das Spiel, bei dem wir mit von der Partie waren, wird zu seinem angemessenen Ende gebracht. Doch dies geschieht, wie wir schon sahen, bei Hammett gewöhnlich nicht.

Was geschieht, ist, daß der Detektiv so gut wie immer eine Situation vorfindet, die bereits bis ins Kleinste vorgesponnen oder festgelegt ist. Und seine typische Reaktion darauf, daß er das Gefühl hat, es mit einer Reihe von Täuschungen oder Fiktionen zu tun zu haben, ist die, daß er – um mich seiner eigenen wiederholt gebrauchten Worte zu bedienen – »die Dinge aufrührt«. Das fügt sich, sowohl als Metapher wie in der logischen Struktur, in die Parabel von Flitcraft. Als der herabfallende Balken Flitcraft nur knapp verfehlt, »war ihm, als hätte jemand den Deckel vom Leben gehoben«. Der Detektiv lebt in dem unablässigen Bewußtsein, daß für ihn der Deckel vom Leben genommen wurde. Wenn der Deckel abgenommen ist, ist es nur logisch, »die Dinge aufzurühren« – was er tut.* Tatkräftig geht er daran, das Konstruierte, Künstliche auseinan-

* Diese hausbackenen Metaphern reichen tief in Hammetts Leben zurück. Eine der wenigen Erinnerungen, die er an seine Kindheit noch hatte, war der wiederholte Rat seiner Mutter, daß eine Frau, die in der Küche nichts tauge, wahrscheinlich auch in keinem anderen Zimmer des Hauses viel tauge.

derzunehmen und somit die fiktive – und deswegen falsche – Realität zu entmystifizieren, die von den Personen, Gaunern oder Nichtgaunern, mit denen er zu tun hat, geschaffen wurde. Immer wieder versucht er, deren Darstellung durch seine eigene fiktiv-hypothetische zu ersetzen – und diese Darstellung kann ebenfalls »wahr« sein oder unzutreffend; oder beides zugleich. Sein Hauptbestreben besteht jedenfalls darin, die Fiktionen anderer als Fiktionen, Erfindungen, Larven, Falschheiten und Mystifikationen sichtbar zu machen. Wird eine Fiktion als solche sichtbar, fängt sie an, sich aufzulösen und zu verschwinden, und man nimmt an, daß hinter ihr die »reale« Realität sich offenbart, die sich während der ganzen Zeit hinter ihrer Maske versteckt hielt. Doch was bei Hammett geschieht, ist, daß das, was als »Realität« offenbar wird, wiederum eine fiktionsschaffende Tätigkeit ist – erstens also die des Detektivs, und dahinter noch eine andere: das Bewußtsein nämlich – es ist in vielen der Detektivstories und in allen Romanen gegenwärtig –, daß Dashiell Hammett, der Schriftsteller, dauernd dasselbe macht wie der Detektiv und all die anderen Personen in der epischen Welt, die er erschafft. Das besagt nur, daß er in der realen Welt durch sein Schreiben Fiktion erzeugt; und diese Fiktion ist, wie die reale Welt selber, kohärent aber nicht notwendig rational. Womit man also sowohl anfängt wie endet, ist eine Geschichte, eine Erzählung, ein zusammenhängender, doch fragwürdiger Bericht von der Welt. Diese Problematik dringt bis zum Grunde von Hammetts erzählerischer Phantasie und ist bestimmend für eine Reihe tieferer Vorgänge in ihr – im *Fluch des Hauses Dain* beispielsweise ist sie Hauptthema expliziter Debatte und zieht sich durch den gesamten Roman.

Doch Hammetts Prosa ist noch komplexer und umfassender. Denn die unlösbaren Paradoxien und Dilemmata, die wir eben an der Erzählstruktur und -bewußtheit aufzeigten, wiederholen sich noch einmal in Hammetts Sicht und Darstellung der Gesellschaft, der gesellschaftlichen Welt, in welcher der Detektiv lebt. Wir müssen uns hier vor Augen halten, daß Hammett in den zwanziger Jahren schreibt und daß dies die Ära des Alkoholverbots war. Die amerikanische Gesellschaft war tatsächlich einer ungeheuren Fiktion erlegen. Mehr noch, diese Fiktion war falsch nicht nur in dem Sinne, daß sie erdacht war oder nicht den Gegebenheiten der Realität entsprach; sie war falsch in dem Sinne, daß sie sowohl korrupt war als auch korrumpierend. Während dieser Zeit trug jeder Amerikaner, der einen Drink nahm, dazu bei, das Gesetz zu unterminieren, und die amerikanische Gesellschaft hatte sich insgeheim dem hingegeben, was praktisch auf kollaborierende Illegalität hinauslief.* Im »Goldenen Hufeisen« wird eine Art Schlaglicht auf diese Zustände geworfen. Ein Fall führt den Detektiv nach Tijuana. In einer Kneipe dort liest er ein Schild:

HIER WERDEN NUR ECHTE AMERIKANISCHE UND BRITISCHE WHISKYS AUSGESCHENKT.

* Die Lage war eigentlich noch finsterer. Der Zusatz 18 zur Verfassung war fast 14 Jahre in Kraft, von Januar 1920 bis Dezember 1933. Während dieser Zeit war den Amerikanern bei Strafe verboten, irgendein berauschendes Getränk herzustellen, zu verkaufen oder zu transportieren. Dabei war es aber niemandem verboten, ein solches Getränk zu kaufen oder zu trinken. Mit anderen Worten, die Amerikaner waren durch ihre eigenen Gesetze regelrecht dazu aufgefordert, einen illegalen Handel mit Alkohol zu treiben, auch wenn der Kongress das Vollstead-Gesetz erließ, das gegen einen solchen Handel gerichtet war.

Er reagiert darauf mit der Bemerkung: »Ich versuchte zu zählen, wieviel Lügen sich in diesen neun Worten verbargen, und war bis auf vier gekommen, mit Aussicht auf noch mehr« – als er durch irgendeinen Anruf abgelenkt wird. Dieses Schild und die Reaktion des Detektivs darauf beschreiben einen Teil des von Hammett dargestellten Zustandes der gesellschaftlichen Welt.

Ein anderer Teil wird dargestellt in einer anderen Art Geschichte oder Idee, auf die Hammett wiederholt zurückkam. Die zwanziger Jahre waren auch die große Zeit des organisierten Verbrechens und der organisierten Verbrecherbanden in Amerika, und ein Gedanke, der Hammett nicht losließ, war die Vorstellung, daß organisiertes Verbrechen oder organisierte Banden eine ganze Gesellschaft übernehmen und führen, als wäre sie eine normale Gesellschaft, die wie gewöhnlich ihren Geschäften nachgeht. Anders ausgedrückt, die Gesellschaft selber würde dann zu einer Fiktion werden, durch die das, was sie eigentlich beherrscht und von innen heraus pervertiert, verdeckt vertuscht wird. Es ist also bei diesem gebürtigen Amerikaner ganz deutlich etwas wie eine protomarxistisch-kritische Darstellung der Funktionsweise einer bestimmten Art Gesellschaft ablesbar. Im Grunde ist der Standpunkt aber eher prä- als proto-marxistisch, und die gesellschaftliche Welt, wie sie in vielen dieser Geschichten dramatisiert wird, ist mehr an Hobbes orientiert als an Marx.* Es ist eine Welt universalen Krieges, eines Krieges, den jeder gegen jeden führt, alle gegen alle. Das einzige, was die kri-

* Wieder kann kaum als Zufall angesehen werden, daß der Name, den Hammett der Stadt gibt, die in *Rote Ernte* von den Verbrechern übernommen wird, »Personville« ist – ausgesprochen wie »Poisonville« [Giftstadt]. Und was ist Personville anderes als der Leviathan, der »künstliche Mensch«, wie er von Hobbes als Bild der Gesellschaft selber dargestellt wird.

minellen Herrschenden daran hindert, eine permanente Tyrannei zu errichten, ist der Umstand, daß die Gangster nicht miteinander kooperieren können, sich immer wieder miteinander überwerfen und zurückfallen in die Anarchie Hobbes', aus der sie für kurze Zeit aufgestiegen sind. Die gesellschaftliche Welt, wie Hammett sie sah, gehorcht einem Prinzip, das völlig dem zuwiderläuft, was Erik Erikson als grundlegende Voraussetzung für eine mögliche menschliche Existenz postulierte. Bei Hammett sind Gesellschaft und gesellschaftliche Verhältnisse von dem Prinzip grundsätzlichen Mißtrauens beherrscht. Einer von seinen Detektiven sagt von sich selbst und spricht damit praktisch für jede andere Figur in Hammetts Werk: »Ich traue keinem.«

Wenn Hammett sich der achtbaren Welt zuwendet, der Welt der achtbaren Gesellschaft, des Reichtums und Einflusses, der offenen persönlichen und politischen Macht, findet er nur noch mehr von diesem Mißtrauen vor. Die Achtbarkeit der achtbaren amerikanischen Gesellschaft ist ebenso sehr Fiktion und Betrug wie die falsche respektable Gesellschaft, die von den Kriminellen errichtet wird. Ohne zu wanken, stellt er die Welt des Verbrechens tatsächlich als eine solche dar, die sowohl in ihrer Gesamtstruktur wie im Detail eine Reproduktion der modernen kapitalistischen Gesellschaft ist, von der sie abhängt, die sie ausplündert und deren Teil sie ist. Aber Hammett tut noch etwas Radikaleres. Er stellt die zweideutig fiktiven Welten der Kunst und des Schreibens nicht nur ständig den betrügerisch fiktiven Welten der Gesellschaft gegenüber und verbindet sie miteinander, sondern sieht sie in einer schwindelerregenden und atemberaubenden Interaktion. Er tut das auf viele Weisen und bei vielen Gelegenheiten. Eine davon ist beispielsweise der Malteser Falke selber, der in sich die Geschichte des Kapitalismus birgt. Ursprünglich ist er ein Stück Diebesgut, ein Teil dessen, was Marx »primitive Anhäufung« nannte; als sein edelsteinbesetztes Gold übermalt wird, wird er ein mystifiziertes Objekt, ein Gebrauchsartikel an sich; er ist Teil des Eigentums, das niemandem gehört – wer immer ihn hat, besitzt ihn nicht wirklich. Gleichzeitig ist er eine andere Fiktion, eine Manifestation oder ein Werk der Kunst – das sich dann als Fälschung erweist, denn es ist aus Blei gemacht. Der Falke ist tatsächlich ein »seltener Vogel«; wie auch die Fiktion, in der er erschaffen und enthalten ist, der Roman von Hammett.

Dies ist die bodenlos fragwürdige, endlos betrügerische und brutal habgierige Welt, in die Hammett den Detektiv stürzt. Er hat ganz und gar nichts Strahlendes. Kurz und gedrungen, bald glatzköpfig, zwischen fünfunddreißig und vierzig, hat er keinen Namen, kein trautes Heim und außer seiner Arbeit keine persönliche Existenz. Er ist und versteht sich als »der Gekaufte« der offiziellen und achtbaren Gesellschaft, dem man pro Tag einen bestimmten Betrag zahlt, damit er sie säubert und von den Gangstern und Dieben erlöst, die unablässig die Macht zu übernehmen drohen. Doch was er – und der Leser – ebenso unablässig lernt, ist, daß die achtbare Gesellschaft, die ihm Arbeit gibt, selber eingefleischt böse, falsch, schuldbeladen, unehrlich und verdorben ist. Wie soll da der Detektiv verschont bleiben, wie soll er sich davor schützen, angesteckt zu werden einerseits von der Welt, gegen die er arbeitet, und andererseits von der Welt, die ihn für sich arbeiten läßt?

Zunächst einmal lebt der Detektiv nach einem Kodex. Dieser Kodex besteht in erster Linie aus den Regeln, die die

Continental-Agentur festgelegt hat, und sie sind »ziemlich streng«. Die bei weitem wichtigste davon ist die, daß keinem Detektiv im Dienst der Agentur je erlaubt ist, auch nur einen Teil der Belohnung einzustecken, die möglicherweise an die Lösung eines Falles geknüpft ist. Da er sich nicht direkt durch berufliches Können bereichern kann, bleibt er wenigstens von der typischen Verdorbenheit der modernen Gesellschaft verschont – der Verdorbenheit, die mit ihrer auf Habsucht gegründeten Struktur zusammenhängt. Gleichzeitig ist der Detektiv ein Sonderfall protestantischer Moral, denn seine ganze Existenz ist auf seine Arbeit, seine Berufung ausgerichtet und findet dort ihren Ausdruck. Er liebt seine Arbeit, und es ist eine ehrliche Arbeit, und sie wird ebenso aus Freude und zur Übung seiner Tricks und Fähigkeiten wie zum persönlichen Nutzen und Broterwerb getan. Die Arbeit findet ihren Zweck in sich selbst, und dieser Umstand dient seinem Schutz ebenso wie die bewußte Weigerung, über irgend etwas mit der Sprache der extravaganten Moral der oberen Klassen zu sprechen. Da die Arbeit ihren Zweck in sich selber findet, ist sie etwas mehr als nur Arbeit. In einer Passage, die die Kulmination vieler solcher Passagen bei Hammett ist, sagt Spade:

> »Ich bin Detektiv, und von mir zu erwarten, daß ich Verbrecher zur Strecke bringe und sie dann laufen lasse, ist wie von einem Hund zu verlangen, ein Kaninchen zu fangen und es dann loszulassen. Das kann man machen, selbstverständlich, aber es ist nicht das Natürliche.«

Detektiv zu sein, beinhaltet also mehr, als eine gesellschaftliche Funktion zu erfüllen oder eine gesellschaftliche Rolle zu spielen. Detektiv zu sein, ist die Verwirklichung einer Identität, denn es gibt Komponenten darin, die oberhalb oder unterhalb der Gesellschaft liegen – von ihr nicht berührt werden können – und die oberhalb oder unterhalb der Vernunft liegen. Es ist etwas »Natürliches« daran. Doch wenn wir uns vergegenwärtigen, daß die so ausgedrückte Natur die Natur eines Menschenjägers ist – Hammetts treffende Metapher zwingt uns dazu – und daß der Zustand der Gesellschaft, wie er in Hammetts Werk dargestellt wird, uns an den Zustand der Natur bei Hobbes erinnert, dann sehen wir, daß Hammett auch hier seinen Begriff des Komplexen und Widersprüchlichen nicht aufgibt und nicht einfältig an irgendeine Idee von der Güte der »Natur« appelliert.

Und in der Tat, der Detektiv ist nicht endgültig oder völlig geschützt durch seine Arbeit, seine Aufgabe, seine Berufung. (Alle mußten wir voll Bitterkeit wieder lernen, welche Tonnen von Bosheit sich dahinter verbergen können, wenn jemand sagt, er »mache nur seine Arbeit«.) Max Weber hat die denkwürdige Bemerkung gemacht, daß das »entscheidende politische Mittel die Gewalt ist«. In Hammetts Bild von der modernen amerikanischen Gesellschaft ist das entscheidende Mittel tatsächlich die Gewalt – im Verein mit Betrug, Täuschung, Verrat, Treulosigkeit und allgemeiner endemischer Skrupellosigkeit. Derartige Mittel sind Hammetts Detektiv in keiner Weise fremd. Er sagt: »Das Aufdecken von Verbrechen ist ein schweres Geschäft, und man benutzt jedes Werkzeug, das man zur Hand hat.« Mit anderen Worten, in Hammetts Geschichten gibt es eine paradoxe Spannung und ein unaufhörliches Wechselspiel zwischen Mittel und Zweck. Wie es zwischen den beiden steht, ist nie ganz gesichert oder von Dauer. In seinem großen Essay »Politik als Berufung« bemerkte Max Weber weiter: »... die Welt wird von Dämonen regiert, und wer sich einläßt auf ... Macht und Stärke als Mittel, paktiert mit diabolischen Mächten, und für seine Handlung gilt *nicht*, daß Gutes nur aus Gutem folgen kann und Böses nur aus Bösem, sondern oftmals ist das Gegenteil der Fall. Jeder, der dies nicht sieht, ist politisch wirklich noch ein Kind.« Weder Hammett noch der Detektiv ist ein Kind; doch niemand kann so erwachsen und gegen Erfahrung so abgestumpft sein, daß er den Folgen entgehen kann, die sich aus dem bewußten Einsatz gewalttätiger und zweifelhafter Mittel ergeben.

Die Folgen sind verschiedener Art. An sich »gute« Zwecke können durch den Einsatz böswilliger oder wahlloser Mittel umgewandelt und pervertiert werden. (Die noch verwirrenderen Stellen, wo bei Hammett die vom Detektiv verfolgten Zwecke mit den Zwecken übereinstimmen, die eine korrupte und dennoch achtbare Gesellschaft wünscht, lasse ich hier beiseite.)

Die Folgen wirken sich auch innerlich aus, am inneren Wesen dessen, der sich solcher Mittel bedient, am Detektiv selber. Die Gewaltanwendung beginnt ihn zu beherrschen:

> »Ich fing an, ihm die rechte Faust reinzuknallen. Das tat mir gut. Sein Bauch war wabbelig, und jedesmal, wenn ich ihn traf, wurde er weicher. Ich traf ihn oft.«

Ein anderer Strang dieses Bündels moralischer Kategorien zeigt sich, wenn wir sehen, daß die Härte des Detektivs nicht bloß ein Rückenpanzer ist, innerhalb dessen Gefühle der Zärtlichkeit und Menschlichkeit genährt und gehegt werden können. Die Härte ist Härte durch und durch, und während der Detektiv seine Laufbahn fortsetzt und dabei ständig durch die Mittel lebt, die er bestimmt, wird seine Hornhaut immer dicker, und immer mehr verliert er die Fähigkeit, etwas zu empfinden. Was ihn zuletzt erwartet, ist, wie er weiß, die Aussicht, so zu werden wie der Boß, der Chef der Agentur, der Alte, der »mit sanften Augen hinter goldener Brille milde lächelt und damit verbirgt, daß er nach fünfzig Jahren Verbrecherjagd für nichts mehr das kleinste bißchen Gefühl aufbringen kann«. Das ist der Preis, der in einer solchen Welt für den Einsatz solcher Mittel entrichtet wird; dies sind die Folgen eines Lebens, das ausschließlich in einer Gesellschaft geführt wird, die von dem Prinzip grundsätzlichen Mißtrauens bewegt wird. »Wer mit Ungeheuern kämpft«, schreibt Nietzsche, »der sehe zu, daß er nicht selber zum Ungeheuer wird. Und wenn du lange genug in einen Abgrund blickst, blickt der Abgrund auch in dich.« Der Abgrund blickt in Hammett, in den Alten und in den Detektiv.

Mit solchen komplexen Techniken, die ich hier nur skizziert habe, ist es Hammett gelungen, die Kriminalgeschichte zur Literatur zu erheben. Er hat das während einer Zeit von zehn Jahren getan. Doch die Anstrengung wurde schließlich zu groß – dieses wechselnde, verwickelte und ausbalancierte Spiel der Widersprüche, aus dem seine Kreativität erwuchs und das sie ausdrückte, konnte nicht mehr durchgehalten werden. Seine schöpferische Laufbahn endet, als er die literarischen, gesellschaftlichen und moralischen Dunkelheiten, Instabilitäten und Widersprüche, die kennzeichnend sind für das Beste seines Werkes, nicht mehr in der Hand hat. Sein Leben bricht dann auseinander und geht in die zwei entgegengesetzten Richtungen, die auch in seiner früheren kreativen Phase schon vorhanden waren, nur daß die Kreativität sie in ausgewogener und dennoch beweglicher Spannung gehalten hatte. Seine Politik geht in eine Richtung; die Art, wie er seinen Lebensunterhalt verdiente, ging in eine andere – er wurde ein Lohnschreiber und hörte schließlich ganz auf zu schreiben. Das ist eine andere Geschichte. Doch während der Dauer von zehn Jahren hat er etwas geschaffen, was in diesem Genre wohl kaum einem anderen Schriftsteller so gut gelungen ist – er konnte wahrhaftig schreiben, mit Worten die Vision einer Welt gestalten, ohne zu vergessen, daß das Schreiben von der realen Welt handelte, sich auf diese bezog und ein Teil von ihr war; und zugleich konnte er sich selbstbewußt im klaren darüber sein, daß die ganze Sache problematisch war und von sich selber handelte und auch wieder »nur« Schreiben war. Anders gesagt, zehn Jahre lang ist er ein wahrhaft schöpferischer Erzähler gewesen.

Steven Marcus